Richard Steinberg
El hombre Géminis

Colección Bestseller Mundial

RICHARD STEINBERG

EL HOMBRE GÉMINIS

Traducción de Cristina Pagès

PLANETA

Título original: The Gemini Man

© Richard Steinberg, 1998
© por la traducción, Cristina Pagès, 1999
© Editorial Planeta, S. A., 1999
   Córcega, 273-279, 08008 Barcelona (España)
Diseño de la sobrecubierta: Compañía de Diseño
Ilustración de la sobrecubierta: foto © Butch Martin/The Image Bank
Primera edición: febrero de 1999
Depósito Legal: B. 6-1999
ISBN 84-08-02892-8
ISBN 0-385-49051-8 editor Doubleday, una división de Bantam Doubleday Dell Publishing
Group, Inc., Nueva York, edición original
Composición: Ormograf, S. A.
Impresión: A&M Gràfic, S. L.
Encuadernación: Eurobinder, S. A.
Printed in Spain - Impreso en España

A mi más dura crítica, mi más ferviente apoyo,
la que siempre está ahí pase lo que pase...
A Gloria Usiskin Steinberg le dedico este libro
y todas mis obras con la mayor de las gratitudes
y la mayor de las alegrías

PRIMERA PARTE

Prisiones

CAPÍTULO UNO

El arco iris nunca salía en Piatigorsk.

Sólo había tres colores: el blanco de la nieve, el gris del cielo y el negro de las almas y los corazones.

De esa superficie lunar no surgían árboles ni plantas de ninguna clase. Jamás un ave de brillante plumaje apareció en el cielo ni se posó en los cables eléctricos, única ruptura del desolado paisaje. De hecho, la única clase de vida que se había visto allí eran las sombras grises que se hacían pasar por seres humanos.

Los únicos sonidos: el viento, el llanto apagado, el grito angustiado, el crujido de un brazo, de una pierna, de una cabeza o de un cable eléctrico al romperse.

Esa impotente, estéril, helada franja de tierra olvidada tenía nombre, figuraba como un punto —el más pequeño de los puntos— en algunos mapas y poco más.

Sus cuatro edificios, los únicos en 160 kilómetros a la redonda, deteriorados, remendados a la buena de Dios, esperaban tan sólo que soplara el viento preciso, desde el ángulo preciso y se los llevara al olvido absoluto, que tanto merecían.

Sin embargo, por alguna razón, año tras año Piatigorsk permanecía en pie, un monumento a la locura de sus creadores.

El helicóptero de carga había completado la tercera vuelta alrededor del lugar antes de que la radio diera señales de vida.

—C-H. C-H. Aquí D-B. Adelante, por favor —dijo una voz, ronca y mal articulada.

El piloto se acercó el micrófono.

—D-B. D-B. Aquí C-H. Solicito permiso para aterrizar.

—C-H. C-H. Aquí D-B. ¿Cuál es su propósito?

—D-B. D-B. Aquí C-H. Tengo a bordo al comandante Valerii Vitenka, representante personal del general Medverov. El comandante trae documentos prioritarios de seguridad interna de la central de Moscú.

Siguió un largo silencio sólo roto por las interferencias de la línea.

—C-H. C-H. Aquí D-B. Permiso para aterrizar concedido. Lo recibiremos.

El piloto dejó el micrófono y se volvió hacia el pasajero sentado detrás de él.

—Tenemos permiso. Cuando aterricemos, mantenga la cabeza gacha, no se quite la placa de la cara y aléjese rápido de nosotros. Los trozos de hielo que el aparato hará saltar son como balas. ¡Entre tan pronto como pueda!

Vitenka se subió la cremallera de la parka.

—¿No va a apagar el motor?

El piloto negó con la cabeza.

—¡Aquí no! Se congelaría y quedaríamos atrapados hasta la primavera. Vendremos a por usted mañana en cualquier momento, si tenemos suerte.

Vitenka asintió, se tapó la cabeza con la capucha forrada de marta cibelina y alzó el pulgar.

El helicóptero se ladeó bruscamente y bajó en picado; el morro se alzó en el último momento y el aparato se detuvo de golpe en el suelo helado. Un tripulante abrió la puerta y Vitenka saltó fuera.

Tuvo la impresión de encontrarse en el centro de una frenética tormenta; la nieve y el hielo volaban alocados en todas direcciones y formaban un sólido muro blanco que lo tapaba todo. Sintió pesados y dolorosos golpes en todo el cuerpo; el hielo lo golpeaba.

Avanzó unos pasos con cuidado, intentando taladrar la blancura y los trozos helados que se cernían a su alrededor. Buscó a la persona que debía recibirlo, dio otro paso y cayó al suelo cuando algo pesado se estampó en la parte posterior de su cabeza.

Permaneció en el suelo un minuto, tratando de recuperar el aliento y de ponerse en pie. De pronto sintió que tiraban de su brazo, al principio se resistió pero acabó por ceder. Al cabo de un par de minutos amainó la tormenta provocada por las palas del helicóptero.

Poco a poco, Vitenka alzó la cabeza.

Tres hombres lo rodeaban; dos, uno a cada lado, lo sostenían por los brazos; el tercero, unos pasos delante de él, lo observaba. Sus caras estaban ocultas por una pesada capucha forrada de parka.

Lo ayudaron a levantarse despacio. El tercer hombre señaló hacia el frente y a la derecha. Vitenka lo siguió. Cinco minutos después entraron en el edificio más cercano a través de una pesada puerta de acero. Alguien la cerró a toda prisa y la atrancó.

Los cuatro se hallaban en una pequeña y oscura antecámara. Vitenka apenas los veía pero los sentía moverse y casi adivinaba sus formas envueltas en pieles.

Tras un minuto, que pareció multiplicarse por diez, se abrió una puerta interior, la antecámara se inundó de luz. Entraron, lentamente se quitaron las parkas y las colgaron en un perchero cercano. Los dos hombres que lo habían arrastrado hasta el edificio —ahora se daba cuenta de que eran un cabo y un soldado raso— saludaron y se marcharon por un pasillo tenuemente iluminado. El tercer hombre, un sargento de combate bastante mayor de cincuenta años, examinó con atención a Vitenka.

—Puede colgar esa… cosa —dijo escupiendo la palabra— allí.

Vitenka se quitó su caro traje de nieve y trató de pasar por alto el tono de su voz. Finalmente se volvió hacia él.

—Soy el comandante Vitenka, traigo documentos…

—Lo que sea —contestó el sargento con aparente desenfado—. Por aquí —añadió y se dirigió hacia la derecha.

Vitenka esperó un segundo y lo siguió. De momento nada era como había imaginado y, para alguien tan minucioso como él, eso le resultaba muy desconcertante.

Unas bombillas desnudas, que despedían un tenue resplandor anaranjado, alumbraban el oscuro corredor cada quince metros formando islotes de luz mortecina, alternados con zonas de penumbra. Más que verlas, Vitenka vislumbraba unas puertas a un lado del pasillo, cada pocos metros, pero de ellas no salía ninguna luz.

Finalmente llegaron al final del corredor, a una puerta con una placa que rezaba: «Director. Asuntos de Custodia.» El sargento llamó dos veces con fuerza y entró.

Vitenka parpadeó, sobresaltado por el fulgor de la estancia, que cayó sobre él como una cascada, y entró con los ojos entornados.

—Comandante Vitenka. —Un hombre duro y bajo, con una sonrisa de una calidez incongruente, salió de detrás del escritorio—. Bienvenido al cuartel de detención número 6.210.

Vitenka abrió del todo los ojos, estudió la iluminada oficina y al hombre en el centro de ésta y se puso firme.

—¡Comandante Valerii Vitenka, señor! Traigo documentos prioritarios de seguridad interna de la central de Moscú.

El hombre le devolvió un saludo informal.

—Coronel Igor Ruinov a su servicio, comandante. —Con un gesto indicó una silla tapizada frente al escritorio—. Por favor, tome asiento. —Regresó a su sitio detrás de la mesa y se sentó tranquilamente en su enorme butaca giratoria, acolchada y tapizada—. Ha venido a un lugar condenadamente lejos de la central de Moscú, comandante. ¿Qué puedo hacer por usted?

Vitenka trató de sentarse erguido en el cómodo asiento, pero el suave acolchado se lo hizo difícil.

—¡Señor! Le traigo un saludo personal del teniente general Medverov.

Ruinov se encogió de hombros.

—Ha hecho un viaje muy largo para eso, comandante —comentó dejando caer las manos sobre el regazo.

—El general me ha ordenado que le informe de que su trabajo aquí no ha pasado desapercibido; desea que le exprese su profunda satisfacción y gratitud por una labor bien hecha.

Ruinov esbozó una sonrisa enigmática.

—Gratificante.

Su aparente indiferencia desconcertó a Vitenka.

—Le aseguro, señor, que el general está muy satisfecho con sus logros. —Hizo una pausa—. Y si me lo permite, añadiré que revisé personalmente el expediente de este lugar antes de venir. Es extraordinario el modo en que ha logrado mantener el orden, se mire como se mire. Debería sentirse muy complacido.

Ruinov examinó atentamente al hombre sentado frente a él. A juzgar por sus insignias, era un graduado de la academia militar con más de seis años de servicio pero menos de ocho. Sus galones eran en su mayoría por buena conducta y eficacia, ninguno por su valor en combate. Su cabello, cortado exactamente a tres centímetros del cuello de la camisa y seis por encima de las orejas, seguía perfectamente las normas del manual de servicio. Su uniforme, nuevo y recién planchado, hecho a medida, le quedaba perfectamente.

En resumen, era todo lo que Ruinov odiaba: rico, mimado, instruido e inexperto.

—Comandante, ¿ha estado alguna vez en un cuartel de detención de la serie sesenta y dos?

—No, señor, pero soy el responsable directo de la supervisión de sus informes de productividad semanales, así que los conozco bien.

El coronel Ruinov asintió con gesto cansado.

—Déjeme explicarle algunas de las realidades de un cuartel sesenta y dos, que pueden haber escapado a su atención—. Señaló el mapa en la pared a sus espaldas—. Estamos a ciento sesenta y un kilómetros del asentamiento más próximo. Ciento sesenta y un kilómetros de tormentas de hielo, vientos huracanados y una temperatura que ni en verano sobrepasa los nueve grados. —Guardó silencio, sacó un puro de un cajón y se lo ofreció a Vitenka, que negó con la cabeza—. Mantenemos el orden, comandante —continuó después de encender el puro—, porque en este pintoresco rincón del infierno a los prisioneros no les queda más remedio si desean sobrevivir. —Soltó una voluta de humo azul—. Lo entienden, como también lo entiende el personal. Alterar el orden en estas condiciones equivale al suicidio.

El silencio los envolvió.

—Señor —dijo Vitenka al cabo de un minuto—, traigo documentos prioritarios de...

—Seguridad interna de la central de Moscú —sonrió el coronel—. Temía que lo hubiese olvidado.

Vitenka se los entregó por encima del escritorio. Ruinov rompió el sello y empezó a leer.

—Veamos cuáles son las prioridades actuales de la central de Moscú. —Hojeó las dos primeras hojas—. Bastante rutinario. —Miró a Vitenka—. Aquí dice que goza usted de la total confianza de Medverov y esa camarilla.

Vitenka se irguió aún más en el mullido sillón.

—Un apoyo de doble filo —manifestó Ruinov y siguió leyendo. Se detuvo a mitad de la tercera página—. ¿Qué son estos «Acuerdos de Neftegorsk»?

—Señor, los firmaron el presidente Yeltsin y el presidente norteamericano Clinton, creo, a finales de 1995.

—No recuerdo haber oído nada de eso. —El coronel Ruinov hizo una pausa—. Pero, claro, las noticias llegan muy lentamente a estos andurriales. —Siguió leyendo—. Hace poco que nos enteramos que el hombre había andado sobre la luna. ¿En qué consisten los acuerdos?

—A cambio de garantías de préstamo para la compra de bienes no perecederos norteamericanos, la República Rusa promete repatriar en tres fases a todos los ciudadanos norteamericanos que tiene en sus prisiones.

Ruinov dio vueltas al puro entre los labios y prosiguió con la lectura.

—¿Y esas fases son...?

—Primero, todos los que han transgredido el statu quo; o sea, los inmigrantes ilegales, los gamberros y gente por el estilo. Luego, los que han infringido las leyes comunes, como ladrones, violadores y traficantes de drogas.

—¡Menudo alivio!

Vitenka asintió con la cabeza.

—Supondrá quitarle un tremendo peso a nuestro sistema penal.

Ruinov volvió unas páginas y, de pronto, se quedó inmóvil. Retrocedió y avanzó dos páginas, leyó y releyó varios párrafos.

—¿Especiales? —susurró con estupefacción.

—Se pensó —explicó Vitenka pasando por alto su tono— que sería adecuado incluir a los prisioneros políticos especiales en la tercera fase. Su manutención es la más cara y de poco sirven en el nuevo orden mundial.

—En ese nuevo orden mundial suyo ¿no se debe castigar el espionaje? —El coronel Ruinov parecía indignado.

—Al contrario —aseguró Vitenka tranquilamente—, se ha determinado que el espionaje se castigará con una estancia en prisión de un máximo de cinco años. Sólo les entregaremos a las personas que hemos retenido más de ese tiempo.

Ruinov siguió hojeando el documento.

—No sé cuántos de esos... —Se interrumpió al llegar a la última página—. ¡Dios mío!

El comandante se inclinó en respuesta a la exclamación.

—¿Coronel?

Éste palidecía por momentos, respiraba con dificultad y,

14

pese al frío del despacho, el sudor perlaba su frente. Parecía que le estuviese dando un infarto.

—¿Coronel?

Ruinov miró a Vitenka.

—¡No puede ser! Ha habido una errata, una transposición de números, algo... —Tras un corto silencio repitió sin aliento—: ¡No puede ser!

El comandante Vitenka, perplejo, le quitó los papeles. Tratando de no mirar al hombre tan obviamente espantado, comparó la última página con la información que había apuntado en su propia libreta.

—Transferirá a mi custodia el prisionero 90-1368, clasificación sigma-theta-alfa, que está cumpliendo el sexto año de condena perpetua. —Alzó la mirada—. Es correcto, señor.

El coronel negó poco a poco con la cabeza.

—No es correcto.

—¿Señor?

—Ese hombre —inquirió Ruinov en voz muy baja—, el 1368, ¿de veras pretenden soltarlo?

—Entra dentro de los términos del acuerdo.

Vitenka nunca se había topado con nadie que pusiera las órdenes en tela de juicio y no sabía cómo enfrentarse.

—No.

—Perdón, señor, ¿cómo dice?

Ruinov se puso en pie con mayor presteza de la que Vitenka le había creído capaz y dio un sonoro puñetazo en la mesa.

—Me ha oído, comandante. No pienso tomar la responsabilidad de soltar a ese... —Su voz se quebró mientras buscaba la palabra adecuada y, finalmente, exasperado, repitió—: No pienso tomar esa responsabilidad.

—Mis disculpas, señor, pero las órdenes y su deber son explícitos.

El coronel Ruinov asintió con la cabeza.

—Estoy de acuerdo, comandante. Las órdenes y mi deber son claros pero, por desgracia, también se contradicen.

—No lo entiendo, señor. —La expresión de Vitenka reflejaba su confusión.

—Entonces se lo diré con toda claridad. —El coronel le quitó los papeles—. ¡Antes de obedecer estas órdenes voy a confirmarlas con el general Medverov! Entonces, y sólo entonces, las cumpliré. —Guardó silencio. Su furia se evidenciaba en que mordía salvajemente el puro—. Sólo soltaré al 1368 bajo órdenes expresas de Medverov y después de que conste en acta certificada mi más sentida oposición. —Fue tal el mordisco que dio al cigarro que lo rompió; se lo quitó de la boca y lo lanzó contra la pared—. ¿Me entiende, comandante?

Vitenka no lo entendía. No comprendía absolutamente nada. Pero el rango del coronel cortaba y, de todos modos, no podía ir a ninguna parte hasta el día siguiente por la tarde.

—¡Señor! ¡Sí, señor! —exclamó y se puso firme.

Ruinov pulsó un botón de su escritorio. Al cabo de un momento el sargento regresó.

—¿Sí?

El coronel Ruinov se acercó a él.

—Póngame con el general Medverov por onda corta, Alexei.

—Podría resultar difícil, señor. La actividad de las manchas solares...

—¡Me importa un carajo! ¡Hágalo, sargento Dnebronski!

Dnebronski se puso firme por primera vez.

—¡Señor!

Vitenka alzó una mano antes de que el sargento se fuera y se volvió hacia Ruinov.

—Coronel, mientras confirma la orden ¿puedo ver al preso? —preguntó con su voz más encantadora.

El coronel Ruinov inspiró hondo varias veces.

—Dnebronski, que escolten al comandante al barracón 3.

El sargento y Ruinov intercambiaron miradas significativas.

—Hágalo, Alexei. —Ruinov parecía harto, agotado.

Dnebronski se encogió de hombros.

—Señor —aceptó y se dispuso a salir.

Vitenka se puso firme y saludó. Ruinov lo observó un largo rato antes de devolvérselo. Vitenka giró sobre los talones y se encaminó hacia la puerta.

—Comandante Vitenka.

Éste se volvió hacia el coronel.

—Los norteamericanos tienen un dicho: Cuidado con lo que deseas porque podrías conseguirlo. —Ruinov le dio la espalda.

Dnebronski esperaba a Vitenka cuando éste salió, lentamente, del despacho del coronel.

16

—Por aquí, señor —le dijo en tono informal y avanzó por el mal iluminado pasillo.

Vitenka caminó a su lado.

—Dígame algo, sargento.

—¿Sí?

—Entre nosotros, ¿se encuentra bien el coronel?

Dnebronski soltó una risilla.

—Hasta que usted llegó, sí. —Y como si se le acabara de ocurrir añadió—: Señor. —Siguieron andando en silencio—. Por cierto —preguntó por fin—, ¿qué prisionero desea ver?

—90-1368 Sigma...

Dnebronski se paró en seco.

—¡Está de broma!

A Vitenka se le había agotado la paciencia. Podía aceptar esa actitud viniendo de un oficial de mayor rango, pero no estaba dispuesto a consentir que un subordinado se negara a cumplir sus órdenes prioritarias.

—¡Póngase firme, sargento! —Su voz sonaba enérgica y autoritaria. Dnebronski se limitó a contemplarlo como si pensara que había perdido el juicio—. ¡Le he ordenado que se ponga firme, soldado! Si no quiere enfrentarse a un expediente disciplinario, mejor será...

Se interrumpió al oír el sonido característico de una semiautomática mahkarov amartillada. Miró hacia abajo y vio el cañón de la pistola que le apuntaba despreocupadamente a las ingles.

—Comandante —dijo el sargento Dnebronski tranquilamente—, no se encuentra usted en Moscú; aquí, en el lado oscuro de la luna, hacemos las cosas a nuestro aire. Los espabilados aprenden a adaptarse.

Vitenka se quedó petrificado. Ya había oído hablar de casos de locura inducida por la claustrofobia en el cuartel 62... El frío, el aislamiento, la presión de vérselas con los criminales más peligrosos de la República....

—¿Qué quiere, sargento? —inquirió casi en un susurro.

Dnebronski agitó la cabeza como si tuviese que entenderse con un idiota.

—Comandante, me han mandado que lo conduzca al barracón 3. Lo haré, pero si quiere que lo lleve con el 1368, más le vale darme una razón más consistente que «órdenes».

La presión del cañón de la pistola en la pelvis convenció a Vitenka de que debía seguirle la corriente.

—Tengo orden de tomar la custodia de 1368 y llevárselo a los norteamericanos.

—¡Y una mierda!

Con gestos lentos Vitenka metió la mano en su bolsillo, sacó sus documentos prioritarios y se los entregó a Dnebronski.

—En la última página, sargento.

El sargento la hojeó; mientras leía, una sonrisa se formó en su rostro.

—¡Gracias al cielo! —murmuró en voz baja; subió el seguro de la pistola, la enfundó y dio un golpe en la espalda a Vitenka—. Comandante, está usted a punto de hacer muy felices a unos cuantos hombres.

Echó a andar, seguido al cabo de unos segundos por Vitenka, que estaba muy confuso. Abrió una puerta al final del pasillo.

—Sacha, Mijail, Janos, venid conmigo y traed vuestras armas.

Los tres hombres levantaron la vista de los naipes con los que jugaban y lo miraron.

—¿Por qué? —preguntó uno de ellos.

—Vamos a visitar al 1368.

La expresión de sus rostros cambió del desinterés al miedo. Dnebronski se encogió de hombros.

—Puede que sea para despedirnos de ese cabrón.

Se levantaron de mala gana, se pusieron los abrigos, cogieron sus kalashnikov y marcharon pasillo abajo. A medio camino uno se detuvo, giró sobre los talones, entró de nuevo en la estancia y regresó con tres cargadores de munición más.

El comandante Vitenka observó con desagrado el miedo apenas reprimido, agitó la cabeza y los siguió.

—Sargento —le preguntó en voz queda en cuanto lo hubo alcanzado—, ¿qué diablos está pasando? El coronel actúa como si soltar a ese hombre fuese una traición y ustedes se comportan como si se tratara de un regalo de Navidad.

Dnebronski arqueó una ceja mientras le indicaba unas escaleras.

—Vamos de un edificio al otro por túneles subterráneos; es más sencillo y mucho más caliente.

Una vez abajo, echaron a andar por un túnel reforzado arriba y en los lados por tablas de madera, un túnel tan frío que calaba los huesos.

—Usted se lo va a llevar —continuó ya bien adentrados en el pasadizo—, pero ¿qué demonios le dijeron?

El comandante Vitenka tropezó, se apoyó en la pared y siguió caminando. Los soldados no le hicieron caso.

—Es un agente estadounidense capturado por las fuerzas de seguridad interna hace seis años y medio, lo condenaron a cadena perpetua y lo mandaron aquí.

Al salir del túnel los hombres se pararon para calentarse en torno a una estufa que se hallaba al pie de otra escalera.

—Típico—. Dnebronski se quitó los guantes y se calentó las manos—. Comandante —prosiguió—, 1368 no es un agente. —Levantó la vista y miró directamente a los ojos de Vitenka—. Es el jodido diablo en persona. —Se puso los guantes y empezó a subir seguido de cerca por Vitenka—. Cuando lo trajeron estaba fuertemente sedado. Nuestras órdenes eran de lo más sencillas, debíamos encerrarlo bajo máxima seguridad; podíamos reprimirlo, castigarlo, pero de ningún modo matarlo.

»Cuando volvió en sí, atacó y mató a un cabo enfermero que lo atendía e hirió de gravedad a tres guardias antes de que pudiésemos encerrarlo. —Señaló hacia la izquierda. Se hallaban ya en el tercer piso, en un corredor bien iluminado flanqueado de puertas de acero—. Desde entonces ha matado a dos guardias más, ha dejado paralizados a otros dos y se ha escapado dos veces.

—¿Se ha escapado?

El sargento asintió con la cabeza.

—La primera vez lo encontramos desmayado en el hielo después de haber pasado cuatro días con sus noches fuera, a una temperatura de casi veinte grados bajo cero. No me pregunte cómo sobrevivió, yo no le pregunto al diablo cómo hace sus trucos.

Vitenka vio a dos soldados haciendo guardia frente a una puerta de acero al final del pasillo.

—¿Y la segunda vez?

Por primera vez Dnebronski pareció alterarse.

—De algún modo atravesó la llanura cubierta de nieve y llegó hasta el asentamiento de Kurtsk. —Hizo una pausa y dio la impresión de estar evocando un recuerdo doloroso—. Antes de que lo cogiéramos había asesinado a una familia de cuatro personas y a dos miembros de la milicia local.

Se detuvieron a tres metros de la puerta.

El comandante parecía estar afectado.

—¿Nunca lo enjuiciaron por los asesinatos?

Dnebronski respiró hondo.

—El 1368 está clasificado como un sigma-theta-alfa, o sea, que su situación política es delicada. Si hubiese sido por el coronel, hace años que le habría atravesado el corazón con una estaca, pero debido a las órdenes de Moscú no podíamos tocarlo. Sólo contenerlo como pudiéramos y esperar a que muriera por causas naturales.

Los hombres se dispersaron pegados a la pared del fondo y apuntaron sus rifles a la puerta atrancada. Dnebronski indicó a los guardias que se unieran a ellos. Tenían las armas amartilladas y firmemente apoyadas en el hombro. El sargento puso la mano en el pesado cerrojo de la puerta.

—Éste es 1368.

Vitenka levantó una mano.

—El hombre está sedado, ¿no?

—No tenemos suficiente sedante para los chiflados, así que tenemos que racionarlo. Además, ya se ha vuelto bastante resistente y el que tenemos no le hace efecto. —Golpeó la puerta con la culata de la pistola—. ¡Prisionero 90-1368! ¡Levántese, vaya a la pared del fondo y arrodíllese de cara a la pared! ¡Cruce los pies a la altura de los tobillos, póngase las manos en la cabeza y déjelas a la vista! Si no está en esa posición cuando se abra la puerta, le dispararemos.

El comandante Vitenka señaló la mirilla.

—¿No va a comprobarlo? —Parecía que se le había contagiado el miedo.

—No. Sé de un guardia que perdió un ojo así. —Golpeó la puerta tres veces—. ¡La puerta se abrirá en diez segundos!

El sudor perlaba las sienes del sargento mientras tiraba poco a poco del cerrojo. Con una última mirada a Vitenka tiró de la pesada puerta y saltó de inmediato hacia atrás con la pistola amartillada y apuntada hacia el interior.

El comandante aguardó un momento, hasta ver el casi imperceptible movimiento de la cabeza de Dnebronski y se dirigió despacio hacia la puerta.

Allí, rodeado de todos aquellos rifles dispuestos a disparar y de ese hombre, al parecer un monstruo asesino, se acordó de un viejo dicho africano que había oído mientras estaba apostado en Angola: «Cuando dos elefantes luchan entre sí es la hierba la que acaba pisoteada.» Asomó la cabeza.

El prisionero se encontraba en la posición exigida, de rodillas, con las manos sobre la cabeza y los tobillos cruzados.

Vitenka trató de pasar por alto el sabor del sudor en sus labios y avanzó.

—Prisionero 90-1368, soy el comandante Vitenka del servicio de seguridad interna de la República Rusa —manifestó en un inglés perfecto pero de fuerte acento—. Quiero hablar con usted. —No obtuvo más que silencio del hombre con el holgado uniforme de los presos—. ¿Me oye? Quiero hablar con usted. —Se interrumpió y, al no conseguir respuesta, lo intentó de nuevo—: Le conviene hablar conmigo.

—Sí, bueno —fue la respuesta monótona.

El comandante percibía el miedo a sus espaldas: todos aquellos soldados nerviosos con el dedo crispado en el gatillo.

—Prisionero 90-1368, se ha acordado su puesta en libertad y su devolución a América. —Esperó una contestación que no llegó—. Para eso he de hablar con usted y confirmar su identidad.

—Vamos, entre —dijo el hombre sin moverse, todavía de cara a la pared. Su voz carente de emoción, de entonación, ponía la piel de gallina.

Atormentado por el creciente miedo que le causaba el prisionero y su natural deseo de que no lo tomaran por cobarde, Vitenka dio un paso adelante.

—¡Comandante! —exclamó Dnebronski con un susurro insistente—, ¡si entra no podré garantizar su seguridad!

Vitenka miró al sargento y seguidamente al preso.

—Prisionero 90-1368, estoy aquí para llevar a cabo su puesta en libertad. ¿Lo entiende? —Sentía la garganta seca y experimentó una repentina necesidad de vodka helado—. Le aseguro que no se trata de un truco y que no tengo nada contra usted.

—Entonces —contestó el hombre volviendo lentamente la cabeza y mirando por encima del hombro— no tiene nada que temer si entra —aseguró antes de volverse de nuevo hacia la pared.

Transcurrió un largo momento. Vitenka se mordió un labio, vaciló y entró en la celda.

—¡Aléjese de la puerta, comandante! —le gritó Dnebronski desde el pasillo.

En los escasos dos metros apenas cabía el catre pegado a la pared. Un cubo en un rincón servía de lavabo por la mañana y de retrete el resto del día. Unos barrotes de acero entrecruzados reforzaban las paredes de hormigón desconchado: Una jaula dentro de una tumba.

El comandante Vitenka mantuvo la vista fija en el hombre que se hallaba en el suelo.

—¿Cómo se llama, prisionero 90-1368?

—Número 90-1368 —fue la respuesta átona.

—Si no colabora, comprometerá su liberación.

—La colaboración no es lo mío —contestó el preso con calma—, pero...

—¿Sí?

—Podría mostrarme más comunicativo si me dejara levantarme. —Hizo una pausa—. Pienso mejor de pie.

Vitenka se preparó para lo peor.

—De acuerdo.

—¡Comandante!

—¡Sargento! No dispararán mientras el prisionero obedezca las órdenes. ¿Entendido?

Dnebronski asintió con la cabeza. Algunos bobos no podían ser salvados de sí mismos por más que uno lo intentara, pensó.

El comandante Vitenka se volvió hacia el preso.

—Sus movimientos serán lentos y pausados en todo momento. ¿Entendido?

—Mis movimientos son siempre pausados, comandante.

El prisionero descruzó poco a poco los tobillos, bajó las manos, se apoyó en el suelo y se puso en pie.

Medía aproximadamente un metro ochenta y cinco de alto, era delgado, pesaría unos setenta kilos, algunas canas salpicaban su espeso cabello castaño y su piel era clara y su cara alargada, pero en sus ojos brillaba un fuego interior que estremeció a Vitenka hasta la médula. Y parecían verlo todo.

Con la esperanza de que no se le notara nervioso, al menos no demasiado, el comandante sonrió al preso.

—La República Soviética ha decidido mostrarse compasiva con usted. Será usted liberado.

El hombre lo miró sin parpadear.

—Me conmueve.

—¿No lo entiende? Lo vamos a soltar y podrá regresar a su país.

—¿Y qué es lo que tengo que hacer? —Por su vacía expresión diríase que nada le importaba, ni siquiera la vida.

—Nada, se lo aseguro, aparte de contestar unas cuantas preguntas sencillas.

El hombre se encogió de hombros y los soldados saltaron hacia atrás.

—¡Sargento!

—¡Señor!

—¡No quiero ningún accidente! ¿Entendido?

—¡Sí, señor! —Dnebronski indicó a sus hombres que se relajaran. No lo hicieron, aunque se distendieron algo.

Vitenka se volvió hacia el preso.

—Le pido disculpas, señor. Ahora le haré las preguntas.

—¿Sabe? La última persona que me hizo preguntas se quedó descorazonado.

El comandante estaba sacando su libreta.

—Querrá decir desalentado.

—Como guste.

Vitenka se encontró tan de repente con esa cara inexpresiva y esos ojos fulgurantes que dejó caer la libreta. Antes de que pudiera reaccionar, el preso se agachó, la recogió y se la dio al alterado oficial.

Lentamente, el comandante Vitenka alargó el brazo conteniendo el aliento y la cogió. La abrió a toda prisa. Prefería centrarse en sus apuntes que en la sonrisa sin alegría que se dibujaba en los labios del hombre.

—¿Cómo se llama, señor?

—Brian Newman.

—¿Y su segundo nombre de pila?

—David.

Vitenka iba marcando cada punto del cuestionario a medida que recibía las respuestas.

—¿Fecha y lugar de nacimiento?

—El veintitrés de julio de 1956, Los Ángeles, California.

—¿El apellido de su madre?

—Greenhaitz.

El comandante recorrió la columna que contenía la información que identificaba al preso. No deseaba prolongar el interrogatorio más allá de lo necesario.

—Señor, ¿en qué posición jugaba en el equipo de fútbol del instituto?

—Defensa y medio centro. ¿Por qué?, ¿piensa reclutarme para la Universidad Patrice Lumumba?

Vitenka cerró la libreta y se la metió en el bolsillo.

—Con esto basta. —Miró a Newman—. ¿Quiere que le explique el procedimiento que emplearemos para su liberación?

El preso negó con la cabeza.

—En realidad, no. Se hará o no se hará. —Se volvió hacia la izquierda y miró hacia fuera, a los nerviosos guardias—. Supongo que le habrán hablado de mí. —El oficial no supo cómo contestar, aunque de hecho no hizo falta—. Se han inventado toda una leyenda, ¿sabe? —Mantuvo la vista fija en los guardias mientras hablaba con Vitenka—. ¿Le han contado mi audaz huida a Kurtsk? —Soltó una risa alegre—. ¿Que aterroricé a los habitantes del pueblo?

—Me han dicho —comentó Vitenka en voz queda y pausada— que mató a una familia y a algunos milicianos.

Newman se volvió hacia él con expresión de sorpresa en los ojos.

—¿En serio? —Agitó la cabeza despacio—. La historia mejora cada vez. Dígame, ¿a cuánta gente he matado ya?

—Según ellos, a nueve.

Por primera vez, su rostro inexpresivo registró un sentimiento, mezcla de diversión y tristeza.

—Nueve. —Repitió sin inflexión, como intentando imaginárselo—. Es asombroso.

Vitenka avanzó un paso sin pensárselo.

—¿Está diciendo que no es cierto?

Newman lo miró.

—¿Yo? —Le dio la espalda y se dirigió hacia la cama—. Si vamos a viajar mañana, debo descansar. Porque será mañana, ¿verdad? —preguntó tras un corto silencio.

—A menos que ocurra un imprevisto, sí. —El comandante se volvió y se encaminó hacia la puerta—. Regresaré por la mañana para hablar de los detalles. —Dicho lo cual salió de la celda.

Dnebronski enfundó su pistola y avanzó para cerrar la puerta.

—¿Sargento Dnebronski?

Éste se detuvo al oír la fría voz que venía de la celda. Se volvió hacia el preso.

La sonrisa de Newman era cálida pero no su voz.

—No debería contar cuentos fuera de la escuela. ¿No sabe lo que les pasa a los niños malos que inventan cosas?

Dnebronski cerró de un portazo temblando y deslizó a toda prisa el pasador.

A la mañana siguiente, justo después de desayunar, el coronel Ruinov mandó llamar a Vitenka.

—¿Y bien? —preguntó yendo directamente al grano—, ¿qué le pareció el 1368?

Al comandante se le habían ocurrido muchas cosas. Había pensado que los hombres alejados de la civilización necesitaban una cabeza de turco a quien culpar de su situación, que pueden exagerar el más sencillo de los hechos más allá de toda proporción hasta convertirlo en algo horrendo y, también, en que los soldados rusos seguían siendo sumamente ingenuos y supersticiosos.

—Yo diría que se ha conservado bien —contestó.

Ruinov se frotó la barba.

—Entonces, ¿todavía pretende liberarlo?

—Sí.

El coronel aguardó un momento.

—Parece —dijo por fin— que el general Medverov está de acuerdo con usted. Acabo de hablar con él.

—¿Y?

—Se niega a comprender. —Ruinov alzó una mano dando a entender lo inútil de su intento—. Lo único que logré fue hacer constar mis objeciones. —Parecía que sufría.

—Coronel Ruinov, ¿puedo hacerle una pregunta sin que parezca una impertinencia?

Éste asintió con la cabeza.

—Señor, si considera que ese hombre supone una amenaza, si lo cree tan peligroso…

—No lo creo, comandante, lo sé.

—Entonces, señor, con todo respeto, ¿por qué se opone a que se vaya?, ¿por qué no dejar que los norteamericanos se ocupen de él?

Ruinov se puso en pie y anduvo de un lado para otro del despacho.

—De niño vivía en una aldea a orillas del Don. Un día, cuando iba de caza con mi hermano mayor nos topamos con un perro que sacaba espuma por la boca. No nos vio. Atravesó el camino y se metió en un campo. Mi hermano dijo que debíamos perseguirlo y matarlo antes de que mordiera a alguien, pero yo quería seguir cazando. Le dije que el perro pertenecía a otra persona y que era su responsabilidad, de modo que continuamos con lo nuestro. Al día siguiente me enteré de que el perro había atacado y matado a un niño. —Se detuvo antes de volverse hacia el oficial más joven—. Llevo más de seis años sentado detrás de este escritorio vigilando al 1368. La analogía de un perro rabioso, en mi opinión, se queda corta; es un asesino frío y calculador. Aquí podemos controlarlo, más o menos. Dejarlo suelto entre gentes confiadas no es algo que haré de buena gana.

El comandante Vitenka se levantó.

—Pero su comparación tiene un fallo, señor. Si Newman es un asesino, ¡mató por deber patriótico! Primero para llevar a cabo su cometido y luego, para huir. No tenemos por qué pensar que supone una amenaza para sus compatriotas, eso, si de veras es un asesino.

—¿Lo duda?

—Pues sí... tengo algunos interrogantes.

Ruinov regresó a su sitio detrás del escritorio.

—Yo no. —Sacó unos papeles del cajón y los firmó—. Por suerte, no soy yo quien debe tomar la decisión. —Entregó los documentos a Vitenka—. Sólo espero que tenga usted razón. Daré la orden de que lo preparen.

Unas horas después, el comandante observó a un destacamento de presos limpiar la nieve del helipuerto; al cabo de veinte minutos acudió el coronel Ruinov.

—Acaban de llamar. Ya lo traen.

—Bien. —Vitenka asintió con la cabeza—. El helicóptero llegará en cualquier momento.

El ruido de metal contra metal los hizo volverse y mirar hacia atrás.

Newman se hallaba en el umbral de la puerta del edificio principal, rodeado de cinco guardias.

Ceñido a la parka llevaba un grueso cinturón de cuero y sujetas a éste cinco cadenas, cuatro de las cuales iban enganchadas a unos grilletes en los tobillos y las muñecas y la quinta, a una pesada tira de cuero alrededor del cuello, que lo obligaba a andar inclinado. Además, unas esposas mantenían las manos y piernas juntas.

«Sería tan fácil», se dijo Ruinov al contemplar al demonio que lo atormentaba en sueños, «¡tan fácil!».

Pensó en la posibilidad de tocarlo en cuanto pasara delante de él; sólo con un empujoncito de lo más ligero caería en la nieve, que les llegaba hasta los tobillos, y con tanto grillete... El cuello roto podría tomarse por un accidente comprensiblemente desafortunado. Un accidente fácil de explicar a los de Moscú y a los norteamericanos.

Y al Dios de Ruinov.

Newman se detuvo a menos de treinta centímetros del silencioso coronel, se volvió, miró al militar, de baja estatura pero endurecido por los combates, y le sonrió.

—Nunca contarás con una oportunidad mejor, Igor —comentó con una sonrisa apenas perceptible.

El coronel clavó la vista en esos ojos ardientes, retadores, burlones y bajó poco a poco el brazo hacia el arma que llevaba en el costado. La culata de la pistola automática se deslizó sin esfuerzo en la palma de su mano.

En ese momento, el helicóptero los sobrevoló. Cinco minutos más tarde había aterrizado y sus motores se pararon.

Newman suspiró, agitó la cabeza y soltó una risita como respuesta a un chiste privado.

Ruinov vio a tres soldados apearse y ayudar al comandante Vitenka y a los guardias a subir a Newman a la parte trasera del aparato. Tras comprobar que el preso estuviese bien asegurado, Vitenka se volvió hacia el coronel.

Éste estaba gritando algo al oído de un oficial subalterno que acababa de llegar corriendo. Se volvió cuando Vitenka se acercó.

—Adiós, señor —dijo el comandante—. Quisiera agradecerle su colaboración en nombre del general Medverov.

El coronel Ruinov estaba pálido.

—Dnebronski ha muerto —anunció éste con tristeza.

—¿Qué?

—Acaban de encontrar su cuerpo al pie de unas escaleras.

A Vitenka la cabeza le daba vueltas.

—¡Resbaló! ¡Las escaleras estaban cubiertas de hielo! Yo mismo casi...

En lugar de hacerle caso, Ruinov oteaba a Newman en el interior del helicóptero.

—Llévese a ese cabrón —murmuró—. Lléveselo lejos de aquí. —Giró sobre los talones y echó a andar hacia el edificio—. Antes de que convierta mi puesto de mando en un matadero.

El comandante Vitenka miró al hombre mayor alejarse y se volvió poco a poco hacia el aparato.

Newman sacó el cuerpo a medias por la puerta, se encogió de hombros y arqueó las cejas.

El frío que atravesó al joven oficial moscovita nada tenía que ver con la tormenta que se avecinaba.

CAPÍTULO DOS

El suave «Round midnight» impregnaba el aire nocturno.

Unos bafles invisibles derramaban sus ritmos especiales, sus sutiles arreglos entre los invitados de la sala de estar, en el patio trasero, donde las parejas bailaban o comían del generoso bufet, y en la zona de la piscina, donde la gente instalada en cómodos asientos y rodeada de antorchas polinesias, conversaba en voz baja y contemplaba las linternas japonesas que flotaban en el agua.

En la distancia, las luces de colores, colgadas de los árboles más próximos del cercano bosque incitaban a los más románticos a dar un paseo amoroso, o a aparejarse, bajo un dosel de estrellas que cortaba el aliento y se asomaba entre las ramas de hojas recién estrenadas.

Pese a todo, el romanticismo, la música, el ambiente acogedor, Patricia Nellwyn se sentía desdichada. Aunque no lo reconocería ante nadie, y menos aún ante sí misma, se sentía torpe e incómoda por ser la única mujer sin pareja de menos de sesenta años.

Odiaba ir sola a esa clase de reuniones.

No lo había planeado, tampoco lo había deseado. Pero su asistencia era obligatoria y la llamada, esa misma tarde, de quien debía acompañarla la había obligado a hacerlo.

De hecho, la había obligado a enfrentarse a muchos problemas y ella odiaba encararse a sus propios problemas.

A sus treinta y siete años era capaz de examinar la primera mitad de su vida con cierta satisfacción. Había puesto el listón muy alto en lo referente a su carrera y había alcanzado casi todos sus objetivos más pronto de lo que hubiese podido imaginar.

Fue la primera mujer que se graduó entre el dos por ciento de nota máxima de una universidad antes exclusiva de hombres. Acabó primera de su promoción en la Facultad de Medicina Peter Bent Brigham de Harvard y antes de cumplir los treinta ya ejercía de siquiatra colegiada.

En los últimos dos años, un par de prestigiosas revistas médicas le había publicado sendos importantes ensayos sobre trastornos de personalidad, acogidos como «preliminares de un gran descubrimiento», una auténtica alabanza viniendo de una comunidad médica que todavía veía a las doctoras como enfermeras glorificadas.

Desde el punto de vista profesional, la vida la había tratado bien, pues había culminado su contrato en el Instituto Volker, una de las principales instituciones del mundo en su especialidad.

En lo personal, sin embargo, la vida se había mostrado mucho menos prometedora.

Se obsesionaba, trabajaba a menudo veinte horas al día y se olvidaba de que fuera de la investigación existía un mundo o un amante. Relacionarse socialmente con naturalidad, algo que tan fácil parecía resultar a otras mujeres, no era ni había sido nunca lo suyo; no sabía coquetear y nunca se había molestado en aprender a hacerlo, no tenía paciencia para los juegos del cortejo, los compromisos, los sacrificios necesarios para iniciar o afirmar una relación.

Sus breves interludios amorosos —al parecer cada vez menos frecuentes— acababan inevitablemente con furiosos murmullos en la oscuridad y un portazo.

Dejó esas reflexiones atrás y volvió su atención a la fiesta.

La asistencia al cóctel, convocado cada trimestre por el jefe de personal en su casa, era obligatoria. En él la gente se dedicaba a la política de oficina, a forjar contactos interesados y a hacer, pura y sencillamente, la pelota a la antigua. Maridos y esposas actuaban de acuerdo, los solteros, miembros menos relevantes del personal —a nadie se le ocurriría que alguien pudiera escalar puestos sin estar casado—, exhibían a su «otra parte importante», o sea, a su pareja, tan bien como podían, y esa otra parte solía ser alguien que los enalteciera y reflejara favorablemente la imagen que el instituto tenía de sí mismo y de su personal.

Patricia había pasado días preparándose, había hecho planes con su obsesiva minuciosidad. El vestido perfecto (favorecedor pero conservador), perfectos temas de conversación (había estudiado con cuidado lo que agradaba y desagradaba a cada uno de los directivos) y, lo que era más importante, el acompañante perfecto.

Aunque su relación llevaba semanas en la cuerda floja, Patricia había rogado a su amante, un agregado naval, que la acompañara.

Iba a ir a por todas, hasta que él la llamó esa tarde.

Así que en ese momento permanecía apartada, observando. Todavía conservaba el sabor de la amargura y la rabia que había volcado sobre él cuando le informó de que no iría.

«Al diablo con todos», pensó. Enfurecida, había descartado el vestido conservador y aceptable; en su lugar, la ceñía un vestido rojo oscuro con lentejuelas, escote bajo y larga abertura en la falda.

Sabía que habría habladurías. Más de una vez había fingido no oír comentarios del tipo «¿por qué iba a venir sola una chica hermosa como ella?». Bueno, como de todos modos lo dirían, ¡bien podía darles un verdadero tema de conversación!

Había inclinado la cabeza con cortesía ante las miradas despectivas de los directivos y luego se regocijó con sus ojeadas más lascivas.

Sonrió con dulzura a las preocupadas esposas, que se aferraban a sus maridos cuando se les ocurría ir a saludarla.

Tomó pequeños sorbos de la única copa que pensaba beber esa noche —a fin de cuentas, debía respetar algunas convenciones si pensaba burlarse de los demás— y observó las manecillas del reloj moverse como si estuviesen atascadas en melaza.

Ése era el plan B. Se trataba de poner al mal tiempo buena cara: hacer acto de presencia, si bien espectacular, dar gracias al jefe de personal y a su esposa por «una fiesta sencillamente maravillosa» e irse pronto a pasar la noche en los clubes nocturnos de Munich.

Con suerte, unas horas de libertinaje anónimo con un cuerpo sin nombre, una escapada de su habitual rutina mundana le devolverían la energía, el ánimo y mejorarían su visión del mundo.

—Vaya, vaya —dijo la profunda voz de un hombre a sus espaldas—. Pero si es la mismísima Patty *la Clínica*, y con ropa de adulta nada menos.

Patricia giró furiosamente sobre los talones y luego se rió al reconocer a la persona a la que pertenecía la voz.

—Me bañé y hasta me lavé el pelo —comentó con una sonrisa creciente.

El hombre asintió con la cabeza aprobándolo.

—Pero te voy a dar un buen consejo. Se supone que la abertura de la falda y el escote no han de juntarse.

—¿No lo apruebas?

—Soy un científico —contestó él sonriente—. Siempre estoy abierto a las nuevas ideas.

Ambos se rieron mientras ella lo abrazaba.

—No sabía que habías vuelto, Jack. —Patricia acabó su copa y cogió dos más de una bandeja que llevaba un camarero.

El doctor Jack Clemente, de sesenta y siete años y setenta kilos repartidos con frugalidad por su metro noventa y cinco de estatura, jefe de Investigaciones sobre Comportamientos del instituto, tomó la copa que ella le daba.

—Llegamos a última hora de la tarde.

—¿Cómo está Jenny?

Jack sonrió.

—Bien. —Hizo una señal hacia el otro extremo de la estancia, hacia una mujer baja y corpulenta que asaltaba el bufet con glotonería—. Me ha mandado acompañarte mientras se ceba.

Patricia soltó una amarga carcajada mientras le pasaba un brazo por la cintura.

—¿Cómo lo supiste?

—Soy un observador entrenado —declaró Jack con voz pomposa—. ¡Veo cosas que el común de los mortales no ve! —Hizo una pausa—. Patty *la Clínica* está vestida de chica y no sólo de chica, sino de chica que llama la atención. Elige un diseño, un color y hasta un lugar en el que causará un gran impresión, sabiendo que a ninguno de esos cabrones de cara sombría les gusta que nadie llame la atención y menos una de sus zánganas.

Un acceso de tos lo interrumpió. Se cubrió la boca con un pañuelo y en cuanto dejó de toser continuó con voz más débil.

—Conclusión: A Patty *la Clínica* le han dado suelta y está de caza. Eso nos deja con una única pregunta. —Tras una corta pausa preguntó en tono bajo y comprensivo—: ¿Fue decisión tuya o no?

—No.

—Te advertí sobre los diplomáticos.

Patricia se estiró y le dio un beso en la mejilla.

—No dejo de buscar sustitutos para ti y lo haré hasta que aceptes fugarte conmigo.

—¿Y qué pasa con Jenny?

—Sólo déjame las tarjetas de crédito y los talonarios, cariño —pidió su mujer acercándose—. El resto se lo dejo a ella.

Las dos se dieron un caluroso abrazo.

—¿Qué tal por Washington?

Jenny se encogió de hombros.

—Ni idea. Me pasé todo el tiempo en centros comerciales de Georgetown y de Virginia.

Patricia miró a Jack, que se limpiaba un rastro de sangre de la comisura de los labios, y fingió no darse cuenta.

—Creía que ibais de vacaciones.

—Yo también lo creía —repuso Jenny con un ligerísimo deje de rencor.

Jack se limpió las gafas con la solapa de la americana.

—Surgió algo.

Jack Clemente nunca se quedaba corto de palabras cuando podía usar muchas y tampoco se limitaba a contestar a las preguntas; siempre ofrecía una réplica mordaz o un sarcasmo. Ese «surgió algo» resultaba tan atípico que las campanas de alarma de Patricia empezaron a sonar.

Lo estudió largo rato y se volvió hacia Jenny.

—De acuerdo, ¿qué ocurrió?

—Llevábamos apenas tres horas allí —respondió Jenny rápidamente—, estábamos deshaciendo las maletas cuando Jack recibió una llamada de alguien del Pentágono. Un maldito ayudante del ayudante del adjunto del secretario de Defensa. Lo siguiente que supe fue que me había convertido en una rata, no de biblioteca, sino de centros comerciales. —Dirigió a su marido una fea mirada—. Jack pasó cada día encerrado en quién sabe qué clase de estúpidas reuniones.

Eso dejó a Patricia realmente intrigada.

—Bien, compañero —dijo dándole un codazo—, ¿de qué se trata?

Jack esbozó una sonrisa apenas perceptible, miró a su esposa con expresión irritada y se volvió hacia la joven.

—Ya sabes cómo son estas cosas, Patty. La mitad de las subvenciones del instituto vienen del gobierno. Si a alguien se le ocurre una idea peregrina, llaman al instituto y el instituto me llama a mí. —Hizo una pausa—. ¡Qué agobio ser indispensable!

—¿Y cómo ibas a saberlo? —preguntó su esposa mientras le daba furtivamente un pañuelo limpio.

Patricia lo vio pero no dijo nada. Era un secreto a voces que Jack tenía cáncer, pero él aún no lo había anunciado oficialmente y sus colegas respetaban su deseo de intimidad.

Además, de momento a Patricia le preocupaba mucho más su tono, un tono que rezumaba importancia, nuevos retos, algo muy especial, y en aquel momento su vida precisaba algo especial. Y si ese algo especial no podía ser una relación, pues había de ser el trabajo.

Jack fingió no reparar en la mirada intensa de Patricia; en su lugar contempló a los asistentes al cóctel, tomó unos sorbos de su copa y, cediendo finalmente, se volvió hacia ella.

—Supongo que lo que veo en tus ojos no es una lujuria incontrolable. De acuerdo, pero esto queda entre nosotros, ¿entendido?

—Por supuesto.

—Quiero decir que te aplicaré la tortura china del agua si alguna vez...

—¡Suéltalo!

Jack se acercó más a ella, no sin antes echar una ojeada alrededor.

—Va a ocurrir algo especial —explicó en tono conspirativo—. Nadie quiere hablar de ello abiertamente, pero se merece la mayor prioridad del Ministerio de Defensa y fondos prácticamente ilimitados, sin mencionar que el secreto se guarda en la más estricta seguridad. Nos lo arrojan y piden milagros de la noche a la mañana.

Posó la vista en su joven colega, quien, con los ojos abiertos de par en par y totalmente inmóvil, lo escuchaba con suma atención.

Al cabo de un minuto entero de silencio, Patricia lo alentó:

—¡Vamos! ¿De qué se trata? —preguntó con un susurro emocionado.

Jack parecía avergonzado.

—De hecho, he hablado más de la cuenta.

—¿Respecto a qué? —insistió Patricia.

—Bien... nunca he podido rechazar a una mujer hermosa.

—Nunca has tenido la oportunidad —recalcó su esposa entre bocado y bocado.

Jack la miró airado.

—¿Te acuerdas del estudio de Eisenrich sobre los efectos del estrés prolongado en personalidades del tipo A3?

Patricia asintió con la cabeza, entusiasmada.

—Reflejos de conducta aberrante, síndrome de descompensación de labilidad, fases de tendencias atávicas. Todo eso.

Jack asintió con la cabeza.

—El proyecto se centra en esas áreas. —Se interrumpió, como si hubiese dicho demasiado—. En términos generales, ¿entiendes?

—¡Caray! —exclamó Patricia en un susurro—. R.C.A., S.D.L., fases de atavismo. —Diríase que se hallaba muy lejos de allí—. ¿Cuántas de esas características manifestadas en cuántos sujetos? ¿Cinco?, ¿diez?, ¿quince?

—Todas en uno.

Patricia clavó la vista en los árboles y fue digiriendo la emocionante perspectiva.

—Uno —repitió soñadora—. Todas en uno. —Se volvió de prisa hacia su jefe—. ¡Es mi campo, Jack! ¡Lo sabes! ¡Tienes que dejarme participar! ¿De qué va? ¿Qué hago para formar parte del proyecto?

Jack alzó una mano.

—No depende de mí. El jefe decidirá quién lo integrará después de consultarlo con el director del proyecto del Ministerio de Defensa.

La mente de Patricia daba vueltas. No se fijó en una joven pareja, ambos miembros del personal del instituto, que se aproximaba.

—Señora Clemente —dijo el marido—. Jack. Fantástico vestido, Patty.

De pronto, Patricia se miró y soltó un aullido casi inaudible.

—¿El jefe lo decidirá? ¡Mierda! —Agitó la cabeza—. Y ha tenido que ser esta noche cuando he decidido soltar la rienda a mi libido. —Miró a Jack—. ¿Qué puedo hacer?

Jack se rió.

—Con esa pinta, lo único que te puedo sugerir es que te acuestes con él —propuso en broma.

Jenny negó con la cabeza.

—Me temo que ella no es su tipo, ni él es proclive a eso.

Los ojos de Patricia saltaban de un lugar a otro mientras buscaba una solución.

—Tengo que formar parte... tengo que... —Su voz se fue desvaneciendo y de repente miró a Jack—. ¿El administrador del proyecto?

—¿Cómo? —preguntó Jack entre un sorbo y otro.

—Has dicho que el jefe tomará la decisión después de consultarlo con el director del proyecto del Ministerio de Defensa. ¿Quién es? ¿Cómo consigo hablar con él?

Jack echó una mirada alrededor del patio. Cuando finalmente vislumbró a la persona que buscaba la señaló con un gesto de cabeza.

—Caminando siete metros en esa dirección —respondió.

Patricia giró sobre los talones y estudió a todos los que había en ocho metros a la redonda.

—¿Cuál de ellos?

—Ese caballero que se da aires junto a la mesa del bufet.

—El del traje azul marino y corbata roja —añadió Jenny como si nada—. Vino con nosotros en el avión.

Sin dejar de mirarlo, Patricia le cogió el plato a la esposa de Jack.

—Jenny, pareces estar muerta de hambre —comentó con aire distraído sin volverse—. Te traeré algo más. —Dicho esto, echó a andar.

Jenny la siguió con la mirada.

—No me ha gustado hacer esto, Jack.

Él se encogió de hombros.

—Las órdenes son órdenes.

Su esposa lo miró.

—¿Es realmente necesario este juego?

Jack observó cómo Patty se acercaba al hombre que estaba junto a la mesa.

—Él parece creer que sí.

Patricia ordenó sus pensamientos a toda prisa mientras se aproximaba al bufet repleto de comida y estudió a conciencia al caballero del traje azul.

Tendría unos cincuenta y pico de años y media dos metros, tal vez un poco más. Era fornido, sus hombros parecían estar a punto de romper las costuras de su americana y su rostro, lleno de arrugas y con ojeras bajo los ojos límpidos, lucía un intenso bronceado. Erguido como una caña, distribuía equitativamente su peso en ambas piernas; calzaba zapatos negros, tan pulidos que daban la impresión de que se desgastarían si se volvían a limpiar.

Tardó un instante en percatarse de que era un militar y no un civil del Ministerio de Defensa.

Y estaba oliendo el plato que el camarero acababa de entregarle.

Patty sonrió al caminar hacia él con fingida tranquilidad.

—Darán un premio a la persona que identifique el plato principal o a la que más se acerque.

El militar le dirigió una mirada fugaz antes de volver la vista hacia su plato.

—No tengo la menor idea —contestó con confusión en la voz— y no me atrevo a preguntarlo.

Patricia se maldijo por haber olvidado preguntar su nombre a Jack.

—La especialidad del doctor Madel es la cocina alemana del siglo xv. Puede resultar un tanto rara. —Se entretuvo en servirse algo de ensalada.

—¿Quién es el doctor Madel? —El hombre dejó su plato en la mesa.

—El jefe del invernadero.

—¿Quiere decir que es el jardinero? —La miró, interrogante.

Patricia soltó lo que esperaba que fuese una risa atractiva.

—No, sólo lo llamamos así; de hecho, se trata del Centro para Sujetos Vegetativos y Catatónicos. Este año le han encargado los refrigerios.

—¿Tenían hamburguesas en la Alemania del siglo xv? —preguntó el militar antes de presentarse—. Soy Alex Beck, por cierto.

—Y yo, Patricia Nellwyn.

«¡Maldita sea, debí decir Patty!», pensó.

Cuando se estrecharon las manos sintió los callos en el borde de su mano derecha.

—No recuerdo haberlo visto por aquí —aseguró sin más.

—He llegado hoy. —Beck miró alrededor—. De hecho, aparte del doctor Tabbart y el doctor Clemente, sólo he hablado con usted. ¿Tiene algo que ver con el instituto?

¡Por fin una oportunidad!

—Trabajo en el Centro de Investigaciones sobre Comportamientos con Jack Clemente —explicó encantada.

—¿En serio? —De pronto pareció interesado.

—Desde hace cuatro años.

Beck señaló una mesa cercana y los dos fueron a sentarse.

—Puede que trabaje con algunas personas de su departamento. —Detuvo a un camarero, le dio una copa de champán a Patty y cogió una cerveza para él—. Para eso he venido.

—Bien, si lo que busca son investigaciones sobre comportamientos, somos los mejores. —Patty se dio un puntapié en los tobillos por parecer una perfecta relaciones públicas—. Es decir que contamos con algunos de los mejores especialistas en este campo.

Beck sonrió al percibir su obvia incomodidad.

—¿Es usted una de ellos?

Patty trató de recordar cómo parecer recatada.

—Me gusta pensar que sí —respondió más o menos modosa.

—¡Oh, vamos! —la incitó él—, seguro que puede hacerlo mejor.

Al diablo con la modestia.

—Si no lo fuese —declaró con firmeza—, no estaría aquí.

Beck tomó un largo trago de cerveza y la examinó con los ojos más penetrantes que Patty hubiese visto nunca en alguien que no padeciera una grave sicosis.

Al menos no parecía sicótico.

—¿Qué sabe usted sobre cómo desaprender un comportamiento instintivo?

Algo en su mirada la molestó, de modo que decidió dar marcha atrás, un poquito, hasta comprenderlo mejor.

—Es una pregunta extraña para una fiesta en un jardín, ¿no?

La mirada no cedió.

—Usted ha dicho que es una de las mejores. Pruébemelo. —Una expresión pesarosa cruzó su rostro—. Lo siento, a veces me dejo llevar. —Tomó otro sorbo de cerveza—. Es una pregunta difícil para una enfermera.

Patricia olvidó de inmediato toda idea de jugar, toda vacilación y toda ambición.

—Doctora —espetó con voz baja e iracunda.

—Perdón, ¿cómo ha dicho?

—Licenciatura y doctorado en medicina y casi una década de experiencia clínica en algunas de las patologías más duras que usted o nadie pueda haber visto. —Patty estaba enojada con Beck, con el agregado naval, con la misoginia de la profesión médica... con los hombres en general—. Usted y los demás son tan condescendientes —dijo inclinándose hacia él— al suponer, ¡sin más!, que cualquier mujer que trabaja en una institución médica es una enfermera. ¡Al verlo yo no he pensado automáticamente que cava trincheras!

Se sorprendió al reparar en que Beck sonreía.

—Me doy por bien reprendido.

Su sonrisa la avergonzó.

—Lo siento. Es que ha pulsado uno de mis botones en el momento menos oportuno. —Se detuvo un momento—. ¿Cuál era su pregunta?

—Desaprender un comportamiento instintivo, ¿es eso posible?

—Claro. Es Pavlov llevado a la novena potencia; se puede condicionar a cualquiera para que haga cualquier cosa.

—¿Y qué hay de los comportamientos de supervivencia?

—¿Por qué no? Se aplica el mismo principio. Puede que sea más difícil pero es lo mismo.

La sonrisa de Beck desapareció.

—¿Cómo?

Patricia, ya controlada, aprovechó la oportunidad de impresionarlo.

—Hay dos modos. Uno, modificar la conducta mediante estímulos positivos y negativos. Por ejemplo, tocar una bombilla encendida; el instinto de supervivencia y la experiencia nos impiden hacerlo, ¿verdad?

—Cierto.

—Entonces al sujeto se le somete a una experiencia aún más desagradable cada vez que se niega a tocarla y, luego, a una experiencia abrumadoramente agradable cuando lo hace. Al cabo de un tiempo, si el refuerzo positivo es lo bastante potente, andará buscando bombillas que tocar, sólo para conseguir el premio.

—Y se quedará con las manos chamuscadas.

—Un efecto secundario desafortunado —convino Patty encogiéndose de hombros.

Beck parecía perdido en sus pensamientos.

—¿Cuál es el otro modo?

—La sugestión poshipnótica inducida químicamente. Implantar una idea lo bastante profunda en el subconsciente del sujeto para que se meta de buena gana una pistola en la boca y apriete el gatillo, sólo porque se ha convencido de que eso le curará un dolor de garganta.

—El problema de ambas propuestas, doctora —Beck insistió en la palabra—, es que en ambos casos lo que queda es un individuo básicamente deformado y vulnerable.

Algo en su tono se le antojó extraño.

—¿En qué sentido? —Había olvidado por completo el motivo de su conversación.

El militar clavó la vista en el bosque y, cuando habló, su voz parecía lejana.

—Tomemos por ejemplo un caracol de jardín…

—¿Un caracol?

—Es un ejemplo. Un caracol detecta la sal a más de cien metros, lo que, para usted y para mí, equivale a kilómetros. Cuando la detecta, altera su curso de inmediato para evitarla porque sabe por instinto que si algo en él entra en contacto con la más mínima cantidad de sal, se disolverá.

Patricia se echó hacia atrás y se lo pensó.

—¿Adónde quiere ir a parar? —preguntó, aunque lo sabía y ya lo estaba analizando.

Beck no apartó la vista del bosque.

—Si le quita el instinto de supervivencia, a la larga acabará yendo hacia la sal y se disolverá dolorosamente.

—Entonces teóricamente —dijo Patricia como si hablase consigo misma— tendría que condicionarse al caracol o enseñarle a seguir evitando la sal, a la vez que se le despoja de otros aspectos de su comportamiento de supervivencia.

—¿Puede hacerse?

—¿Con un caracol? Claro. —Tras un largo silencio, Patty añadió—: Creo.

Beck se volvió hacia ella.

—Déjeme complicar el problema.

—De acuerdo. —La mujer se sobresaltó al percatarse de que una lágrima pendía del rabillo del ojo del militar.

—El noventa y cinco por ciento de los comportamientos de supervivencia consisten en evitar situaciones, ¿no?

—Sí.

—Pero si tiene usted un sujeto, un sujeto en el que el noventa y cinco por ciento de los comportamientos de supervivencia son agresivos, de asalto, ¿se le pueden arrancar esos comportamientos y dejar un individuo intacto?, ¿sin más problemas que usted o yo cuando se trate de sobrevivir? —Un deje de súplica se había colado en su tono.

—Los expertos opinarían que no.

—Eso me han dicho —dijo Beck con voz baja y la mirada fija en la cerveza.

—Pero —prosiguió Patricia, que seguía analizando el problema— es posible que dependa de si los comportamientos son naturales o han sido aprendidos.

—El doctor Tabbart, su jefe de personal, no está de acuerdo.

Patricia dejó escapar una risa más sonora de lo que pretendía.

—No me sorprende.

Beck la miró.

—Y el doctor Clemente cree, en el mejor de los casos, que la posibilidad es muy remota.

Patty se lo pensó mucho antes de contestar.

—Jack es un buen hombre, un siquiatra clínico brillante.

—Pero...

—Sin faltarle al respeto, he de decir que su fuerte no es abrir nuevos caminos.

El hombre volvió a sonreír.

—¿Y el suyo sí?

Dejando el tacto a un lado, Patty *la Clínica* surgió en todo su esplendor.

—Mire, no conozco ningún detalle de su proyecto, pero sí sé una cosa y es que me necesita.

Beck apuró su cerveza.

—¿Y de qué proyecto estamos hablando?

—Jack Clemente es uno de los mejores y yo lo quiero como a un padre, pero lo que usted necesita es alguien que no tenga miedo a arriesgarse, ¡alguien abierto a ideas nuevas y al pensamiento no convencional!

—¿En serio? —El militar sonaba... divertido. Se puso en pie dispuesto a marcharse—. Fue un placer hablar con usted, doctora Nellwyn. —Echó a andar hacia el interior de la casa.

—¡Oiga! —Patricia lo alcanzó corriendo—. ¡Si se arriesga a usar una terapia convencional en un auténtico S.D.L. con fases de atavismo, lo que va a conseguir es una de dos cosas!

Beck se detuvo, se volvió y la miró.

—¿Y cuáles son?

Patricia lo miró directamente a los ojos.

—¡Un muerto u otra planta para el invernadero del doctor Madel!

Durante más de un minuto se limitó a contemplar la cara de la joven. Finalmente, una sombra pasó por su rostro y se dispuso a darle la espalda.

—Le aseguro, doctora, que lo último nunca ocurrirá. —Se dio la vuelta y se alejó.

Patricia permaneció inmóvil con la vista clavada en el lugar que acababa de dejar Beck. Su mente no paraba de repasar la conversación, una y otra vez, y no se dio cuenta de que Jack se había acercado por detrás.

—¿Y bien? ¿Qué tal te fue?

La mujer escrutó su cara demacrada.

—Si tengo suerte, podré trabajar de prostituta —respondió profundamente deprimida.

Su amigo la abrazó.

—¿Tan mal estuvo?

—Peor.

Jack inspiró hondo.

—Bueno, al menos llevas el vestido adecuado.

A la mañana siguiente, con los ánimos aún más bajos y furiosa consigo misma, Patricia andaba distraída por un pasillo del instituto, rumbo a los ascensores, tratando de continuar con el análisis de su conversación con Beck.

Suponía un reto interesante.

Todas las teorías actuales acerca de la rehabilitación de inclinaciones violentas se ceñían a una sola cosa: a extirpar esas tendencias por medio de terapias, medicación, condicionamiento o cirugía. Todo un éxito. Pero no tenían en cuenta la capacidad posterior del sujeto para enfrentarse al mundo.

Ella había visto los resultados de esos tratamientos. Las personas inocuas, sosas, emocionalmente castradas que salían de ellos se hallaban peor, en su opinión, que cuando manifestaban su violencia.

Pero se consideraba que ese cambio suponía una mejoría para la sociedad o, en todo caso, una mayor seguridad.

Entró en el ascensor vacío y pulsó el botón del segundo piso, donde tenía su despacho.

—¡Espere, por favor!

Presionó el pulsador «abrir puertas» mientras llegaba corriendo el residente que le había gritado.

—*Guten morgan*, doctora Nellwyn.

Ésta echó una ojeada al joven tratando desesperadamente de recordar su nombre.

—Hola —contestó y volvió a sus pensamientos.

—Va a exponer hoy, ¿no?

Eso la sacó de su ensimismamiento. Odiaba a la gente que insistía en conversar sobre temas superficiales.

—¿Cómo? No —espetó.

El joven pareció seriamente sorprendido.

—¿De veras? —Hizo una pausa. Como no hablaba muy bien inglés tenía que buscar las palabras adecuadas—. El doctor Tabbart va a encargarse esta *morgan* de las rondas del tercer año y creí oírle decir algo de que usted estaría allí.

Asombrada, Patricia lo miró mientras se abrían las puertas y salió del ascensor a toda prisa.

En lugar de ir a los clubes después de la fiesta, había preferido ir derecha a casa y ahogar sus penas en licor de café kahlua. Esa mañana, al abrir los ojos treinta minutos después de sonar el despertador, todavía llevaba puesto el vestido. Quizá tanta rabia, frustración y alcohol le habían hecho olvidar su exposición. Mantuvo la cabeza gacha mientras se dirigía a la seguridad de su despacho.

—¡Doctora Nellwyn!

Ésta se detuvo al ver que una enfermera se aproximaba a ella.

—Hola —la saludó—. Voy un segundo a mi despacho y en seguida estoy con usted.

La mujer la detuvo poniéndole una mano en el hombro.

—No tiene tiempo. El jefe lleva veinte minutos buscándola.

—¡Mierda!

—No pasa nada. Llamé para decir que estaba encargándose de una urgencia.

Patricia inclinó la cabeza en señal de agradecimiento.

—Me ha salvado la vida. —Se alisó el pantalón de pinzas y la blusa holgada, comprobó que su cabello se encontraba to-

davía severamente atado y se volvió hacia la enfermera—.
¿Estoy presentable?

—Está muy bien —dijo con una sonrisa—, pero me gustaban más las lentejuelas.

Patricia hizo una mueca mientras desandaba el camino.

—¿Visitas? —murmuró en el ascensor—. ¡Oh, creí que eran…! Por supuesto. Es que un paciente sufrió una crisis y… —Respiró hondo en cuanto el aparato se abrió en el piso más alto.

La moqueta azul, las paredes de un verde pálido y la música solían hacer que el recorrido por el pasillo se antojara, por alguna razón subliminal, más largo de lo que era en realidad. Patricia se concentró en mantener una pose perfecta, en no mirar hacia los lados. Sonrió amablemente a la mujer del escritorio al fondo del corredor y ésta la miró con expresión amenazadora.

—Buenos días, señora Lotte —saludó al acercarse. Tenía un aspecto más bien masculino.

—Doctora —respondió ésta al tiempo que cogía el auricular del teléfono y marcaba un número interno—. La doctora Nellwyn, señor. —Silencio—. Por supuesto, señor. —Miró a Patricia—. Ya puede entrar.

«¡Malo! —pensó la siquiatra—. Tabbart siempre hace esperar a los empleados de rango inferior.»

Traspasó el umbral de la puerta y la cerró.

Sentado detrás de su descomunal y resplandeciente escritorio, el doctor Klaus Manfred Tabbart, jefe de personal del Instituto Volker, le sonrió amablemente. La superficie de la mesa se hallaba vacía; ni una sola hoja, ni la más mínima mancha o huella dactilar eclipsaban su brillo de espejo, que reflejaba la luz, dando la impresión de que el hombre llevaba aureola.

Los miembros de menor rango discutían siempre sobre si se trataba de un efecto involuntario o si, por el contrario, tenía intención de que sus subordinados se percataran de su divinidad. En todo caso funcionaba.

—Buenos días, doctora Nellwyn.

—Buenos días, señor. —La joven ocupó el sillón que le indicaba, de cojín tan blando que cualquiera que se sentara enfrente del escritorio acababa por debajo del nivel de la cabeza de Tabbart y debía levantar los ojos para hablar con él—. Lamento no haber podido contestar a su…

Con una mano, el jefe de personal rechazó la disculpa. Mala señal.

—Me explicaron la razón de su ausencia —declaró con su voz extraordinariamente aflautada—. Los pacientes ante todo. —Hizo una pausa—. ¿No está de acuerdo?

—Por supuesto, señor. —Patricia buscó algún tema que pudiese aligerar la tensión que emanaba del otro lado de la mesa—. La fiesta fue maravillosa —comentó con timidez— y su casa es muy hermosa.

Tabbart aceptó el halago con una escueta inclinación de cabeza.

—Sí. La fiesta. —Tras un largo silencio preguntó—: ¿Es usted feliz aquí?

—Sí, señor, mucho.

—¿No preferiría un consultorio más interesante… en Londres, Nueva York o Los Ángeles, quizá?

—No, señor.

Eso era peor de lo que había imaginado. Patricia se juró que si salía bien de ésa, dejaría atrás lo impulsivo de su vocabulario, así como el maldito vestido rojo.

—A veces me lo pregunto —aseguró Tabbart. Hizo girar su sillón para mirar por el ventanal que daba a la parte posterior del edificio principal—. Por cierto, estaba usted impresionante anoche. Lo que ustedes, los norteamericanos, llaman «un auténtico captador de miradas», creo.

Allí estaba, repudiada y quemada en la plaza pública, lentejuela tras sangrienta lentejuela.

El jefe aguardaba a que ella dijera algo.

—Tuve… algunos problemas con la tintorería —mintió sin mucha convicción.

Tabbart asintió con la cabeza.

—Comenté a varios miembros del personal que eso debía de haberle sucedido. Algo así. —Soltó el corto y agudo chillido que Patricia ya reconocía como risa—. Les dije que usted no iría a mi casa vestida adrede como una vulgar prostituta. —Se interrumpió y se volvió hacia ella, definitivamente no sonreía—. No se pondría en evidencia a sí misma ni avergonzaría a sus colegas ni a esta institución aposta. —Hizo otra pausa—. Ni a mí.

—Por supuesto que no —aceptó Patricia, cada vez más enfurecida ante esa mirada implacable y mezquina.

—Por supuesto que no. Doctora Nellwyn, seamos completamente francos, ¿le parece?

—Por supuesto —contestó la joven con la voz más alta de lo que pretendía.

—Es usted, madame, una siquiatra brillante, talentosa quizá. Su práctica clínica es impecable, pero es en los demás aspectos, fuera de la clínica, que me parece que usted no es adecuada para el instituto.

—¿De veras? —La voz de Patricia, sin inflexiones, ocultaba una creciente furia ferozmente controlada.

De momento.

—Esa tontería de anoche, ostentando su... su físico. Seré franco. —Tabbart se inclinó con las manos cruzadas sobre el escritorio—. Muchos de los presentes, y yo entre ellos, sentimos que su comportamiento daba una mala imagen de usted y del instituto que representa.

—¿En serio?

Patricia aprovechó su ira contra sus propios fallos personales y la volvió contra su jefe. Como solía decir su padre, «si van a dispararte, más vale que sea porque te confunden con un oso pardo que con un cerdo».

—¿Quiénes lo pensaron exactamente?

—¿Cómo ha dicho?

—Yo recuerdo bastantes reacciones positivas —alegó ella con amargura—, sobre todo de varios jefes de departamento.

Tabbart parecía abochornado.

—Eso lo trataré con ellos hoy mismo. Pero de momento estamos hablando de usted.

Patricia lo interrumpió.

—Sí, exactamente. Usted reconoce que mi trabajo es, más que competente, brillante, talentoso: ésas fueron sus palabras, creo.

Parecía descolocado.

—Dentro de estas cuatro paredes sí, pero...

Patricia negó con la cabeza, se inclinó y posó las manos sobre el brillante escritorio.

—Me paga por eso, por ese trabajo. Si no le basta, allá usted.

—¿Cómo dice?

«¡Qué diablos! —pensó Patty—. Tal vez un cambio sea precisamente lo que necesito. Dios sabe que aquí nada parece salirme bien.»

—Si lo que hago —declaró en tono helado— o cómo lo hago llegara a influir en mi trabajo, le aseguro que contaría de inmediato con mi dimisión, pero, hasta entonces, o acepta mi trabajo «brillante, talentoso» y lo que va con él o me despide ahora mismo, ¡cabrón misógino!

Se apoyó en el respaldo con la respiración entrecortada.

Tabbart se aferró al borde de la mesa con tanta fuerza que los nudillos se le pusieron blancos y le temblaron las muñecas. Apretaba los dientes y un músculo saltaba convulsivamente en su mejilla derecha.

—Nadie me ha hablado nunca de este modo —resopló.

Patricia lo contempló; trataba de decidir si prefería dar clases en una facultad de medicina del medio oeste norteamericano o trabajar en una clínica para enfermos mentales en California. En escasos segundos sería libre de escoger. Fuera lo que fuese, sabía que había llegado demasiado lejos para echarse atrás.

Sin embargo, al parecer, Tabbart se había controlado.

—Doctora Nellwyn —declaró entre hondas inspiraciones—, si de mí dependiera, no acabaría el día aquí, pero, a diferencia de usted, debo subordinar mis deseos personales al bien del instituto.

»No es usted la clase de persona que deseamos, pero la junta directiva cree, ingenuamente en mi opinión, que se ha discriminado indebidamente al género femenino y por eso está usted aquí. No hay nada que pueda hacer al respecto.

Se puso en pie y se dirigió hacia el ventanal.

—También debo tener en cuenta ciertas realidades de naturaleza más material.

Tras una larga pausa se volvió hacia ella.

—No entiendo por qué, quizá sea porque se acuesta con alguien influyente, pero el doctor Clemente ha solicitado su colaboración en un proyecto especial que dirige. Puede ir a verlo de inmediato. Gracias por su tiempo.

Patricia permaneció sentada, aturdida.

¡Jack, el bueno de Jack, lo había hecho después de todo! Casi saltó de la silla antes de encaminarse hacia la puerta.

—¿Doctora Nellwyn?

Ésta se volvió hacia él.

—Cuando haya fracasado en esa tonta tarea por la que pagan los norteamericanos puede estar segura de que la despediremos de esta institución y sin ninguna protesta de la junta, sin duda.

Patricia le sonrió.

—¿Eso es todo?

Se moría por ir corriendo al despacho de Jack.

—Una cosa más —manifestó Tabbart con parsimonia—. Si alguna de mis palabras o mi tono la ha ofendido, le pido disculpas.

La mujer agitó la cabeza ante tanta hipocresía y salió a toda prisa.

Diez minutos después casi hizo caer a Jack Clemente al irrumpir en su despacho.

—¡Jack! Eres una gran persona, eres fantástico! —exclamó mientras lo abrazaba.

—Te olvidaste lo de sexy —dijo él quitándosela de encima.

Patricia lo besó en ambas mejillas.

—¡Lo que tú digas! —Dejó de hablar unos segundos para mirarlo—. Gracias.

Jack alzó las manos.

—No me las des a mí.

—Entonces, ¿a quién…? —Siguió su mirada hacia el otro extremo del despacho y dio un paso sin querer hacia atrás al ver a Beck, sentado en una silla apoyada en la pared.

Éste se puso en pie y fue hacia ellos.

—Lo que intentaba decir —empezó su amigo— es que no ha sido decisión mía.

Patricia miró a Jack y luego a Beck.

—No lo entiendo.

Beck se encogió de hombros.

—Usted parece la persona indicada para el trabajo, doctora Nellwyn.

Ésta avanzó hacia él.

—¿Pero y anoche? Creí haber hecho el ridículo total. De hecho, eso acaban de decirme.

Beck puso cara de confusión.

—Tabbart —explicó Jack.

El hombre asintió con la cabeza y luego miró su reloj.

—Las aclaraciones vendrán después. Ahora tenemos que coger un avión.

Confundida y en silencio, Patricia los siguió.

Al cabo de diez horas se hallaban en el lado alemán de la

frontera con la República Checa, en una pequeña ciudad llamada Gorlitz, apoyados en una ambulancia y soplándose las manos para mantenerse calientes en la repentina niebla que se había levantado.

La explicación fue breve y cuanto más se habían ido acercando a su destino, más cerrado se había mostrado Beck. Llevaba dos horas sin decir nada, frente a la ambulancia, con la vista fija en el otro lado de la frontera.

Patricia miró alrededor.

A su llegada los había recibido un escuadrón de soldados norteamericanos fuertemente armados. Beck les habló brevemente, tras lo cual se desvanecieron entre las sombras. Sin embargo, a Patricia le parecía oír cada pocos minutos un susurro o un sonido que indicaba que uno de ellos se ponía en posición más cómoda.

—¿De veras es necesario todo esto? —preguntó a Jack en un murmullo—. Creí que habían derrumbado el muro hace años. Ya sabes, la convivencia pacífica y todo eso.

Jack asintió con la cabeza.

—Entre naciones sí, pero con las personas a veces no es tan pacífica.

Se interrumpió cuando el ruido de un camión invadió el ambiente. Un momento después los vieron detenerse en la parte checa de la frontera.

Un hombre uniformado se bajó de él y avanzó hacia el lado alemán.

Patricia se encogió al percibir alrededor el inconfundible sonido del amartillar de armas automáticas.

Beck se dirigió hacia el militar.

—Alexander Beck.

—Comandante Valerii Vitenka.

Éste entregó a Beck una carpeta gruesa. Hablaron en voz baja un par de minutos; a continuación, Vitenka se volvió y agitó la mano. El camión cruzó con lentitud la frontera y se paró a cinco metros de la ambulancia.

Beck se dirigió a la parte trasera del camión e iluminó el interior con una linterna. Tras inclinar la cabeza en dirección a Vitenka regresó a la ambulancia.

Patricia, fascinada, observó cómo dejaban caer la puerta trasera y un hombre se deslizaba centímetro a centímetro desde el fondo del camión.

Había cadenas en torno a sus manos y sus pies, así como del cuello a la cintura. Dos soldados rusos lo ayudaron a bajar, cogieron de inmediato sus rifles y le apuntaron.

El hombre echó un vistazo alrededor y se acercó poco a poco a la ambulancia.

Para el ojo entrenado de Patricia, los soldados con los rifles, a quienes se unieron otros dos que se habían bajado de la cabina del vehículo y también le apuntaban, estaban tensos como no había visto a nadie en su vida.

A diferencia de ellos, el hombre encadenado daba la impresión de sentirse despreocupado, relajado.

Vitenka lo observó pasar frente a él, luego se volvió y echó a andar hacia el camión.

—Comandante Vitenka —le gritó Beck.

—¿Sí?

—Las llaves, señor.

Vitenka pareció vacilar, metió la mano en un bolsillo y arrojó un llavero a los pies de Beck.

—Supongo, general Beck, que tiene hombres apostados, como yo. —Respiró hondo—. Si lo desata antes de que mis hombres y yo nos hayamos alejado de este lugar, mis tiradores lo derribarán. —Se volvió y regresó de prisa al camión.

Pasado un instante, el vehículo se marchó a toda velocidad.

Beck permaneció en silencio junto al hombre encadenado. Los otros formaron un semicírculo en torno a él, sin hacer ruido, tensos.

«Hazlo ahora —se dijo Beck—. Sería tan fácil...»

De hecho, dos tiradores de los Ranger de Estados Unidos (agazapados en el lado checo de la frontera) ya habían apuntado a la cabeza y al pecho de Newman con sus casi invisibles puntos ultravioletas. Sus observadores miraban la mano izquierda de Beck a la espera de un movimiento casi imperceptible, una señal que los impulsaría a disparar.

Éste sabía que era lo correcto. Había discutido con sus superiores, alegando que era lo único que se podía hacer, pero ellos no lo entendieron o no quisieron entenderlo y rechazaron sus argumentos. Newman debía seguir vivo.

«Pero los accidentes ocurren», pensó. Un único disparo en plena noche desde el lado checo de la frontera sería fácil de explicar a Washington y a los rusos.

Y al Dios de Beck.

La verdadera ironía, él lo sabía, era que acabaría de esa manera, que esa pesadilla sólo podía concluir así. Entonces ¿por qué no ponerle fin ahí, en esa fría y húmeda calle? ¿Por qué no evitar la inexorable tragedia, salvar a las inevitables víctimas? Y, con la muerte, salvar a Newman de sí mismo.

—¿Y bien, Alex? —le preguntó Newman con una mirada que le atravesó el alma.

Beck deseó desesperadamente desviar la vista, dejar de ver cómo se desarrollaba tan grotesca situación; sin embargo, no pudo apartar la mirada de esos intensos, interrogantes y acusadores ojos.

Respiró hondo e hizo una señal.

Patricia observó fascinada cómo encajaban poco a poco las llaves en las cerraduras y Newman quedaba libre.

Durante todo el proceso éste no dijo ni pío.

En cuanto le quitaron la última cadena y la última correa se enderezó despacio. Durante cinco minutos en absoluto silencio estiró los músculos agarrotados. De pronto, tan súbitamente como había comenzado, se detuvo y se volvió hacia Beck.

—¿Ha dicho general? —susurró.

Beck asintió ligeramente con la cabeza.

—Desde hace un par de años. —Hizo una pausa—. ¿Cómo estás, Brian?

Newman agitó la cabeza con aire de tristeza.

—General. Bueno. —Apartó la mirada—. Estoy seguro de que las estrellas las ganaron tus hombres por ti. —Le dio la espalda y vio a Jack y Patricia—. ¿Quiénes son esos?

Beck puso una mano en su hombro.

—Están aquí para ayudar.

Newman bajó la vista hacia la mano y luego lo miró a la cara.

—¿Ayudarme a mí... o a ti?

CAPÍTULO TRES

En el interior, a cada lado de las dos puertas insonorizadas, unos guardas de seguridad, uniformados y armados, montaban guardia y otros lo hacían en el pasillo, al otro lado de las puertas. En el hemiciclo del pequeño anfiteatro, Beck y Patricia flanqueaban un pequeño atril por un lado y Jack Clemente y el doctor Tabbart por el otro con expresión igualmente vacía.

La sala de lectura, pese a ser la más reducida del instituto, sólo se hallaba ocupada una tercera parte. Veinte auxiliares, enfermeras, trabajadores sociales especializados en siquiatría y técnicos se fueron sentando en las tres primeras filas.

Al cabo de tres minutos de nerviosos murmullos y crujidos, Tabbart se acercó al estrado y se hizo el silencio en la sala.

—Buenos días, colegas.

Desplegó sus apuntes en el atril. No le hacían falta, no se quedaría el tiempo suficiente para usarlos, pero siempre lo hacía antes de hablar.

—A cada uno de ustedes lo han escogido para esta... —diríase que buscaba la palabra adecuada— esta misión sobre la base de su historial, sus títulos y sus logros. Todos merecen la enhorabuena.

Algunos abrieron su libreta, otros comprobaron que su bolígrafo funcionaba y otros se quitaron los zapatos. Pocos le prestaron atención. La experiencia les había enseñado que eso no era sino un calentamiento, que la función empezaría cuando Tabbart se fuera.

—Nosotros en el Instituto Volker tenemos una larga tradición —prosiguió Tabbart— de ser los primeros en abrir nuevas fronteras en la siempre creciente expansión de las exploraciones neurosiquiátricas. Hoy iniciaremos una nueva travesía.

Patricia, cuya bata lavada dos veces en lejía cubría la falda que le llegaba a los tobillos y la sencilla blusa que había elegido para esa mañana, revisó sus apuntes y miró de reojo a Beck. Éste apretaba la mandíbula con la vista fija al frente. Si no hubiera sabido que no era así, habría supuesto que él era quien se sometería a la terapia.

—Sé —continuó Tabbart— que todos ustedes cumplirán con las más elevadas tradiciones del instituto, que todos ustedes se esforzarán al máximo en la difícil tarea que les espera, que ninguno hará nada que deshonre a los que no tenemos el privilegio de participar en este noble esfuerzo.

Juntó sus apuntes, inclinó la cabeza ante Clemente y Beck, excluyendo obviamente a Patricia, se volvió y salió con paso decidido.

Jack esperó a que el guardia cerrara la puerta detrás del jefe de personal antes de dirigirse hacia el estrado. Sonrió a los asistentes.

—Buenos días.

Todos le prestaron cumplida atención con el bolígrafo preparado sobre la libreta.

Jack se apoyó tranquilamente en el atril.

—Para empezar, mencionaré un par de normas básicas. Este proyecto ha sido clasificado secreto del más alto nivel. Puesto que todos los presentes habéis trabajado ya bajo tal seguridad no repasaré todas las normas por separado. Todos habéis recibido una copia. ¡Leedla! Otra cosa. Nadie hablará del proyecto, ni siquiera con otros miembros del personal fuera de las paredes del trabajo, o sea, fuera de la unidad A-249. El departamento de seguridad insiste en ello.

Hizo una pausa y contempló al grupo.

—Alguien dijo que siempre había que iniciar un discurso con un chiste. De acuerdo. —Hizo una pausa—. ¿Qué se consigue cuando a una personalidad del tipo A-3 se le entrena en las más bien arcanas artes de infiltración de un servicio de información y luego se le somete a seis años de confinamiento solitario en uno de los ambientes penales más duros del mundo?

Otra larga pausa.

—¿Nadie contesta? ¿Nadie se atreve a especular? —Jack asintió con parsimonia—. Ése es, precisamente, nuestro problema. Nuestra misión es triple. Primero, responder a la pregunta que acabo de plantear. Segundo, encontrar el modo de deshacer el daño sicológico que le haya causado su cautiverio y, tercero, y esto es lo realmente difícil, compañeros, devolver al sujeto a lo más parecido a la normalidad hasta donde podamos.

—Defina la normalidad —pidió una voz mientras los demás asistentes escribían a toda prisa.

Jack se lo pensó.

—Es una pregunta válida. Supongamos que está haciendo cola para el cine en un día frío. De pronto, un hombre se cuela delante de usted y consigue la última entrada y usted se ve obligado a seguir haciendo cola dos horas más.

»Una persona normal protestaría. Una del tipo A-1 se quejaría y hasta podría mandar llamar al gerente. Nuestro sujeto, que padece una descomposición de personalidad con retrocesos ocasionales a una conducta primitiva, probablemente atacaría y mataría al intruso y hasta podría llegar a asesinar al que lo dejó entrar. —Se interrumpió de nuevo—. En este caso, yo diría que la respuesta del A-1 es normal.

Se volvió e inclinó la cabeza hacia Patricia. Ésta se puso en pie, respiró hondo, avanzó hacia la tarima y empezó a hablar de inmediato.

—De momento no tenemos claro qué tratamiento seguiremos —explicó en voz muy alta—, pero si hemos de fiarnos del historial, se presentan cuatro aspectos.

Abrió una carpeta.

—Uno: hemos de limitar el acceso al sujeto, sobre todo en las primeras etapas del tratamiento. Hasta que no estemos convencidos de que se han controlado sus repentinos cambios de humor y sus arrebatos de violencia sólo se nos permitirá tener contacto con él al doctor Clemente y a mí, así como a una enfermera y a un auxiliar por turnos.

»Dos: debido a la prodigiosa inteligencia del sujeto, hemos de dudar siempre de si su comportamiento y sus acciones son verdaderos reflejos de su estado emocional o sólo máscaras que se pone para darnos una falsa sensación de seguridad. Nunca debéis bajar la guardia con él.

»Tres: hemos llegado a un diagnóstico preliminar de síndrome de descompensación de labilidad. Puesto que se trata de una enfermedad relativamente rara, espero que leeréis lo que se ha publicado al respecto. Pero dejad que os dé este vital consejo.

Como nunca había sido una buena oradora, Patricia dirigía sus comentarios a una litografía de Chagall en el fondo de la sala. Guardó silencio un momento y continuó.

—Aunque hemos reducido muchísimo el estrés del sujeto, su personalidad seguirá erosionada mientras permanezca bajo custodia, sin importar cuán flexible sea o se crea que es esta custodia. Haced un gran esfuerzo, sonreíd, reíd cuando os cuente chistes, si es que lo hace. Alentadlo al máximo en todo momento. Pero debéis estar preparados para un rechazo repentino o una reacción violenta por motivos de lo más triviales.

Alguien en la segunda fila alzó una mano.

—Doctora Nellwyn —inquirió una enfermera con voz queda—, ¿cómo de violento es el sujeto? ¿Cuánto peligro corremos?

Patricia miró a Jack.

—Trataremos el problema en su momento —contestó éste con energía.

Patricia arqueó ligeramente las cejas y se volvió hacia el público.

—Cuarto: lo más importante, y tiene que ver con su pregunta, es que nunca, en ningún caso, os enfrentéis al paciente sea cual sea el tema. Nunca lo acorraléis ni limitéis sus opciones. —Respiró hondo—. Aparte de sus reflejos de conducta aberrante, de su atavismo, lo han entrenado perfectamente —dijo fijando un momento la vista en Beck— para responder a la confrontación con una fuerza y una violencia abrumadoras.

De pronto, dio la impresión de no estar segura de cómo continuar. Finalmente, se volvió hacia Beck.

—Antes de que concluya, podría sernos de utilidad el historial del sujeto.

Se apartó cuando Beck tomó la palabra detrás del atril.

—Soy —declaró con voz firme— el general de brigada Alexander Beck y he sido AEACAE del Estado Mayor.

—¿Qué? —exclamaron varias voces al unísono.

—Discúlpenme —Beck sonrió—. Asistente especial para asuntos contrainsurrección y actividades especiales del jefe del Estado Mayor. Hace doce años se me encargó formar una unidad de agentes especiales de infiltración absoluta, capaces de funcionar y sobrevivir en ambientes hostiles, urbanos o despoblados, que no necesitaran ni apoyo ni instrucciones.

Se acodó tranquilamente en el atril.

—En términos sencillos, dar a un hombre o a una mujer la misión de provocar una reducción drástica de la producción agrícola soviética en Ucrania, por ejemplo, o retrasar la construcción de centrales nucleares en China y soltarlo allí, contaría con el entrenamiento, la habilidad y la capacidad de supervivencia necesarios para llevar a cabo su tarea durante un tiempo establecido y al cabo de, digamos, seis meses, recogerlo.

Esbozó una sonrisa para sí mismo.

—Era una idea perfecta. Esas personas totalmente autosuficientes se integrarían en la comunidad, llevarían lo necesario para vivir y realizarían su misión en la población misma. Rifles humanos con un alto nivel de resolución, encubiertos, eficaces y con poca necesidad de mantenimiento.

La audiencia se había quedado inmóvil.

—Un estudio del Instituto Horizon de·Santa Mónica sugirió que para las operaciones que teníamos en mente deberíamos buscar personalidades sicópatas. La idea era que, dada su escasa base moral, así como su capacidad para llevar a cabo complejas tareas de alto riesgo sin planteamientos éticos, constituirían instrumentos perfectos.

—¡Dios mío! —murmuró alguien.

Beck le dirigió una mirada tranquilizadora.

—Por desgracia, señor, resultó que... —Guardó un largo silencio—. Yo no lo era.

Mientras continuaban las explicaciones del proyecto en la unidad A-249 se desarrollaba otra clase de reunión.

Desde fuera, el pequeño y solitario edificio, situado al borde de la propiedad, parecía un espacioso pabellón de caza típico alemán.

Rodeado por el extenso césped del instituto, a menos de cien metros del bosque, lo adornaban macizos de flores de colores coordinados y senderos de tierra compacta y por sus muros laterales subían enredaderas de hiedra cuidadosamente controladas. Los cristales de las ventanas, teñidos, impedían que el interior se viera desde fuera y las puertas se cerraban siempre con llave.

Adentro, el paisaje bucólico desaparecía.

Las paredes blancas y desnudas, la práctica moqueta, la ausencia de objetos de decoración en la planta baja solían dejar pasmados a los extraños. Luego, tras pasar por las dos puertas electrónicamente controladas, al visitante le sorprendía la presencia de un puesto completo de enfermeras, que era como la unidad de cuidados intensivos de cualquier hospital moderno.

Con una excepción.

No se veían habitaciones para pacientes.

Desde una sala de seguridad provista de aparatos de alta tecnología, una plantilla completa vigilaba cada centímetro de la propiedad a través de unas pantallas. El ampliamente surtido botiquín incluía los fármacos más nuevos y más experimentales. Una habitación adjunta al puesto de enfermeras contenía una fila de monitores y equipos de sonido con los que se espiaba lo que parecían ser habitaciones para pacientes, aunque no se sabía bien dónde se hallaban.

La primera planta del pabellón constituía la «cámara de descompresión».

Diseñado para ser tan cómodo como funcional, ese piso comprendía una cocina bien equipada, un comedor y dos dormitorios en los que cabían cinco personas.

Enfrente de esa zona se hallaba la de los despachos; eran seis, agrupados en torno a dos puestos de secretarias y enlazados con el sistema informático central y con Internet. Cuando en ellos trabajaba una plantilla completa, no había nada que se hiciera en el edificio principal que no pudiera duplicarse allí.

Entre ambas zonas había otra sala de seguridad.

No obstante, tampoco allí se veían señales de habitaciones.

Éstas se encontraban a diez metros bajo tierra, a un equivalente de tres pisos más abajo, rodeadas de muros de hormigón de sesenta centímetros de grosor.

Un ascensor, cuyas puertas camufladas se abrían en el puesto de enfermeras y en la sala de seguridad del primer piso, se deslizaba silenciosamente entre los tres pisos. Controlado por tres llaves, llevaba directamente a una antecámara en el exterior de la suite de los pacientes.

Se trataba de una estancia de apenas tres metros cuadrados, con sólo un intercomunicador y un monitor de televisión que revelaba el interior de la suite.

Luego, la puerta. Hecha de acero reforzado, atrancada con pestillo, necesitaba dos llaves para abrirse, así como de un interruptor situado en la oficina de seguridad del último piso.

La habitación en sí resultaba cómoda; era de cinco metros cuadrados por dos metros y medio de altura y la sala de estar poseía un ambiente especial, muy semejante al de una suite de hotel de cinco estrellas, que había servido de modelo... con varias excepciones notables.

Todos los muebles se habían clavado al suelo con llaves de torsión neumática. Lo mismo se había hecho con los cuadros, los espejos de plástico plateado y las rejillas del conducto de aire.

Los libros en la estantería de la sala de estar eran todos de bolsillo o de tapa blanda y ninguno pesaba más de un kilo.

Toda la ropa se guardaba en cajones que no podían sacarse.

Hasta la moqueta estaba fijada y era resistente a los incendios, una exageración, pues no había modo de que se produjera fuego en la suite.

Sin embargo, a pesar de todo, resultaba cómoda y hasta lujosa, se mirara como se mirase. Tanto era así que se había convertido en el lugar preferido por el personal más joven para sus revolcones en los meses en que se hallaba deshabitada.

No obstante, la idea de fervorosos amantes solazándose en ese pulido y mimado calabozo subterráneo estaba muy lejos del pensamiento de Konrad Edel.

Como jefe de la compleja seguridad del instituto y decano de su iglesia, la dicotomía de la tarea que lo esperaba lo desgarraba.

Había leído el historial de Newman, o al menos la parte que le habían dado, y estaba de acuerdo, en principio, con la decisión de alojarlo en la habitación de mayor seguridad de todas las unidades de máxima seguridad; el potencial del paciente para provocar el caos daba pavor. Sin embargo, también sentía que había algo muy equivocado en ello.

Veterano de los *Grenz-schutz Gruppen 9* de Alemania, había combatido en el frente contra el terrorismo y el comunismo. Había luchado, lo habían herido y había visto morir a compañeros muy queridos, la mayoría sin ninguna necesidad, según él. Comprendía lo que las tensiones y el estrés de la guerra podían hacerle a un hombre; había visto a muchos derrumbarse frente a una décima parte de la presión a la que había estado sometido Newman.

Y, sin embargo, si se creía su historial, Newman no se había venido abajo, ni mucho menos. Realizó su trabajo, cumplió todas las misiones que se le habían encomendado y, ya en manos de los malditos rusos, se mantuvo fiel a su patria: no les reveló nada, les hizo la vida imposible, les obligó a recurrir a medidas extraordinarias para vigilarlo y se fugó dos veces.

Edel no había dejado de pensar en ello desde que Tabbart le asignó la tarea.

Si mientras tanto había segado algunas vidas —y los expedientes de esos cabrones rusos bien podrían ser mentiras para mancillar la reputación de un auténtico héroe de Occidente—, en opinión de Edel no había hecho más de lo que haría un soldado en el cumplimiento de su deber. Gajes de la guerra.

Y por esos sacrificios lo enterrarían figurativamente, casi literalmente, vivo. Aguijoneado y empujado por los loqueros, que nunca habían arriesgado nada, que denigraban a hombres como Newman y Edel, hombres que durante incontables generaciones se habían dedicado a proteger a quienes no estaban dispuestos a poner su vida en peligro, con el fin de garantizar su derecho a no hacerlo.

Pero Edel, en el fondo un producto del militarismo germano, no sabía cómo no obedecer órdenes. Se volvió, pues, hacia sus hombres, que regresaban de su recorrido de inspección de la unidad, y tomó nota mentalmente de rezar por Brian Newman en la sesión de estudio de la Biblia del miércoles.

—¡Firmes!

Los ex soldados y ex policías que componían una de las fuerzas de seguridad mejor pagadas de Alemania así lo hicieron.

Edel paseó pausadamente delante de la fila de hombres, ajustó el botón de uno, ordenó a otro que se cortara el pelo y regresó al frente de la formación.

—Caballeros, se espera de nosotros que, observados todos los protocolos, estemos en nuestro lugar hoy a las catorce horas. Trasladarán al, eh, al paciente a las tres de la tarde. Se aplicarán medidas de seguridad de nivel uno durante el traslado.

»Tengo órdenes personales previas a estos acontecimientos para ustedes.

Hizo una pausa con una expresión mezcla de severidad y patetismo.

—Permanecerán a una distancia de tres metros por lo menos del paciente según las instrucciones. Lo vigilarán en todo momento por si hace algún movimiento furtivo según las instrucciones. En caso de que el paciente intente huir o asalte a alguien tomarán las medidas que consideren pertinentes para protegerse y proteger a otros, según las instrucciones.

Alzó un dedo. Cuando habló, su voz estaba cargada de emoción.

—Sin embargo, se mostrarán en todo momento respetuosos con él. Se dirigirán a él como *señor*. Cuando no suponga un conflicto con sus órdenes, harán lo posible para que su confinamiento sea lo más... —dudó buscando el término indicado— lo más llevadero posible. Recuerden siempre que es un camarada de armas, cuyo glorioso servicio debe valorarse, aun cuando tengamos que encerrarlo por su propio bien —manifestó con tristeza. Luego se enderezó—. Recuerden las palabras de nuestro amado Salvador: «¿Y no deberías sentir por tu criado la misma compasión que yo siento por ti?»

»Rompan filas.

Desde el otro extremo del césped, Patricia miraba a través de la ventana a los hombres reunidos enfrente de la unidad; esperaba que recordaran que eso no era una prisión, sino un hospital. En todo caso, Edel había accedido a no usar perros guardianes, sobre todo por la susceptibilidad que los alemanes sentían todavía respecto a la imagen de hombres armados y uniformados acompañados de peligrosos canes.

Volvió a centrarse en la sesión de información. El doctor Clemente estaba a punto de acabar su exposición.

—En resumen —decía revisando el historial médico que acababa de explicar—, estamos hablando de un hombre que ha estado solo desde poco después de nacer, que fue criado por una sucesión de familias de acogida, pero que sacó siempre buenas notas en la escuela pese a ser calificado de alumno problemático.

»Se graduó entre los ocho primeros de su promoción, rechazó varias becas y desapareció durante dos años antes de alistarse en el ejército, donde se le consideró un recluta ejemplar con una capacidad sumamente elevada de mando, por lo que fue recomendado para la escuela de aspirantes a oficiales.

Poco después lo iban a someter a consejo de guerra por lisiar a un instructor que creía que se mostraba injusto con él. Antes del juicio lo reclutamos para el proyecto de infiltración absoluta. —Alzó la vista de sus apuntes—. En mi opinión, el diagnóstico previo al reclutamiento fue prematuro; sin embargo, no hemos de descartar esa posibilidad.

»Los resultados de su estudio de personalidad Menninger/Coleman/Foresman —añadió cogiendo un papel— son increíblemente semejantes a los de un sociópata. —A continuación leyó—: Manifiesta incapacidad para entender los valores éticos salvo a nivel verbal. Existe una notable discrepancia entre su inteligencia y el desarrollo de su conciencia. Es un impulsivo egocéntrico. Ha demostrado incapacidad para aprender de errores anteriores, pero —dijo Clemente levantando la vista—, y esta excepción resulta asombrosa por sí misma…, pero ha aprendido a explotar a la gente y a rehuir el castigo. —Continuó leyendo—. Es hedonista; vive el presente sin pensar en el pasado o en el futuro. Es encantador y agradable, capaz de granjearse simpatía y amistad. Es, bajo esa fachada, cínico, nada comprensivo, desagradecido e implacable en su trato con terceros. Es capaz de racionalizar en seguida su propio comportamiento, a menudo lo disfraza bajo aspectos favorables como el deber patriótico y huelga decir que posee una viva imaginación.

Tomó un largo trago de agua y se concentró antes de proseguir.

—Sin embargo, para concluir, debo recordarles que el mero hecho de que se alistase en el ejército, de que formara parte del programa de infiltración absoluta parece, al menos a simple vista, contradecir el diagnóstico. —Cerró la carpeta y miró a la audiencia—. Por tanto, no debéis dar nada por sentado en vuestro trato con él. Observad, informad, teorizad. No corráis ningún riesgo, pero tampoco paséis por alto ningún interrogante. Recordad en todo momento que, sea o no sociópata, el paciente indudablemente está gravemente desequilibrado, lo que se explicaría, como mínimo, por las condiciones de su encarcelamiento.

Guardó silencio un momento.

—¿Alguna pregunta?

Un joven asistente social del campo siquiátrico alzó la mano.

—¿No es posible que alistarse y luego presentarse como

voluntario para el programa fuese su manera de eludir un supuesto castigo? Ciertamente, cuando se enfrentaba a un consejo de guerra...

Jack asintió con la cabeza.

—Sí, pero observen que después de su primera misión tuvo múltiples oportunidades de huir y, sin embargo, siempre regresaba después de cumplir de modo admirable con su cometido. —Hizo una pausa—. Eso no concuerda con la sociopatía.

Una enfermera ya entrada en años preguntó:

—¿Se sabe si cometió algún acto de violencia antes de su reclutamiento?

Beck se puso en pie.

—Peleas a puñetazos de niño, hazañas con un coche de adolescente, detención a los quince años por embriaguez y alboroto en un altercado con un acomodador en un estadio de béisbol. Nada notable, sin embargo, hasta el incidente con el instructor militar.

Un sicólogo inquirió:

—¿Alguna anomalía en su TAC o en su resonancia magnética?

Jack negó con la cabeza.

—Su cerebro parece tan normal como el mío.

—¡Eso sí que da miedo! —comentó alguien entre risillas.

Un residente siquiátrico pormenorizó:

—¿Qué clase de régimen farmacológico anticipa para él?

—Con suerte, ninguno, al menos al principio —declaró Patricia desde su asiento junto a la ventana. Seguidamente se dirigió hacia el atril—. Será muchísimo más fácil emitir un diagnóstico y tratarlo si no se encuentra medio zombi todo el tiempo. —Al cabo de un momento continuó—: Si hace falta le daremos tranquilizantes, si no, nada de fármacos. —Se sentó—. Además, los rusos observaron que posee una notable tolerancia a los sedantes ligeros y medios.

—Según su expediente —murmuró un anciano neurólogo.

—Hablando de eso —repuso una siquiatra sentada en primera fila—, los detalles en cuanto a lo que hacía cuando lo detuvieron son extraordinariamente imprecisos.

Beck la miró.

—¿Cuál es su pregunta?

—Podría ayudarnos saber en qué consistía exactamente su misión y cómo la realizó de bien.

El militar vaciló; resultaba obvio que se debatía en su interior.

—Era de naturaleza estratégica —contestó al cabo de un rato.

—¿Puede ser más concreto?

Beck asintió con la cabeza.

—Puedo, pero de momento no lo seré. Baste decir que parte de su misión consistía en frenar la base industrial para crear carencia de productos no perecederos y manufacturados; esperábamos que esa escasez provocaría malestar entre la población y que ésta presionaría a la infraestructura comunista.

—¿Cómo hace eso un solo hombre? —inquirió otra persona.

—¿En términos hipotéticos? —La mirada de Beck era firme, resuelta.

—De acuerdo.

—En teoría, trataría de desbaratar seriamente la red eléctrica de una provincia altamente industrializada, como Abkhaz, donde se fabrica la mayoría de piezas de recambio de la industria pesada, lo que provocaría una reacción en cadena que, a su vez, causaría el efecto industrial deseado.

Guardó silencio un momento.

—Si se interrumpiese la red eléctrica por un periodo lo bastante largo, en teoría el suministro de piezas de recambio se reducía, a lo largo y ancho de la Unión Soviética, hasta el punto de provocar un cierre industrial casi completo.

Beck no dejó de hablar con calma, en un tono casi pedagógico.

Todos los presentes dejaron de escribir y lo miraron. Algo en su forma de comportarse sugería que el ejemplo hipotético era más sustancial de lo que había indicado.

—Abkhaz —pronunció un médico con voz distante. Apartó de su mente ese nombre y volvió a centrarse en el problema que los ocupaba—. Sea como sea, el informe de los rusos respecto a su tolerancia a los fármacos... —Por su tono diríase que se había distraído—. Abkhaz —repitió de nuevo con voz ausente, casi en un susurro—. ¿No fue allí donde explotó el reactor nuclear ruso?

La sala se llenó de murmullos nerviosos.

—Sí —señaló otra persona—. Un reactor de alimentación. La radiación se extendió por la mitad del este y del centro de

Europa, eso sin mencionar el Asia Central. Mató a unos cuantos millares de personas.

—¿Cuándo ocurrió? —preguntó alguien más.

La expresión de Beck no se alteró.

—Fue un reactor de grafito, no de alimentación. De él dependía el noventa y tres por ciento de las necesidades eléctricas de Abkhaz. —Una larga pausa—. Y ocurrió hará unos seis años y medio.

Inmediatamente se hizo el silencio. Todas las miradas se clavaron en Beck, cuya firme mandíbula se mantenía inmóvil, sin ninguna expresión.

—Volviendo a la pregunta inicial —insistió pese a las miradas—, el señor Newman cumplió enteramente con su misión, en todos los aspectos, antes de ser detenido.

Un nuevo silencio se hizo en la sala.

—General Beck. —Un neurólogo muy germánico levantó la mano.

—¿Sí?

—No deseo faltarle al respeto, señor, pero se han planteado varias dudas acerca de la información que nos han proporcionado.

La mirada de Beck se enfrentó a la del neurólogo, que parecía tener algo más de setenta años.

—¿Y?

El médico continuó, casi con gentileza.

—Como decía, general, no es mi intención faltarle al respeto, pero usted es el único de los presentes que conoce al sujeto, que lo conoce desde hace tiempo. Nosotros —dijo paseando la vista por la sala—, al menos los que hemos tenido la mala suerte de relacionarnos con el aparato soviético, sabemos que éste ha inventado a menudo información sobre personas sospechosas de espionaje. Usted, señor, ha revisado su expediente y usted, señor, conoce al paciente. —Hizo otra pausa, como si buscase el mejor modo de plantear su pregunta—. No deseo comprometer la seguridad de la OTAN, señor, pero...

Con una ligerísima inclinación de cabeza, Beck lo alentó.

—Siga.

—Gracias. En el expediente figuran varios intentos de fuga de la colonia penal, así como varios ataques a los guardias, además de una serie de muertes de miembros del personal militar y civil soviético. Y, lo que es más preocupante, atacó y asesinó, sin provocación aparente, a una familia de civiles. General —inquirió tras otra pausa—, ¿puede aportar alguna luz sobre la veracidad o tergiversación de esos incidentes?

Ahora, incluso Clemente y Patricia miraron a Beck.

Éste guardó silencio largo rato; luego, cabizbajo y meditabundo, bebió de su vaso de agua.

—Doctor... —empezó a decir aún con la cabeza gacha.

—Kapf —aclaró éste amablemente.

—Doctor Kapf, según el Código de Conducta Militar, el primer deber de un soldado al ser capturado consiste en intentar fugarse. Si no lo consigue, ha de obligar al enemigo a destinar el mayor número de hombres y de recursos para mantenerlo en cautiverio. —Siguió con la vista baja—. Al señor Newman se le entrenó para hacer cuanto pudiera para hostigar a sus apresores y por naturaleza tendía a hacerlo. De los que instruimos, era uno de los mejores. —Otra breve pausa. Cuando continuó parecía que hablaba consigo mismo—. Sus recursos personales y su ingenio instintivo son, como mínimo, pavorosos. —Alzó la voz y miró directamente al médico—. ¿Que intentó fugarse al menos dos veces? Me parece razonable. ¿Que causó el mayor daño posible a sus captores en su tentativa? Yo lo habría hecho. ¿Que atacó a sus guardias durante su cautiverio? Probablemente.

Una especie de tristeza pareció posarse gradualmente en su rostro empezando en el entrecejo fruncido y los ojos y acabando en los labios apretados.

—¿Que en uno de esos intentos de huida atacó y asesinó a una inocente familia de cuatro personas? —Dio la impresión de que la pena crecía en su interior—. No lo sé, de veras que no lo sé.

Se giró y se encaminó hacia la puerta pero algo le hizo detenerse a medio camino y volverse hacia la sombría audiencia.

—Pero es capaz de hacerlo —añadió.

Salió de la sala sin mirar atrás. Doblando a la izquierda y luego a la derecha, avanzó al azar por los pasillos del inmenso complejo, sin importarle dónde se hallaba o adónde iba, sólo sabía que tenía que salir de allí.

Al cabo de cinco minutos se encontró ante una puerta que daba a la pradera trasera.

Tenía trabajo que hacer, se recordó; debía informar, planificar procedimientos, inspeccionar sistemas.

Todo eso sin contar los innumerables asuntos de su mando en Estados Unidos que se le iban acumulando; había asegurado al presidente de la comisión de los jefes del Estado Mayor que su ausencia no los perjudicaría.

Pero tendrían que esperar.

De momento, su prioridad consistía en tomar aire.

Tropezó al atravesar la puerta y salió al césped.

Se paró a unos cincuenta metros del edificio principal, se aflojó la corbata y se desabrochó el cuello de la camisa con la misma mano. Cinco veces respiró a fondo el aire renovador y recuperó el dominio de sí mismo.

Al menos de momento.

Los accesos de claustrofobia le sobrevenían cada vez con más frecuencia y resultaban menos predecibles.

No, mentira: eran tan predecibles como un reloj suizo o un géiser del parque Yosemite.

Y cada vez peores.

A sus cincuenta y tres años era un general de una estrella sin posibilidades de obtener más.

Otra mentira o, más bien, una racionalización de sus ataques.

Conseguiría otro ascenso y probablemente otro después de ése. ¡Diablos!, la corporación siempre recompensaba el éxito y Dios sabía que lo había tenido.

Pero los ataques continuarían.

Quince personas, nueve hombres y seis mujeres, reclutadas y desplegadas.

Quince personas enviadas como proyectiles humanos contra enemigos reales o percibidos como tales.

Quince personas, hacía doce años y ahora sólo quedaban seis.

Cuatro habían muerto en el cumplimiento de su deber, ¡se habían sacrificado por Dios y por la patria! Al menos esperaba que ellos lo hubiesen visto así.

Pero los otros cinco... ésos eran los que veía en sueños. Lo agobiaban cuando no dormía, se mantenían tan cerca que le quitaban el aire y lo obligaban a buscar espacios abiertos.

Tony y Joab se habían suicidado después de asesinar a sus propias esposas e hijos; fueron los primeros en derrumbarse bajo el peso de lo que fuera que los impulsaba.

Monica se había vuelto loca cuando un hombre le cortó el paso en el tráfico; chocó contra tres coches al perseguirlo y había estrellado su auto contra el de él cinco veces antes de eludir a la policía.

Pero Beck la encontró. Como había encontrado a Chris, que se había dedicado sistemáticamente a hacer explotar los carteles de anuncios que obstruían la vista de las montañas desde su apartamento. Y a Colleen, que había hallado a Dios y luego matado a tiros al telepredicador, por haber traicionado su devoción y robado su dinero.

Beck los veía a todos; sentía sus manos en las suyas, olía el perfume de las mujeres y el sudor de los hombres; veía sus miradas mientras les volaba la tapa de los sesos.

Y entonces se le aparecían también las caras de los otros seis, entre ellos Newman, que seguían poniendo en práctica sus malditas habilidades en casi todos los rincones del mundo.

Y sabía que tenía que ayudarlos, encontrar el modo de que pudieran vivir una existencia controlada, como individuos normales, para que pudieran hallar la paz que tanto merecían tras esos años de servicio.

¡Debía ayudarlos a descubrir esa paz!

O bien, por el amor que sentía hacia ellos, por lo que podrían haber sido sin él, por lo que eran debido a él, por rabia y culpabilidad, tenía que matarlos.

Porque en el fondo creía que ése sería un acto más humano que dejar que sufrieran una crisis y se quemaran, lo que ocurriría inevitablemente.

Con Newman pensaba tener, por fin, esa oportunidad.

Se volvió y miró los pisos más altos del edificio principal.

Alexander Beck era un soldado y había matado muchas veces, en Vietnam y en el golfo Pérsico, pero también mediante agentes.

Habían muerto 650 personas en la explosión y el consiguiente incendio del oleoducto transiberiano.

En Irak, el hundimiento de un túnel para misiles en construcción había causado 1 100 bajas.

Los fallecidos tras la quiebra de la presa hidroeléctrica en Hunan, China, fueron 1 632.

Más de tres mil muertos, quizá cien mil heridos e incontables millones de personas, que sufrieron los efectos retardados, cayeron bajo la destrucción del reactor de grafito de Abkhaz.

Él no había matado a todas esas personas con sus propias manos, pero sí con sus órdenes.

En una ocasión, Stalin había dicho que la muerte de una persona supone una tragedia y que la de miles sólo era estadística. Beck estaba de acuerdo.

Él no perdía el sueño ni sufría ataques de pánico por las matanzas que había ordenado en nombre de la democracia, pero sabía que cargaría el resto de su vida con la mirada de esas seis personas cuando se viera obligado a dispararles.

Lo único que pedía, en el caso de que eso llegara a ocurrir, era que su propia vida fuese corta.

Se abotonó el cuello, se arregló la corbata con parsimonia y regresó al edificio principal, tratando de no hacer caso de los ojos que sin duda lo estarían observando sin pestañear desde el quinto piso.

Al cabo de diez minutos, después de haberse peinado y echado agua fría en la cara, Beck salió del ascensor en el quinto piso.

En cada uno de los cuatro controles enseñó su tarjeta de identidad y avanzó hacia la zona de confinamiento.

Los hombres que hacían guardia fuera de la habitación se pusieron firmes al verlo acercarse. Beck los saludó con una inclinación de cabeza y se dirigió hacia el monitor de seguridad. Se inclinó y contempló la escena.

Newman estaba sentado en una cama, hojeando una revista como si nada.

Vestía tejanos y camiseta y su aspecto era más saludable del que tenía en el lugar del intercambio, tres días antes. Ya había engordado un poco más de dos kilos, había perdido la cojera que mostraba cuando lo desencadenaron y parecía haberse adaptado.

Mas Beck lo conocía demasiado bien para aceptar las apariencias. Pulsó el intercomunicador.

—Brian, soy Alex. ¿Puedo entrar?

Newman levantó la vista de la revista.

—¿Puedo impedírtelo?

—Sí, con una palabra.

—Adelante —manifestó Newman y dio vuelta a una página.

Beck vaciló.

—¿Garantizas mi seguridad?

Una sonrisa irregular se dibujó en los labios del prisionero.

—Entra y averígualo por ti mismo.

Beck fue hacia la puerta e hizo una señal a los guardias. Éstos sacaron sus rifles, los amartillaron y observaron a Beck abrir el cerrojo de la puerta. En cuanto la hubo traspasado, uno de los guardias la cerró de golpe.

Newman no levantó los ojos.

—Bueno —comentó sin inflexión—, tengo que reconocer que sigues teniendo muchas pelotas.

Beck permaneció del todo inmóvil.

—Quiero hablar contigo.

Por primera vez, Newman lo miró.

—¿En serio? Qué honor.

—¿Puedo sentarme?

—Es tu loquera —repuso Newman con un encogimiento de hombros y continuó leyendo; Beck, por su parte, se sentó en una cama al otro lado.

—¿Cómo te sientes?

Newman agitó la cabeza y chascó la lengua.

—Enfoque equivocado, prueba otro.

—¿Necesitas algo? —Pequeñas gotas de sudor perlaban la frente de Beck.

Newman negó con la cabeza.

—¿No se supone que eso es lo que debo preguntarte yo? —Dejó la revista a un lado y, por fin, lo miró directamente a los ojos—. ¿A qué estamos jugando, general?

Beck sonrió.

—Sólo quería ver cómo estabas, comprobar que atienden bien a un viejo amigo.

Newman estudió largo rato, en silencio, al hombre mayor. Finalmente, satisfecho por algún cálculo mental, asintió con la cabeza.

—Así que es eso.

—¿El qué?

Newman sonrió; fue una sonrisa calurosa y sincera.

—¿Exactamente cuántos quedamos, general?

—Antes me llamabas Alex.

—Lo recuerdo, general. ¿Cuántos?

Beck se encogió de hombros.

—Eso es información reservada.

Newman asintió con la cabeza.

—¿Diez? ¿Cinco? —Hizo una pausa—. ¡Dios!, y perdona si tomo tu nombre en vano, ¡no me digas que soy el último!

Beck paseó la vista por la pequeña habitación de paredes almohadilladas.

—No —pronunció en voz baja—, no eres el último.

La respuesta pareció satisfacer a Newman, que volvió su atención a la revista.

—Tengo que ponerme al día. He de decir que apruebo el largo de las faldas.

Permanecieron media hora sentados, cada uno en una cama, sin pronunciar una sola palabra; Newman leía y Beck lo observaba.

—Tratamos de sacarte —dijo el general casi en un susurro.

—Estoy seguro de que sí. —Newman asintió con la cabeza con seriedad burlona.

—Esas cosas requieren tiempo.

—Sí, seis años, siete meses y doce días para ser exactos. O lo que es lo mismo cincuenta y siete mil novecientas setenta y dos horas exactamente. Poco menos de tres millones y medio de minutos. Lo sé, los conté todos. —Se interrumpió y alzó los ojos—. ¿No te parece lo bastante preciso? Puedo decirte cuántos segundos fueron si quieres. —Otra pausa—. ¿No? No importa. Me parece recordar que te gustaba la precisión, aunque ha pasado mucho tiempo. —Se centró de nuevo en la revista.

—Nunca dejamos de intentarlo.

—Lo siento —dijo Newman con energía—, se nos ha acabado.

Beck parecía perplejo.

—Disculpa, ¿qué has dicho?

—Extraña palabra viniendo de ti. —El tono de Newman bajó y se tornó serio. Tras un instante recuperó la energía—. Dije que se nos ha acabado. Prueba la semana que viene.

Se puso en pie y se acercó a la ventana de doble cristal cubierta de malla de acero.

El general también se levantó; su cara era un torrente de confusión.

—¿De qué hablas?

Newman siguió mirando por la ventana y cuando habló su voz apenas era audible.

—De absolución.

Beck clavó la vista en su espalda durante un minuto antes de volverse y llamar con fuerza a la puerta. Oyó cómo corrían el pestillo, pero vaciló antes de abrir.

—Te van a trasladar a un lugar más cómodo esta tarde —informó en tono derrotado—. Por favor, no hagas daño a nadie.

—¿Alex? —Newman se encaró con Beck.

—¿Sí? —Éste lo imitó y abrió la puerta.

Newman avanzó un paso, por lo que los guardias lo apuntaron mejor.

—Por ti. Sólo esta vez.

Beck asintió con la cabeza y salió de la celda. La puerta se cerró de golpe a sus espaldas.

Pasó el resto del día, hasta bien avanzada la tarde, sentado en el césped con la vista fija en los árboles y tratando de respirar.

CAPÍTULO CUATRO

Era tarde, casi medianoche. La unidad se hallaba en silencio. Patricia preparaba sus notas en un despacho y trataba de concentrarse en los registros muy detallados que debía llevar, escuchando una melodía de Mozart de fondo con los pies sobre el escritorio.

¡Pero cómo le costaba!

Ése había sido el día más excitante que hubiese experimentado en años. Por primera vez se encontró cara a cara con la personificación de las razones por las que había estudiado siquiatría. Lo había visto, lo había mirado a los ojos sin la presencia de guardias, sin monitores de televisión, sin restricciones.

Y pensó que empezaba a comprender.

Se obligó a continuar leyendo el documento titulado «Historia y entorno».

«A los tres días de su llegada trasladaron al paciente del edificio principal a la unidad A-249, hacia las 15.10 horas. En ese momento no dio muestras de comportamiento violento; colaboró y ayudó. El doctor Clemente consideró que no hacía falta llevarlo atado.»

De hecho, pese a la presencia de guardias armados, el procedimiento se había llevado a cabo de modo rutinario.

Newman estaba preparado cuando acudieron a la zona de confinamiento. En realidad, parecía deseoso de ir a lo que llamó «mi hogar lejos del hogar». Se mostró razonable, calmado, dispuesto a colaborar y hasta hizo un par de chistes sobre lo absurdo de la escena (tres médicos, seis guardias armados y un par de auxiliares con ataduras a mano).

—Si así es como trasladan a uno de sus pacientes voluntarios y amistosos —recalcó entre risas—, llámenme cuando trasladen a uno realmente perturbado. ¡No quiero perdérmelo!

La escena siguió rayando lo ridículo según avanzaban pasillo abajo, ridículo que aumentó cuando, por razones evidentes de seguridad, decidieron bajar por las escaleras en lugar de hacerlo en el ascensor y el desfile se desplegó, escalón a escalón, como una culebra de múltiples cabezas.

¡Y Newman se había reído!

—Que nadie tropiece —gritó—, ¡quedaremos aplastados formando un montón y me culparán a mí!

Patricia volvió a la lectura.

«Al llegar a la unidad, el paciente pidió permanecer afuera "unos minutos", pues era consciente de que su alojamiento se hallaba bajo tierra. Se está investigando cómo obtuvo esa información.»

Y eso preocupaba a varias personas, pensó Patty, innecesariamente, en su opinión, pues una vez encerrado en la unidad, lo que sabía de ella y cómo se había enterado sería irrelevante.

Pasó la página.

«La pausa duró seis minutos —siguió leyendo—, durante los cuales el paciente se dedicó sobre todo a contemplar el cielo, el bosque, a apreciar el paisaje visible. Entonces, manifestó que estaba listo para entrar en la unidad.»

Fueron seis minutos de extraño desasosiego.

Se encontraban en el borde del camino que llevaba a la unidad cuando Newman se detuvo en seco, por lo que los guardias que lo seguían casi chocaron; sin embargo, saltaron hacia atrás, a una distancia segura, con tanta presteza que los que iban al frente, sin darse cuenta de lo que había ocurrido, siguieron avanzando. Así pues, durante casi treinta segundos, Newman estuvo casi solo.

La tensión recorrió la escolta.

Los guardias no tardaron en recuperarse y subir sus armas a nivel del hombro. Tras ese medio minuto de tensión y confusión, fue el jefe de seguridad Edel quien intervino y tranquilizó a todos.

—¿Hay algún problema, señor? —preguntó a Newman, acercándose a él, quien se suponía que era tan peligroso.

Hasta que casi se tocaron sus caras.

Patricia evocó la expresión de agradable sorpresa en el

rostro del ex presidiario. Probablemente nadie se había acercado tanto a él en varios años.

«Antes de bajar a mi madriguera como una buena cobaya —declaró— quisiera echar un último vistazo unos minutos, respirar aire que no sea reciclado, oler las flores, ya me entiende.»

Edel miró a Clemente y, al ver que no ponía objeciones, asintió con la cabeza.

—Por supuesto, señor.

Newman giró despacio y se impregnó del hermoso paisaje del instituto.

—Quizá —comentó Edel en voz baja— no pasará mucho tiempo antes de que le permitan visitar el jardín con regularidad y luego, tal vez, lo liberen.

Newman se limitó a observarlo.

—Lo dudo —contestó por fin.

—Sin embargo, rezaré porque así sea, señor —repuso Edel al entrar en la unidad.

Patricia apartó esos recuerdos y se centró de nuevo en el informe.

«Al llegar a su alojamiento se le mostró todo y le explicaron los procedimientos que debía seguir. Lo único que preguntó tuvo que ver con el cuarto de baño, pidió cierta intimidad, que le fue concedida, pues pronto llegaron al acuerdo de que la cámara del lavabo quedaría apagada, pero no así el sonido.»

«Qué estupidez —pensó Patricia al dar vuelta a la hoja—, nunca debió haber una cámara en el cuarto de baño.»

«El resto de la tarde —proseguía el informe— el paciente leyó y miró la televisión esporádicamente. Cenó a las 19.00 horas, leyó hasta las 22.00 horas y se acostó.»

Patricia apuntó, como recordatorio, que tenía que averiguar lo que había leído y mirado.

«Los monitores mostraron que durmió toda la noche, cómodamente y sin sobresaltos.

»Al día siguiente el paciente se levantó a las 5.30 horas e hizo algunos ejercicios de gimnasia para fortalecer los músculos, se duchó, se afeitó y devolvió el jabón y los utensilios de afeitar a la hora acordada y sin incidentes.

»Dejó que le realizaran una revisión médica a las 7.00 horas, antes de desayunar.»

Newman recuperaba energías día a día; todavía pesaba menos de lo normal, pero su peso aumentaba con regularidad. Su fuerza y sus reflejos llegaron a ser considerados normales y hasta el color de su piel mejoró, pese a la luz artificial.

Patricia se anotó que debía asegurarse de que Newman recibiera al menos dos horas de luz solar por semana, en cuanto fuese razonable permitírselo.

«La doctora Nellwyn acudió a la Unidad a las 6.15 horas —decía la última página del informe— y estudió todo lo susodicho, antes de entrar en el alojamiento del paciente, a las 8.30 horas.»

¡Y cómo lo estudió! Buscó cualquier señal, por muy insignificante que fuese, de una grave neurosis: lavarse las manos con demasiado ahínco, tener la necesidad de ser excepcionalmente organizado o desaliñado, o el más mínimo tic o variable que le indicara por dónde ir.

Pero no encontró nada.

«La entrevista se llevó a cabo en la sala de estar del alojamiento del paciente.

»Lo que sigue es una transcripción completa de esa primera entrevista, presentada sin comentarios.»

Firmaba el doctor Jonathan Clemente, director del departamento de investigaciones sobre comportamientos.

Patricia dio vuelta a la hoja.

La transcripción constaba de más de sesenta páginas. Cada palabra, cada sonido se había grabado y reproducido meticulosamente en ese documento. Al día siguiente lo repartirían entre el personal del proyecto para que lo comentaran.

Esa noche, sin embargo, Patty tenía la oportunidad de contrastar ese árido informe escrito con sus sentimientos personales acerca de lo ocurrido. Tomó un trago de zumo de uvas con agua mineral y empezó la lectura de la transcripción.

«La doctora Nellwyn entró a las 8.32 horas...»

De pie frente a la puerta, a la espera de que los guardias se colocasen, experimentó el mismo estremecimiento que sintió la primera vez que hizo el amor. Se humedeció los labios con la lengua y se pasó la mano por el cabello —interesantes paralelismos con aquella noche— e indicó a los guardias que abrieran.

Entró y sintió que la puerta se cerraba detrás de ella.

Newman se encontraba de pie, de espaldas a la entrada del dormitorio siguiendo las instrucciones; cuando oyó deslizarse el pestillo se volvió hacia ella con expresión... cautelosa.

—Buenos días —dijo Patricia en su mejor tono de terapeuta.

—¿Lo son? No puedo saberlo aquí abajo, en mi madriguera.

Patty respiró hondo y avanzó hacia él con la mano tendida.

—No creo que nos hayan presentado oficialmente. Soy Patricia Nellwyn y me han pedido que lo ayude en todo esto.

Con cuidado, obviamente consciente de que vigilaban cada uno de sus movimientos, Newman tendió la mano y le estrechó la suya.

Patricia no supo muy bien por qué, pero el apretón de esa mano caliente y seca la tranquilizó.

Newman pasó frente a ella y se sentó en un mullido sillón.

—¿Ayudarme en qué?

Patricia se acomodó en el sofá.

—Bueno, después de todo lo que le ha ocurrido, pasará usted por un periodo de adaptación. Lo que queremos es facilitarle la transición.

—Entiendo. —El tono de Newman fue reservado.

—¿Cómo se siente?

Newman sonrió por primera vez desde que lo vio esa noche brumosa cerca de la frontera checa.

—Doctora, si vamos a... Es doctora, ¿verdad?

—Sí.

—¿Qué clase de doctora?

Patty sonrió; esperaba que su sonrisa no resultara amenazadora.

—Soy siquiatra.

Eso pareció divertir a Newman.

—Seguro que Beck la mantiene ocupada. —Se apoyó en el respaldo—. Si vamos a llevarnos bien, doctora, me temo que tendrá que ampliar sus horizontes más allá del primer curso de Entrevistas Clínicas Básicas.

—¿En qué sentido?

Patricia reparó en el tono arrogante, ni forzado ni falso, pero tampoco natural.

—No me haga perder el tiempo con inútiles comentarios agradables y superficiales —advirtió el paciente con la misma mezcla de arrogancia e irritación—. Hagamos lo que tengamos que hacer, tan rápida y eficazmente como podamos.

Era su segunda referencia a la prontitud y a la eficacia, una clara referencia, según Patty, a su miedo subconsciente de que descubriera algunos de sus secretos.

Así que se sintió alentada.

—¿No le gusta ser agradable?

Newman bostezó, como si se estuviese muriendo de aburrimiento. De hecho, Patricia creía que él tenía tantas ganas de sonsacarla como ella a él.

—Doctora, por favor...

—Lo siento —dijo Patty en tono neutro e hizo una pausa—. ¿Sabe por qué se encuentra aquí?

Newman cerró los ojos.

—Por muchas razones.

—¿Cuáles?

—¿Así, de improviso? Toda la gama desde su declaración patentemente absurda de asesoría transicional hasta el encarcelamiento previo a la ejecución.

Esta última palabra la pronunció sin inflexión, como si le diera igual vivir o morir.

—¿Cree que alguien quiere matarlo?

—Dije que era una posibilidad. —Estiró las largas piernas para crear la imagen de un hombre que se relaja tras un largo día.

—¿Por qué iban a querer matarle?

—¿Por qué mata la gente? —preguntó él casi en susurro.

—No tengo experiencia en eso, quizá usted pueda aclarármelo.

Newman abrió los ojos y ladeó la cabeza para mirarla, sin enderezarse.

—¿Desde mi posición de experto?

Su voz se había alterado de nuevo; se había vuelto tirante, baja, amenazadora.

Patricia se esforzó por no revelar en la suya el impacto de esa nueva voz, de algún modo mortal.

—¿Es usted un experto?

—Soy... veamos... —Se enderezó para reflexionar sobre la pregunta—. Ejerzo una profesión, dejémoslo así.

—¿Y qué?

Newman sonrió al mirarla; una sonrisa que descubría todos sus dientes, encantadora y desasosegadora a la vez.

—Un profesional cualquiera, como usted, citaría un sinfín de justificaciones, pero eso equivaldría a una humildad alucinante.

Patty apuntó la frase ostentosamente.

—Humildad alucinante. Ésa es nueva para mí.

De pronto Newman dio la impresión de aburrirse de nuevo. Se repantigó y cerró los ojos.

—Debería mantenerse al día de las publicaciones.

—¿Qué quiere decir? —preguntó la joven con supuesta indiferencia.

Dos podían jugar a ese juego. Comprendió que ahora se trataba de una batalla por el control de la relación entre terapeuta y paciente. Si se esforzaba demasiado, si le suplicaba que contestara, pronto se iba a encontrar en posición de inferioridad.

Y eso, se recordó, no podía permitírselo.

No con Newman.

Y funcionó.

Newman volvió a erguirse y empezó a mover las manos al hablar... lo estaba obligando a salir de sus defensas primarias.

—Matas —explicó con tono profesional—, pero en el momento de hacerlo lo justificas como un acto necesario; aunque en el fondo te haga sentir bien, das explicaciones del tipo «me habría gustado evitarlo pero...».

Patricia lo interrumpió.

—Es la segunda vez que me incluye a mí. ¿Cree que soy una asesina?

—Todos somos asesinos, doctora.

El hombre se levantó y se paseó por la estancia. No estaba agitado, pero diríase que moverse le ayudaba a hablar.

—¿Alguna vez ha dado un manotazo a una mosca, pisado un bicho, estrangulado a su maestra de piano? —preguntó mientras hojeaba un libro.

—Tomé clases de acordeón —declaró Patty a la ligera.

Newman dejó el libro con una expresión de auténtico asco.

—Era de suponer.

—Así pues —dijo Patty sonriéndole—, ¿matar un bicho equivale a matar a un ser humano?

Newman se quedó inmóvil de repente y mostró una nueva faceta.

—O a una mujer.

El comentario iba acompañado de una expresión de pura rapacidad, primitiva. Le echó una mirada claramente sensual.

Mas al instante la cambió por la máscara aburrida y sonriente.

¡Pero ella la había visto!

—¿Cómo?

Newman se encogió de hombros.

—Una mosca vive, respira, procrea, es consciente, tiene un propósito. Un periódico enrollado le quita todo eso con muchísimo más dolor que un cable de lámpara en torno a la garganta.

—O sea —comentó Patricia mientras escribía—, que para usted toda vida es igual, igualmente preciosa.

—Igualmente frágil, en todo caso.

Se dejó caer en el sillón, al parecer exhausto.

—Debería ponerse loción en eso— le sugirió como si nada.

Patricia miraba sus apuntes.

—Disculpe, ¿qué ha dicho?

—En ese punto seco en el interior del pecho izquierdo —contestó él con sencillez—. Donde no lleva un sostén corriente y restrictivo de los de las tiendas de rebajas. —Su sonrisa resultaba verdaderamente encantadora pero también lasciva—. Y gracias.

Patricia se enderezó, incapaz de fingir indiferencia mientras revisaba los botones con una mano.

—Me alegro de que lo apruebe —replicó con sinceridad, aunque también intentando ocultar lo alterada que se sentía—. Y bien —se obligó a preguntar al cabo de un momento—, ¿por qué iban a querer matarlo?

Newman alzó las manos y batió palmas, displicente.

—Muy bien. —Se incorporó sonriente—. Muy bien, doctora, me temía que había olvidado la pregunta.

—¿Tiene una respuesta?

—Bueno, una respuesta hipotética, por supuesto.

—Por supuesto.

Newman se frotó la boca con el índice derecho mientras meditaba.

—Me imagino que darían una de tres posibles justificaciones. —Al cabo de un instante continuó—. Pero todas serían mentira, ¿entiende?

—Siga.

—Primero, podrían decir que he cometido asesinatos en Estados Unidos antes de mi última misión. Quizá dijeran que no los descubrieron hasta después de encontrarme fuera de su jurisdicción y de su alcance y entonces alegarían que el castigo pertinente es la muerte.

—¿Pero no requeriría eso una especie de juicio antes de ser ejecutado? —Patricia parecía de veras interesada.

Se notaba que Newman se divertía. Se deslizó hacia el borde del sillón con los ojos abiertos de par en par y asintió con la cabeza.

—Quizá. Pero tal vez por eso me encuentro aquí, para que ocurra una especie de «accidente» con el fin de evitar el coste y el bochorno de un juicio.

—Siga.

—Segunda posibilidad: alegan que constituyo un peligro para la comunidad y que deberían matarme por el bien de la sociedad.

—Y... —Patricia lo alentó con voz queda. Newman estaba lanzado y no quería decir o hacer nada que redujera su ritmo.

—Tercera posibilidad —propuso él con vehemencia—: Podrían ejecutarme como parte de un trato secreto con los rusos.

—Me he perdido —aseveró Patty con sincera curiosidad—. Si los rusos lo quisieran muerto, ya lo habrían matado en su celda, ¿no?

Newman negó con la cabeza.

—Habría sido un acto de insensibilidad política y los rusos son muy susceptibles a esa clase de política. —Alzó un dedo, triunfante—. Pero que los míos lo hagan por ellos, eso sí que es posible. Es la clase de dialéctica que les gusta.

Se apoyó de nuevo en el respaldo sin dejar de observarla. Cada uno de sus músculos, cada una de sus miradas decía: «¿A que soy listo? ¿Más listo que cualquiera que haya conocido?, ¿más listo que usted?»

Patricia no hizo caso.

—Pero ninguna de estas tres razones sería el motivo verdadero —recalcó sin inflexión.

—No. —La arrogancia había desaparecido—. Nada tan dramático.

—Y eso nos lleva de nuevo a mi pregunta.

—La he olvidado. —Newman recuperó la pose adormilada.

—¿Cuál sería el auténtico motivo? ¿Por qué iban a querer matarle?

—¡Ah! Esa pregunta.

Diríase que aguardaba a que ella dijera algo, hiciera algo, mas ella se limitó a contemplarlo con paciencia.

Esperando.

Newman dejó escapar un largo suspiro.

—Querrían acabar conmigo por la misma razón que uno mataría a una mosca. —Hizo una pausa—. Se siente uno bien al deshacerse de una molestia.

—¿Y usted cree que eso es lo que va a ocurrir?

Newman se incorporó tan de repente que Patricia respingó.

El hombre sonrió ante su segundo triunfo.

—En realidad, no. ¿Por qué iban a querer matarme? Son los buenos, ¿no? —Su voz destilaba felicidad, falsas esperanzas y angustias soterradas. Se interrumpió y observó cómo Patricia se recuperaba—. Pero es interesante como elucubración, ¿no cree?

—Entonces, ¿por qué está usted aquí?

Patricia ocultó su nerviosismo apuntando algo.

Newman cruzó las manos. Parecía meditabundo y, cuando habló, diríase que su voz se había separado de su cuerpo como si las palabras supusieran una intrusión en su razonamiento.

—Sería pura especulación por mi parte —respondió al cabo de un rato—. No quisiera hacerle perder el tiempo.

—Tenemos mucho tiempo —declaró Patty con gentileza. Tenía la impresión de que él estaba a punto de reconocer algo.

—¿Me da su palabra? —Newman hizo otra pausa—. Era una broma. —Su voz y su chiste resultaron tensos.

—Si no encuentra una respuesta, podemos dejarlo y pasar a otra cosa.

Newman se puso en pie y se dirigió de prisa al dormitorio; de camino cogió una revista.

—¡Excelente! —exclamó sarcástico—. ¡Retar al paciente! Es una técnica clínica superior, doctora. ¡Enhorabuena!

Patty pasó el tono por alto.

—¿Por qué cree que se encuentra aquí?

Newman se detuvo en la puerta del dormitorio.

—Sospecho que algo ha ido muy mal en el programa —declaró con un dejo de tristeza y algo así como inquietud o preocupación por sí mismo— y estoy aquí —añadió pausadamente— para que usted averigüe qué es y trate de arreglarlo.

—Interesante.

—Espere a ver mis trucos de naipes —repuso él entrando en la habitación.

Agotada, Patricia cerró la carpeta.

Había tanto en Newman, tantos aspectos contradictorios y mutuamente excluyentes... Cuando se centraba en uno, creyendo aproximarse al hilo que la condujera a una respuesta, surgía otro complejo o una neurosis o un aspecto imposible de identificar que destrozaba la teoría.

Metió los pies en los zapatos y se levantó.

Había esperado que una nueva lectura clínica de la transcripción le permitiera agarrarse a ese hilo, dejar de lado los demás, y seguirlo hasta hallar el origen. Pero se sentía más perdida que nunca después de haber repasado apenas un tercio del documento.

Al remeterse la blusa bajo la falda, incómodamente consciente del caro sujetador de diseño que llevaba, pensó en las dos conclusiones firmes a las que había llegado.

Newman era un inteligente jugador, con algunos conocimientos de sicoanálisis. Los enfoques convencionales no funcionarían con él; tendría que encontrar uno propio, como que Jack Clemente aporreara la puerta reforzada de la formidable fortaleza que Newman se había construido. Ella la rodearía y se metería por una ventana trasera.

La segunda conclusión, y tal vez la más importante, era que Newman era un hombre sumamente peligroso.

No era inestable, ni un neurótico impredecible, ni siquiera desequilibrado. ¡Diablos, es que parecía conservar el equilibrio fuera cual fuese el ángulo desde el que uno se le acercara! Como un gato.

No, era peligroso en el sentido más peligroso de todos.

Era un hombre que había decidido sencillamente, ya sea mediante el razonamiento o mediante ocurrencias irracionales e ilógicas, que las normas de la sociedad no iban con él.

Así que, liberado de los conceptos del bien y del mal, era capaz de cualquier cosa.

Bajando en el ascensor, una nueva y más inquietante idea se disparó en su mente.

Si, según la teoría, tras analizar todas las alternativas, Newman había decidido que jugaría según sus propias leyes y no las de la sociedad, si era capaz de vivir una existencia del todo carente de remordimientos, una existencia hedonista, ¿era realmente un enfermo mental?

¿O representaba algo nuevo, una especie de nuevo hombre que aterrorizaba tanto a la sociedad que ésta exigía que se le quemara en la hoguera?

Camino de su coche, con la cabeza repleta de esos y otros pensamientos igualmente desconcertantes, se obligó a rechazar la siguiente cuestión lógica:

«¿Y si Newman no es el único hombre nuevo?»

Al llegar a casa puso unos vídeos de dibujos animados de Disney para dejar de pensar en ello, al menos para poder dormir. Sin embargo, ya muy entrada la noche, la pregunta surgió de nuevo, espontáneamente.

Las sesiones de aquella mañana también ocupaban la mente del hombre que parecía dormir en el alojamiento subterráneo de la unidad A-249.

Se hallaba acostado, con pantalón de chándal y camiseta, con los ojos cerrados y respiraba profundamente y con regularidad. El dormitorio estaba silencioso, salvo por el casi imperceptible zumbido periódico del objetivo de la cámara, que se aproximaba para vigilarlo más de cerca. Iba filmando alrededor del cuerpo distendido, relajado, inmerso en un sueño profundo y reparador.

Exactamente como él pretendía.

Llevaba ya dos horas tumbado con los ojos cerrados y el ritmo de su respiración había disminuido paulatinamente. Al principio estaba en posición fetal, pero poco a poco había dejado que su cuerpo se desenroscara, algo de saliva había manchado la funda de la almohada mientras ajustaba la respiración a las hondas inspiraciones y exhalaciones relacionadas con el sueño profundo.

Exigía un esfuerzo extraordinario, difícil, pero había tenido seis años y medio para perfeccionar su técnica.

Alargó fuera de la manta un pie desnudo, que se crispaba ocasionalmente, como impulsado por algún sueño. Dejó que el cabello le cubriera la cara, que sus hombros descansaran en una posición incómoda y añadió un ligerísimo movimiento de los párpados.

Escuchó la cámara zumbar al regresar a su posición normal, a un enfoque general de la habitación, ahora que el invisible vigilante se había convencido de que Newman se encontraba profundamente dormido.

Sólo ahora, después de dos horas de establecer cuidadosamente su «coartada nocturna», dejó que su mente volviera al problema.

¡La fuga!

Las horas que había pasado en la zona de confinamiento le habían resultado instructivas.

Desde su ventana, en el piso superior, pudo ver casi toda la parte posterior del instituto, incluyendo el edificio en el que se alojaba ahora. Había observado al equipo de seguridad patrullando tranquilamente y qué luces se encendían y cuándo, así como la zona que iluminaban. No obstante, no había conseguido contestar a la pregunta más importante.

¿Cuánta extensión ocupaba el bosque que había detrás del instituto y si estaba tapiado o no?

Con todo, el traslado había respondido a otros interrogantes.

Los senderos de tierra compacta que conectaban los edificios entre sí no iban más que de una entrada a otra; no llevaban ni al jardín ni al bosque.

Pese a las apariencias, el césped no estaba ni llano ni bien cuidado. De cerca, se veía inmaculado, espeso y cortado al ras en una tierra relativamente plana y dura; sin embargo, al alejarse del edificio, la superficie se volvía un poco menos plana y la tierra, más suelta y suave. Cuando se detuvo a «oler las rosas» sintió cómo su pie se hundía en el suave césped.

Entonces había estimado las distancias.

Las primeras eran largas, pero más precisas, pues Newman las había medido a pasos cada vez que lo movían.

La unidad tenía 61 metros de ancho.

Había 250 metros de la puerta delantera de la unidad a la puerta trasera del edificio principal.

El ancho del edificio principal medía noventa metros.

Ahora, los cálculos.

Metió el pie bajo la manta, y alejó la cabeza de la parte mojada de saliva de la almohada; todo ello con los gestos espasmódicos y lentos de una persona todavía profundamente dormida.

Durante los cuarenta y dos segundos transcurridos entre la verja de la propiedad y la entrada principal, iban a un promedio de ocho kilómetros por hora.

O sea, 93,75 metros o, mejor, 95 metros.

Calculando el largo del edificio principal en unos 325 metros y teniendo en cuenta que la unidad se hallaba más o menos alineada con el centro del mencionado edificio y que se extendía más o menos hasta la mitad de la cerca del este...

Sus labios se movieron ligeramente mientras hacía los cálculos. El auxiliar lo observó y apuntó:

«El sujeto parece hablar en sueños, si bien lo que dice resulta demasiado confuso para que el micrófono lo capte.»

Desde la unidad hasta la cerca del este, había 312, mejor 315.

Newman repitió el procedimiento con la cerca del oeste.

Salían 187 metros, mejor 190.

Calcular la distancia desde la parte trasera de la unidad hasta el bosque resultaba más difícil. El terreno era más accidentado y no había conseguido verlo directamente; no obstante, le parecía que apenas doblaba el largo de la unidad.

Estimó que medía 122 metros, 125 para mayor seguridad.

Y todavía faltaba saber la extensión del bosque y lo que encontraría después.

Pero de momento había logrado bastante. Sabía exactamente cuánto tiempo necesitaría para llegar a cualquier punto de la propiedad desde la puerta de la unidad.

En condiciones óptimas, corriendo a 6,1 metros por segundo (más o menos el tiempo de un corredor de velocidad universitario lento)... De nuevo sus labios se movieron y el técnico de la sala de vigilancia apuntó la misma observación de antes.

A la verja principal: un minuto y nueve segundos.

A la cerca del este: 52 segundos.

A la cerca del oeste: 31 segundos.

Al bosque: 21 segundos.

Satisfecho, rodó sobre sí mismo (física y mentalmente) y cambió de posición y de problema.

¿Cómo llegar a la puerta principal de la unidad?

Recurrir a la fuerza estaba fuera de lugar: demasiados guardias, demasiadas puertas cerradas con llave, demasiadas cámaras, sin contar el ascensor.

No. Tendría que conseguir que lo dejaran salir y entonces hacer que bajaran la guardia, que se adormecieran, y ganar así cinco minutos libres y sin obstáculos.

Pero ¿cómo?

La respuesta fue tan obvia como el zumbido del objetivo al acercarse y alejarse.

Habrían de desearlo.

Así pues, se dedicó a estudiar al personal del proyecto que había podido observar de cerca.

Clemente era un loquero tradicional, prudente, experimentado, conservador y sus técnicas, las ya probadas y seguras.

Lo relegó al final de la lista.

Nellwyn. Ésa sí que era interesante.

Mucho menos confiada de lo que fingía, era también la más lista del grupo. Él había dominado la entrevista, pero porque ella se lo había permitido. Y eso lo intrigaba.

Sospechaba que era una buena loquera, aunque infravalorada; tendía a apartarse de lo convencional, parecía algo nerviosa, pero inteligente, aguda y perspicaz.

Sin embargo, en sus ojos había visto que ella también quería con toda el alma no sólo tener razón, sino también demostrarlo. Pero había algo más.

Debajo de su tranquilo distanciamiento profesional y sus agradables modales, la doctora Patricia Nellwyn creía ser una crisálida, un feo gusano a punto de convertirse en hermosa mariposa, aunque no era capaz de conseguirlo del todo o por mucho tiempo, de modo que sólo en su mente desplegaba sus alas multicolores.

¿Y si alguien más la veía como una mariposa?

Cabeza de la lista para ella.

El jefe de seguridad, Edel, era básicamente elemental; probablemente, soldado o policía de carrera. Parecía duro, honrado, valiente y, para su propia desgracia, compasivo.

Ocupaba un buen lugar, pero no el primero. Tendría que acordarse de volver a leer la Biblia, allí encontraría la clave de Edel.

Finalmente, por centésima vez desde su liberación, centró su atención en la única persona a la que creía poder manipular para que lo ayudara involuntariamente.

Alexander Beck.

El sentimiento de culpabilidad de Beck era patente, no lo ocultaba. Diríase una muñeca de porcelana a la que han dejado caer demasiadas veces; sus múltiples resquebrajaduras eran casi invisibles de tan finas y lo que lo mantenía entero era la fuerza de voluntad, la disciplina y la rutina. Lo que precisaba, el botón que necesitaba que pulsaran, era un perdón total y de corazón.

Era un niño que rogaba a su mamá o a su papá que lo besaran para aliviar sus heridas, que haría casi cualquier cosa para alcanzar un momento de paz y calma.

Sin embargo, Beck era un desconocido.

Sabía casi todo lo que Newman sabía; de hecho, le había enseñado mucho. Y aunque su conciencia y su sentido moral no le daban la libertad de acción que tenía Newman, si llegaba a la conclusión de que el posible éxito superaba el coste, podía ser tan eficaz como el propio Newman.

Sin embargo, Beck tenía que hacer un mayor esfuerzo mental.

No cabía duda, pensó Newman mientras se dejaba dominar por el sueño, Beck era el eslabón débil. Si encontrara el modo de girar la llave de Beck, la puerta de la unidad se abriría de golpe.

Después de Beck venían Nellwyn y, posiblemente, Edel.

Tres puertas cerradas, pero todas indefensas ante la misma llave humana.

En ese momento Newman se durmió.

Eran casi las tres de la mañana.

Fuera hacía frío y había niebla. Los guardias de seguridad iban con la cabeza gacha y el cuello del abrigo subido mientras patrullaban el camino que les había sido asignado. Se detenían en cada control, sacaban su aparato transmisor y daban la señal indicada.

En la valla del este, a medio camino entre la verja y el bosque, repetían el procedimiento.

—Patrulla siete, en el control Eco 3.

—Patrulla siete, recibido. —La respuesta llegaba repleta de interferencias—. Son las 2.56 horas; confirme.

—Las 2.56; confirmado. Voy al control Eco 4.

Prosiguieron hablando del inminente partido de fútbol.

En ningún momento percibieron la malévola sombra que se acercaba para tomar su lugar.

La sombra pareció agacharse un momento, como si esperara a que ambos hombres avanzaran antes de decidir en qué dirección seguir. Al cabo de cinco minutos se deslizó silenciosamente por el césped hacia el oeste.

Muy cerca del edificio principal se agachó de nuevo. Aguardó, prácticamente invisible, mirando cómo una enfermera y dos asistentes de enfermería caminaban por el sendero hacia el aparcamiento. Tres minutos después continuó adelante.

Cruzando por detrás del edificio principal se detuvo en la cerca del oeste, se movió hacia el norte, hacia el bosque, hacia la valla a su derecha y en la unidad A-249, a su izquierda, se detuvo silenciosamente.

Permaneció allí, sin moverse, sin hacer ningún ruido, ni nada que indicara su presencia, sólo la oscuridad más lóbrega de su figura recortada en la negrura absoluta de ese lugar aislado.

De pronto, y todavía en silencio, se deslizó directamente hacia la unidad y se detuvo justo fuera del alcance de las cámaras de vigilancia.

Allí se quedó, inmóvil, apartado del entorno y, sin embargo, parte de él. Un vacío desolado, amenazador, con una vista perfecta de la entrada de la unidad, del césped entre ésta y el edificio principal, de la pradera entre la unidad y el bosque y del césped entre la unidad y la cerca del este.

Y esa forma se encontraba entre la unidad y la valla del oeste.

Se quedó allí el resto de la noche y haría lo mismo muchas noches subsiguientes. Allí, de pie como un poste, sin queja, sin descanso y sin ninguna explicación, hasta veinte minutos antes del amanecer, cuando se espabiló y se movió furtivamente hacia el bosque.

Las cinco y media de la mañana.

El despertador sonó con estruendo y Patricia se limitó a apagarlo.

Llevaba casi una hora despierta, leyendo.

Por muchos dibujos animados que viera, por mucho que la música de tipo hilo musical asaltara sus oídos, no acertaba a apartar a Newman de la mente, no del todo, de modo que había vuelto a concentrarse en la transcripción.

«El sujeto regresó a la sala de estar —leyó— después de quedarse once minutos en el dormitorio, al parecer leyendo.»

Patricia sabía que la estaba poniendo a prueba. Newman esperaba que lo dejara de lado, que lo abandonara como creía que lo habían abandonado en Rusia, y, para evitarse el dolor, él se adelantaría, se iría primero.

Y si tenía razón, se dijo Patricia, debía permanecer allí por mucho que él tardara en regresar.

—¿Todavía aquí? —inquirió Newman, afable, al entrar en la sala con la revista en la mano.

—Sí.

Newman encendió el aparato de música, sintonizó una emisora de rock suave y bajó el volumen.

—Supongo que tendrá sus razones.

Patricia asintió con la cabeza.

—Quiero ayudarlo.

Newman arqueó las cejas.

—¿Por qué?

Ésa era la única pregunta para la que no se había preparado. Por suerte, no tuvo que contestar.

—Quiero decir —señaló Newman mientras se dejaba caer en la silla—, sé que «el Tío» —dijo refiriéndose al tío Sam, o sea, al gobierno norteamericano— está gastándose una tonelada de dinero en mí. —Hizo una pausa—. ¿Cuánto valgo, por cierto? —Parecía genuinamente interesado.

—A nosotros, simples trabajadores, no nos dicen esas cosas. —Patricia sonrió—. Pero debe de ser bastante, ¿no cree?

—¿Por qué? —Ahora parecía desconcertado.

—Pues no quiero darme importancia, pero nuestro instituto no es barato y si a eso le añadimos la cantidad de gente que han asignado sólo para atenderlo, lo razonable es concluir que usted le importa muchísimo a alguien.

—Yo, no: el programa —manifestó Newman tras reflexionar.

—¿Llegarían a tanto —preguntó Patty sonriente—, se expondrían tanto si lo único que les importara fuese el programa?

—No los conoce.

—Pues ilústreme.

Entre ellos se hizo un largo silencio, tan largo que Patricia empezó a creer que se había excedido.

—¿Sabe algo de los tiburones, doctora? ¿Los grandes tiburones blancos? —La voz de Newman resultó tan baja, tan contenida y fuera de carácter que Patricia tuvo que esforzarse para oírla.

—No mucho.

Newman asintió con la cabeza.

—*Carcharodon carcharias* es su nombre científico. Son seres solitarios, nadie sabe cuánto tiempo viven, ni, por cierto, cómo viven. Lo único que hacen es nadar, comer y procrear.

Patricia afirmó con un gesto, reprimiendo la exaltación que le producía conseguir que Newman hablara abiertamente de lo que sentía sobre sí mismo. Obviamente, el gran tiburón blanco, el más temido de los terrores del océano, era una analogía de sí mismo.

—Continúe.

—Meta un pez herido en el agua —explicó Newman con tono distante— o eche un decilitro de sangre en un mar picado y el gigante blanco lo olerá desde más de ciento cincuenta kilómetros de distancia. Navegará sin perder el rumbo, rodeando o atravesando cualquier obstáculo, hasta llegar allí.

»Cuando llega, pese a su tamaño, su poder y su obvia ventaja, aguarda, da vueltas hasta estar seguro de que su presa no podrá luchar, no podrá resistirse y, entonces, sólo entonces, ataca... generalmente por detrás.

«¿Qué mejor metáfora —pensó Patricia— que ésta para aquello en lo que se ha convertido Newman? El depredador que pese a su abrumadora superioridad espera a que su pretendida víctima esté del todo indefensa.»

Luchó contra el deseo de tomar copiosos apuntes ante esa revelación sicológica.

—¿Sí?

Newman asintió con la cabeza.

—Ahora bien, el gigante blanco tuvo un antepasado hace quince millones de años, el *Carcharodon megalodon*. Medía diez veces más que los que conocemos actualmente. Alguien encontró un colmillo fosilizado y era mayor que su mano, doctora.

Ésta se miró involuntariamente la mano.

Newman no reparó en ello o no le importó.

—Si todavía existiera hoy, y se especula al respecto, podría tragarse un pequeño barco entero. Nada lo detendría. —Se interrumpió y soltó una amarga risilla—. Y mucho menos unos pececitos heridos.

Patricia asintió con expresión grave.

—Y usted siente que gracias a su personalidad y su entrenamiento —repuso en tono académico— se ha convertido en el *Megalodon*, ese Leviatán incontenible. Por supuesto, como le ocurre siempre al monstruo del fondo marino, cree que ahora quienes lo crearon lo temen y deben matarlo. —Hizo una pausa—. Lo entiendo.

Newman se puso en pie y negó con la cabeza, agotado.

—Me temo que no, doctora. —Respiró profundamente y se dirigió hacia el cuarto de baño con paso pesado—. El *Megalodon* que yo estaba describiendo es la gente para la que trabajo, el gobierno, suyo y mío.

Otra corta pausa.

—¿Yo? Yo no soy más que un pez herido.

SEGUNDA PARTE

Los lebreles

CAPÍTULO CINCO

Acabada la obra, los espectadores salieron del teatro a la fresca noche otoñal de Moscú.

Siguiendo una tradición centenaria, el público se rezagó en la escalinata de mármol, se arremolinó en torno a las columnas corintias para criticar el espectáculo que acababa de ver y, continuando con la tradición, que fuese bueno o malo daba igual (el de esa noche había sido especialmente bueno), le encontraron algunos fallos.

—¡Increíbles, los colores que eligieron para el vestido de la mujer! —sentenció un hombre con desdén.

—¡El escote! —cacareó una mujer—, ¡casi se le veían los pechos.

—Como si mereciera la pena verlos —añadió otro hombre bastante pagado de sí mismo.

Vitenka, que se abría paso por el pórtico, agitó la cabeza.

Con o sin revolución, pensó, los moscovitas no cambiaban.

Se acercó a un grupo de amigos suyos; los varones lucían uniforme y las mujeres, vestidos caros —para Rusia—.

—Me pregunto si el autor sabe realmente algo de la vida en la corte de Catalina —decía un joven.

—¿No son una delicia los vestidos? —dijo una mujer.

Vitenka se rió.

Lo eran, en todo caso, las actrices que los llevaban.

Otra mujer le dio un manotazo juguetón en el hombro.

—Se suponía que estabas mirando la obra y no las...

—Cuidado con tu lengua, mi ángel —la interrumpió Vitenka.

—¡... pequeñas actrices!

Todos rieron.

Vitenka se volvió y paseó la vista por la multitud que se marchaba con indolencia. La conversación se iba alejando del espectáculo y se centraba en las discotecas a las que podían ir cuando, de repente, se quedó petrificado.

—Disculpadme, en seguida regreso.

Sus amigos apenas se fijaron en su partida.

Cruzó el pórtico y bajó los escalones hasta encontrarse con un hombre que estaba solo, tomando cidra caliente.

—¿Coronel Ruinov?

El hombre levantó los ojos.

—¡Ah! —exclamó al cabo de un minuto—. El mensajero de Medverov. Déjeme ver... Era el comandante Vitenka, ¿no?

—Todavía lo soy —contestó éste mientras se estrechaban las manos—. Ha pasado mucho tiempo, señor.

Ruinov lo examinó.

—No tanto.

—Tres meses, señor.

Ruinov asintió con la cabeza.

—¿Cómo está, comandante? ¿Todavía va de un lado a otro a las órdenes de Medverov?

—Básicamente.

Se produjo un incómodo silencio.

—Señor —repuso Vitenka por fin—, se acordará de que la última vez que nos vimos fue en circunstancias algo... algo difíciles.

—Interesante frase, comandante.

Vitenka repiró profundamente.

—Ambos teníamos órdenes, señor, y las cumplimos lo mejor que pudimos.

Ruinov tomó un largo trago y mantuvo el rostro inclinado sobre la taza humeante unos instantes más.

—Estoy seguro de que eso supondrá un consuelo para la viuda de Dnebronski y sus tres hijos.

Vitenka dio un paso y se aproximó más al coronel.

—¿Se llegó a probar que lo hizo Newman? —Su tono poseía la suficiente energía para obligar a Ruinov a mirarlo directamente a los ojos.

—Para mí... —respondió en voz baja— quedó demostrado, para mi entera satisfacción.

Vitenka asintió con la cabeza, sin saber muy bien por qué lo hacía.

—Informé al general del incidente, pero él insistió en que siguiéramos adelante con la liberación. —Hizo una pausa—. No obstante, tomé todas las precauciones pertinentes.

Ruinov soltó una risa amarga.

—Con ese hombre eso es imposible. —Encendió un cigarrillo y echó el resto de la cidra en una papelera cercana—. Lo que hicimos, comandante, usted, yo, Medverov, fue soltar la peste en el mundo. Y le aseguro que cuando llegue el momento del juicio final... —Se llenó los pulmones de humo de tabaco y lo guardó un buen rato antes de exhalar la nube azulada—. Y le aseguro que llegará ese día... seremos reprendidos ante Dios por haberlo hecho. —Dio varias caladas largas al pitillo.

Con la vista clavada en los ojos de profundas ojeras de Ruinov y en su expresión de agotado cinismo, de pronto consiguió plantear la pregunta que lo había perseguido desde que había entregado a Newman a los norteamericanos.

—¿Coronel?

Ruinov observó al joven serio.

—¿Y ahora qué?

Vitenka echó una ojeada alrededor para comprobar que nadie pudiera oírlos.

—Señor, yo también tengo miedo de ese juicio final. —Contempló al hombre mayor—. Cumplí con mi deber, con mi general, con mi patria, pero si eso fuera a ocasionar lo que usted cree, lo que yo... —dijo y su voz se apagó. Aún tardó un momento en apartar la pesadilla que a menudo invadía sus noches—, entonces sabría que tuve la culpa, al menos en parte.

Diríase que Ruinov lo estudiaba atentamente.

—¿Adónde quiere llegar, comandante?

—Señor —empezó Vitenka en tono pausado—, como soldado, como hombre, debo preguntar si ha... —respiró hondo.

—Puedo garantizarle, comandante —contestó Ruinov en voz baja—, que desde su liberación, Newman no ha causado ningún daño.

—¿Puede garantizarlo...?

Ruinov asintió con la cabeza.

—Desde su liberación está confinado en un sanatorio, bajo la más estricta seguridad, cerca de Munich, en Alemania, y en los últimos tres meses ocupa una celda subterránea a prueba de fugas. —Hizo una pausa—. No ha herido a nadie. De hecho, sus médicos creen que se está curando.

—¿Lo sabe usted? —inquirió Vitenka con un dejo de incredulidad.

—Lo sé.

—¿Está comprobado?

Ruinov asintió ligeramente con la cabeza.

—He hecho que apostaran, digamos, cierta vigilancia. Unos antiguos camaradas de Afganistán, que ahora controlan ciertas redes en Occidente, le han hecho un favor a un viejo. —Dejó escapar una amarga risilla—. Mi información, de todos modos, es indiscutible.

Uno de los amigos de Vitenka agitó un brazo para pedirle que se reuniera con ellos. Él alzó una mano, rogándoles paciencia.

—Y está a punto de curarse. Gracias a Dios —murmuró Vitenka con evidente alivio.

Ruinov negó con la cabeza.

—Ese hombre no puede curarse, comandante. ¡La maldad no es una enfermedad!

—Sin embargo, señor…

—Buenas noches, comandante. —Ruinov apagó el cigarrillo y bajó a toda prisa por la escalinata.

Y, en lo más hondo de su alma, estaba preparado para la condena eterna.

En el corazón de Baviera, de pie en el tejado del edificio principal del instituto, otro hombre también pensaba en la eternidad. Miraba las mismas estrellas que veía Ruinov, preocupado igualmente por los pecados que uno se llevaba al otro mundo.

Pero, a diferencia del coronel ruso, Jack Clemente pensaba menos en Newman que en sí mismo.

—Sabía que te encontraría aquí —comentó Patricia al atravesar la puerta de las escaleras. Respiró hondamente varias veces—. ¿Por qué no te gusta contemplar la naturaleza desde el jardín, como a todos los demás? Me ahorrarías la subida por estas condenadas escaleras.

Clemente no le hizo caso, seguía mirando las estrellas.

—Jack, ¿te encuentras bien? —preguntó Patricia con cautela.

Él se volvió hacia ella, sonriente.

—¿En qué sentido?

Patricia se relajó visiblemente.

—No empieces. —Avanzó hacia él—. La reunión será dentro de diez minutos.

—Lo sé —manifestó Jack con un asentimiento de cabeza.

Patricia alzó la vista hacia el brillante despliegue de estrellas.

—¡Dios mío!

—Eso mismo estaba pensando yo.

Jack se sentó a medias en la barandilla. Un acceso de tos hizo que se doblara sobre sí mismo.

Patricia iba a correr hacia él pero él la detuvo levantando una mano.

Durante dos minutos, Jack se vio agitado por una tos seca que sacudía su cuerpo como si fuese una muñeca de trapo. Por fin, el ataque de tos cesó.

Se puso en pie y se secó la sangre de la boca.

—¿Podrías...? —gruñó señalando un termo.

Patricia le sirvió un vaso de lo que parecía zumo de manzana; iba a dárselo, pero al ver cómo le temblaban las manos se lo acercó a la boca.

Jack tomó un sorbo y extrajo una cajita de pastillas de un bolsillo; con dedos torpes la abrió y sacó una píldora grande, se la metió en la boca y Patricia le sostuvo el vaso para que pudiera beber.

Al cabo de un momento, Jack le indicó que lo apartara y esbozó una ligera sonrisa.

—Gracias.

Patricia deseó desesperadamente poseer la actitud que se ha de tener con los enfermos y el tacto natural del que todos sus colegas parecían disponer en abundancia.

—¿Qué estás tomando? —Fue lo único que se le ocurrió decir.

—Dilaudid.

—¿Desde cuándo? —preguntó en un susurro.

El dilaudid era uno de los analgésicos más potentes disponibles y los médicos lo recetaban sobre todo para casos de cáncer incurable.

—Un mes, puede que seis semanas. —La voz de Jack iba recuperando su fuerza habitual.

—No sé qué decir —tartamudeó la siquiatra—. Lo siento.

Jack sonrió.

—Ésa ha sido verdaderamente una de las declaraciones más elocuentes y, gracias a Dios, sucintas que he escuchado últimamente. —Se interrumpió y se enderezó—. Y una de las pocas en cuyos sentimientos creo. Gracias.

—¿Podrás con la reunión?

—No estoy exactamente a las puertas de la muerte —declaró con un movimiento de cabeza—. Todavía no, al menos. —Le cogió el vaso a Patricia y bebió otro trago. Al ver su expresión afligida la tomó de la mano—. ¿Has subido aquí por alguna razón concreta?

Patricia asintió con los labios apretados.

—Adelante —la animó Jack—. Prometo no morirme delante de ti, por lo menos no de momento.

Su chiste habría escandalizado a mucha gente, probablemente a la mayoría, pero Patricia se limitó a reír, una risa forzada, cierto, pero genuina, de corazón.

—Quería hablar contigo.

Jack se apoyó en la barandilla.

—Pues habla.

Patricia vaciló, se aferró a la sonrisa alentadora de Jack y se lanzó.

—¿Por qué crees que Tabbart ha convocado la reunión?

—¿Aparte de para escucharse a sí mismo? Dímelo tú.

Echó a andar y dijo:

—Veo dos posibilidades.

—Empiezas a parecerte a Newman.

Patricia se volvió hacia Jack.

—Cuando decida si eso fue un cumplido o un insulto te daré una respuesta mordaz. —Hizo una pausa—. Primera posibilidad: como jefe del instituto, quiere un informe detallado de hasta dónde hemos llegado y cuánto nos falta por hacer.

Jack asintió con la cabeza.

—Lógico, razonable y el propósito declarado del espectáculo.

—Pero no me lo creo. —Patricia echó a andar de nuevo.

—Estoy de acuerdo.

—Y eso nos deja —prosiguió la joven con parsimonia— con la segunda posibilidad. —Se interrumpió y se volvió hacia Jack—. Tiene algo en la manga.

Jack se dirigió hacia el termo y se sirvió otro vaso de zumo.

—Sin duda. Y creo tener una idea bastante acertada de lo que es.

Patricia se acercó a él y bebió directamente del termo.

—Suéltalo.

—Eres una analista —la reprendió Jack—, entrenada para observar. Examina el comportamiento, las circunstancias, el trasfondo; ten en cuenta lo que sabes de él, lo que sabes del proyecto y contesta tu propia pregunta.

Del rostro de Patty desapareció toda compasión y la sustituyó una expresión de severa irritación.

—¡No necesito que me des lecciones sobre técnicas de consultorio o de política empresarial diez minutos antes de la reunión!

Jack arqueó las cejas.

—¿Ah no? Patty, hay un montón de gente como Tabbart en el mundo. Más vale que aprendas a lidiar con ellos ahora y no después. —Jack se frotó la frente mientras luchaba contra un espasmo de dolor lacerante—. ¡Piensa! ¿Por qué ahora? ¿Por qué hoy? ¿Por qué a las nueve de la noche?

Patricia estaba tan absorta en sus pensamientos que no se percató de que Jack tomaba otra pastilla.

—Hoy —murmuró—. Esta noche. —Se interrumpió, sin dejar de ir y venir con la cabeza gacha. Se paró en seco y se puso tiesa—. ¡Maldita sea!

Jack hizo un gesto afirmativo.

—Creo que tus nubes empiezan a despejarse.

—¿Cuándo regresa Beck? —Patty se contestó a sí misma—: Mañana, ¿verdad? Regresa mañana con los de la junta de revisión de Washington. —Hizo una pausa—. ¡Tabbart ha decidido hacerse cargo de la presentación!

Él asintió.

—Exactamente. Va a hacer el papel de pequeño Napoleón de «yo estoy al mando y lo sé todo» y, entonces, liquidará o prolongará el proyecto. —Se quedó callado—. Todo depende de lo que escuche esta noche.

—Lo va a liquidar —declaró Patricia con tristeza—. Tú lo sabes.

El hombre enfermo se enderezó, cogió el termo, se acercó a ella y le pasó un brazo por los hombros.

—A menos que nosotros, o sea, tú, lo convenzas de que no lo haga.

Patricia se quedó horrorizada.

—¿Yo? ¡Me odia! ¡Apenas escucha nada de lo que tengo que decir, ni siquiera cuando es lo que quiere oír!

Jack la guió hacia las escaleras.

—Entonces haz que te escuche.

—¿Cómo?

Jack esbozó una sonrisa.

—Piensa en él como si fuese un paciente, un hombre convencido de que su salud es perfecta pese a todas las pruebas. Como su analista, has de convencerlo de su sicosis.

—Estás insinuando algo —comentó Patricia, suspicaz.

—¿Ah sí? —Jack le abrió la puerta.

—Bueno —declaró la siquiatra mientras ayudaba a Clemente a bajar—, falta condenadamente poco para que sea un narcisista paranoico.

Se detuvieron en un descansillo para recuperar el aliento y Jack le dio una palmadita en el hombro.

—¿Y cuál es el modo más eficaz de comunicarse con un narcisista paranoico?

Patricia se lo pensó.

—¿La analogía?

El hombre mayor negó con la cabeza y sonrió.

—Yo habría elegido primero la adulación.

Patricia se encogió de hombros.

—¡No puedo ni quiero adular a ese tipejo!

Repitió el gesto y sonrió.

—Entonces —repuso Jack volviendo a empezar a bajar—, sugiero que hagas lo que el instinto te ha dictado primero.

—¿Por ejemplo?

—Háblale de la paloma.

A los quince minutos se hallaban sentados alrededor de la mesa de conferencias junto con los otros participantes principales del proyecto.

Tabbart ocupaba el asiento de la cabecera, había extendido unas carpetas inútiles sobre la mesa y un bloc de notas impoluto descansaba debajo de una estilográfica con el capuchón puesto.

—Doctor Clemente, ¿quiere comenzar?

Éste asintió con la cabeza, tomó un poco de agua y empezó a hablar con voz suave y profesional.

—Acabamos de terminar la duodécima semana de observación y tratamiento preliminares de nuestro paciente. Se han hecho todos los estudios de visualización neurológicos y cerebrales solicitados.

Se volvió hacia el anciano neurólogo alemán que había asistido a la primera sesión de información.

—¿Doctor Kapf?

Éste hojeó una carpeta y la cerró antes de pronunciar una sola palabra.

—Hemos hecho una serie completa de radiografías y otra de visualizaciones de alta resolución mediante tomografías computarizadas, incluyendo las axiales, y de resonancias magnéticas. Hasta ahora no hemos descubierto nada particular. No sufre ninguna lesión masiva, ningún tumor, ningún desplazamiento transitorio. Su cerebro es de tamaño medio y no contiene malformaciones distintivas.

»Cerca de la corteza occipital hay una pequeña magulladura lagunar, originada, en nuestra opinión, en su infancia. Sin embargo, dados su tamaño, situación y otros factores, la hemos descartado como posible causante del comportamiento, según el historial soviético, del paciente.

Tabbart aguardó hasta estar seguro de que el hombre había acabado.

—Entonces, doctor Kapf, ¿según su criterio médico no existe causa física para los episodios violentos?

Kapf negó con la cabeza.

—En la estructura del cerebro, no. —Hizo una pausa—. Para ninguno de los supuestos incidentes.

Tabbart pasó por alto el énfasis en el término *supuestos*. En su opinión, Kapf era un anciano nada dispuesto a descartar las antiguas rivalidades tribales. Quitó con cuidado el capuchón de la estilográfica, tomó nota detallada y volvió·a cerrarla, antes de colocarla exactamente en el mismo lugar, sobre el bloc de notas.

Con una inclinación de cabeza indicó a Clemente que continuara.

—Casi hemos terminado con todos los análisis de sangre y fluidos —explicó éste y se volvió hacia un hombre sentado delante de él—. Doctor Goethering.

Éste leyó sus notas.

—Los análisis demuestran que su sangre es normal en todos los aspectos, a excepción de una anemia en regresión que, en nuestra opinión, se debió a la malnutrición que padeció en manos de los rusos y que parece estar curándose. En los demás aspectos, no hemos encontrado factores que contribuyan a un comportamiento aberrante.

Cerró la carpeta y mantuvo la vista baja.

—Ningún factor contribuyente —repitió Tabbart mientras lo apuntaba.

Jack esperó a que lo mirara.

—Le hemos aplicado todas las pruebas sicológicas que se nos han ocurrido; la mayoría por duplicado y algunas por triplicado. —Escogió las siguientes palabras con cuidado—. Los resultados no muestran nada espectacular.

Tabbart levantó los ojos de golpe.

—¿Nada espectacular? ¡Vaya! —Todos los presentes repararon en que olía a sangre—. ¿Sería tan amable de definir sus términos, doctor Clemente?

Éste respiró profundamente.

—Su coeficiente intelectual es de ciento ochenta y cinco, muy por encima del de un genio. Su tipo es A-3, vulnerable al estrés, impaciente, tendente a ataques de frustración, de resentimiento y de emociones extremas. En la escala de violencia de Kiernan, del uno al diez, puntúa siete, índice compatible con un tipo A-3.

»No muestra señales visibles de neurosis, sicosis, manías o demencia. No padece alucinaciones, al menos, no en el sentido convencional. Parece racional, lee y escribe con soltura y colabora, aunque de mala gana.

Tabbart destapó meticulosamente su pluma y empezó a escribir. En cuanto acabó, leyó lo que había apuntado.

—Tras doce semanas de pruebas se certifica que el sujeto se encuentra dentro de los parámetros de la cordura. Su comportamiento, si bien emocional, no refleja ninguna enfermedad neurosiquiátrica.

—Eso no es lo que yo he dicho —lo interrumpió Clemente, furioso.

El jefe de personal lo observó con expresión interrogativa.

—¿Ah no? ¿En qué sentido lo he malinterpretado? —Pasó la mirada por las personas sentadas alrededor de la mesa—. ¿Ha experimentado accesos de violencia?

—No.

—¿Alguna reversión a conductas primitivas?

—No.

—¿Ha dado muestras de degeneración de la personalidad, de descompensación o de marcada labilidad, cambios de humor o algo por el estilo?

—No.

—¿Ha precisado fármacos o ataduras?

—No.

Se produjo un denso silencio.

Tabbart asintió con la cabeza y dirigió a Clemente una mirada afable.

—Entonces, por favor, ilústrenos.

El doctor Clemente se secó la cara con un pañuelo limpio.

—He tenido cuarenta y ocho sesiones clínicas con él, unas cuatro por semana. Parece haber adquirido ciertos conocimientos sobre técnicas sicoanalíticas y se deleita dejándonos entrever unos pocos aspectos de la verdadera personalidad que hay bajo su fachada arrogante.

Tabbart agitó la cabeza.

—¿Está seguro de que es una fachada? En mi experiencia, bastante extensa, con personas inteligentes, he visto que su arrogancia suele ser real. —Se apoyó en el respaldo, cruzó las manos e inició un discurso—. Resulta esencial para lo que hacen creerse capaces de todo, sean cuales sean los obstáculos. La arrogancia, el pañuelo de aviador envuelto al cuello que ondea al viento por la espalda, suele ser un componente de su personalidad y, ciertamente, no es una fachada para ocultar una condición latente. —Esbozó una sonrisita de satisfacción—. Es típico, no aberrante.

Jack negó despacio con la cabeza.

—En este caso, no —declaró con la firmeza de una roca.

Tabbart soltó un largo suspiro, escribió y leyó de nuevo.

—El sujeto exhibe facetas de personalidad desacostumbradas, debidas probablemente a su extraordinaria profesión.

—No estoy de acuerdo —insistió Clemente, ahora con un dejo de enfado.

Tabbart tapó su pluma y lo miró directamente a los ojos.

—Doctor Clemente, exactamente, ¿qué estados o enfermedades —dijo pronunciando la siguiente palabra con énfasis— vislumbró debajo de la supuesta fachada?

Jack respiró en profundidad y clavó la vista en la mesa durante largo rato.

—Y bien —exigió el jefe de personal—, ¿tienen nombre?

Clemente soltó el aire.

—Según las definiciones convencionales, no.

»La terapeuta supervisora no encuentra un nombre, ni un estado o enfermedad concretos que...

La interrupción que preparaba Tabbart se vio cortada por la de Patricia.

—¡Al menos déjelo terminar antes de tergiversar sus palabras!

Tabbart le dirigió una mirada fulminante.

—Discúlpeme —pidió en tono autoritario y se volvió hacia Clemente—. Puede acabar, doctor.

Diríase que Clemente no se había fijado en el intercambio. Por la ventana contemplaba las hojas de un árbol, agitadas por la brisa nocturna.

—Jack —le exhortó Patricia en voz baja.

Él se volvió hacia Tabbart.

—Según las definiciones convencionales, no existe un nombre, como ya le he dicho. Ni siquiera he visto una descripción de sus síntomas en los libros de texto.

Tabbart reflejaba la satisfacción en su rostro.

—Ah...

—Pero —repuso bruscamente Clemente—, los síntomas y el estado sí que existen, de eso estoy seguro.

El jefe de personal miró sus apuntes.

—Todavía no he escuchado nada que me haga cambiar de impresión, de modo que...

—Señor. —La cortesía de Patricia rezumaba veneno.

Tabbart la miró con resentimiento.

—Creo haber oído suficiente, doctora Nellwyn.

Patricia se obligó a esbozar una sonrisita.

—Pero todavía no ha escuchado mi informe, señor.

—Ni tengo intención de hacerlo. El doctor Clemente habla en nombre del departamento de comportamientos y del proyecto. Tengo todo lo que necesito.

Patricia hizo un exagerado gesto de asentimiento con la cabeza.

—Lo entiendo, señor. —Hizo una pausa y dejó que una expresión triunfante se dibujara en el rostro del jefe—. Presentaré mi informe por separado a la junta de revisión.

—¿Que hará qué?

—Como principal terapeuta de este proyecto subvencionado tengo derecho a hacerlo. —Esperó un momento—. Si está usted demasiado ocupado, lo presentaré personalmente a la junta.

Todos intentaron apartarse de la línea de visión entre Patricia y Tabbart, en cuya frente empezó a latir una vena.

—Puede comenzar, doctora. —Furioso, Tabbart hizo acopio de autocontrol.

—¿Está seguro? —inquirió ella, sonriente, con suma dulzura.

—No te pases —le susurró Jack.

Patricia abrió la carpeta despacio y ordenó los papeles.

—En los últimos tres meses he sostenido sesenta y una sesiones de conversación con el señor Newman, que duraron entre apenas veinte minutos y una maratón de tres horas y media. Aunque tampoco he conseguido identificar o cuantificar ninguna enfermedad razonable, convencional o corriente, estoy absolutamente de acuerdo con el doctor Clemente de que algo hay.

—Y, por supuesto, no tiene usted pruebas al respecto, ¿verdad? —El tono de Tabbart resultó sarcástico, mordaz.

—Al contrario —contestó Patricia con ligereza—, tengo la paloma.

Tabbart abrió los ojos de par en par.

—¿Qué paloma?

—De hecho —explicó ella cambiando una hoja de un montón a otro—, son una paloma y un gato.

Había ocurrido a finales del segundo mes del nuevo cautiverio de Newman.

Las sesiones de terapia no daban resultado; de los tests no se podían sacar conclusiones convincentes, cuando no eran negativas, y la vigilancia ininterrumpida tampoco revelaba nada.

Diríase que Newman era lo que parecía, un inteligente saboteador, que sólo padecía el estrés que se podía esperar de su encarcelamiento por los rusos.

Y sin embargo...

Había algo más, algo desconocido, algo oculto bajo la superficie, algo que se burlaba de la incapacidad de todos para encontrarlo o nombrarlo.

De modo que habían concebido un plan, un plan que, por muy arriesgado que fuese, le provocaría una repentina conmoción síquica. Con suerte, su reacción al shock les daría, como mínimo, un indicio, por muy momentáneo que fuera, de su ser oculto.

Tras varios días de discusiones decidieron que Patricia condujera el experimento.

Así pues, como siempre, la puerta del alojamiento de Newman se abrió a las 8.30 horas y Patricia entró.

—Buenos días —dijo mientras él se giraba.

Newman se quedó de piedra.

La puerta, que siempre se cerraba inmediatamente, permanecía abierta.

—¿A qué está jugando? —preguntó, cauteloso, sin haberse vuelto del todo.

—Se me ocurrió que hoy podríamos realizar la sesión afuera —respondió ella con tono agradable y desenfadado o al menos eso esperaba.

Nunca se hubiera imaginado que un ser humano pudiese permanecer tan quieto.

Newman se quedó en pie, sin moverse, sin parpadear y, al parecer, sin respirar. Sólo sus ojos se movieron, poco a poco, de Patricia a la puerta abierta.

—¿Guardias? —susurró el hombre.

Patricia se encogió de hombros.

—En esta ocasión me temo que sí. Ya veremos en el futuro.

—¿Cuántos? ¿Cuáles son sus órdenes? —Newman acabó de girar, lentamente.

—No soy una experta —declaró la siquiatra con ligereza—, pero creo que será más o menos como cuando lo trajimos aquí. Si sigue las normas, mantendrán las distancias y nos dejarán llevar la sesión en privado.

La respiración del paciente parecía superficial y sus músculos, contraídos; todo en él denotaba tensión.

¡Y preparación!

—No es que no confíe en usted, doctora... pero la confianza nunca ha funcionado precisamente a mi favor. —Se humedeció los labios con la lengua—. Dígamelo en cifras, por favor.

Patricia se regocijó. Frente a ella estaba un Newman que no habían visto antes, un hombre que probablemente se aproximaba más al de Rusia. Todo en su cuerpo, en su tono, era nuevo. Patricia rezó porque el vídeo estuviese funcionando.

—De acuerdo —dijo haciendo acopio de indiferencia—, así es como va a funcionar: hay dos guardias en la puerta con las armas desenfundadas, nosotros cruzaremos juntos la antecámara, nos dirigiremos al ascensor e iremos a la planta baja.

—¿Solos?

Patricia sonrió de nuevo.

—¿Por qué no? ¿Tengo algún motivo para temerle?

Newman tardó casi un minuto en contestar.

—No lo he decidido todavía. —Fue su respuesta, queda y sin emoción—. Por favor, continúe.

Patricia hizo caso omiso de la tensión que crecía en su interior.

—En la planta baja habrá dos guardias más, también con el arma desenfundada. El pasillo entre el ascensor y la puerta estará vacío e iremos directamente a la entrada principal de la unidad.

Newman pareció relajarse ligeramente.

—Siga.

Ella se encogió de hombros.

—No queda mucho más. Salimos por la puerta hacia el césped y llevamos a cabo nuestra sesión. —Se volvió, dispuesta a salir—. ¿Vamos…?

—Se ha olvidado de las normas para el exterior, doctora —declaró Newman. Parecía receloso.

Patricia se volvió hacia él.

—Sólo las de sentido común. Habrá guardias y nos vigilarán en todo momento. —Esperaba que reparara en que se incluía a sí misma—. Podemos ir a donde nos apetezca en un radio de cincuenta metros del edificio. —Tras un corto silencio acabó con—: Eso es todo.

La cabeza de Newman daba vueltas. El acceso al césped era algo por lo que se había esforzado, planeado, ¡rezado! Pero algo no cuadraba.

Se había imaginado que antes de que le permitieran salir, aunque fuese por un corto periodo, le darían una explicación detallada de las normas y las condiciones y eso un par de días antes. ¡Había algo que no cuadraba!

Se le ocurrió por un momento que le estaban tendiendo una trampa, que buscaban la oportunidad de dispararle mientras «trataba de fugarse».

Pero tenía que salir.

No precisó más de treinta segundos para decidirse. Hizo un gesto afirmativo con la cabeza.

—Después de usted, doctora.

La siguió fuera del alojamiento; se fijó en que ambos guardias se encontraban fuera de su alcance y que le apuntaban con su pistola semiautomática glock, uno a la cabeza y el otro al torso, con manos firmes como rocas, fríos, obviamente bien entrenados.

Mientras el ascensor subía confirmó sus cálculos del tiempo que se tardaba en llegar a la planta baja.

—¿Es un vestido nuevo?

Patricia sonrió alegremente.

—Para la ocasión.

Una sonrisa espasmódica se dibujó en el rostro de Newman mientras salían del ascensor.

Según lo prometido, la planta baja se encontraba vacía, a excepción de dos guardias apostados en diferentes puntos, pasillo abajo. Profesional la disposición, bien pensada. Quienquiera que la hubiese ideado, lo había planeado de modo que, aunque Newman liquidara al más cercano, el otro tendría tiempo para dispararle.

Avanzaron despacio hacia la puerta abierta.

Newman divisó a los guardias, que sostenían a un lado sus glock y sus schmeisser, aparentemente relajados, desplegados en semicírculo a unos sesenta metros de la fachada del edificio.

Vaciló al traspasar la entrada.

—Todo va bien —lo alentó Patricia.

El paciente no le prestó atención; estaba mirando al jefe de seguridad que se acercaba a ellos.

—Buenos días —dijo éste con amabilidad—. Parece que Dios ha escuchado nuestras oraciones.

Newman saludó con la cabeza.

—Depende.

Nerviosa, Patricia observó a los dos hombres medirse con la mirada.

—No hay trucos, señor —replicó Edel con sinceridad—. Si usted no hace ningún movimiento furtivo, si no intenta fugarse o herir a alguien, mis hombres mantendrán la distancia y no se entrometerán.

—De lo contrario...

Edel se encogió de hombros.

—Si, por alguna suerte insospechada, consiguiera usted ir más allá del perímetro, mis hombres apostados en el tejado le dispararían antes de que hubiese avanzado veinte metros —manifestó con tono práctico.

Newman miró el techo y se imaginó a los francotiradores que Edel habría situado estratégicamente. Su opinión de la seguridad alemana mejoraba por momentos. Sonrió a Edel.

—«Te elogiaré porque de manera que inspiras temor, estoy maravillosamente hecho. Tus obras son maravillosas, como muy bien percibe mi alma.»

Edel sonrió y asintió con la cabeza.

—Ha estado leyendo la Biblia.

—Salmos 139, 14 —repuso Newman con ligereza. Hizo una pausa—. Ayuda a matar el tiempo. Gracias.

—Fue un placer. —Edel hizo ademán de darse la vuelta pero se detuvo y se volvió de nuevo hacia Newman—. ¿Quizá podríamos hablar de sus lecturas un día de éstos?

—Me gustaría.

Edel asintió con la cabeza, hizo media reverencia hacia la doctora y se reunió con sus hombres.

Newman salió poco a poco al sol y aceptó agradecido las gafas oscuras que le dio Patricia.

Durante diez minutos pasearon en torno al edificio. Newman daba la impresión de sentirse relajado. Respiraba a fondo el aire fresco y limpio y lo observaba todo en silencio.

Patricia empezaba a dejarse llevar por la euforia. Por primera vez, el paciente parecía realmente distendido. Sus pasos cautelosos, como de prueba, pronto se convirtieron en zancadas cómodas. Después se acuclilló debajo de un árbol en el lado oeste del edificio. Patricia esperaba que la experiencia no lo abrumara.

Y no fue así. Todas las defensas de Newman surgieron, disparadas por lo que veía debajo del árbol.

Comparó la hierba, su color, su rigidez con la que había alrededor. Buscó y encontró el lugar donde se situaban los aspersores más próximos y se imaginó cómo el agua caería en esa zona.

Al cabo de dos minutos confirmó sus sospechas.

Muy a menudo, en un pasado reciente, quizá cada noche, después de que el sistema de aspersión quedase apagado a medianoche y antes de que apareciera el rocío matutino, alguien se había acuclillado en ese lugar y se había quedado allí varias horas, probablemente oculto por una capa o una red de camuflaje nocturno, a juzgar por las marcas en el suelo.

Y ese alguien no quería que lo descubriera el equipo de seguridad de Edel.

Eso constituía una nueva pieza del rompecabezas que Newman iba componiendo paso a paso.

Se puso en pie y se estiró.

Patricia se relajó al ver su expresión de satisfacción.

—¿Empezamos?

Newman asintió con la cabeza.

—A condición de que sigamos andando. Necesito el ejercicio. «Y una mirada más de cerca al resto del perímetro», pensó.

—Estábamos hablando de la ira.

—¿Ah sí?

—Sí —recalcó Patricia con una sonrisa—. ¿Qué siente al respecto? —preguntó al cabo de un momento.

Newman soltó una carcajada.

—¿De la ira? ¿O de hablar sobre la ira? —Como no obtuvo respuesta continuó—. Es una pérdida de tiempo.

—¿Por qué?

—Bueno... —repuso Newman tranquilamente—, defina la ira.

—¿Cómo la definiría usted?

Newman se detuvo y se volvió hacia ella.

—Olvide la respuesta clínica por una vez —le pidió con su sonrisa encantadora—, sólo conteste la pregunta.

Patricia asintió con la cabeza.

—De acuerdo. —Reflexionó un momento—. Es una poderosa pasión o emoción de desagrado y, generalmente, de antagonismo causada por el sentimiento de haber sido herido o insultado. —Hizo una pausa—. ¿Qué tal he estado?

Newman aplaudió.

—Bravo. Salvo que se dejó un par de cosas.

—¿Como qué?

—La ira es una emoción activa, a diferencia del sentimiento opuesto, la calma, que es pasivo por definición.

Newman se acuclilló de nuevo para examinar la hierba.

—La ira resta energía, eleva la tensión sanguínea, rebaja el flujo de oxígeno al cerebro, acelera el ritmo de los latidos del corazón, contrae los principales grupos musculares y, en general, debilita el cuerpo en un tiempo dolorosamente corto.

Patricia asintió con la cabeza, mientras él se levantaba y echaba a andar.

—Pero ¿qué hay del hecho de que pueda servir de alivio? La ira no expresada puede resultar aún más dolorosa. —Examinó a Newman atentamente mientras él parecía meditar.

—No estoy de acuerdo.

—¿En serio?

El hombre sonrió y soltó una risa alegre.

—No es la supresión de la ira lo que resulta perjudicial, sino el hecho de que lo que la ha provocado permanece desencadenado cuando, en la mayoría de los casos, la ira se contiene.

—Me ha perdido —anunció Patricia con franqueza.

Newman se sentó en el césped, en un lugar desde el que podía ver a través de un claro del bosque. Patricia se acomodó a su lado.

—Según su propia definición —explicó Newman aparentando mirarla—, la ira es una respuesta a la sensación de haber sido herido o insultado, ¿no?

—Siga.

—Pues —continuó él, intentando ver a través del claro del bosque—, en la mayoría de los casos, cuando expresamos nuestra ira, mediante su furia, ofensa o dolor, el problema empieza a resolverse.

Ella asintió con la cabeza.

—Algo necesario, ¿verdad?

Él hizo el mismo gesto.

—De acuerdo. Pero ¿por qué permitir tanto dolor, angustia y desorden fisiológico?

Newman vio un gato a punto de abalanzarse sobre una paloma.

Patricia siguió su mirada.

Él continuó hablando. El gato saltó y le dio un zarpazo a la paloma en el ala. El ave herida consiguió volar hasta una rama baja de un árbol cercano.

—¿Por qué permitir que toda esa mierda se agite cuando

se puede evitar, encarándose directamente al problema? —Miró hacia Edel y señaló la paloma—. ¿Puedo ir a verla?

Edel aceptó con una inclinación de cabeza y cambió el despliegue de sus hombres, manteniendo a la mayoría entre Newman y el bosque, mientras Patricia y el paciente avanzaban.

Éste siguió explayándose mientras él y Patricia se aproximaban al pájaro herido en el árbol, atentamente vigilados por los guardias.

—Si nos enfrentamos a un problema con ira, nuestro enfoque se ve perjudicado; tendemos a hacer más o menos de lo que realmente es necesario. —Se detuvo a tres metros del árbol—. No se mueva —susurró.

Patricia lo contempló fascinada. Él avanzó con lentitud, casi con gracia, y levantó poco a poco el brazo hacia el ave herida. Calmado, frío, relajado, no transmitía ninguna sensación de amenaza; la paloma pareció percibirlo y no se resistió cuando la apartó de la rama.

Le acarició las plumas con suavidad.

—Se le ha roto el ala —comentó en voz baja y tranquilizadora y se volvió hacia Patricia—. Cuando hay sufrimiento y a nadie le importa, eso me ofende, me insulta y me hiere. —Se encogió de hombros—. Pero no me enojo, sino que me enfrento a ello.

Patricia observó cómo cogía al pájaro por la cabeza, se la retorcía y le rompía el cuello con mayor presteza de la que se hubiese podido imaginar y seguidamente lo dejaba caer al suelo.

Los guardias se encogieron y Edel asintió con la cabeza.

Patricia se quedó petrificada.

Pero Newman echó a andar hacia la unidad, seguido al cabo de un momento por ella.

Continuó hablando, como si nada.

—Nada de ira ni de rabia —declaró fríamente—. Únicamente observación, acabo de ver un pájaro herido pero no muerto; análisis, he visto que sufría y que no tenía cura, entonces acción, terminé con su sufrimiento.

El gato se aproximó a ellos y se frotó contra las piernas del hombre.

Él miró hacia abajo y sonrió.

—No sentí más ira contra esa paloma que él. —Señaló el gato con un gesto de la cabeza—. Claro que...

De repente levantó un pie, lo dejó caer sobre la cabeza del felino y le aplastó el cráneo. El cuerpo del animal se retorció unos momentos sobre la hierba, antes de quedar inmóvil.

Newman miró la cara cenicienta de Patricia.

—Claro que —declaró con indiferencia— ¡los gatos me cabrean!

CAPÍTULO SEIS

En la sala de conferencias reinaba el estupor. Nadie se movió ni habló, nadie se atrevió a romper el silencio que había seguido al relato de la primera salida de Newman fuera de la unidad. Tabbart fue el primero en recuperarse.

—Vaya... ¡Vaya!

Patricia ladeó la cabeza, curiosa.

—Si le interesa, tenemos el vídeo del incidente. —Tras un momento de regodeo por la patente incomodidad de Tabbart, dijo—: Puedo arreglarlo para que lo vea.

Tabbart fingió apuntar algo para ocultar su malestar; por desgracia, se olvidó de destapar la estilográfica.

Patricia le dirigió una sonrisa llena de dulzura.

—No, hum, con los informes bastará. —De pronto Tabbart reparó en su olvido y casi arrancó el capuchón de la pluma—. Prosiga, por favor.

Patricia se volvió hacia Clemente. Éste se mordió el labio inferior y empezó a hablar.

—De inmediato, realizamos prolongadas pruebas de seguimiento e incrementamos la observación. No descubrimos ningún cambio con respecto a su estado o a su conducta previos al incidente. —Abrió una carpeta—. De hecho, su tensión sanguínea, su pulso, su respiración, todos sus signos vitales disminuyeron algo en las horas posteriores.

Tabbart seguía mirando sus inexistentes notas.

—Y hemos excluido la posibilidad de que lo ocurrido con el gato fuese un accidente, ¿verdad?

Patricia asintió con la cabeza.

—Como decía, señor, me gustaría que viera usted el vídeo y llegara a sus propias conclusiones.

Clemente le dio un puntapié por debajo de la mesa.

—No, no. No será necesario —se apresuró a asegurar Tabbart—. ¿Cómo explica usted ese extraordinario acontecimiento?

—Hemos encontrado cuatro posibles explicaciones —declaró Jack antes de que Patricia pudiese contestar. Se volvió hacia el anciano neurólogo—. ¿Doctor Kapf?

El anciano habló, muy quieto.

—Examinemos la secuencia. —Hizo una pausa—. Una discusión sobre la ira, sus raíces y sus respuestas. El sujeto empieza a aleccionar a la terapeuta acerca de cómo evitar la ira y luego, para ilustrarlo, acaba con el evidente sufrimiento del pájaro. No parece enojarle el ataque no provocado del gato al ave, sino que actúa directamente y termina con el sufrimiento de la paloma.

—¿Y el gato? —preguntó Tabbart.

—La lógica extensión del argumento —continuó el anciano—, una segunda demostración. En lugar de expresar cólera contra el gato, venga al pájaro matando al que percibe como la causa más inmediata de su muerte. —Bebió un poco de agua—. Se ve a sí mismo como una persona sin ira ni culpa; no es la causa de ninguna de las dos muertes, sino que está distanciado de ambos actos. Sin embargo, de hecho, dirige su ira contra el gato por lo que percibe como un ataque cobarde, y hacia la paloma por dejarse atacar.

—Tonterías —susurró Patricia.

Clemente intervino de inmediato intentando disimular el obvio desdén de la siquiatra.

—La opinión del doctor Kapf no ha sido aceptada por todos —dijo y se volvió hacia un joven sicólogo situado al otro extremo de la mesa—. ¿Doctor Mont?

El joven ordenó sus apuntes y los leyó sin levantar los ojos.

—Después de revisar las cintas y las transcripciones creo que, al matar a los dos animales, el sujeto intentaba expresar su desprecio por la institución médica, un grupo dedicado a sanar. Primero deja que el gato ataque a la paloma, lo que le da el pretexto, y luego mata a ambos, como si nada, con la evidente intención de escandalizarnos.

Cerró la carpeta y miró a Tabbart.

—El siguiente —dijo el jefe haciendo caso omiso del desanimado joven.

Comprensivo, Jack sonrió a este último.

—Mi opinión consiste, de hecho, en una combinación de las dos primeras teorías con una modificación menor.

Un acceso de tos lo interrumpió.

—Creo que el acto de dar muerte a la paloma fue sincero. La mayoría de nosotros estamos de acuerdo en eso. El gato, en cambio, pudo haberse convertido para él en el símbolo·de todos los que lo tenemos preso y lo estudiamos. En la terapia ha aludido al gobierno como un depredador fuera de control, más o menos como el gato.

»Newman vio venir el ataque, pero no hizo nada, por razones que todavía no hemos determinado. El que no actuara causó la herida que lo impulsó a acabar con el sufrimiento del pájaro. Luego, su ira no resuelta y no reconocida contra nosotros, contra el gobierno, contra la sociedad en general, a la que considera universalmente hostil, se desencadenó y encontró la oportunidad de expresarse. Pero su inteligencia le permitió reconocer el peligro de reaccionar directamente contra nosotros, de modo que escogió al gato como efigie. —Hizo una pausa—. El acto en sí, el de aplastarlo con el pie, sin ensuciarse las manos, por así decirlo, evidencia su desprecio por la autoridad. —Otra pausa—. Ahora, imagínese un individuo con esa mentalidad libre en la sociedad... —Su voz se fue apagando.

Tabbart tomaba numerosos apuntes.

—Y, pese a eso, ¿se niega a clasificar al sujeto como sociópata? —preguntó.

—Es la definición más próxima, pero no, no es un sociópata. Todos sus actos y sus procesos mentales demuestran que es plenamente consciente de las consecuencias futuras y, lo que es más importante, demuestran que es capaz de diferenciar entre los actos con los que puede salirse con la suya y aquéllos con los que no. Si es un sociópata, ha dado muestras de mayor autocontrol en esos aspectos de lo que creo posible.

—Tonterías —dijo Patricia en voz baja.

Tabbart la miró.

—¿Qué ha dicho, doctora Nellwyn?

—He dicho: «Tonterías.»

Tabbart asintió.

—¿Puedo suponer, entonces, que la suya es la cuarta hipótesis?

Patricia movió la cabeza afirmativamente.

—¿Está en desacuerdo con su superior?

La mujer respiró profundamente.

—Con todo respeto por el doctor Clemente, sí, estoy en desacuerdo.

A Tabbart, que había entrado en la reunión convencido de poder deshacerse de ese odioso proyecto, le daba vueltas la cabeza. No podía hacer caso omiso de las opiniones de hombres como Clemente y Kapf, pese a las incoherencias del joven Mont, y lo último que necesitaba era una hipótesis totalmente fuera de onda de esa chica de mirada salvaje.

Y, sin embargo, superando su propia mezquindad, consiguió reconocer que la relación de ella con Newman había sido más estrecha que la de los demás. Además, por encima de la arrogancia del eficiente administrador germano latía el corazón de un investigador siquiátrico que empezaba a sentirse intensamente intrigado por Brian Newman.

E inquieto.

—Prosiga, doctora Nellwyn. Pero —sugirió haciendo un gesto grandilocuente— sea breve, por favor.

Patricia miró las caras de alrededor de la mesa, todas escépticas o abiertamente hostiles, incluso la de Clemente. Inspiró a fondo y empezó a hablar.

—Estoy de acuerdo con el doctor Clemente —anunció con voz queda— en que Newman no es un sociópata. Un sociópata presenta una conciencia mal desarrollada; no siente culpa por el daño que sus actos puedan causar a otros, pero sí que la siente por los que lo perjudican a él. Creo que, al menos, en eso estamos todos de acuerdo.

Se interrumpió y volvió a pasar la vista en torno a la mesa. Incluso Tabbart asintió con la cabeza.

—Pero —prosiguió—, hasta donde he podido ver, Newman nunca ha expresado remordimientos por nada de lo que ha hecho, ninguna culpa. —Tiró una copia del historial de Newman en el centro de la larga mesa—. ¡Léanlo! Desde su más tierna infancia, cuando decide hacer algo, lo hace, sean cuales sean las posibles consecuencias. ¡Y, definitivamente, nada indica que alguna vez haya actuado movido por la rabia!

Las miradas escépticas se tornaron abiertamente desdeñosas.

—Vaya al grano, por favor, doctora —ordenó Tabbart a la vez que miraba su reloj.

Patricia hizo caso omiso; cogió la carpeta, la abrió y leyó al azar:

—Sus padres adoptivos informan que después de los tres años rara vez llora. A los siete, se rompe un dedo, se acerca con calma a su madre de acogida y se lo dice. A los once, se cae de la bicicleta y se hace una herida que requiere trece puntos de sutura; no sólo no llora, sino que el médico de urgencias observa que Newman mira cómo lo cose con distanciamiento clínico y sin dejar de hacerle preguntas.

—Pues tiene una elevada tolerancia al dolor —la cortó Tabbart—, eso no significa...

—A los quince —Patricia lo interrumpió a su vez—, un maestro lo encuentra estropeando un semáforo. Su explicación consiste en que la señal de atravesar no dura el tiempo suficiente para que pueda cruzar la calle sin peligro. El maestro le explica que eso podría provocar un horrible accidente, él se encoge de hombros y contesta que «por lo menos podré cruzar». Y, a diferencia de un sociópata, no puso objeciones al castigo, que fue muy severo. —Guardó silencio un momento—. Hizo, sencillamente, lo que quiso, cuando quiso y entendía y aceptaba las consecuencias, tanto para la sociedad como para sí mismo.

—No veo... —Tabbart lo intentó de nuevo.

—Newman —continuó Patricia— carece, creo, total y absolutamente de conciencia. Basándome en que no hemos descubierto ningún daño o malformación en su cerebro, yo diría que nació así, incapaz de sentir remordimientos, vergüenza, culpabilidad ni ninguna de las emociones centradas en la conciencia. Es emocionalmente libre de hacer lo que le apetezca sin que le preocupen lo más mínimo las consecuencias que tendrían para otros o para él.

El científico que había en Tabbart se sintió un poco intrigado.

—Se han descartado los desequilibrios cerebroquímicos, doctora Nellwyn, ¿o es que no lo había tenido en cuenta? —Agitó la cabeza—. En cuanto al tipo de condición que presenta como hipótesis, un comportamiento radical que acarrea una seudosociopatía, uno esperaría ver un marcado desequilibrio del nivel o de la presión de los fluidos cerebroespinales,

¿no? O al menos una malformación básica del plexo coroideo en uno de los ventrículos laterales del cerebro.

Patricia asintió y una sonrisa se formó en su rostro, por lo demás intenso.

—No si las sinapsis funcionaran de un modo nuevo; si han evolucionado hasta el punto de no necesitar neurotransmisores como la acetilcolina o...

—¿Evolucionado?

Patricia miró al hombrecillo directamente a los ojos.

—Evolucionado —insistió con firmeza—. En mi opinión...

—Lo que nos ocupaba, doctora —Tabbart se apresuró a interrumpirla—, era el tema de la paloma y el gato.

El cambio de tono del jefe no la afectó.

—Precisamente. Todos mis respetos para los doctores Clemente, Kapf y Mont, pero no creo que Newman albergue un profundo resentimiento ni segundas intenciones.

»Creo que mató a la paloma en un audaz intento de granjearse nuestra simpatía, acaso de obtener alguna ventaja al conseguir nuestro respeto, de demostrarnos su bondad al eliminar el sufrimiento del animal.

—¿Y el gato? —la interrumpió Clemente por primera vez.

Patricia se volvió hacia su amigo y colega.

—Newman nos dio la respuesta, nos lo dijo ese mismo día.

—Quieres decir...

Ella asintió con la cabeza.

—Los gatos lo cabrean. Ésas fueron sus palabras textuales. Y, como es una persona sin conciencia, actuó para deshacerse de la causa de su irritación.

Se produjo una explosión de voces apremiantes.

Tabbart golpeó la mesa para pedir orden pero nadie le hizo caso. Por fin, Clemente atrajo la atención de los demás.

—Si tienes razón, ¿por qué nos ha permitido mantenerlo prácticamente prisionero durante tres meses sin ningún incidente? ¿Por qué no atacarnos como se supone que hizo con los rusos? Sin duda lo cabreamos más que los gatos, ¿no?

Todas las miradas se posaron en Patricia.

Ella reflexionó largo rato antes de responder; no pensaba en su respuesta, sino en si la creerían.

De modo que empezó a hablar muy despacio.

—Estamos de acuerdo en que no es un sociópata, una de cuyas características es la incapacidad de aprender de errores pasados. —Al no escuchar ninguna objeción continuó—. Su coeficiente intelectual está muy por encima del de un genio, muy por encima, de hecho, del de cualquiera de los que nos encontramos en torno a esta mesa. No posee conciencia, pero sí una capacidad casi infinita para aprender.

»Fíjense en sus intentos de fuga en Rusia, cada uno tuvo más éxito que el anterior; sólo pudieron evitarlos aislándolo del todo y amenazándole de muerte cada vez que se veían obligados a abrir la puerta de su celda. —Hizo una pausa para impresionar—. Como hemos hecho nosotros aquí. —Reunió sus papeles y cerró la carpeta—. Sabía que podía matar al gato sin que eso afectara a sus ineludibles planes, de modo que lo hizo, simplemente, porque quería hacerlo.

—¿Y cuáles, le ruego que me lo diga —pidió Tabbart con sarcasmo—, son sus «ineludibles planes»?

Patricia respiró profundamente.

—Creo que es obvio. —Se interrumpió y buscó el apoyo de sus colegas pero no lo encontró—. Ha aprendido de sus errores anteriores y está aprendiendo más cada día; de nosotros, acerca de nosotros. Y un día intentará fugarse de nuevo y cuando eso ocurra hará lo que sea necesario para lograrlo, sin pensárselo, sin remordimientos.

Los presentes guardaron silencio largo rato, pero Patricia sabía que eso no duraría, sólo se preguntaba quién plantearía lo obvio.

Tabbart carraspeó.

—Doctora Nellwyn, ¿cree usted que el sujeto es una especie de *uber mensch*?, ¿alguna forma de desviación milagrosamente dotada, que sólo una bala de plata o una estaca en el corazón puede detener?

—No —contestó en voz baja pero firme—. No es una desviación.

—Entonces, por favor, ilústrenos. ¿Qué es en su opinión?

Era ahora o nunca.

—Resulta indiscutible que el ser humano evoluciona constantemente. Numerosos campos de la antropología dan por hecho que nuestros meñiques y dedos pequeños del pie se encogen con cada generación, también aceptan que desaparecerán en un millar de años.

—¿De veras necesitamos…?

Clemente cortó a Tabbart.

—Sigue —indicó con voz intensa.

—Entonces ¿por qué no habría de cambiar también nuestro cerebro? Quizá evolucione de modo más lento, menos obvio, pero más complejo. ¿Por qué no puede estar evolucionando también?

Esperó la inevitable interrupción, pero ésta no se produjo.

—Al hombre se le ha definido siempre por el tamaño y las funciones de su cerebro, desde el *Australopithecus robustus*, con un cerebro de un volumen de entre cuatrocientos cincuenta y setecientos cc, hasta el hombre moderno, el *Homo sapiens*, literalmente el «hombre sabio» por su cerebro de entre mil cien y mil quinientos cc, pasando por el *Homo erectus* con un cerebro de entre setecientos y mil cc.

—Pero —intervino Kapf— el cerebro de Newman encaja en esa escala; es de mil cuatrocientos treinta y cinco cc, creo.

Patricia se encogió de hombros.

—Todos conocemos el trabajo de Dan Dennet en el Centro de Estudios Cognitivos de la Universidad de Tufts y hemos leído los *Tres chimpancés* de Jared Diamond. —Hizo una pausa y, cuando habló de nuevo, su tono no resultaba muy seguro—. Lo único que hago es llevar sus obras hasta la siguiente conclusión lógica.

—¡Dios mío! —exclamó Tabbart, con un deje de genuina alarma—. ¿No estará sugiriendo...?

Patricia lo frenó.

—¿Y si la evolución actual es neurológica? ¿Y si se desarrolla en nuestro cerebro? ¿Y si no consiste en una expansión de los tejidos, sino en una nueva formación de su misma esencia?

Kapf clavó la vista en ella.

—¿Se da cuenta de lo que está diciendo? —inquirió con voz queda pero temblorosa—. El hombre casi no ha cambiado en trescientos mil años.

Patricia asintió lentamente con la cabeza sin hacer caso de las miradas.

—El *Australopithecus robustus* vivió doscientos mil años antes de que apareciera el primer *Homo erectus* y éste dominó otros doscientos mil años, luego el *Homo sapiens* se presentó en escena. —Se detuvo—. Hemos tenido más tiempo que cualquiera de ellos; ya nos toca. —Otra pausa—. De hecho, hace tiempo que nos toca.

Gritos de incredulidad, ira y confusión se mezclaron con los golpes de Tabbart sobre la mesa, pidiendo orden. Sólo Clemente, Kapf y Patricia guardaron silencio, mirándose con intensidad.

El ruido amainó.

—Doctora Nellwyn —espetó Tabbart—, le aconsejo que no exprese esos absurdos, locos, nada científicos y... —Parecía buscar otro adjetivo con el que golpearla y como no lo encontró agitó la cabeza—. Hemos terminado. Me reuniré individualmente con aquellos de ustedes con los que necesite verme antes de la revisión de mañana. —Se puso en pie—. ¿Doctora Nellwyn? —Ésta lo miró—. Doctora Nellwyn, si menciona alguna de esas ideas peregrinas fuera de esta habitación me encargaré personalmente no sólo de que finalice su relación con este instituto, sino también de que nunca más trabaje en el campo de la salud mental. —Hizo una pausa mientras seguía al grupo hacia la puerta—. Le recomiendo que se someta de inmediato a una terapia y examine cuáles son, exactamente, sus motivaciones. Para ello le otorgo un permiso inmediato e indefinido para ausentarse. —Se detuvo en el umbral de la puerta—. ¡Un nuevo hombre! ¡Vamos! —exclamó y salió bruscamente.

Patricia había cerrado los ojos mientras sus colegas expresaban su ira, la insultaban y la humillaban al salir. Cuando los abrió de nuevo, la sala se hallaba vacía salvo por el doctor Clemente y el doctor Kapf.

—Realmente lo crees, ¿verdad? —inquirió Clemente.

Patricia asintió con tristeza.

—Sí.

Jack agitó la cabeza.

—¿Por qué? Vamos, soy yo, Jack; explícamelo sencillamente, sin dejarte llevar por el ego. ¿Por qué?

Patricia lo miró a los ojos y vislumbró algo, quizá desilusión.

—Nuestra tarea —respondió con voz quebrada— consiste en definir lo indefinible; explicar los misterios y las perplejidades de los pensamientos, las emociones, las acciones de modo que resulte aceptable, mediante un vocabulario aceptable. —Se volvió hacia él y le cogió una mano—. Has dicho que Newman es algo que nunca hemos visto, algo que desafía las explicaciones convencionales.

Jack asintió con la cabeza.

—Una enfermedad mental que no se ha diagnosticado todavía.

Patricia se puso en pie y echó a andar por la sala.

—¿Por qué? —Se volvió hacia él—. ¡Hasta Freud dijo que a veces un puro no es más que un puro! ¿Por qué pasar por alto una posibilidad obvia sólo porque llega de donde no la esperas? ¡A veces un puro no es más que un puro y algo nuevo no es más que algo nuevo!

Jack se limitó a mirarla y agitar la cabeza con tristeza.

—No lo sé —respondió en un susurro tan bajo que Patricia tuvo que inclinarse para oírlo. Tosió un poco y pareció hundirse—. Tengo que pensármelo. —Giró poco a poco y salió.

—¿Doctora Nellwyn?

Patricia se dio la vuelta bruscamente, había olvidado que Kapf se encontraba todavía allí.

—¿Qué quiere ahora? —preguntó en tono derrotado. «Diablos, si ni siquiera Jack me cree», pensó.

—Doctora Nellwyn —dijo el anciano en un tono razonable—, no quiero creer que su teoría sea correcta.

—Estupendo —espetó la joven.

El anciano se levantó, se acercó a ella y le puso una mano en el hombro.

—Sin embargo, puede que me equivoque.

Patricia lo miró, sorprendida.

—¿Cómo?

Kapf se encogió de hombros.

—El sol no da vueltas alrededor de una Tierra plana. Los hechos científicos de hoy a menudo se convierten en la increíble y absurda historia de mañana. —Le dio unas palmaditas—. El hombre es un ser evolutivo. Un día, empezará la siguiente era; nos volveremos y veremos un rostro o una forma que no nos resulte familiar y el temor abyecto nos hará encogernos. Como hicimos hoy.

Cogió sus carpetas y echó a andar hacia la puerta, a medio camino se detuvo y se volvió hacia Patricia.

—Espero… no, más que eso, rezo porque esa cara o forma que no nos es familiar no sea nuestro señor Newman. Un futuro de *Homo sapiens* enfrentado a *Homo crudelis* representa un porvenir realmente negro. —Se rió—. Al menos para los que somos *Homo sapiens*. *Gut Nacht*, madame doctora.

Patricia observó la figura que se alejaba, absorta en sus pensamientos; su mente trataba de comprender la verdad última de las palabras del anciano y de entender la verdad, más básica aún, que había expresado.

Homo sapiens contra *Homo crudelis*.

El hombre sabio en una lucha que perderá inevitablemente contra su sucesor predestinado.

Homo crudelis: hombre de corazón de piedra, libre de todas las restricciones del comportamiento que hoy damos por sentadas. Un cazador asesino con la inteligencia del hombre moderno capaz de cualquier cosa, de todo.

«Kapf tiene razón —pensó al salir de la sala de conferencias—, no hay más que un desenlace posible.»

En la unidad, Edel también se preparaba para la revisión del día siguiente.

—Y bien —preguntó a uno de sus supervisores—, ¿dónde nos dejan todos estos planes?, ¿eh?

Uno de sus tenientes tomó un sorbo de café.

—La junta de revisión ha de llegar mañana a las ocho —empezó a decir—. Eso significa que querrán verlo, como muy temprano, a las diez y media o a las once, si la información del doctor Clemente es correcta.

Otro hombre tomó la palabra.

—Cuando le parezca que falta media hora, el doctor Clemente nos lo indicará en el puesto de enfermeras y entonces nos moveremos.

Edel asintió.

—Escoltaré personalmente al paciente en el ascensor. —Hizo una pausa y se secó los ojos—. Quiero dos hombres en la antecámara, tres junto al puesto de enfermeras por si se presenta una emergencia y cinco en la planta de despachos.

Todos hicieron un gesto afirmativo con la cabeza.

—Tranquilícese, Konrad —le sugirió el primer teniente—. Nos hemos encargado de todo. —Se detuvo un momento—. Relájese, duerma un poco.

Edel miró a sus hombres, sonrió y asintió.

—*Ja.*

Se levantó, se estiró y se encaminó hacia el ascensor. Una vez adentro, vaciló antes de pulsar el botón; debería ir a casa, estaba rendido. El incremento de la vigilancia desde el paseo de Newman había supuesto una presión para él y su personal, además con la feria del día siguiente...

Se decidió. Su casa y el sueño podían esperar. Así que pulsó el botón del segundo subterráneo.

Se acercó al monitor y con un gesto de la mano indicó a los guardias que volvieran a sentarse. Vio a Newman en el sofá mirando una película. Cogió un micrófono.

—Señor Newman, soy Konrad Edel, señor.

Newman miró hacia la cámara.

—¿Cómo está, herr Edel?

Edel sonrió.

—Muy bien, señor. Me preguntaba, ya que aún no se ha acostado, si le gustaría hablar un rato.

Newman asintió y sonrió.

—Sería agradable.

Pasados cinco minutos, la puerta se cerró con llave detrás del jefe de seguridad y éste estrechó la mano de Newman.

—Discúlpeme por no haber venido últimamente, he estado de lo más ocupado.

Newman soltó una risa alegre.

—Y yo me disculpo si he sido la causa de que tenga más trabajo.

Edel le restó importancia con un ademán.

—No es usted, son los burócratas y los médicos.

—Pueden llegar a ser engorrosos.

—Efectivamente.

Un breve silencio los envolvió.

—Y bien, ¿cómo le ha ido? ¿Necesita algo?

Se sentaron en el sofá, uno al lado del otro, dando la impresión de una agradable visita de dos amigos.

—Se encargan de que las cosas sean siempre iguales para mí —contestó Newman— y, gracias a su amabilidad, no me falta nada importante. —Señaló la Biblia en la mesita de café.

—No es nada. —Edel la cogió y la abrió por la página marcada con una cinta roja—. ¿Isaías?

Newman repitió la cita con toda soltura.

—«Consolad, consolad a mi pueblo, dice vuestro Dios: animad a Jerusalén y gritadle que se acabó su servidumbre y que han sido expiados sus pecados y que ha recibido de manos de Yavé el doble por todos sus crímenes.»

Edel asintió con expresión grave.

—¿Le desespera la ira de su gobierno?

—Sí.

Edel pasó unas páginas.

—No debería. —Buscó un pasaje—. Póngase en las manos amorosas de Dios y tenga fe en su bondad, perdón y amor eternos.

Newman parecía escucharlo con atención.

—Lo entiendo con la razón —declaró vacilante—, pero hay demasiado que perdonar. —Hizo una larga pausa en la que su respiración se aceleró—. Quizá incluso para Dios —añadió bajando los ojos.

Edel pasó un brazo alrededor de los hombros de Newman, que parecía desolado, y siguió pasando hojas.

—Tenga fe, Brian. —De pronto su expresión se alegró mientras le entregaba la Biblia—. Desde el versículo dieciséis.

Newman ojeó la página y empezó a leer.

—«Vuélvete hacia mí y sé amable conmigo, pues me siento solo y afligido. Alivia las penas de mi corazón y sácame de mi angustia. Considera mi aflicción y mi preocupación y perdóname todos mis pecados.» —Tenía una lágrima a punto de caer del rabillo del ojo cuando acabó—. Gracias —dijo con voz entrecortada.

Durante los siguientes cuarenta y cinco minutos leyeron la Biblia, contrastaron sus interpretaciones y rezaron juntos. Finalmente, Edel se levantó dispuesto a marcharse.

—Anímese, Brian. —Newman se secó los ojos—. El Señor vela por usted y Él lo protegerá.

—Amén.

Al ver que la puerta se abría, hizo un cálculo rápido de sus probabilidades.

«La puerta está abierta; después sólo Edel y dos guardias... quince segundos, como mucho.»

»Le quito la llave del ascensor a Edel, lo abro, pulso el botón, las puertas se cierran, el ascensor sube a la planta que quiero... cuarenta y cinco segundos.

»Entre tres y cinco guardias, confundidos, todavía reaccionando a mi movimiento inicial. Con suerte y una o dos ventajas... treinta segundos.

»Un minuto treinta segundos desde la puerta del alojamiento a la de la unidad. Un minuto treinta segundos y entre seis y ocho hombres armados, sin contar las enfermeras y los auxiliares del turno de noche, que podrían ser lo bastante tontos para intervenir.

»Probabilidad de éxito: cincuenta por ciento.»

Newman dio un paso hacia Edel.

—Buenas noches, amigo mío.

Edel se volvió y sonrió, ignorante de lo cerca que había estado de poner a prueba la existencia del Cielo.

—Buenas noches, Brian. Seguiré rezando por su liberación.

La puerta se cerró en cuanto hubo salido.

Newman se volvió y se dirigió hacia el cuarto de baño. Señaló el retrete y esperó a que se apagaran la cámara y los micrófonos. Cuando estuvo seguro, bajó la tapa y se subió encima. Canturreando, continuó con la tarea que estaba llevando a cabo desde hacía tres meses, tanteó con los dedos y tiró de la parte que rodeaba el ventilador de circulación del aire.

Durante no más de dos minutos, tres o cuatro veces al día, trabajaba paso a paso, con cuidado, porque donde había un ventilador tenía que existir un conducto, quizá el que suministraba aire a todo el alojamiento.

Y donde había conducto, existía la posibilidad de libertad.

Cuando creyó que había transcurrido suficiente tiempo volvió a poner todo en su lugar, tiró de la palanca de la cisterna del retrete, se lavó las manos y regresó a la sala de estar.

Arriba, el trabajador social de turno acercó la cámara a Newman mientras éste se sentaba en el sofá y abría la Biblia y subió el volumen de los micrófonos para oír lo que recitaba.

—«Considera cuántos son mis enemigos y cuán violento es el odio que sienten por mí.»

»Oh, cuida mi vida y sálvame.»

Pasaba de la una de la mañana cuando se acostó por fin. La unidad entró en la función de «Observación nocturna» mientras el personal de mantenimiento empezaba su rutina de limpiar y encerar. Todo volvió a su habitual y silencioso ritmo nocturno.

En las tres manzanas que componían la Sigersonstrasse, en las afueras de Munich, conocidas como el Campo del diablo, ocurría exactamente lo opuesto.

Allí todo era ruido, neón, coches y gente. Las luces chillonas lo tenían todo de un azul rojizo. La incesante música rock, ocho melodías distintas que salían simultáneamente de unos veinte bafles, asaltaba tanto el cuerpo como los oídos de los que pasaban por ahí.

Y el olor a sexo lo impregnaba todo.

Los coches avanzaban lentamente por las estrechas calles; las miradas y la abundancia de autos y personas obligaban a ir a paso de tortuga. Sus radios y los humos de sus tubos de escape se aunaban a la cacofonía y a la locura.

Y así continuaría hasta poco antes del amanecer.

Tres clases de personas iban al Campo del diablo y a cada tipo se le había asignado de modo oficioso su parte de la noche.

Los turistas, deseosos de ver la decadencia, la excitación, la depravación, solían acudir poco después de las diez de la noche en coche y no solían bajarse de él. Recorrían las calles de arriba abajo, señalando y observando con lascivia y viviendo indirectamente el libertinaje del lugar. Pero casi todos se marchaban antes de la medianoche.

Entonces acudían los habituales.

Nunca en su propio coche, los primeros taxis llegaban entre medianoche y la una y depositaban a sus pasajeros en el límite de la zona o delante de la puerta de los clubes privados. Se quedaban unos minutos o varias horas y siempre regresaban al taxi, que los esperaba para devolverlos al mundo decente. Hasta la próxima incursión revivían repetidamente y en secreto su noche de pecado.

Pero la «clientela importante» llegaba después de las tres, pocas horas antes del amanecer.

Las largas limusinas plateadas o negras aguardaban con paciencia a poder detenerse en la puerta trasera de los clubes. Los pasajeros, hombres ricos y poderosos, buscaban placeres perversos, por los que pagaban muy bien.

El Campo del diablo estaba dedicado sobre todo a estos últimos visitantes. Allí se les suministraba cualquier cosa que quisieran, cualquier cosa que fueran capaces de imaginar, ¡y al diablo con la ley y la Iglesia!, a condición de pagar el precio, claro.

Y siempre pagaban.

El hombre se encontraba en la acera de enfrente de donde se iniciaba la zona. Fumaba un cigarrillo, que ya era más bien una colilla, y observaba el desorden, el alboroto; escuchaba los sonidos y olía el suave aroma de coito que flotaba en el ambiente, mezclado con los humos acres de los vehículos.

Se quemó los dedos al dar una larga calada al cigarro y añadió el olor a carne chamuscada a los otros efluvios de la noche.

Pero no se movió.

Dio otra calada y la colilla se apagó entre sus dedos. La arrojó al suelo tranquilamente, sacó otro pitillo y lo encendió. Se alzó el cuello para protegerse de la neblina otoñal y para evitar que lo identificaran, y cruzó la calle.

Casi todos los turistas se habían marchado. La calle, atestada, pero cada vez menos, cambiaba, se paraba, esperaba la llegada de la siguiente oleada. Las chicas, todavía relativamente frescas y llenas de energía, le gritaban en alemán al verlo pasar:

—¡Oye, nene!

—¡Tengo lo que quieres, hombretón!

—¡Lo que te apetezca, cariño!

—Tengo certificado de salud. ¿Qué tal si nos la pasamos en grande, chico?

Él no hacía caso; ni a las chicas que vestían faldas tan cortas que apenas las cubrían, ni a las piernas abiertas, ni a las blusas transparentes o desabotonadas ni a los toqueteos que formaban parte del recorrido por la calle Sigerson.

Cruzó por el medio de la manzana sin prestar atención a los niños casi adolescentes con sus ceñidos tejanos y tops de malla, ni a los chicos más maduros con su ropa de cuero, ni a los travestis ni a los jóvenes trágicamente viejos a sus veinte años, que remoloneaban en las puertas de los hoteles.

Los clubes empezaban a partir de la siguiente manzana.

Allí, la música no era tan escandalosa y las putas de la calle parecían más limpias y menos agresivas. Los porteros lo alentaban a ver «el mejor espectáculo de la ciudad» o «¡el show que llega a tales extremos que ni siquiera puedo contárselo!» o le advertían: «Le pedimos que nos avise si sufre del corazón. ¡Nuestro espectáculo se considera peligroso para quienes tienen problemas de corazón!»

El hombre pasó de largo sin mirarlos siquiera de reojo y cruzó hacia la última manzana de la zona.

Allí no había casi nadie en las aceras. Los porteros vestían librea y lo saludaban con una inclinación de cabeza o se quitaban el gorro. Esa parte era más limpia, más tranquila y, de alguna manera, más siniestra.

Se detuvo ante el número 37 y subió los cinco peldaños de la escalera. El conserje le abrió la puerta sin pronunciar una sola palabra.

En el vestíbulo, elegante y lujosamente amueblado, una mullida alfombra de Ispahan, negra y dorada, cubría el suelo, las paredes estaban tapizadas de damasco, también con un diseño en negro y dorado y los bordes de caoba del amplio sofá rojo de estilo provincial francés hacían juego con la madera de la barra del fondo.

El hombre se acercó al anciano de traje clásico que se hallaba detrás del mostrador.

—Soy Ghislain. ¿En qué puedo ayudarle, por favor? —preguntó en alemán.

El hombre le entregó una tarjeta de miembro del club.

Ghislain asintió, sacó un ordenador portátil y tecleó el código. Al cabo de un momento asintió de nuevo y le devolvió la tarjeta.

—Es usted muy bien venido, señor —declaró en inglés—. ¿Puedo coger su abrigo?

El hombre le dio el abrigo y el fular.

Ghislain desapareció en el despacho detrás del mostrador y regresó al momento con una tarjeta de color azul pálido.

—¿Qué le apetece, señor?

El hombre cogió la tarjeta, pasó el dedo por la lista, se detuvo y señaló varios de los artículos enumerados antes de devolvérsela.

Ghislain hizo un gesto con la cabeza y esbozó una sonrisa profesional.

—Muy acertado, señor. ¿En el liceo?

—Esta noche no —contestó el hombre con voz queda.

—¿Quizá en los salones?

El hombre asintió.

Ghislain introdujo la tarjeta en una lata y metió ésta en un tubo. Pulsó un botón y una puerta a la izquierda del mostrador se abrió silenciosamente.

El hombre echó a andar hacia la estancia.

—Me alegro de verlo de nuevo entre nosotros, señor. Ha pasado demasiado tiempo —le dijo Ghislain mientras se alejaba.

El hombre cerró la puerta detrás de él.

Arriba, encima del club, la supervisora abrió el tubo que le había llegado por la cinta transportadora, lo abrió y sacó la tarjeta azul. Se volvió hacia las mujeres que había sentadas.

—Rubia, treinta y cinco a cuarenta años, de tipo profesional, clase media, altanera, tímida, educada, que hable inglés —leyó y examinó a las mujeres—. Isa. Salón veinticuatro.

Una joven rubia de baja estatura, que lucía sólo braguitas y sostén de media copa, se puso en pie y se dirigió hacia un perchero junto a una cómoda. La supervisora le dio la tarjeta azul, la joven se quitó la ropa interior y la sustituyó por otra parecida en encaje negro.

Leyó la tarjeta y escogió una falda conservadora que le llegaba hasta los tobillos y una blusa. Se peinó el pelo hacia atrás y lo sujetó con una cinta roja. La supervisora le entregó un pequeño camafeo y ella se lo puso sobre el botón superior de la blusa mientras se encaminaba hacia la puerta.

Dos minutos después, delante de la entrada del salón 24, respiró hondo y llamó a la puerta.

—Adelante —ordenó una voz profunda.

Isa esbozó una sonrisa bobalicona.

—Hola, me mandó usted llamar —manifestó en tono amistoso pero decidido.

—Yo… creo que necesito ayuda, doctora. —El hombre le daba la espalda.

Isa se dirigió hacia un escritorio y sacó una libreta y una pluma; a continuación fue a sentarse en un diván.

—Cuéntemelo todo —pidió con voz profesional.

Él se apoyó en una cómoda, sin dejar de darle la espalda.

—Me asaltan sentimientos, impulsos —empezó a explicar. Su voz se tornó ronca—. A veces creo que voy a explotar si no…

Isa sonrió y señaló con una palmadita el sitio vacío en el diván.

—¿Por qué no viene a sentarse a mi lado y lo hablamos?

Él se volvió lentamente y se encaminó hacia ella. Vaciló, pero cuando ella le sonrió, alentadora, se sentó.

Isa lo estudió. Era fuerte, en muy buena condición física, pero sin duda sobrepasaba los cincuenta años y estaba ojeroso. Decidió hasta dónde iba a llegar con él y continuó.

—¿En qué puedo ayudarle? —preguntó y fingió escribir.

—Siento cosas —susurró el hombre—, oigo cosas; cosas que me provocan el deseo de hacer… cosas.

Isa lo sintió acercarse y cómo le rozaba la pierna con la suya. Se apartó un poco.

—¿Qué clase de cosas son las que esos sentimientos le incitan a llevar a cabo?

—Cosas feas. —El hombre se rozó contra ella de nuevo—. Cosas horribles. Cosas que sé que yo puedo hacer y otros no. —Puso una mano en la pierna de Isa y se la acarició mientras le subía la falda.

Isa se removió, incómoda.

—Por favor, señor, éste no es un comportamiento adecuado.

Él subió la mano y le acarició los pechos.

—¡Puedo hacer cualquier cosa! —murmuró con voz ronca—. ¡Cualquier cosa! ¡Las normas no son para mí! —exclamó y le rasgó la blusa.

Isa trató de quitárselo de encima, pero él le dio un bofetón con el dorso de la mano.

—¡Pequeña zorra!

Tiró de ella y la arrojó sobre el suelo enmoquetado. Le subió la falda hasta la cintura y le pasó las manos entre las piernas a la vez que le mordía salvajemente los pechos. De pronto, se enderezó con expresión bestial y le arrancó toda la ropa hasta convertirla en harapos.

Pese a su expresión atemorizada, Isa analizó al hombre con calma, esperando no tener que dar la señal de alarma al guardaespaldas que se hallaba del otro lado de la puerta.

—Por favor, deténgase —le rogó—. ¡No! ¿Por qué yo? —A pesar de que las lágrimas anegaron sus ojos no dejó de estudiar las reacciones del hombre.

Éste se enderezó de nuevo.

—¡Cierra el pico, zorra! ¿Por qué no tú? ¡Puedo hacer cualquier cosa, conseguir cualquier cosa! ¡No puedes detenerme! ¡Nadie puede! —Se inclinó de nuevo sobre ella, la cogió violentamente de las piernas y se rodeó el cuello con ellas—. Harás lo que yo te diga, ¿verdad? —La violencia emanaba de su voz mientras la penetraba.

—Haré lo que usted quiera —gimió Isa.

Los ojos del hombre se volvieron vidriosos; resolló y volvió a hablar, ahora en un susurro malévolo.

—Entonces… llámame… Newman.

CAPÍTULO SIETE

—Acuérdese —le dijo Clemente al joven mientras bajaban en el ascensor—, tratará de ponerle a prueba muy pronto. Seguro que le indignará el hecho de que sustituya a la doctora Nellwyn, reaccionará con ira o algo parecido. Aborde ese punto primero.

El doctor Mont asintió con impaciencia.

—Ya me he encargado de pacientes de otros con anterioridad. Sé lo que debo esperar.

Clemente negó con la cabeza.

—A eso, precisamente, me refiero. Éste no es un paciente normal. No espere nada, no se anticipe. Relájese y permanezca a la expectativa.

Las puertas del ascensor se abrieron en la antecámara.

—Que la sesión de hoy sea de tanteo. Tómeselo con calma.

—Como usted diga, doctor —repuso el joven alegremente.

Mont se sentía feliz. ¡Éste era su momento! Su oportunidad de demostrar a los ejecutivos del instituto que era realmente bueno, que se merecía un ascenso, una recompensa.

Más aún, lo veía como una oportunidad para probar la validez de su teoría. Después de todo, los directivos tenían tan poco que ver con las realidades de la vida actual que no reconocerían el resentimiento contra el *establishment*, aunque les mordiera el culo. Incluso había escogido el título del artículo que redactaría cuando todo hubiese terminado. Frente a la puerta, mientras esperaba a que la abrieran, lo susurró para sí mismo.

«La prueba de la falacia del lavado de cerebro gubernamental para mejorar la actuación de los militares.»

—¿Ha dicho algo, Mont? —preguntó el doctor Clemente—. ¿Está listo?

—Eh, no, señor... Sí, señor —tartamudeó el joven.

Clemente se acercó a él y lo cogió por un hombro.

—Acuérdese de que lo estaremos observando todo. Si ocurriera algo, entraríamos en seguida. Si cree que tiene problemas, diga la palabra clave y acudiremos de inmediato.

Mont asintió con expresión divertida. Otra reacción de los vejestorios.

—Sí, señor.

Jack Clemente parecía dudar.

—Dígala.

—¿Cómo?

—La palabra clave. Dígala. Úsela en una frase como si estuviese con él, de modo que él no lo notara.

Tanto melodrama empezaba a aburrir a Mont, pero Clemente era el jefe del departamento.

—Yo diría algo como «me preguntaba si alguna vez ha sufrido dependencia química». ¿Qué tal?

—Bien. —Jack le dio una palmada en la espalda y se alejó para situarse detrás de los guardias—. Lo hará bien.

Pero, por alguna razón, no parecía del todo convencido.

Clemente salió de la antecámara, atravesó un estrecho pasillo y entró en la sala de controles, donde el doctor Kapf observaba a Newman por una pantalla.

—¿Ha hablado con él? —inquirió sin alzar los ojos.

—Lo hará bien.

La mirada de Kapf expresaba duda.

—Es un joven con mucha prisa, un animal de lo más peligroso en cualquier circunstancia, ya no digamos... —Con un gesto de cabeza señaló a Newman en el monitor.

Éste, como de costumbre, estaba en la entrada de su dormitorio, dando la espalda a la puerta. Cuando oyó que ésta se cerraba y que corrían el pestillo, se volvió sonriente. La sonrisa desapareció al instante.

—¿Quién es usted? —preguntó sin inflexión y con expresión impenetrable.

Mont sonrió y le tendió la mano.

—Soy el doctor Pierre Mont. Sustituiré a la doctora Nellwyn por un tiempo.

Newman no se movió.

—¿Por qué?

Mont bajó la mano pero ensanchó la sonrisa.

—Creo que tiene algún problema con su familia.

Newman permaneció inmóvil.

—¿Por qué?

Eso complació a Mont. Las reacciones de Newman eran las que describían los libros de texto, de modo que contestó con una solución de manual.

—Estoy seguro de que regresará en cuanto pueda. Entre tanto, creyó que yo podría, digamos, sustituirla.

—¿Digamos?

En la sala de control, Jack Clemente hablaba consigo mismo.

—Tranquilo, tómeselo con calma.

—Debería mostrarse menos ambiguo —añadió Kapf. Ambos tenían la vista clavada en la habitación del paciente.

Mont señaló la silla.

—¿Puedo sentarme?

Newman lo estudió.

En lugar de la bata blanca, vestía una camisa azul pálido de cuello blanco y corbata de cachemira. Llevaba el cabello algo largo pero bien cortado y hacía menos de una hora que se había afeitado. Newman podía oler su presunción.

Lo etiquetó de inofensiva larva yupy. Sin embargo, eso no contestaba a la pregunta más importante.

¿Por qué habían reemplazado a Nellwyn y qué efecto tendría en sus planes?

—Esta silla es muy cómoda —comentó Mont amablemente—. ¿Le gusta?

—¿Le gusta a usted?

El joven médico sonrió.

—Mucho. —Sabía, por supuesto, que habría unos minutos de torpeza—. Se me ocurrió que podríamos aprovechar la sesión de hoy para conocernos. ¿Hay algo que quiera saber de mí?

Newman asintió.

—Sí que lo hay.

Mont hizo un sincero asentimiento de cabeza.

—Puede preguntarme lo que quiera.

—¿Cuánto pesa?

La pregunta desconcertó a Mont, aunque no tardó en sobreponerse.

—Es una pregunta muy interesante. ¿Puedo preguntarle por qué me la ha hecho?

Newman se encogió de hombros y se apoyó en el respaldo del sofá.

—Dijo que podía preguntarle cualquier cosa.

Mont soltó una risa estudiadamente desenfadada.

—Es cierto. —Tras un corto silencio añadió—: Peso setenta y cinco kilos.

Newman pensó en ello.

—Ciento sesenta y cinco libras —especificó con voz queda.

—Más o menos. ¿Y usted? —El doctor Mont tenía la sensación de que estaban a punto de iniciar una conversación.

—Más. —Fue la respuesta imperturbable de Newman mientras miraba el techo—. ¿Y su coeficiente intelectual?

¡Vaya! Un intento clásico de tomar el control de la conversación, pensó Mont y eludió la cuestión.

—En realidad no lo sé. ¿Cuál es el suyo?

—Superior.

En la sala de control, Kapf se volvió hacia Clemente.

—Si lo retara ahora, sería un desastre.

—No lo hará —manifestó Jack sin convicción—. Lo pasará por alto; no renunciaría a su ventaja.

Mont decidió usar otro enfoque.

—Si acepto su superioridad física e intelectual, ¿podemos tratar otro tema?

Parecía que había funcionado. Newman bajó la mirada y la clavó en él con una sonrisa sincera.

—¿Por qué no? —respondió amigablemente aunque aún con cautela.

—Muy bien. —Mont se aflojó la corbata—. Odio estas cosas —comentó con desenfado, y echó una ojeada conspiradora hacia la cámara—, pero los directivos insisten en que las usemos.

—¿En serio?

El médico asintió con la cabeza.

—Sus normas son muy estrictas. Resulta condenadamente engorroso. Controlan nuestra forma de vestir y de actuar, incluso cuando no estamos en el instituto ni trabajando para él.

Newman se inclinó un poco.

—Eso no me parece bien.

—¿Ah no? —Mont tenía la sensación de que estaban a punto de intimar.

—Quiero decir —continuó Newman—, que usted es un individuo, ¿no? Tiene derecho a expresarse como le apetezca, ¿no?

—Sí. —Mont reprimió el impulso de señalar la cámara y gritar: «¡Os lo dije!»

Newman se deslizó por el sofá hasta quedar a treinta centímetros del joven médico.

—Por otro lado —opinó—, los representa. Frente a los pacientes y frente al público debe dar la imagen de seguridad en sí mismo, de profesionalidad para que confíen en usted. —Hizo una pausa—. ¿No cree que quienes firman su nómina tienen derecho a eso?

No era la respuesta que Mont se había imaginado, pero era una respuesta al fin y al cabo. Escogió las siguientes palabras con cuidado.

—¿Así que usted cree en la figura de la autoridad?

Newman sonrió.

—¿Puedo confiar en usted, Pierre? —Se inclinó—. No le importa que le llame Pierre, ¿verdad?

—Claro que no —declaró el joven, entusiasmado.

Newman asintió y prosiguió en el mismo tono.

—Pierre —dijo pasándole un brazo por los hombros—, me ha preguntado por qué quería saber cuánto pesaba. Pues se lo voy a decir. —Hizo una pausa—. Verá —explicó acercándose aún más—, quería saber exactamente cuánto me costaría arrojar su cuerpo sin vida sobre los guardias cuando éstos entren corriendo, de aquí a un par de minutos. —Esbozó una sonrisa amable.

—¿Cómo?

Mont no reaccionó a tiempo; no pudo hacerlo.

Newman clavó el pulgar en el cuello del joven y alzó la palma abierta y estirada delante de su rostro, manteniendo el cuerpo del médico entre él y la cámara.

En la sala de control subieron el volumen de los micrófonos para oír lo que parecía susurrarle.

—Si se mueve —murmuró Newman sin rencor—, morirá. Le prometo que será indoloro, pero me temo que permanente. Si me cree, cierre los ojos durante un segundo.

Mont, que sentía más dolor del que hubiese creído que podía causar un pulgar, cerró fuertemente los ojos y los abrió. Clavó la vista en la palma, firme y dura como una roca, que amenazaba con romperle la nariz e incrustar los fragmentos de hueso en su cerebro.

—Bien —repuso Newman, casi divertido—. Estoy seguro de que le han dado una palabra o una frase clave por si tuviera problemas, ¿verdad? —Sonó como si lo dijese con auténtica curiosidad.

Los ojos de Mont se cerraron de nuevo.

Newman asintió.

—Quiero que me la susurre muy bajito.

En la sala de control, Clemente y Kapf se inclinaron sobre la pantalla.

—¿Qué ocurre? —inquirió Kapf sin dirigirse a nadie en concreto.

En ese momento, Newman se inclinó ligeramente hacia atrás y sonrió con los ojos fijos en la cámara.

—Química —fue lo único que dijo.

Tres minutos después, el equipo de emergencia del departamento de seguridad se hallaba desplegado frente a la puerta cerrada del alojamiento de Newman.

Tras comprobar sus posiciones, Edel regresó a la sala de control.

—¿Dónde está ahora?

—Todavía en el sofá —replicó uno de sus hombres.

Edel asintió y se dirigió hacia Clemente y Kapf, que se hallaban casi apiñados.

—Caballeros —empezó a decir lentamente—, tenemos que tomar decisiones inmediatas.

Jack lo miró.

—¿Qué sugiere?

Edel respiró profundamente.

—Nos hemos preparado para esta situación; la hemos planeado y nos hemos entrenado. Si ustedes lo desean, mis hombres pondrán fin a este empate rápidamente.

Kapf lo estudiaba atentamente.

—Pero eso no es lo que usted haría como primera opción. —No era una pregunta.

—No, no lo haría.

—Siga —lo exhortó Clemente.

—No ha matado a nadie, su comportamiento no ha sido defensivo; se ha limitado a inmovilizar al doctor Mont y, con eso, ha pedido hablar. —Hizo una pausa—. Creo que deberíamos dialogar con él.

El doctor Kapf asintió.

—Estamos de acuerdo. No le habría costado nada matar a Mont. Pero, de todos modos, no responde a nuestras llamadas por los altavoces.

Edel agitó la cabeza y dejó escapar una risita.

—Yo en su lugar tampoco lo haría, señor.

Clemente miró su reloj.

—Supervisor Edel, estoy de acuerdo con usted en que esto puede ser menos grave de lo que parece y Dios sabe que yo mismo he deseado matar a Mont en más de una ocasión... puede ser un auténtico incordio. —Su disgusto por el enfoque de aficionado de Mont resultaba palpable—. Pero soy capaz de controlar el impulso. ¿Podemos decir lo mismo del señor Newman?

—Si Newman quisiera matarlo —respondió secamente Edel—, el doctor ya estaría muerto. Es un soldado, no es de los que coge rehenes para conseguir ventajas.

—Entonces, ¿qué sería Mont?

Edel estudió el monitor.

—Un modo de atraer la atención.

Kapf los interrumpió.

—Caballeros, disculpen, pero si esto continúa mucho tiempo, me temo que ya no nos quedarán opciones. Los análisis podemos hacerlos después. —Miró los cuerpos inmóviles en la pantalla—. Ahora debemos actuar... Si no lo hacemos, todo esto puede acabar en una verdadera tragedia.

La expresión de Edel se volvió firme.

—No debemos dejar que eso ocurra.

Kapf sonrió.

—Va a entrar, ¿verdad?

—Sí.

Clemente agitó la cabeza.

—Si alguien entra, tenemos que ser Kapf o yo. Somos los que estamos preparados para manejar esa clase de personalidad.

Kapf lo miró burlonamente.

—Quizá esa clase de personalidad no existiese antes. ¿Quién sabe quién está preparado para manejarla?

Transcurridos dos minutos, la puerta se abrió lo suficiente para que un hombre entrara y se cerró de golpe a sus espaldas.

Newman mantuvo a Mont entre él y la puerta.

—¿Quién es?

—Soy yo, Brian. Konrad Edel.

—Bien venido.

Edel se quedó justo delante de la puerta. Veía a Mont temblar, podía oler su miedo. Newman, sin embargo, no emanaba más que una tranquila cortesía.

—Tenemos un problema, Brian.

—De hecho, el problema es este gilipollas.

—¿Puede decirme en qué consiste el problema? Quizá podamos solucionarlo juntos. —Edel avanzó un par de pasos.

—Bien —dijo Newman con tono agradable—, usted estuvo en los grupos, los GSG-9, ¿no?

—Sí.

—Y si estando de misión le hubiesen cambiado de repente el oficial de control, sin ninguna explicación lógica, ¿qué habría pensado?

Edel asintió.

—Que me habían traicionado, quizá que me habían puesto una trampa para matarme.

—Correcto a la primera.

Newman se puso en pie y obligó a Mont a hacer lo mismo arrastrándolo.

—Esta mañana me levanto, desayuno y todo eso y luego este gilipollas se presenta con una explicación engañosa de que va a sustituir a Nellwyn, que tiene, supuestamente, problemas personales. —Hizo una pausa—. Ahora le pregunto, ¿qué hubiese hecho usted? —Casi parecía divertido.

Edel pensó en ello.

—Probablemente lo mismo que usted.

Newman inclinó la cabeza hacia el jefe de seguridad.

—Henos aquí, pues.

Edel miró hacia la cámara.

—¿Doctor Clemente?

—Sí. —La voz de Clemente hizo eco en la sala, donde todos permanecían muy quietos.

—¿Podría decirle al señor Newman la verdadera razón de la sustitución de la doctora Nellwyn? —Tras un largo silencio insistió—. ¿Doctor Clemente?

—Sí.

Ahora Edel parecía enojado.

—No se molesten en inventar otra mentira porque se dará cuenta. —Miró a Newman—. ¡A este hombre se le debe la verdad!

—Ella —explicó una voz vacilante al cabo de un rato— expresó una opinión que provocó cierta controversia.

Newman dirigió una mirada escéptica hacia Edel.

—¿Entiende lo que quiero decir? ¿Se supone que debo ponerme en manos de esta gente?

Edel no se daba cuenta pero estaba asintiendo con la cabeza.

—¡La verdad, doctor Clemente!

La voz de Kapf se oyó por los altavoces.

—Soy Otto Kapf.

—Es un placer hablar con usted, doctor. —Newman clavó el pulgar más a fondo en el cuello de Mont.

—La doctora Nellwyn dio una opinión sobre su caso que ha suscitado alguna controversia. Como resultado, la han apartado de su caso.

—Oh. —Newman soltó a Mont, que cayó al suelo y miró a la cámara.

—¿Tan difícil era?

Edel se acercó al joven, lo ayudó a levantarse y casi lo cargó hasta la puerta, que se abrió de inmediato. Sacaron al doctor Mont de la sala y cerraron la puerta.

Edel se volvió hacia Newman, quien se había sentado en el sofá y había encendido la televisión.

Se sentó a su lado.

—¿Es muy importante para usted la doctora Nellwyn? —preguntó amablemente.

—En realidad no.

—Ya me lo pensaba... Entonces, ¿a qué vino todo este teatro?

Newman parecía interesado en la televisión.

—¿Me creería si le dijera que se trataba de juego limpio y de respeto mutuo?

—No. —El jefe de seguridad soltó una risita—. No lo creería.

Newman se volvió hacia él y le sonrió.

—Sabía que me cae usted bien por algo. —Centró de nuevo su atención en el programa.

—¿Y bien?

—Y bien —dijo Newman pasando de un canal a otro—, ¿de qué cree usted que iba?

—De control.

Newman se volvió lentamente hacia él.

—Exacto.

Edel se puso en pie y le dio una palmadita en el hombro.

—No vuelva a hacerlo, ¿de acuerdo?

Newman lo observó salir.

—Si no me dan sorpresas, yo tampoco las daré.

La puerta se abrió y Edel dudó un momento.

—Esta tarde, cuando lo llevemos a la sala de conferencias, ¿se portará bien?

Newman dejó escapar una carcajada, una sonora carcajada.

—¿De veras cree que lo harán después de esto?

Edel afirmó con la cabeza.

—Creo que están tan avergonzados por el comportamiento del doctor Mont como yo lo estoy por el de usted.

Newman titubeó, se levantó y se dirigió hacia la puerta abierta. Los guardias le apuntaron al pecho y a la cabeza.

—Lamento haberlo desilusionado —comentó con tristeza.

Edel asintió.

—«Si lo que tú vigilases, oh Javé, fueran los errores, ¿quién podría, oh señor, mantenerse en pie?»

Newman acabó la cita por él.

—«Porque eres indulgente para que seas reverenciado con temor.» —Esbozó una sonrisa natural, encantadora—. Salmos 130, versículos 3 y 4… No habrá problemas con el traslado. Tiene mi palabra.

Edel sonrió, le dio una palmada en la espalda y traspasó la puerta.

—Trate de descansar.

Un momento después la puerta se cerró y se deslizó el pestillo.

Dos horas más tarde, Tabbart y Clemente recibieron a Beck, acompañado de cinco civiles.

Mientras Tabbart hacía la pelota a los miembros de la junta de revisión, Clemente apartó a Beck del grupo. Bajó los ojos mientras se estrechaban las manos.

—¿Se ha hecho daño, general?

Beck alzó la mano que tenía tiritas en las yemas de dos dedos.

—Un accidente —repuso—. Quemaduras menores por desenroscar una bombilla encendida.

Clemente asintió sin prestarle atención.

—Ya veo. ¿Tenemos unos minutos para hablar?

Beck se fijó en la expresión de preocupación de Clemente e hizo un gesto afirmativo con la cabeza.

—Haré tiempo.

Echaron a andar despacio hacia la unidad. De camino, Clemente lo puso al tanto de la reunión de la noche anterior, de la escena de esa mañana con Newman y Mont y de todo lo demás.

Cuando acabó, justo delante de la puerta del edificio, se detuvo.

—La pregunta, general, es ¿ahora qué hacemos?

Beck parecía distraído.

—¿Cómo?

—Le decía que el problema es qué hacer ahora. ¿Hemos dañado irrevocablemente nuestra relación con el señor Newman? Y si no, ¿cómo tratamos a un hombre que se ha mostrado tan hostil con nosotros? Sin mencionar el riesgo.

De pronto, Beck pareció escucharlo.

—Creí que habíamos hablado de todo esto antes de empezar.

Clemente asintió con la cabeza.

—Y advertimos al personal. —Paseó la vista alrededor antes de continuar—. Pero era algo abstracto y ahora nos enfrentamos a la realidad. Entre el incidente con el gato y ahora lo del doctor Mont, pues...

—¿Tiene miedo de que el personal no quiera trabajar con él?

El médico se encogió de hombros.

—Supongo que harán su trabajo, pero siempre habrá algo en ellos, unas vibraciones de miedo y estoy seguro de que Newman las captará... Quizá resulte demasiado difícil superarlo y eso sin mencionar que desconfía de nosotros.

Beck contempló al hombre mayor.

—¿Qué quiere decir?

Jack Clemente respiró profundamente.

—Que quizá lo mejor para todos sea que traslade a Newman a otro lugar. —Soltó una risa amarga—. Estoy seguro de que Tabbart no se opondrá.

—Que se joda Tabbart —espetó Beck—. Yo estoy pensando en Newman.

—Yo también; sugiero el cambio por su bien.

Beck negó con la cabeza.

—No lo entiendo, doctor. El traslado no es una opción.

—Pero si no podemos…

—Doctor, he pasado dos semanas en Washington, tratando de explicar lo que estamos haciendo aquí a cinco burócratas a los que les importa un carajo. —Echó a andar de arriba abajo—. Para ellos, Newman sólo es una parte costosa de una compleja maquinaria; como se ha averiado, lo han enviado a los expertos para que lo reparen. —Se volvió hacia Clemente—. Si dice que no pueden hacerlo, lo abandonarán por demasiado caro y se desharán de él.

—¿Se desharán de él? —Clemente parecía confuso.

Beck asintió con la cabeza.

—Sonreirán, les darán las gracias por «su maravilloso esfuerzo humanitario», y harán que una ambulancia especial y una escolta vengan a por él… para trasladarlo a otra institución.

Clemente se acercó a él.

—¿Y?

—Y, en algún lugar entre este instituto y ninguna parte, Brian Newman dejará de existir. Habrán dispuesto de él con eficacia, silenciosamente y para siempre.

Los envolvió un silencio incómodo.

—No sé qué decir. —El doctor Clemente sufrió otro acceso de tos.

Beck le dio la espalda.

—¿Existe alguna posibilidad de salvar a Newman? —susurró, sin estar muy seguro de lo que quería oír.

Clemente se secó la frente y se aproximó a Beck. Juntos contemplaron a los pájaros comer en el césped cercano al bosque.

—Ni siquiera podemos ponerle nombre a la enfermedad, ya no digamos empezar a tratarla —explicó Jack sin aspavientos.

—Si es que es una enfermedad.

—La teoría de Patricia va más allá de lo fantástico.

—Pero ¿interferiría su tratamiento con el enfoque de ustedes? —La voz de Beck iba recuperando firmeza, fuerza.

Clemente se encogió de hombros.

—¡Ni siquiera estoy seguro de cómo lo trataría! Quiero decir, si diéramos por sentado que tiene razón, ¿cómo se podría tratar a la siguiente generación del ser humano?

—Que venga y nos lo explique.

—Tabbart no lo permitirá.

Beck se volvió, miró a Tabbart y a los miembros de la junta de revisión, que se estaban acercando, y echó a andar hacia ellos.

—Tráigala, ahora —ordenó mientras se arreglaba la americana—. Deje que yo me ocupe de Tabbart.

Clemente lo vio alejarse, ladeó la cabeza como si con ello pudiese alinear la vista con un mundo que se había salido de su eje y entró en la unidad para hacer la llamada.

Al cabo de noventa minutos, Patricia acudió a la unidad.

Los miembros de la junta estaban sentados a una mesa de conferencias en el segundo piso. Clemente se hallaba a una mesa a su derecha y Tabbart, a otra, a su izquierda. Delante de ellos había una mesa vacía.

—Doctor Clemente —dijo uno de ellos con tono gélido—, estaba usted con el general Beck.

—Sí, señor.

—Y bien, ¿dónde está? Llevamos esperándolo...

Beck traspasó la puerta seguido de Patricia.

—Caballeros, les voy a pedir que tengan un poco más de paciencia.

—Muy poca más —fue la respuesta.

Tabbart se levantó de un brinco en cuanto vio a Patricia y cruzó la estancia a toda prisa.

—¡Se lo advertí! Está usted...

—¿Por qué no hablamos de eso afuera? —sugirió Beck y los empujó suavemente hacia la puerta.

Recorrieron el pasillo y entraron en un despacho.

En cuanto la puerta se cerró, Tabbart dejó caer toda su furia contra Patricia.

—¡Esto es de lo más impertinente! ¡Después de esto ni siquiera podrá asomarse a una clínica y mucho menos a un hospital medianamente decente! ¡Desde ahora está suspendida de su cargo y después será despedida! —Estaba tan colérico que sus palabras salían como una serie de agudos chillidos.

—Capullo —se limitó a decir Patricia.

Beck se interpuso entre ellos.

—Doctora Nellwyn, ¿puede esperarnos en el pasillo, por favor? Muchas gracias.

La joven salió a paso lento agitando la cabeza.

Beck centró su atención en Tabbart.

—¿Quiere sentarse, por favor, doctor?

—¡No voy a sentarme! —chilló el hombrecillo—. Es posible que usted no sepa lo que ha ocurrido aquí últimamente pero, créame, yo sí que lo sé. ¡Esa mujer no tiene por qué estar en esta institución! ¡Y no permitiré que hable con la junta! —Se paró un momento, sin aliento—. No tengo la menor idea de por qué está aquí

—Yo le pedí que viniera.

—¿Usted?

—Siéntese, doctor, por favor.

—¡No voy a sentarme! General Beck, éste es mi hospital ¡y yo nombraré o echaré al personal según lo considere conveniente! —Hizo una pausa para tratar de contener su rabia.

»Hace dos semanas que usted no viene por aquí, de modo que por esta vez no se lo tendré en cuenta. No tiene idea de las tonterías que esa chica ha estado soltando. En el futuro, acuérdese, por favor, de que se encuentra usted aquí por autorización mía y que se la puedo quitar en cualquier momento. —Se volvió, dispuesto a marcharse.

—Doctor. —Beck dejó caer pesadamente una mano sobre su hombro—. No hemos acabado.

Tabbart giró en redondo.

—¡Cómo se atreve! Voy a... —No pudo acabar, pues Beck le dio la vuelta y lo obligó a sentarse en una silla pegada a la pared del fondo.

—¡Cierre su condenado pico, Tabbart! —le gritó lleno de cólera.

El doctor miró al furioso y corpulento hombre. Sus ojos destellaban rabia, su boca se retorcía de ira y sus puños se abrían y cerraban, pero no dijo nada.

—¡Escúcheme bien, pequeño nazi cabrón! Estoy harto de toda la mierda que he tenido que aguantar últimamente. De Washington, de Clemente, de Newman y, ahora, de usted. —Se acercó al administrador y lo miró desde arriba—. Es usted un profesional. Lo sabe todo sobre la gente que recurre a la violencia para resolver las crisis. —Soltó una risa amarga—. ¡Diablos!, para eso estamos aquí, ¿no? —Al no recibir respuesta insistió—: ¿No?

—Sí. —Tabbart apretó los dientes.

Beck se inclinó y lo cogió de las solapas.

—Si no deja usted de obstaculizar a la gente que intenta ayudar a mi... —vaciló— ayudar a Newman, ocurrirá un accidente —dijo, acercando la cara del médico a la suya con una voz que ponía los pelos de punta.

Tabbart miró sus ojos fríos, sintió su aliento caliente en la cara y supo la verdad.

Sin embargo, algo en su interior no le permitía reconocerlo abiertamente.

—No se podrá salir con la suya —se escuchó decir a sí mismo.

Beck se encogió de hombros y lo arrastró hacia la ventana. Con el pie empujó la alfombra hasta formar un pliegue.

—Estaba usted enojado —comentó en voz baja—, montando una pataleta de las que todos conocen. Se acercó furioso a la ventana, tropezó y cayó fuera. Y se rompió el cuello contra el pavimento.

—Está usted más loco que Newman —murmuró Tabbart mirando sus ojos.

—Eso está por ver —contestó el general casi en un susurro—. Igual que su decisión. Piénselo bien.

Tabbart asintió como a cámara lenta.

—La doctora Nellwyn se reintegrará a su puesto —aceptó derrotado.

Beck lo dejó en el suelo y le alisó la solapa.

—Gracias, doctor. Es muy amable. —Sacó un sobre de un bolsillo de su americana y se lo dio—. Es un cheque del Departamento de Defensa para su instituto; sin duda compensará cualquier molestia que crea haber sufrido.

Tabbart se lo guardó sin mirarlo.

Beck se encogió de hombros y se encaminó hacia la puerta.

—¿General Beck?

—¿Sí?

El doctor se esforzó por recuperar parte de la dignidad perdida.

—Newman le supondrá la muerte y será bien merecida.

Beck asintió.

—Probablemente.

Dicho eso, se reunió con la junta de revisión al otro lado del pasillo.

Tabbart permaneció largo rato en el despacho. Su mente repasaba todo lo que podía y debía hacerle a Beck: contar sus amenazas a su gobierno, decírselas a la policía local y hacer que lo detuvieran, ponerlo en evidencia ante la junta de revisión.

Pero, se dijo, debía pensar en el bien del instituto. Siempre el instituto. Con el dinero de los norteamericanos podría continuar haciendo su trabajo, tan bueno y tan relevante. Eso era lo más importante. El instituto debía permanecer en pie, aunque hombres buenos como él se vieran obligados a hacer de tripas corazón y a aguantar insultos y humillaciones de cretinos como Beck.

Se arregló la ropa, se volvió y salió del despacho, aunque no pudo evitar observar el amenazador pliegue de la alfombra, junto a la ventana.

En el segundo subterráneo, Newman se volvió al oír que la puerta se cerraba y que corrían el pestillo.

—Bien venida —dijo a Patricia mientras ella se sentaba en el sofá—. ¿Ya se han solucionado los problemas de su familia? —Le sonrió y se acercó a ella.

—Parece muy satisfecho consigo mismo —opinó Patricia al abrir su libreta.

—¿No debería sentirme así? —Newman se sentó en la silla—. Después de todo, usted ha regresado, ¿no?

—¿Así que todo ese teatro fue por mí?

—Si eso es lo que quiere creer.

Patricia negó con la cabeza.

—No quiero.

Newman se encogió de hombros.

—Como usted diga.

—¿Quiere que le cuente mi teoría sobre lo de esta mañana?

Newman se inclinó.

—Por supuesto; me he enterado de que sus teorías están de moda. —Resultaba obvio que se estaba divirtiendo.

Patricia no le hizo caso.

—Creo que se asustó.

—¿En serio?

Ella asintió.

—En serio. Creo que todo era muy cómodo para usted; todo en su lugar, dentro de un esquema de tiempo. De pronto, alguien se atrevió a hacer algo diferente y tuvieron el enorme descaro de no consultarlo con usted. ¿Qué tal voy?

Newman puso cara de aburrido.

—Lo siento —respondió con tono ausente—, ¿ha dicho algo? —Se apoyó en el respaldo.

—Realizaron un cambio —prosiguió la siquiatra con el mismo deje burlón— y usted no supo qué hacer. Se espantó y montó una pataleta, como un niño de dos años.

—¿Es ésa la línea oficial? El sociópata, incapaz de adaptarse al cambio, actuó impulsado por el resentimiento. —Agitó la cabeza—. Seguro que usted puede encontrar algo mejor.

—Eso no es lo que dije y lo sabe.

—¿Ah sí?

—Sí. Se asustó. —Patricia apuntó algo—. ¡Oh!, no del modo en que nos espantaríamos Jack Clemente o yo, pero sí que fue una especie de miedo.

—¿Miedo de qué? —Newman bostezó.

Ella vaciló.

—Miedo de perder la oportunidad de fugarse, miedo de que le pusieran una trampa y no pudiese llevar a cabo lo que sea que piensa hacer.

—¿Y qué es eso, exactamente? ¿Qué es lo que he estado planeando diabólicamente?

Patricia guardó silencio largo rato.

—Todavía no estoy segura. Pero, sea lo que sea, intentará utilizarme a mí para conseguirlo. Así que, cuando el doctor Mont me sustituyó, se espantó e hizo su numerito.

Newman se rió.

—Yo no llamaría a eso miedo, doctora.

—¿Y cómo lo llamaría?

Newman reflexionó.

—Desconcierto, quizá, o acaso desasosiego. Sí, llamémosle desasosiego; le aceptaré desasosiego.

La doctora inclinó la cabeza.

—Gracias, muchas gracias. Y bien, ¿qué le hizo sentirse desasosegado?

—Básicamente lo que usted ha dicho. En mi trabajo, el cambio, sobre todo el cambio inesperado, no es bueno, nunca;

151

sobre todo, teniendo en cuenta que estoy tramando algo —añadió con fingida seriedad.

—Así que se desquitó con el doctor Mont. Muy lógico. —La voz de Patricia rezumaba sarcasmo.

Él se puso en pie y echó a andar de un lado para otro.

—Es un gilipollas.

—Es una buena razón —lo reprendió.

—Entra aquí para soltarme el rollo de cuánto debo de odiar a los representantes del *establishment*, tratando de probar una ridícula e inepta teoría. Diablos, yo soy el *establishment*.

—¿En serio?

—¿No lo cree?

Patricia se encogió de hombros.

—Ser un instrumento del sistema no es lo mismo que ser el sistema.

Newman se paró en seco y se volvió a mirarla directamente a los ojos.

—¿Y cuál es esa teoría que tantos problemas le ha causado?

—¿En qué es usted el *establishment*?

—¿Y, ahora, quién está desasosegada? —la provocó.

Se miraron fijamente varios minutos. En la sala de control, Edel y Kapf los observaban con inquietud.

—No cree una palabra de lo que estoy diciendo —opinó por fin Newman, sin inflexiones.

—¿En qué es usted el *establishment*? —insistió Patricia sin amilanarse.

—¿Le dieron también una palabra clave en caso de emergencia, como al doctor Mont?

Ella sonrió.

—Yo no les importo tanto —contestó, relajada—. ¿En qué es usted el sistema?

—¿No le dijeron que no debía acorralarme?, ¿que no me contrariara ni me trastornara?

La joven se encogió de hombros.

—No soy muy buena en eso de seguir instrucciones. La última bicicleta que monté se convirtió en un objeto de arte contemporáneo.

Newman se acercó mucho a ella. Entrecerró los ojos y su tono se volvió bajo y amenazador.

—Podría matarla, ahora mismo. No podrían hacer nada para evitarlo.

Patricia pareció que se lo pensaba.

—Podría intentarlo —repuso y lo miró con calma. Hizo una pausa—. Pero, entonces, ¿con quién tendría estas estimulantes conversaciones?, ¿con el doctor Mont? —Bajó la vista hacia la libreta—. ¿En qué es usted el *establishment*?

Newman permaneció quieto un momento y luego se relajó visiblemente. Fue a la silla y se dejó caer en ella.

—El sistema está compuesto de tres elementos, ¿no?

—Si usted lo dice...

Él arqueó las cejas ante su respuesta, como sorprendido.

—Sí, lo digo.

Diríase que pensaba mientras hablaba.

—En el nivel más bajo tenemos a las masas. Los perdedores, las personas a las que Nietzsche llamó «los fracasados y los perdidos», gente que va de un fracaso a otro sin llegar a vislumbrar siquiera la obtención de sus objetivos, sean los que sean.

»En el siguiente estrato tenemos a los manipuladores. Los que cogen a los fracasados y a los perdidos y se nutren de ellos. Poseen fábricas, ciudades y a veces países. Y, gracias a su capacidad para manipular a los del nivel inferior, medran a este punto medio. Han alcanzado algunos de sus objetivos y hecho realidad algunos de sus sueños pero no lo consiguen absolutamente todo, como una galleta rellena sin el relleno.

Patricia tomó notas.

—Pero yo tenía entendido que Nietzsche no creía en una clase media.

Newman le dirigió una mirada desdeñosa.

—Nietzsche hacía filosofía, yo hablo de la realidad.

—Discúlpeme. —Patricia sonrió—. ¿Y el nivel superior del sistema es...?

—¿Cuál era su teoría sobre mí?

—No quiero que me acusen de distraerlo, no parece manejar muy bien la distracción. —La joven dio la vuelta a varias páginas anteriores de la libreta—. Tenemos a los fracasados y a los perdedores abajo, a los manipuladores en el medio y...

—A los amos. —Newman recuperó su tono magistral—. Lo tienen todo; de nacimiento o mediante el trabajo duro, aunado a una admirable carencia de sentido ético. Lo poseen y lo controlan todo. No tratan de convertir un sueño en realidad porque ellos mismos son el sueño. Ellos deciden cómo han de ser las cosas y nunca se equivocan.

—¿Son omnipotentes?

Newman asintió.

—Si lo posees todo y lo controlas todo, tú dictas las reglas. Y el que dicta las normas nunca se equivoca.

—Bien, ¿y qué lugar ocupa usted en esta impresionante jerarquía?

—¿Cuál era su teoría sobre mí?

—Sólo lo aburriría. Se me ocurre que este sistema que describe estaría siempre en conflicto. Los de abajo lucharían constantemente contra los manipuladores y éstos se resentirían de los dictados de los amos.

Él afirmó con la cabeza.

—¿Ha echado una ojeada alrededor últimamente? El *establishment* está más que desgastado.

—Pero todavía no me ha dicho qué lugar ocupa usted en este gran esquema.

Newman asintió de nuevo.

—Y usted no me ha dicho cuál es su teoría sobre mí.

Patricia bajó la libreta y lo miró directamente a los ojos.

—Le explicaré la mía si...

—Si yo le cuento la mía. Trato hecho.

Él se inclinó y empezó a gesticular.

—Tenemos tres estructuras del todo dispares, cada una con objetivos muy distintos y a menudo contrapuestos; cada una tirando de las otras dos, amenazando con hacer caer el edificio, ¿correcto?

—De acuerdo.

—Así que lo único que lo mantiene en pie, el único vínculo común, el hilo, el pegamento digamos...

—Digamos —lo imitó Patricia y él le dirigió una mirada irritada.

—Lo que los mantiene unidos es el odio. Un odio expresado por todos, sentido por todos, intenso y envolvente, hacia la misma cosa. —Tomó un trago de agua—. Y esa única fuerza unificadora —prosiguió al cabo de un momento— es el ser desviado, el jinete nocturno que se desquita con violencia, el que golpea de noche.

—Muy poético. —Patricia soltó una risita.

Él no le hizo caso.

—Todos los estratos del sistema desdeñan igualmente al desviado. Desprecian su independencia, su capacidad para prescindir de las reglas porque saben que está por encima de las estúpidas normas.

—Y usted —interpuso Patricia— se considera un desviado.

Newman alzó una mano.

—Es el *establishment* el que me considera así... yo, personalmente, prefiero la analogía del jinete nocturno.

—Me lo había imaginado. —Patricia sonrió—. Decía usted, pues, que todos odian al desviado.

Él asintió.

—Los de abajo, porque no tienen el valor de comportarse como él; los manipuladores, porque representa la amenaza más directa a su parte del pastel.

—¿Y los amos?

—Saben que no pueden controlarlo, no del todo. Pueden castigarlo, ejecutarlo, condenarlo, pero no pueden llegar a controlarlo por completo y el control es lo que más les importa.

Esbozó una sonrisa triunfante.

—Con la presencia del desviado todos tienen la posibilidad de desahogar su ira contra un enemigo común, en lugar de hacerlo los unos contra los otros. —Se rió—. Diablos, sin mí, el sistema se derrumbaría por su propio peso.

Patricia también se rió.

—Acaba de inventárselo todo, ¿verdad?

Newman pareció desilusionado.

—¿Ah sí? Ahora le toca a usted, doctora. ¿Cuál es la teoría que tiene sobre mí?

Patricia se encaminó hacia la puerta y pidió que la abrieran.

—No voy a contársela —comentó cuando se abrió.

—Pero me lo prometió.

—Mentí.

Una expresión vacía se dibujó en el rostro de él y luego, poco a poco, una ancha sonrisa. Soltó unas auténticas y ruidosas carcajadas.

—¡Bravo, doctora! —Aplaudió—. ¡Bravo! ¡Ha ganado el *set*!

Patricia se volvió hacia él justo antes de traspasar la puerta.

—¿El partido, no?

Newman negó con la cabeza y dejó de reír poco a poco.

—No —contestó sonriente—, todavía no.

CAPÍTULO OCHO

—No sueño.

—¿En serio?

—No.

—¿Nunca?

—Bueno, a veces recuerdo.

Kapf se apoyó en el respaldo.

—¿Cómo es?

Newman se encogió de hombros.

—Recordar es recordar —contestó en tono ausente.

—¿Le ocurre a menudo?

—¿El qué?

—Recordar —respondió el doctor.

Newman se volvió y miró al anciano.

—Usted es de los que dan mucha importancia a los sueños.

Kapf asintió.

—Sí, lo soy.

—Ya le dije que no sueño.

—Yo le pregunté por los recuerdos.

—Ocurre.

El médico le dirigió una mirada penetrante.

—¿Cuándo ocurre?

Newman parecía distraído, como si su mente estuviera ocupada con un problema muy alejado de su prisión subterránea.

Kapf había reparado en la aparición de ese estado de ánimo poco después de la sesión con Patricia. Una hora más tarde, entró en el alojamiento para aprovecharlo.

—Al despertar por la mañana.

—¿En serio?

—A veces me vienen cuando me despierto. —Su voz se volvió distante de nuevo.

—¿Qué recuerda?

Los ojos de Newman se tornaron vidriosos y su cuerpo se aflojó.

—Dolor.

—¿Qué recuerda?

—Recuerdo la escuela.

—¿Y significa dolor?

—No.

—Pero la escuela tiene que ver con el dolor. —Más que una pregunta era una declaración.

—Sí.

Newman se removió, se levantó, fue hacia la cadena de música y jugueteó con los botones.

—¿En qué sentido tiene que ver con el dolor?

Newman se agachó para comprobar la emisora que había en el dial.

—¿En qué sentido tiene que ver con el dolor? —insistió Kapf.

—En la escuela —respondió sin darse la vuelta—, fue donde lo noté por primera vez.

—¿El dolor?

Negó con la cabeza.

—La diferencia.

Kapf asintió.

—Ser diferente en la escuela puede resultar muy doloroso.

Newman se puso en pie y clavó la vista en el estante de libros como si fuese una ventana.

—Querían divertirse, fumar, beber, fornicar.

—¿Sus compañeros de clase?

—No les importaba nada, no sabían nada. Se dejaban crecer el cabello, se ponían ropa extravagante, se burlaban de cualquier autoridad, hacían todo lo que podían por rebelarse contra ella... ¡Diablos! ¡Dudo que supieran siquiera contra qué se rebelaban!... ¡Pero les costaba tan poco!

—¿Y usted?

—Nada me salía bien sin esfuerzo.

—Siga.

Newman se volvió hacia Kapf.

—Cree que podrá entrar en mi interior. —Esbozó una sonrisa cansada—. Quizá por esta vez. —Soltó una risita—. Digamos que es un experimento, ¿de acuerdo?

—A usted nada le salía bien sin esfuerzo —repitió Kapf.

—Era torpe, patoso... increíblemente ingenuo, no sabía funcionar en grupo. —Su voz se fue apagando y la expresión ausente regresó—. Cuando cumplí los diez años había leído y asimilado las obras de Keats, Shelley y Byron, el *Drácula* de Stoker en versión original y *Pesadilla al mediodía* de Benet; incluso había mirado las estrellas y sabía lo que eran, dónde estaban, lo que significaban... pero no podía mirar a una chica directamente a los ojos.

—Conocimientos eclécticos —comentó Kapf con tono amistoso.

—En realidad no. —Newman negó con la cabeza—. Sólo un romántico perdido e incompetente. —Sonrió de modo espasmódico—. Me veo en el jardín, mirando los Canes Venatici, los Lebreles. —Miró a Kapf.

Éste asintió.

—Conozco la constelación.

Newman le dirigió una sonrisa afectuosa.

—Me encantan los perros —susurró—. Solía mirar los Lebreles en las noches de otoño, cuando eran más visibles, y hablarles; les contaba mis problemas y esperaba sus consejos.

Eso pareció complacer a Kapf.

—¿Y les hacía caso?

Newman lo miró con tristeza.

—¿Acaso oigo voces de perros diciéndome lo que debo hacer? —Hizo una pausa—. ¡Doctor, por favor!

Kapf asintió.

—Discúlpeme. Era usted tímido con las chicas.

Newman le clavó una mirada penetrante y, al cabo de un minuto, continuó.

—Las familias de acogida en las que me crié no sabían expresar sus emociones; al menos, no de manera positiva, así que yo era deplorablemente tímido. —Se paró—. ¿Es esto lo que quiere oír? No quisiera decepcionarlo.

—Era tímido —pronunció Kapf poco a poco—, carecía de confianza en sí mismo y nada le salía bien sin esfuerzo.

—Pronto me di cuenta de que no veía las cosas como ellos.

Era como si tuviese más visión. Ellos no veían, no les importaba. No entendían lo que yo.

—¿Qué le importaba a usted?

—Nada.

—¿Qué veía que ellos no vieran?

—Nada.

—¿Usted era distinto?

Él arqueó las cejas y preguntó:

—¿Lo era?

—¿Cómo?

Newman vaciló antes de hablar.

—Llevaba el pelo muy corto, vestía ropa conservadora de un solo color, andaba con la cabeza gacha. Me sentaba solo y no me metía con nadie.

—¿Por qué?

—No quería que nadie se fijara.

—¿Se fijara en qué?

—En que era distinto.

Kapf reflexionó un momento y asintió.

—Y si veían esa diferencia aparente, estética… —dijo por fin.

Newman sonrió.

—No buscarían al otro. —Se sentó en el sofá—. Pero de todos modos daba igual, porque pasado un tiempo dejé de ir a la escuela.

—¿Adónde iba?

Newman soltó una carcajada, intensa y campechana.

—¿Me creería si le dijera que a la biblioteca?

Kapf asintió.

—Lo creería. Pero ¿nunca lo pillaron?

Se encogió de hombros.

—Rara vez.

—¿Por qué? Seguro que sus padres de acogida…

—Eran buenas personas, pero ambos trabajaban. Además confiaban en que iría. Confianza, creo que así lo llaman ustedes. —Hizo una pausa—. Solía ser muy buen embustero, doctor, buenísimo.

—¿Ya no lo es?

—No hace falta.

—¿Por qué?

—Por eso mismo.

Los envolvió un silencio incómodo.

—Pero ¿las autoridades escolares no se pusieron en contacto con sus padres de acogida? —sugirió Kapf.

Otra vez esa sonrisa espasmódica.

—Ocasionalmente, una o dos veces por semestre, cuando había dejado de ir cinco o seis semanas.

—¿Nada más?

—Ya le dije que yo era distinto. —Se puso en pie y echó a andar de arriba abajo—. Veía, comprendía cosas que nadie parecía ver ni entender.

—¿Qué cosas?

Ahora, la sonrisa parecía un poco tímida, casi vergonzosa.

—Que entender una burocracia significa controlarla.

Hizo una pausa, como esperando que Kapf lo comprendiera todo y, cuando se dio cuenta de que no era así, agitó la cabeza y prosiguió.

—Llevé a cabo una serie de experimentos; asistía a unas clases y a otras no; mantenía tablas detalladas de cuándo me pillaban y cada cuánto tiempo. Muy sencillo, en realidad.

El doctor agitó la cabeza.

—¿Y cuántos años tenía?

—Oh, no lo sé, unos diez, tal vez once.

Kapf guardó silencio largo rato.

—¿Y el dolor?

Ahora le tocó a Newman agitar la cabeza.

—¿Qué dolor?

—En sus recuerdos, nada más despertar.

Newman parecía realmente confuso.

—Bueno, doctor, ¿de qué me está hablando?

El altavoz interrumpió la conversación.

—¿Doctor Kapf? —dijo una voz invisible.

—¿Sí? —contestó el médico, irritado.

—Lo necesitan en la reunión, señor.

Kapf asintió con la cabeza, renuente.

Newman lo acompañó hasta medio camino de la puerta.

—Espero no haberlo aburrido demasiado.

El médico negó con la cabeza y una expresión de tristeza se dibujó en su rostro envejecido.

—Señor Newman —dijo lentamente—, me pregunto si es usted tan complejo como quiere hacernos creer.

Éste se encogió de hombros.

—Complejo es un término relativo. En una sociedad sin ruedas, la rueda sería considerada compleja y, cosa de rutina, en una que las tuviera.

Oyeron cómo se abrían los cerrojos.

—Y, en nuestra sociedad, señor Newman, entre la gente de aquí, ¿cuál de las dos es usted?

El rostro de Newman perdió toda expresión. Diríase que el color desaparecía de sus ojos y todo su cuerpo se quedó inmóvil. Cuando la puerta se estaba abriendo se dio la vuelta y se encaminó hacia el dormitorio.

—Observe y aprenda, doctor —dijo sin detenerse—, observe y aprenda.

Cuando Kapf llegó arriba, la reunión con la junta de revisión llevaba ya dos horas.

Sus miembros prestaban atención de profesional a cada palabra y, pese a sus cómicos seudónimos (señor Rojo, Blanco, Azul, Verde y señora Gris), parecía al menos que entendían lo que se decía.

Paso a paso, con meticulosa precisión germana, Tabbart repasó con la junta cada prueba, cada resultado obtenido. Se cuidó de expresar una opinión o de mirar a Beck. Su exposición era clara, detallada e imparcial.

Una hora y media después de la llegada de Kapf, Tabbart acabó.

—Con esto concluye la parte estrictamente médica de nuestros estudios —declaró, dirigiéndose a los miembros de la junta—. ¿Tienen alguna pregunta?

—Doctor Tabbart —preguntó el hombre llamado señor Rojo—, ¿se ha eliminado toda posibilidad de lesiones masivas o heridas cerebrales?

—De modo definitivo, señor.

El señor Verde tomó la palabra.

—¿Existe la posibilidad de un fenómeno que ocurra al azar, que explique los cambios de comportamiento?

—No, señor.

—¿Son capaces de diagnosticar alguna herida o trauma que Newman pueda haber sufrido durante su cautiverio? —Fue el interrogante sucinto del señor Azul.

—Sólo las que figuran en las carpetas que nos fueron entregadas. Parecen muy claras.

—De acuerdo. —El señor Blanco tomó nota—. Prosigamos.

—Muy bien. —La señora Gris consultó el orden del día—. Sigue el doctor Clemente con un resumen de los aspectos siquiátricos. —Miró a Jack Clemente, que cuchicheaba con Patricia y Kapf—. ¿Doctor Clemente?

Éste inclinó la cabeza en dirección a Patricia y Kapf, ambos alterados, y se volvió hacia la junta de revisión.

—Tienen mi informe. Tengo poco que añadir, salvo, quizá, reforzar algunos de los puntos clave.

»En ningún momento, el señor Newman, desde que se nos encargó su custodia y seguimiento, ha dado muestras de tendencias atávicas o de síndrome de descompensación de labilidad; muy al contrario, se ha mostrado sumamente dispuesto a colaborar con nosotros y a seguir, aunque de mala gana, nuestras normas y ha manifestado su personalidad con actos enérgicos. Todo esto contradice el SDL.

—¿Cómo explica la discrepancia con el primer diagnóstico? —inquirió Blanco.

Clemente reflexionó un momento.

—O bien estaba del todo equivocado o bien ha disminuido suficientemente el estrés que causó la descompensación, como cuando se reduce la llama bajo un cazo con agua hirviendo.

—Pero —insistió Rojo— todavía se encuentra fuertemente custodiado; aún no puede hacer lo que le apetezca.

El doctor Clemente asintió.

—Pero comprende que es una situación provisional y, aunque no nos considere amigos, ciertamente no somos el enemigo.

—Siga. —Rojo tomó nota.

—Pese a la ausencia de una prueba directa del SDL, pese a la falta de ataques directos de conducta atávica, primitiva...

—¿Qué hay del gato? —preguntó el señor Gris.

Clemente se mordió el labio inferior.

—El gato, sí. —Hizo una pausa para ordenar sus pensamientos—. No creo que ese único incidente fuera, por sí solo, determinante.

—Salvo para el gato —susurró el hombre llamado Azul.

—Si, y hago hincapié en esta palabra —continuó con firmeza la señora Gris—, el SDL y las fases atávicas no es el diagnóstico, entonces ¿cuál es?

Clemente respiró profundamente.

—No lo sabemos con certeza de momento —contestó pronunciando poco a poco.

—¿Sufre una sicosis?

—Resulta difícil saberlo. Puede que sí.

—¿Es esquizofrénico? —preguntó Rojo.

—No lo creo.

—¿Es paranoico? —La expresión del señor Verde era de escepticismo.

—Tal vez; dentro de ciertos límites. En todo caso es cauteloso.

—¿Es un sociópata? —sugirió Rojo.

—No parece probable, pero no lo hemos descartado como posibilidad.

La señora Gris agitó la cabeza.

—No lo sabe con certeza, puede ser, no lo cree, tal vez, no parece probable… Doctor, ¿qué es lo que sí sabe?

En ese momento, Clemente sufrió un ataque de tos.

Kapf le sirvió un vaso de agua. La tos continuó y empeoró por momentos. El color desapareció de su rostro y su pañuelo se manchó de color carmesí.

El doctor Kapf lo ayudó a levantarse y, junto con Patricia, lo llevó a la puerta. Dos miembros del personal se encargaron de él, lo sacaron y lo acompañaron hasta el lugar donde una enfermera lo aguardaba.

Pero antes de salir, Clemente se volvió hacia Kapf.

—Sigue tú, por favor, Otto.

Éste asintió mientras se llevaban al enfermo.

Kapf y Patricia regresaron a la mesa. El primero revisó sus notas y las de Jack Clemente y se volvió hacia la junta, cuyos educados miembros habían encontrado otras cosas que mirar hasta su regreso.

—Señoras y señores, les pedimos disculpas, pero desde hace un tiempo el doctor Clemente no se encuentra bien. Quizá yo pueda responder a sus preguntas.

—Eso sería alentador —comentó el señor Rojo con un movimiento de cabeza.

Kapf revisó algunos apuntes que había hecho.

—Creo que el mejor modo de hacerles entender el estado del señor Newman es proceder por exclusión... No ha dado muestras de comportamiento regresivo, de estados de ánimo inadecuados, de delirios o de alucinaciones. No ha dado muestras de pérdida de contacto con la realidad ni de desintegración de personalidad.

»Y, aunque el incidente con el gato sugiere falta de control de sus impulsos, si analizamos con cierta perspectiva resulta claro que ha ejercido un gran control sobre éstos, por lo que lo del gato, más que acto impulsivo, formaría parte de un comportamiento escogido para ejercer un efecto concreto.

Los miembros de la junta tomaban muchas notas.

Kapf bebió un poco de café, estudió detenidamente sus rostros y continuó.

—Así como hemos eliminado una sicosis de fondo, tenemos que eliminar la esquizofrenia; de nuevo, porque no da muestras de la sintomatología pertinente.

»En cuanto a la paranoia... no evidencia delirios de grandeza ni manía persecutoria más allá de los que mostraría, creo yo, cualquiera que haya hecho lo que él y haya sido tratado como él.

»¿Que si es un sociópata? Sólo dentro de la definición más estricta. No da muestras de poseer conciencia, es sumamente inteligente, pero, y esto es esencial, ¡demuestra una notable sensibilidad moral! —Empezó a gesticular—. Quizá no sea la moral de ustedes, ni la mía, ni la de nuestros conocidos, pero sí que posee sensibilidad moral.

El señor Azul alzó los ojos.

—Entonces, ¿adónde nos lleva eso?

Kapf se encogió de hombros.

—A una nueva enfermedad siquiátrica o médica que por ahora no se ha definido y que tiene que ver con los centros cerebrales de la conciencia y con los del comportamiento...

—¿Sí?

Después de hacer una pausa se decidió.

—O a un hombre nuevo.

Para gran sorpresa de Patricia, los miembros de la junta siguieron tomando notas con toda tranquilidad.

Kapf los observó atentamente y se limitó a asentir ligeramente con la cabeza.

—Pero creo que ya habían pensado en esa posibilidad —dijo en voz baja.

Patricia se inclinó y le susurró:

—Otto, ¿qué cree...?

Kapf no les quitó la vista de encima.

—Mírelos —le pidió en tono de conversación—. Sin duda lo han sospechado todo el tiempo. Sólo querían que confirmáramos o negáramos sus sospechas. —Paró de hablar, mientras los escandalizados siquiatras a sus espaldas observaban a la junta de revisión—. ¿Señores?

—Siga, doctor —dijo la señora Gris con voz queda.

Kapf se apoyó en el respaldo de su sillón.

—La doctora Nellwyn continuará con la presentación.

Cuando Patricia empezó a hablar, Kapf observó la confesión tácita de la verdad en los rostros de los miembros de la junta.

Miró a Patricia, cuyos ojos brillaban ante la perspectiva del reconocimiento, de un ascenso, de un importante artículo, que haría temblar los cimientos de la siquiatría y la antropología.

Entonces pensó en Newman, una persona increíblemente atormentada por una enfermedad mental desconocida, que amenazaba con destruirlo, o el primero de una nueva especie de hombres implacables, que tendrían que luchar para sobrevivir contra la especie a la que inevitablemente reemplazarían.

Y se le ocurrió en ese momento, en esa sala llena de expertos, de personas dedicadas a curar, profesionales y especialistas, que él era el único que pensaba en Newman.

Trató de escuchar la exposición de Patricia, pero le invadió una ola de tristeza que le hacía casi imposible concentrarse.

Transcurridas tres horas, advirtió que todos habían dejado de hablar.

—Disculpen, ¿qué decían?

El señor Azul le sonrió.

—Sólo decía, doctor Kapf, que parece que nos encontramos en un atolladero.

—¿En qué sentido?

Azul se encogió de hombros.

—Parece que la tesis de la doctora Nellwyn podría interpretarse de dos maneras diferentes. El postulado del nuevo hombre o la conjetura de la nueva enfermedad.

—No se excluyen mutuamente —declaró a toda prisa Kapf.

—¿No?

El doctor Kapf negó con la cabeza.

—El uno es la extensión lógica de la otra. —Todos parecían confusos—. Una rueda, en una sociedad sin ruedas, podría considerarse una aberración. —Sonrió—. Pero en un mundo más evolucionado, más avanzado, podría considerarse rutinaria. El tiempo diagnosticará la enfermedad o la evolución del señor Newman.

El señor Blanco agitó la cabeza.

—Interesante enigma, doctor, pero me temo que esta junta de revisión no cuenta con el lujo del tiempo. —Se volvió hacia sus colegas—. ¿Quizá ahora deberíamos escuchar al sujeto?

Todos asintieron.

—Pediré que lo suban. —Patricia cogió el teléfono.

—Un momento, por favor —la interrumpió Kapf.

Ella permaneció inmóvil con el auricular levantado.

—¿Es esencial que hablen con el señor Newman? —preguntó el doctor Kapf con un deje de tensión.

—Creo que sería justo —contestó la señora Gris.

Kapf se acarició la barba mientras reflexionaba. Algo de su sesión con Newman había disparado la alarma y ésta resultaba ensordecedora.

«Observe y aprenda.»

—Entonces, si es absolutamente necesario, quizá será mejor que bajen ustedes a su alojamiento.

—¿Por qué?

Kapf guardó silencio un momento.

—Para empezar, por cuestiones de seguridad —respondió con tono abatido—. Luego tenemos el problema de cómo un cambio de ambiente podría afectar a su tratamiento a largo plazo.

Ni lo uno ni lo otro era el motivo verdadero, pues ni él mismo lo conocía, pero en el fondo sabía que sería un error mover a Newman.

—Jefe de seguridad Edel. —La señora Gris lo buscó con la mirada

Edel se puso en pie junto a su silla, en el fondo de la sala.

—¿Puede responder de la primera preocupación del doctor Kapf?

Edel reflexionó.

—Cuando nos informaron de su visita hicimos planes para traer al señor Newman a esta sala. Yo lo escoltaré personalmente custodiado por cinco de mis mejores hombres... Si lo desean —añadió pensando mientras hablaba—, podemos tenerlo encadenado durante el traslado y la visita... pero no creo que sea necesario.

—Estoy de acuerdo —repuso Patricia.

—Doctora Nellwyn.

Ésta se levantó y se puso a andar de un extremo al otro de la estancia.

—En este punto de nuestro análisis opino que volver a encadenarlo, como hicieron en Rusia, lo haría retornar al comportamiento defensivo que al parecer exhibió durante su encarcelamiento en ese país.

El señor Rojo tomó nota.

—¿Y la inquietud del doctor Kapf acerca de un repentino cambio de ambiente?

Patricia sonrió, confiada.

—Insignificante —manifestó con firmeza—. Quizá al principio se muestre algo reticente, a la defensiva, pero se adapta rápidamente. —Se sentó al borde de la mesa—. Puesto que llevo más de cien sesiones con él y hemos establecido una relación muy especial, podré detectar cualquier cambio en él, cualquier señal de peligro, mucho antes de que ocurra algo.

Rojo se volvió hacia Kapf.

—¿Doctor?

«Observe y aprenda.»

Kapf tomó un sorbo de café ya frío.

—Puede que no haga nada. Tal vez se muestre encantador y dispuesto a colaborar. Quizá se muestre militante, agresivo y combativo o quizá encuentre un nuevo rostro que enseñarles. En cualquier caso, creo que se han de tomar fuertes medidas de seguridad.

Patricia lo miraba con furia. Se volvió hacia los miembros de la junta.

—Si lo suben con cadenas, les garantizo que no colaborará. —Hizo una pausa—. Si me dejan hablar con él, estoy segura de que no habrá problemas. —Sonrió para sí misma—. Me hará caso.

Los de la junta hablaron entre sí un rato.

—Hable con él, doctora Nellwyn —le pidió por fin el señor Azul—. Y si lo ve estable, súbalo.

Cuarenta y cinco minutos después, mientras los rayos rojizos del sol poniente penetraban en la sala a través del único ventanal, Newman entró acompañado de Patricia, Edel y cinco guardias de seguridad.

Mientras Newman se sentaba detrás de una mesa, justo enfrente de la junta de revisión, Patricia llevó a Kapf a un lado.

—Está bien —le susurró—. Se encuentra en una buena fase, colaborador educado.

—¿Está segura?

Patricia esbozó una sonrisa de confianza.

—Sabe que no ganaría nada con un alboroto. Hay gente de seguridad aquí y en el pasillo y se encuentra casi tan alejado de la planta baja aquí arriba como en su alojamiento, abajo. —Le dio unas palmaditas en la espalda, como lo haría una nieta a su abuelo senil—. Se da cuenta de que sólo puede ganar si está dispuesto a colaborar y, como ambos sabemos, siempre reconoce y explota las oportunidades de obtener beneficios, ya no digamos de exhibirse.

Patricia regresó a su sillón, Kapf permaneció donde estaba y observó a Newman acomodarse.

—Quizá —murmuró para sí mismo.

—¿General Beck? —La señora Gris miró al cansado hombre sentado en un rincón—. Empiece, por favor.

Éste se puso en pie de mala gana y se dirigió hacia el centro de la sala. Newman lo contemplaba y sonreía cortésmente.

—Brian —empezó a explicar Beck lentamente—, ésta es una junta de revisión estadounidense. Han venido a ver cómo te va. Creo que conoces a algunos de ellos.

Newman pasó la vista de Beck a los miembros de la junta y de vuelta a éste.

—En visiones de la oscura noche he soñado con alegrías pasadas, pero un ensueño de vida y luz me ha dejado con el corazón roto.

Los de la junta se miraron entre ellos.

—Brian, ¿contestarás a sus preguntas? —insistió Beck.

—Ay, ¿qué no es un ensueño para aquél cuyos ojos se fijan en las cosas que lo rodean, con una luz mirando hacia el pasado?

Beck se frotó la frente y el tribunal clavó la vista en Newman.

—¿Señor Newman? —Patricia rodeó las mesas y fue hacia el frente de la habitación—. Brian, creí que iba a colaborar.

—Mentí.

Ella sonrió.

—¿Tiene miedo de que se den cuenta de cómo es?

Newman dejó escapar una risita divertida.

—No es probable.

—¿Entonces?

Newman asintió.

—De acuerdo.

Con una inclinación de cabeza, Patricia indicó a Beck que continuara.

—Siga.

Éste se puso en pie de nuevo.

—Brian, ¿te acuerdas de tu última misión?

—Ese sagrado sueño, ese sagrado sueño en el que todos en el mundo eran niños, me ha alegrado como un hermoso rayo que guía a un espíritu solitario. —Se volvió hacia Patricia—. Dije que contestaría a las preguntas de ellos.

Beck se dejó caer en su asiento.

Ella miró a la junta y se encogió de hombros.

—¿Señor Newman? —intervino la señora Gris.

—¡Señora! —contestó a lo militar.

—¿Cómo se siente?

—¡Señora! ¡Muy bien, señora!

La mujer sonrió.

—¿Y está dispuesto a contestar a nuestras preguntas?

—¡Señora! ¡Sí, señora!

Ella le indicó al señor Blanco que tomara la palabra.

—Apreciamos sus maneras marciales, señor Newman, pero ¿qué le parece una conversación informal? ¿De acuerdo?

—Si lo prefiere, señor.

—¿Se acuerda de su última misión?

—Sí, señor. —Newman se concentraba en la persona que le hacía las preguntas.

—¿Podría contárnosla?

Echó una ojeada alrededor y contestó:

—Preferiría no hacerlo, señor.

—¿Por qué?

—Señor, con todo respeto, uno no le cuenta a unos extraños que usa látigos y cadenas en el dormitorio y tampoco habla con ellos de sus misiones.

Esa respuesta pareció complacer a Blanco.

—Si nos reuniéramos en sesión ejecutiva, ¿estaría dispuesto a hacerlo?

—¡Absolutamente, señor!

El señor Blanco cedió la palabra al señor Verde.

—Durante su cautiverio ¿llegó usted a comprometer alguna operación o a alguien del personal del ministerio?

—No, señor.

—¿Tuvo ocasión de apreciar si alguien más del personal norteamericano lo hacía?

Newman reflexionó un momento.

—Señor, me mantuvieron apartado de los demás norteamericanos durante las duras pruebas a las que me sometieron. Lamento no poder darle información al respecto.

El señor Verde asintió y Rojo continuó.

—Newman, usted me conoce.

Éste afirmó con la cabeza.

—Sí, señor.

—Vamos a dejar de lado la basura y el teatro, ¿de acuerdo?

—Sí, señor.

Rojo dejó su pluma en la mesa y se inclinó para mirar a Brian directamente a los ojos.

—¿Mató usted a alguien del personal ruso de aquel condenado campo?

Newman no respondió.

—Vamos —insistió Rojo—, creí que habíamos dejado de jugar.

El interpelado esbozó una fría e iracunda sonrisa.

—Lo siento, señor, es que me estaba acordando de lo que usted dijo la última vez que nos vimos.

—¿Y qué fue?

—Creo que dijo que cualquiera que contestara a esa clase de preguntas estaría loco. Así que estoy tratando de ver cómo contestarle... No quisiera que me tomara por loco, ¿comprende?

Patricia se acercó a él.

—¿Está bien? ¿Quiere irse?

Él no le hizo caso y se concentró en el señor Azul, que estaba consultando sus apuntes.

—Señor Newman —dijo aquél con gentileza—, ¿se considera usted un loco?

—No, señor.

—¿Deprimido o sicópata?

—Me siento un poco deprimido, señor —Brian suspiró—. No es fácil estar tan cerca de casa, todavía encerrado.

—¿Por qué cree que está encerrado todavía?

Newman se encogió de hombros.

—Estoy seguro de que usted lo sabe mejor que yo, señor.

La señora Gris se volvió hacia sus colegas.

—Antes de continuar quisiera recabar la opinión de los miembros de la junta: ¿está el sujeto en condición de informarnos?

Poco a poco, uno por uno, todos asintieron.

Patricia sonrió y le dio a Newman una palmadita alentadora en la espalda.

Kapf advirtió la sonrisa espasmódica y fugaz que se dibujó en los labios de éste, reemplazada al instante por una mirada franca pero vacía.

Durante los siguientes cuarenta y cinco minutos hablaron de los antecedentes del paciente y de su historia hasta la última misión, un montón de pequeños detalles que proporcionó a la junta un mejor retrato del hombre. Por fin llegaron a la cuestión central de la sesión.

Los empleados de menor rango, con excepción de Patricia, salieron de la sala y pese a las objeciones de Kapf, también lo hicieron tres de los cinco guardas de seguridad. Todos apagaron su casete y dejaron sus lápices, de esa manera dieron inicio a la cuestión más seria.

—Quisiera recordarles, doctora Nellwyn, doctor Kapf, jefe de seguridad Edel, general Beck —pronunció lentamente la señora Gris—, así como a ustedes, los guardas de seguridad, que lo que están a punto de escuchar está clasificado alto secreto. Revelar esa información, incluso su existencia, constituye una violación de las leyes de Alemania y de Estados Unidos y quien lo haga puede ser castigado.

Todos asintieron.

—Muy bien. —Se volvió hacia su derecha—. Señor Rojo.

Éste inclinó la cabeza.

—Newman, hablemos de Abkhaz uno cinco.

Brian se puso serio.

—Sí, señor.

Durante tres horas repasaron minuciosamente y sin interrupción todos los aspectos de la última misión de Newman. Repasaron y analizaron a fondo cada día, cada hora, cada detalle.

Fue agotador para todos.

Los miembros de la junta tomaron notas y bebieron café.

Patricia, siempre cerca del paciente, acabó por sentarse detrás de él y apoyar la cabeza sobre las manos.

Edel y sus dos guardias cambiaban constantemente el peso del cuerpo de una pierna a otra, intentando mantenerse concentrados y alerta.

Kapf, exhausto por la tensión del día, dejó varias veces que su mente vagara.

Ni siquiera Newman parecía inmune al tedio, estiró las piernas hacia delante con aspecto medio adormilado pero siguió contestando a las preguntas con que lo bombardeaban.

—¿Tenía intención de…?

—Sí.

—¿Pensó en…?

—En términos generales, sí.

—¿En qué estado de ánimo se encontraba cuando…?

—Ni siquiera me paré a pensar en ello.

Finalmente, justo antes de las 19.00 horas, la señora Gris pidió que hicieran las últimas preguntas.

—Señor Verde.

—Gracias. —El hombre contuvo un bostezo—. Sólo dos cuestiones. —Se volvió hacia Newman—. El intel de nuestro satélite no fue tan preciso como hubiésemos querido. ¿Pudo hacer usted una valoración de los daños?

Pareció que Newman lo pensaba muy bien.

—Lo único que sé es lo que oí comentar a un coronel de la comisión nuclear soviética; dijo que tendrían que cubrir lo que quedaba del reactor con una especie de concha externa de plomo y hormigón y que habría de permanecer fuera de servicio, al igual que los reactores de la misma familia.

—¿Alguna estimación de los costes en que incurrieron como resultado de la operación?

—No, señor. —Newman bostezó—. Ninguna.

Gris se volvió hacia su derecha.

—Señor Rojo.

—Sólo una pregunta. ¿Tiene usted la impresión de que la red Haygood permanecía intacta cuando lo detuvieron?

—Sí, señor.

—Señor Azul. —La señora Gris se secó los ojos.

—Gracias. Mis preguntas tienen que ver con lo que usted descubrió acerca de la construcción del módulo de servicio interior del reactor.

Rojo lo miró, agitó la cabeza y se sirvió otra taza de café.

Newman se tomó un buen rato para desperezarse.

—Eso podría costar mucho tiempo. —Cerró los ojos mientras pensaba.

Patricia movió la cabeza de hombro a hombro a fin de permanecer despierta.

—Era un proceso de dos etapas —explicó—. Primero había una esclusa de cromo que parecía encajada en una pared compuesta, perpendicular al muro de contención bilateral del lado sur.

Edel se levantó, se apostó junto a la puerta e indicó a sus hombres que podían sentarse.

—Nueve remaches, al parecer de acero, sujetaban la esclusa de cromo en la pared compuesta. Cada grupo de nueve formaba un triángulo...

Sólo al ver el vídeo de seguridad a cámara lenta, casi fotograma a fotograma, pudieron reconstruir lo que ocurrió a continuación.

De un rápido y espasmódico puntapié, Newman levantó la mesita delante de él, ésta fue a dar sobre la mesa de la junta y golpeó la parte superior del cuerpo de los señores Azul y Blanco, que cayeron hacia atrás, y los demás miembros se apartaron corriendo.

Casi en el mismo movimiento, Newman se echó hacia delante y se puso en pie. Con la mano derecha echó la silla hacia atrás, pasó frente a la pasmada Patricia y saltó hacia el regazo del guardia más próximo.

Y siguió moviéndose.

Corrió directamente hacia la ventana y, sin aminorar la velocidad, golpeó a Beck en la frente con la cabeza y un codo; mientras éste caía hacia atrás cogió su silla, describió un corto y maligno arco con ella ¡y la lanzó contra la ventana! Mientras ésta se rompía en una lluvia de cristales, Newman se arrodilló, apenas a tiempo de evitar el primer y único disparo que consiguió hacer Konrad Edel.

Rodó sobre sí mismo, se levantó de un brinco ¡y saltó, con los brazos en cruz, a través del agujero de la ventana!

Para cuando Edel llegó hasta allí, habían transcurrido menos de diez segundos.

Introdujo la humeante semiautomática por el agujero por el que había saltado Newman y buscó desesperadamente su blanco, pero era demasiado tarde.

Había desaparecido.

En lo que menos pensaba Brian Newman al correr hacia el bosque era en Edel y sus probables perseguidores; se dejaba llevar por el instinto condicionado, siguiendo un plan que había ensayado mentalmente cientos de veces en los últimos tres meses y que había estado modificando durante la sesión de información. Conocía las distancias, conocía los obstáculos y ahora sólo le quedaba ponerlo en práctica.

Llegó al borde del bosque dos segundos antes de lo que había calculado. Sabía que seguirían con facilidad su rastro por la tierra esponjosa y húmeda, por lo que de inmediato alteró su curso hacia una especie de sendero rocoso que discurría a unos cien metros en el interior del bosque, paralelo al límite de éste.

De pronto, dos guardias de seguridad armados aparecieron en su camino, apuntándole a la cabeza con sus rifles de asalto MP-5K.

Newman no vaciló.

—¡No disparen! ¡No...! —gritó mientras se abalanzaba sobre ellos.

Los hombres dudaron un segundo, un segundo que resultó fatal.

El hombro de Newman chocó con el vientre de uno, como si fuese el placaje de un defensa de rugby, y ambos cayeron al suelo. Brian lo agarró, levantó sus manos, que todavía sostenían el arma mortal, y lo forzó a apretar el gatillo con el dedo.

El segundo guardia murió instantáneamente debido a las diez balas de 9 milímetros que le atravesaron el cuerpo en los tres segundos de descarga.

Newman rodó sobre sí mismo y se levantó con presteza. Apuntó a la cabeza del primer guardia, que permanecía tumbado.

—Corra —le dijo con voz gutural.

El guardia vaciló, se levantó con torpeza y corrió en dirección opuesta; no vio a Newman arrojar el rifle y echar a correr. Los ruidos de una lucha con armas de fuego llevarían a las fuerzas de seguridad directamente hacia él y no sentía deseos de matar.

Lo observaba todo al correr. Sabía que contaba con treinta segundos, en el mejor de los casos, antes de tener que renunciar, abandonar el bosque y tratar de alcanzar la cerca del este.

Entonces, como por milagro, encontró lo que buscaba.

Se oían las sirenas de alarma en todo el complejo.

Edel fue el primero en recuperarse en medio de la conmoción; pulsó de inmediato el botón de emergencias en la sala de conferencias y corrió hacia la puerta, gritando.

En menos de dos minutos, fuera de la unidad, diez de sus hombres salieron disparados hacia el bosque, en semicírculo y con las armas preparadas.

Pero sabía que Newman había desaparecido en la espesura al menos un minuto y medio antes de que ellos llegaran al césped.

Envió a otros diez a la cerca del oeste y cinco más a la verja del instituto.

Transcurridos cinco minutos, veinticinco guardias de reserva reforzaron a los hombres de Edel, que los repartió entre la cerca del este y el bosque.

Al verlos desaparecer fuertemente armados entre el follaje, rezó para que Newman no matara a muchos antes de que la noche terminara.

Al cabo de cuarenta y cinco minutos de búsqueda regresó agotado a los despachos de la unidad.

Algunos miembros de la junta de revisión se habían marchado y a otros les curaban heridas menores en el edificio principal.

Patricia, Kapf, Tabbart, Beck (que daba la impresión de tener noventa años) y Clemente, pálido y respirando de manera entrecortada, se hallaban sentados en la sala de conferencias. Esperaban en silencio.

Alzaron la vista, esperanzados, cuando Edel entró.

Éste negó lentamente con la cabeza.

—Hemos acabado nuestro primer rastreo del bosque y estamos empezando otro. Hemos registrado todas las zonas abiertas de la propiedad y ahora iniciaremos una búsqueda habitación por habitación, piso por piso, del edificio principal y de todos los anexos. —Se dejó caer en una silla—. Sin embargo, desde que descubrimos el cuerpo del oficial de seguridad Brunelle no ha habido ninguna pista. —Suspiró—. No tengo muchas esperanzas…

Kapf respiró profundamente.

—Hemos de informar a las autoridades —declaró con voz firme.

—¿De qué? —preguntó Tabbart, furioso—. Teóricamente ingresó por voluntad propia. No podemos permitir que se sepa que el instituto alojaba a una persona violenta, sumamente peligrosa, y que dejamos que se fugara. —Tomó un buen sorbo de schnapps—. Desde un principio me opuse a que aceptáramos este caso. ¡Lo dije! ¡Lo dejé bien claro…! —Pareció retraerse.

—¿De veras es peligroso? —inquirió Patricia—. Quiero decir que ahora ya tiene lo que quería, ¿no? Puede que nuestra reacción sea exagerada. —Sin embargo, resultaba obvio por su tono que ni siquiera ella se lo creía.

—Se suponía que usted detectaría cualquier señal de peligro, pequeña estúpida…

Patricia giró sobre sus talones y se encaró con él.

—¡Usted lo entrenó! ¡Diablos, probablemente lo creó! ¿Por qué no lo vio venir?

Beck se levantó de un brinco.

—¡No lo creé! —chilló—. Lo utilicé, le enseñé técnicas, lo guié, pero ¡maldita sea, no lo creé!

Clemente alzó su débil mano.

—Por favor, lo que está hecho, hecho está. —Su voz sonaba sin fuerza y ronca debido a los constantes ataques de tos—. El jefe tiene razón, no podemos contarle a la policía quién es Newman. —Tomó un trago de agua—. Pero hemos de decirles que un paciente, posiblemente peligroso, se ha… se ha ido, sin nuestro consentimiento. Podemos pedirles que vigilen, pero que no se acerquen a él, que nos informen si lo ven.

Todos asintieron.

—Me encargaré de eso. —Edel se dirigió hacia un teléfono.

Entre accesos de tos, Clemente añadió:

—Y debemos tomar medidas para encontrarlo.

Beck se frotaba el enorme verdugón de la frente. Se había negado a que lo curaran.

—Ya he llamado al mando de seguridad de la OTAN en Augs-
burgo —comentó cansinamente—. Están a cincuenta y tres kilómetros al nordeste de aquí, a unos treinta y cinco minutos. —Paró
de hablar y volvió a ponerse una bolsa de hielo en la frente—.
En una hora llegarán dos equipos de búsqueda camuflada.

Clemente asintió y sufrió un ataque de tos más grave.

Kapf, que había guardado silencio desde el incidente, se
puso en pie y con un gesto llamó a la enfermera que esperaba
fuera de la sala. Juntos, sentaron a Clemente en una silla de
ruedas y ella se lo llevó, seguida de Kapf.

—¿Otto?

Éste se volvió hacia Patricia, que, pálida, temblaba ligeramente.

—Newman no herirá a nadie a menos que lo arrinconen,
estoy segura —declaró con un deje de súplica—. ¡Lo conozco!

Kapf asintió con tristeza.

—Eso dijo antes. —Se volvió y siguió a la enfermera hacia
el ascensor.

Ocho horas después de la fuga, después de haber explo-
rado cinco veces el bosque, los edificios, todo, el instituto empezó a recuperar la normalidad.

Eran poco más de las cuatro de la mañana. Los guardias
patrullaban como siempre, los equipos especiales de búsqueda registraban la campiña y la unidad se había cerrado. El
personal, tras haber jurado guardar el secreto, se había ido a
casa.

En el bosque, en el sendero rocoso, un ave nocturna se
movió. Un ruido, muy arriba, en uno de los árboles de follaje
aún tupido le hizo levantar la cabeza y alzar rápidamente el
vuelo.

Newman se dejó caer al suelo sin hacer ruido.

Permaneció agachado cinco minutos, escuchando, observando, oliendo.

Con los ojos entrecerrados, las aletas de la nariz ensan-
chadas y los dedos doblados y extendidos, parecía más un
animal que un hombre.

Cuando todo le pareció en orden, se levantó despacio y
echó a andar por el sendero hacia la unidad.

Se detuvo en el límite del bosque y contempló la pradera
peligrosamente despejada, miró hacia el cielo que empezaba a
clarear, pareció que estaba esperando un momento y sonrió.

Guiándose por la constelación de los Lebreles, salió tranquilamente y empezó a cruzar el césped hacia el edificio principal.

—Vigilad, chicos —susurró al andar.

Al acercarse a la unidad donde lo habían tenido, el instinto le hizo pararse en seco. Permaneció quieto, al acecho, mientras algo oscuro e indefinido se levantaba despacio delante de él.

Un hombre de unos treinta años, de complexión muy fuerte, se quitó la lona alquitranada de camuflaje y se encaró con Newman.

En la mano izquierda sostenía un cuchillo de asalto Randall con empuñadura de metal.

Brian inclinó la cabeza.

—No lo conozco.

—Soy posterior a su promoción, supongo —contestó con firmeza—. Hagámoslo.

—No tenemos por qué. —Newman avanzó un paso hacia él—. No tengo nada contra usted.

El hombre dio un paso vacilante hacia Brian.

—Tengo órdenes.

Se abalanzó como una serpiente sobre el cuello de Newman.

Éste se dejó caer y alzó la pierna izquierda mientras tanto, atrapó su tobillo con la punta del pie y tiró de él; el hombre cayó de espaldas.

Newman rodó hacia la derecha y describió un corto y cerrado arco con el brazo izquierdo, golpeó la cabeza del hombre, que, en menos de un segundo, yacía moribundo con la tráquea aplastada, incapaz de emitir un solo sonido o de moverse, mientras los pulmones se le llenaban de sangre.

Brian se puso en pie, miró alrededor y se sacudió la ropa.

—¡Lástima! —Fue lo único que dijo, rodeándolo, y desapareció en la noche.

TERCERA PARTE

Desvelos

CAPÍTULO NUEVE

La cafetería se hallaba medio vacía.

Las camareras cotilleaban sentadas a las mesas del fondo, la cocinera, de pie en el umbral de la puerta de la cocina, intercambiaba puyas con el encargado, que estaba sentado en la entrada del bar. El local entero parecía parado, o quizá cargando las pilas, mientras se recuperaba del tráfico de las últimas horas de la tarde y hacía acopio de energía, para los parroquianos que acudirían gradualmente a cenar aproximadamente dentro de una hora.

Dos hombres se hallaban en el reservado de un rincón como siempre a esas horas, casi todos los miércoles, desde hacía nueve años. Tomarían su café con calma, hablarían en voz baja, darían una propina desproporcionada y se irían por caminos diferentes.

Años antes habían sido tema de alocadas especulaciones pero, ahora, ¿qué importaban dos viejos maricones, clientes asiduos, que daban buenas propinas?

—Realmente me preocupa —dijo el más alto—, hace casi un mes y lo único que obtengo de ti son palabras. ¡No vengo aquí a por palabras!

El más bajo se encogió de hombros.

—¿Crees que yo disfruto de la situación? Quiero darte más, ¡en serio! —Hizo una pausa—. Sólo que ahora no puedo. Por favor, trata de entenderlo. —Su tono triste contenía un deje suplicante.

El hombre alto asintió lentamente, cogió las manos del otro en las suyas y les dio unas suaves palmaditas.

—Lo siento. —Esbozó una sonrisa casi imperceptible—. Me estoy volviendo arisco a la vejez.

El otro hizo un gesto con la cabeza.

—No debí regañarte. ¿Me perdonas?

—Claro. —El más alto parecía sincero—. Entonces, ¿qué puedo decir a nuestros amigos sobre la investigación?

Tabbart le entregó un sobre por debajo de la mesa.

El otro se lo guardó en un bolsillo sin mirarlo.

—Parece muy escaso.

Tabbart se encogió de hombros.

—Los resultados de la investigación también lo son.

—Nuestros amigos desean algo más que esto —repuso el alto, decepcionado.

—¿Por qué? —inquirió Tabbart realmente confuso—. ¿Por qué le preocupa tanto a Moscú que un agente norteamericano que sufre sicosis ande suelto por Alemania?

—¿Sabes? —repuso el hombre alto sonriendo—, la última vez que estuve en Moscú fui a casa de Yeltsin y se lo pregunté. —Adoptó un tono engreído, teatral—. Boris, le dije, ¿por qué le importa ese norteamericano chiflado? ¿Sabes lo que me contestó?

—¿Qué? —Tabbart dejó escapar una risita.

La expresión del hombre alto se tornó seria e incluso amenazante.

—Dijo: «¡No me hagas preguntas estúpidas y consígueme respuestas!» —Su expresión, el retrato vivo de la rabia y la furia, se congeló un momento antes de ser sustituida por la amabilidad anterior—. ¿Qué te parece eso, mi querido doctor?

Tabbart se quedó de piedra. Cuando habló, lo hizo con un deje de angustia en la voz.

—He escuchado algunos chismes insignificantes.

—Cuéntamelos.

—Parece...

El médico dejó de hablar cuando una joven prostituta entró y se sentó tres mesas más allá. En cuanto la sirvieron, continuó, pero en voz mucho más baja.

—Parece que están a punto de extender la búsqueda al extranjero y de reducirla en la zona.

—¿Por qué? —La mirada del hombre alto exigía una respuesta.

—Instrucciones de Washington y del mando de la OTAN en Bruselas. No están satisfechos con los resultados y empiezan a creer que Newman se ha ido a otro lugar.

—¿Y qué opina el comandante de la búsqueda?

Tabbart observó a la chica mientras se bebía el café; ella se dio cuenta y le sonrió.

—Sinvergüenza —susurró el médico sin apartar la vista—. Su falda es tan corta que casi se le ve...

—¡Me da igual lo que casi se le vea! —exclamó el otro hombre y dejó su taza de golpe en la mesa—. ¡De todos modos, no es algo que tú reconocerías!

Tabbart, casi temblando de rabia, se volvió hacia él.

—¡No tienes derecho a hablarme así! —replicó alterado con su típico chillido—. ¡Ningún derecho! Hace más de veinte años que te soy fiel, a ti y a nuestra causa.

El hombre alto dejó escapar un largo suspiro.

—Manfred, viejo amigo —le pidió conciliadoramente—, perdóname. —Le acarició las manos cerradas, que se abrieron poco a poco como pétalos de flor y envolvieron su mano—. Manfred, los tiempos han cambiado y me temo que no para mejor. —Hizo una pausa como si lo desgarrara un dilema y, haciendo una rápida inclinación de cabeza, continuó—. Si no satisfago sus necesidades, encontrarán a otra persona que lo haga. —Bajó la mirada hacia la mesa y su voz adoptó lo que esperaba fuese una mezcla adecuada de tristeza y rendición—. Quizá sería lo mejor; ya estoy viejo.

—¡No! —exclamó Tabbart con vehemencia. Le puso una mano bajo la barbilla y le alzó la cara—. ¡No eres viejo!

El otro esbozó una sonrisa amarga y dijo:

—Hasta ahora nunca les había fallado. —Escudriñó los ojos de su amigo—. Ni te había levantado la voz, mi Maddalena. Puede que también te haya fallado a ti.

Tabbart sonrió y rompió a llorar. Levantó la mano del hombre alto y se la besó.

—No —protestó, emocionado—. No me has fallado, tú no podrías fallarme. —Le dio unas palmaditas en la mano—. ¡Seguro que hay algo más que podamos decirles!

—¿Como qué? —inquirió el otro con voz triste y distante.

Tabbart, aferrado a su mano, reflexionó.

—¿Un cambio de personal?

El hombre alto no parecía convencido.

—Han identificado al segundo hombre que mató Newman en la propiedad.

—¿Y qué?

—Era uno de los autómatas de Beck. El general lo apostó allí por si Newman se fugaba.

—Sigue —le exhortó el otro, con la vista baja, al parecer desolado, aunque sus ojos, penetrantes y claros, chispeaban por el triunfo.

—Así que —continuó Tabbart inclinándose sobre la mesa y acercándose a su amigo— desde los abominables fracasos del general Dreck Beck han hablado de la posibilidad de repartir la búsqueda entre él y el comandante de la unidad de búsqueda secreta.

El hombre alto se encogió de hombros.

—¿Y...? —preguntó como si esa información no lo impresionara.

Tabbart volvió a levantarle la cabeza.

—Beck continuará al mando de la operación pero el comandante del equipo especial tomará todas las decisiones. —Clavó la mirada en sus ojos, que parecían no entender—. Si lo hacen, habrán castrado a Beck y no es que no se lo merezca —añadió, furioso.

Por fin, su interlocutor dio muestras de interés.

—Pero ¿sabemos algo del otro hombre?, ¿el que tomará las decisiones?

Tabbart sonrió.

—Pondré personalmente su expediente en tus manos, pasión mía.

Su compañero de mesa vaciló, se inclinó y le dio un beso en la mejilla.

La prostituta se levantó, agitó la cabeza mirando a los dos hombres mayores y salió.

Se dirigió a una cabina telefónica, fuera de la vista de las ventanas de la cafetería, calle abajo. Abrió su diminuto bolso, sacó una fotocopia de una pequeña nota a lápiz y asintió con la cabeza al introducir las monedas y marcar un número.

—¿Diga?

Echó una ojeada alrededor para comprobar que estaba sola.

—Ingrid Sprenger.

La voz masculina, al otro lado de la línea, titubeó antes de contestar, pero al reconocer repentinamente a la mujer, se volvió firme.

—¿*Ja*, Ingrid?
—He encontrado al que buscaba.

A unos cincuenta kilómetros, en las afueras de Munich, otra búsqueda estaba a punto de convertirse en tema de conversación.

Largas mesas flanqueaban las dos paredes más largas de la granja remodelada. Estaban cubiertas de mapas, papeles desperdigados, informes encuadernados, salpicados de teléfonos y radios. El fondo era una especie de estrado, compuesto de una enorme pantalla de cine, una gran pizarra blanca y una mesa estrecha.

Muy por encima de la pantalla, una inmensa ampliación de una foto de Brian Newman dominaba el escenario. Diríase que observaba la atestada granja, con una expresión en la que se mezclaban la perplejidad y la diversión.

Las treinta y dos personas presentes acababan de situar sus sillas de cara al escenario, justo cuando los principales protagonistas subían a la tarima.

El capitán John Kilgore, el primero, era joven; no tendría más de treinta años, vestía tejanos, un jersey de cuello de cisne, que ceñía su cuerpo musculoso, y botas de combate, como nota discordante.

Se sentó de cara a los hombres. Sus ojos eran claros; su pose, perfecta y su expresión, decidida.

Lo seguía Beck.

Parecía que a sus cincuenta y dos años se le habían sumado veinte más. Profundas ojeras negras rodeaban sus ojos, su piel lucía el color de la carne de buey pasada y un músculo se contraía bajo su oreja izquierda. Daba la impresión de haber dormido con la ropa puesta y no haberse afeitado en una semana. Se dejó caer pesadamente sobre la silla.

El último en subir a la tarima fue el doctor Kapf.

Con su habitual expresión enigmática se sentó al lado de Beck y abrió de inmediato la carpeta que había sobre la mesa delante de su asiento. Leyó el contenido un momento, la cerró y contempló tranquilamente a la audiencia.

Kilgore se inclinó y susurró algo a Beck, quien asintió con la cabeza. El joven se levantó.

—Buenas tardes —empezó a decir con voz fuerte y profunda—. Éste es el día trigésimo tercero de la operación 95-0707. A las cuatro de la tarde, el sujeto estaba aún en libertad. Se cree posible que todavía vaya armado y se sabe, definitivamente, que es peligroso. —Dio vuelta a una hoja de su carpeta—. El destacamento 342 de la policía militar de la base aérea de Wiesbaden ha investigado a fondo al individuo avistado en Mannsbruck. Se le ha identificado sin lugar a dudas como un ciudadano alemán y ha sido puesto en libertad, con las debidas disculpas, tras ocho horas de detención vigilada.

Señaló el fondo de la sala y una fotografía del alemán apareció en la pantalla.

Kilgore agitó la cabeza.

—De esto, exactamente, hemos estado hablando, chicos —comentó, desenfadadamente—. Existe un parecido superficial, claro. Pero observen los ojos, el espacio entre ellos, su relación respecto al puente de la nariz, su alineación con las comisuras de los labios. —Soltó una carcajada—. ¡El tipo ni siquiera se acerca a la descripción! —Inclinó la cabeza y el proyector se apagó—. Acuérdense que deben concentrarse en las características más difíciles de cambiar. Nuestro hombre es un agente con mucha experiencia; cambiará su aspecto todo lo posible, pero no hay nada que pueda hacer, al menos no fácilmente, con los ojos, la nariz y la boca. —Hizo una pausa—. Grábenselos bien en la mente.

Revisó sus notas y se volvió hacia Beck.

—General, ¿quiere añadir algo?

Beck se limitó a negar con la cabeza sin pronunciar una sola palabra.

—Bien, entonces, manos a la obra. —Kilgore recorrió la habitación con la mirada—. ¿Personal de tierra?

Un joven de la primera fila se levantó.

—Hemos apostado hombres hasta Leipzig, en el norte, y hasta Stuttgart, en el oeste. De momento cubrimos veintiuna ciudades dentro de ese triángulo, por turnos. Pero, para ser absolutamente sincero, si alguno de nuestros chicos diera con él, sería por pura suerte. —Se sentó con expresión triste.

—¿Aire?

Otro hombre se puso en pie, esta vez en el fondo de la sala.

—Tenemos todos los pequeños aeropuertos vigilados las veinticuatro horas del día. No se ha informado sobre ningún aparato perdido después de los tres que ya hemos localizado esta mañana. Por cierto, la brigada antidrogas local nos ha dado oficialmente las gracias por identificar a esos traficantes.

—Me alegro de que al menos hayamos cogido a alguien —repuso Kilgore entre risas—. ¿Enlace?

Un hombre mayor colgó un teléfono y se volvió hacia el estrado.

—Las autoridades alemanas siguen colaborando con nosotros gracias a la intervención de su Ministerio de Interior. Empiezan a cabrearse, pero siguen repartiendo las fotografías y mantienen el ojo avizor. Sin embargo, francamente, no creo que se esfuercen tanto como antes.

—Y nosotros ¿sí? —lo reprendió Kilgore y se volvió hacia Kapf—. ¿Siquiatría?

Kapf se encogió de hombros.

—No tengo nada nuevo que añadir de momento, salvo que creo que el señor Newman se encuentra todavía por los alrededores, quizá muy cerca.

El capitán Kilgore lo miró como si estuviese a punto de hacerle una pregunta; no obstante, cambió de parecer y se volvió hacia sus hombres.

—Inmigración.

Una mujer alzó los ojos de su teléfono.

—Un momento —dijo quedamente a la persona al otro lado de la línea—. Todos los puntos de entrada a Estados Unidos se encuentran en máxima alerta. Tienen fotografías del sujeto, descripciones detalladas y retratos alterados por ordenador, que lo muestran con distintos disfraces. De momento no hay señales. Los guardias de las fronteras alemanas tampoco han visto nada. —Dicho eso se puso a hablar de nuevo por teléfono.

—¿Comandante de asalto? —Kilgore escudriñó la sala—. ¿Comandante de asalto?

Un hombre entró a toda prisa.

—Lo siento, John.

—Adelante.

—Tenemos cuatro equipos preparados para llegar a cualquier punto del país en menos de tres horas. Ustedes encuéntrenlo, que nosotros lo derribaremos. —Se sentó—. Pero traten de encontrar un blanco verdadero la próxima vez.

El capitán asintió.

—¿Cómo está el caballero de Mannsbruck?

—Está amenazando con demandarnos a todos, a ambos gobiernos y a cualquiera que se le ocurra.

Kilgore sonrió.

—De acuerdo, que cada uno de ustedes vea a sus abogados en su tiempo libre.

Todos se rieron, relajados.

Él también lo hizo pero al cabo de un minuto prosiguió.

—Vamos, pongámonos serios. —Esperó a que se tranquilizaran—. ¡Han pasado treinta y tres días, chicos! ¡Treinta y tres días! —Parecía enojado y con razón—. Es cierto que el tipo es un profesional, que lo han entrenado con las técnicas de SERH,[1] probablemente casi hasta un nivel instintivo y que se gana la vida evitando a gente como nosotros, pero ¡vamos! ¡Nosotros nos ganamos la vida atrapando a personas como él! ¡Muevan el culo y encuéntrenlo! —Hizo una pausa para dejar que se disipara su rabia—. Antes de que los sustituya por una manada de furiosos sabuesos. ¡Rompan filas!

Todos volvieron al trabajo.

Kapf y Beck siguieron a Kilgore a su pequeño despacho.

—Siempre me sorprende su informalidad, capitán —comentó Kapf mientras se sentaba en un butacón.

Él se encogió de hombros.

—Tratar de llevar a cabo su trabajo les supone suficiente presión para que, encima, yo les grite por los botones del uniforme, el corte de pelo o la etiqueta militar. —Se sentó en el sofá enfrente de Kapf.

—Estamos perdiendo el tiempo —declaró Beck, agitando la cabeza lentamente.

El oficial más joven lo miró.

—¿Señor?

—Voy a salir —masculló el general y se dirigió hacia la puerta—. ¡Aquí no vamos a encontrarlo!

Kilgore mantuvo la vista clavada largo rato en el lugar donde había estado Beck.

—Empieza a preocuparme —repuso sin desviar los ojos.

Kapf asintió seriamente.

—Sufre más estrés del que he podido observar nunca en una persona. Y, en mi opinión, se lo crea casi todo él mismo.

(1) Técnicas de supervivencia, evasión, resistencia y huida. *(N. de la t.)*

El joven afirmó con la cabeza y se volvió hacia el siquiatra.

—Hablando de opiniones…

—¿Todavía no cree que el señor Newman se encuentre cerca? —preguntó Kapf sonriente.

—No.

—¿Por qué no?

—Porque yo no lo estaría. —Su tono no se parecía en nada al del «simpático capitán» de unos minutos antes—. He recibido en gran parte la misma formación que él y conozco todas las reglas. —Las enumeró, enfatizándolas con los dedos—. No hay que correr en línea recta. No debe uno quedarse más de seis horas en el mismo lugar, ni viajar de día. No hay que mirar a nadie directamente a los ojos, pero tampoco desviar la mirada. —Se movió hacia el borde del sofá—. Todas esas reglas presuponen movimiento.

Kapf asintió.

—Y le aseguro, capitán, que el señor Newman las conoce tan bien como usted. Es más, sabe que usted las conoce. Como señaló a sus hombres, es un experto en SERH… supervivencia, evasión, resistencia y huida, y lo más probable es que haya hecho un arte de esas técnicas. —Tras un largo momento de reflexión continuó—. Cabe la posibilidad de que sus reglas sean ahora muy diferentes de las de usted. Dará por sentado que usted, como hombre castrense, como producto del rigor y la disciplina, hará lo que ha hecho, o sea, empezar la búsqueda en el centro y salir poco a poco en espiral. —Hizo una pausa antes de volver a hablar mientras se frotaba la frente—. Había considerado que el lugar más seguro para él está en el perímetro, no lejos de él; la prueba es que se quedó dentro de los alrededores del instituto hasta que la búsqueda se alejó. —Esbozó una sonrisa fugaz y triunfal pero la borró de inmediato.

—Entonces está arrinconado —susurró Kilgore.

Kapf esbozó otra sonrisa, esta vez triste, casi de derrota.

—Muy al contrario. Se limita a encontrar un lugar en el que esconderse sin mucha dificultad y aguarda a que su búsqueda lo pase por alto. Sabe que acabarán por alejarse y entonces estará libre de ir a donde le plazca.

Kilgore arqueó las cejas.

—¿Es tan calculador?

—Muchísimo más.

El capitán se levantó y se encaminó con paso lento hacia el escritorio.

—Entonces, ¿qué se supone que debo hacer?

—¿Cuáles son sus órdenes?

El joven soldado cogió un papel y se lo dio.

—Seguir extendiendo la búsqueda —recitó— hasta llegar a las fronteras. Luego, disolver la operación central y dejar que el servicio de inteligencia encuentre una pista.

—Como era de esperar —manifestó Kapf mientras leía—. Como esperaría Newman.

—Y ¿qué sugiere usted?

Kapf le devolvió el papel.

—Que no haga caso de esa tontería. Centre sus esfuerzos en la distancia que pudo haber recorrido el señor Newman antes del amanecer del día en que se fugó del instituto.

Kilgore examinó un mapa en la pared, en el que figuraban todas las estadísticas vitales de la operación 95-0707.

—Mató al hombre del general entre las dos y las cuatro de la madrugada. —Revisó unos papeles sobre su escritorio—. El sol salió a las 7.32 horas.

—Entre tres horas y media y cinco horas y media —repuso Kapf—. ¿No hubo denuncias de vehículos robados?

—Ninguna.

Ahora era Kilgore el que hacía los cálculos.

—Pongamos una velocidad media de seis kilómetros por hora a pie, eso significa un perímetro máximo de... treinta y tres kilómetros.

El doctor se mostró de acuerdo asintiendo con la cabeza.

—Ésa debería ser su zona de búsqueda, capitán. —Se levantó dispuesto a irse—. Probablemente se encuentre dentro de esa franja.

Kilgore parecía realmente desgarrado entre sus órdenes y el consejo de Kapf. Al cabo de un largo silencio, negó con la cabeza.

—El mando ya está hablando de darnos otra misión. Están convencidos de que ya ha salido del país... y están preocupados por el presupuesto. Esto les está costando un montón de pavos.

Kapf se detuvo en la puerta.

—Entonces, ¿qué va a hacer?

El capitán se encogió de hombros.

—Lo que sé hacer. Seguiré las órdenes y extenderé la búsqueda. Pero —añadió cuando Kapf iba a protestar— también incrementaré la cobertura local en un veinticinco por ciento.

El hombre mayor inclinó la cabeza al salir de la sala.

—Llego tarde al instituto.

—Le acompañaré a la puerta, doctor.

Atravesaron el cuartel general de la búsqueda en silencio y se detuvieron en la puerta del edificio.

—No puedo hacer más, doctor. Créame, los conozco. No aceptarán que comprometa a más hombres.

—No bastará, capitán.

—¿Está seguro?

—Sí.

—¿Por qué?

Kapf se volvió hacia el joven y sincero oficial y señaló la enorme fotografía de Newman, que parecía contemplarlos.

—Porque lo conozco.

Hacía tiempo que el Instituto Volker había vuelto a la normalidad.

La mayor parte del personal, que no se había percatado de todos modos de la presencia de Newman, continuaba con su rutina ininterrumpida. Quienes estuvieron asignados a la unidad habían sido informados, habían jurado guardar el secreto y habían vuelto a sus puestos habituales.

Con dos excepciones.

Jack Clemente se hallaba en el último piso, en una suite reservada para personajes importantes, acostado, torturado por el dolor del tumor maligno que lo carcomía. No se había levantado desde el día de la fuga de Newman.

Por su parte, Patricia, al parecer sana y trabajando como de costumbre, se sentía desolada. La atormentaban preguntas sin respuesta. Sumida en sentimientos de culpabilidad, acudía al instituto cada mañana, visitaba a sus pacientes, daba sus clases y se encerraba en su despacho, supuestamente para redactar un artículo sobre su experiencia con Newman.

De hecho, no hacía sino rumiar y desesperarse.

¡Lo había repasado tantas veces en su mente! Había analizado todos los aspectos, visto cada minuto de los vídeos y leído las transcripciones. Y, sin embargo, un mes después del incidente, todavía no veía en qué se había equivocado.

Tal vez no hubo error, empezaba a decirse.

Mirando la puesta de sol por la ventana, encendió el casete y empezó a grabar.

—Notas sobre el apartado tres.

Se detuvo al ver una sombra en la distancia cruzar hacia la unidad. Apagó el aparato y dejó que su mente hiciera asociaciones libres.

Justo después de la fuga todo era caos, un caos total. No había habido tiempo para análisis ni para hipótesis, sólo una salida en estampida para encontrar y someter al huido.

Había guardias por todas partes. Las sesiones de información para el equipo militar especial, para las autoridades del Ministerio de Defensa y para las personas presentes cuando Newman se fugó se sucedieron una tras otra, sin interrupción. Y en ningún momento hubo nadie que mencionara lo que podía ocurrir si no lo atrapaban.

Pero eso había sido un mes antes.

Desde entonces no había ocurrido nada.

Jugueteó distraída con una goma mientras su mente seguía repasando lo que había pasado a cámara lenta.

Al cabo de dos semanas, cuando no hubo señales de Newman, el ritmo decayó. Las tareas habituales empezaron a incluirse en el programa de todos y los que lo buscaban disminuyeron sus exigencias con el personal, que acabó por enfrentarse al retorno a la normalidad.

Y, entonces, Tabbart convocó la reunión.

Patricia acudió a su despacho con su dimisión mecanografiada cuidadosamente. Sabía que el fin de sus días en el instituto era inevitable. Tabbart necesitaba una cabeza de turco y ¿quién mejor que ella, que en su mente retorcida, era la responsable de la fuga?

¡Y tanto que lo era!, le recordó una voz interior.

Se había imaginado una reunión formal en la que el jefe le pediría su dimisión y ella se la entregaría. ¡Diablos!, como ella había insistido en que no ataran a Newman, Tabbart poseía más que suficientes municiones en su contra.

Pero era más complicado que eso, se dijo. La junta había pulsado algún resorte en Newman; algo había provocado ese comportamiento del todo impredecible. Ésa era la única explicación posible. Aunque, claro, Tabbart encontraría el modo de darle la vuelta.

Había anticipado una reunión corta, desagradable y deprimente.

Se vieron en el despacho del jefe y ella recibió la primera de las sorpresas del día.

En lugar del habitual vacío se encontró con un despacho atestado:

Jack Clemente, en silla de ruedas, con bombona de oxígeno, a la izquierda de Tabbart, Otto Kapf y Pierre Mont, sentados en el sofá y el general Beck, en un sillón junto a la ventana, miraba hacia fuera, silencioso.

Detrás de su amplio y brillante escritorio, el doctor Tabbart bebía té. Cuando Patricia entró y se sentó, la saludó con una formal inclinación de cabeza.

Clemente tenía un aspecto terrible; la fuga de Newman había agravado los estragos causados por el cáncer. Patricia trató de hacer contacto visual con él y le sonrió, pero él no alzó los ojos, a la espera de que hablara Tabbart.

—Muy bien —dijo éste por fin—. Los militares me han informado de que, aparte de consultas ocasionales, han acabado con nosotros. Por tanto, creo que nos ha llegado el momento de analizar lo que ha ocurrido y por qué, de dilucidar responsabilidades y de ver qué medidas correctivas necesitamos tomar. —Miró directamente a Patricia—. Tras largas conversaciones con el doctor Clemente he llegado a las siguientes conclusiones preliminares y quisiera la opinión de todos ustedes a fin de redactar un informe para la junta de administración.

Patricia se preparó para lo peor.

Tabbart empezó a leer una lista mecanografiada.

—Uno: desde el momento en que lo pusieron en nuestras manos hasta que lo trajeron frente a la junta de revisión, el personal de la unidad A-249 custodió y controló al sujeto en todo momento... ¿Tienen algo que decir sobre este punto?

Clemente se quitó la máscara de oxígeno un momento y, con la vista clavada en Patricia, dijo con dificultad.

—Nada.

Mantuvo la mirada largo rato.

Patricia entendió el mensaje e hizo un gesto casi imperceptible.

Tabbart ya tenía los ojos sobre su papel.

—Dos: mientras estuvo bajo nuestra custodia y cuidado, nadie observó o informó de problemas inesperados de comportamiento, que supusieran un peligro para el personal de la unidad, ni ninguna indicación de una posible liberación imprevista del sujeto. —Otra pausa—. ¿Alguna objeción? —preguntó, mirando a Mont.

—Casi me mata —rezongó el joven.

Tabbart agitó la cabeza.

—La palabra pertinente aquí, doctor Mont, es *inesperado*. Su incidente con el paciente podía anticiparse. Usted lo arrinconó, metafóricamente hablando, y él reaccionó con una semihostilidad completamente previsible.

Patricia empezaba a comprender.

—Su semihostilidad casi me semimata, ¡metafóricamente hablando! —espetó Mont, enojado.

—Pero creo que estará de acuerdo en que no era inesperada —manifestó Tabbart pacientemente.

—Claro que no, doctor Tabbart —se atrevió a decir Patricia.

El hombrecillo se volvió hacia ella y le sonrió.

—Gracias, doctora Nellwyn.

Se centró de nuevo en la lista.

—Tres: se advirtió a la Junta de Revisión del Ministerio de Defensa que sería imprudente sacar al sujeto de su alojamiento para llevarlo ante ella. El personal directivo sugirió que bajaran a verlo o que lo mantuvieran encadenado o atado. Ellos rechazaron terminantemente las recomendaciones. ¿Alguna objeción?

Iba a ser un encubrimiento absoluto.

Sin saber por qué, Patricia empezó a sonreír.

—Cuatro —siguió leyendo Tabbart—: Frente a las exigencias temerarias de la Junta de Revisión del Ministerio de Defensa se tomaron todas las medidas pertinentes con el fin de obtener la máxima seguridad para todos los involucrados. Éstas incluían, pero no se limitaban a una sesión completa de la doctora Nellwyn con el sujeto. Ella explicó que el sujeto parecía dispuesto a colaborar, pero que podría advertir cualquier señal de posible cambio. —Miró a Patricia—. ¿Alguna objeción?

—Ninguna –contestó ella con tono afable.

Durante veinte minutos, el director continuó leyendo la versión oficial de la cadena de incidentes que precedieron a la fuga de Newman.

El instituto no tenía culpa de nada. La junta de revisión se había mostrado imprudente y temeraria con respecto a Newman. Toda la responsabilidad recaía en ésta y todo el crédito correspondía al instituto por haber evitado que ocurriera antes algún percance.

En cuanto acabó, interrogó a toda prisa a los presentes. Kapf y Clemente estuvieron de acuerdo con su informe, Beck asintió sin pronunciar palabra y Mont expresó su renuente aceptación con un gruñido. Después se volvió hacia Patricia.

—Doctora Nellwyn, seré franco. Usted y yo no siempre hemos coincidido en éste y otros asuntos, pero le propongo que dejemos de lado nuestras diferencias por el bien del instituto.

La siquiatra tocó la carta de dimisión que tenía en el bolsillo.

—¿Por un largo y próspero futuro juntos? —preguntó con un ligero deje de nerviosismo.

Clemente se encogió ante el tono, pero ella no apartó los ojos de Tabbart, que se quedó como petrificado un minuto antes de contestar.

—De acuerdo —susurró por fin.

Patricia asintió.

—De acuerdo.

Después de eso había vuelto al trabajo, al menos al que Tabbart le permitía hacer.

Habían llegado a un acuerdo tácito a cambio de su encubrimiento. Ella se quedaría en el instituto, probablemente acabarían por ascenderla, pero Tabbart se encargaría de que nunca más tuviera que ver con pacientes o tareas importantes.

De momento, no obstante, la situación resultaba tolerable.

Podía preparar su artículo sobre Newman; el instituto apoyaría sus investigaciones acerca de las posibilidades de la evolución humana, aunque de mala gana. Y, transcurrido un tiempo, ella se iría a otro lugar, a Estados Unidos, probablemente para formar parte de un departamento de asesoría o para dar clases en una universidad.

No obstante, pese a esa victoria de desgaste, Patricia sabía que se consideraría una fracasada a menos que resolviera la incógnita del caso Newman.

Cogió el casete y se puso a dictar.

—Si el fundamento sobre el que se apoya este artículo es sólido, si el sujeto es una primicia en la evolución y el desarrollo inexorables del ser humano y si aquél lo sospechaba, entonces tal vez temió que la junta tratara de exterminarlo, por miedo o por maldad. Eso, desde la perspectiva del sujeto, sería una extensión lógica del temor de la junta a lo que él pudiera hacer y a lo que él representaría para su sentido de seguridad genética.

Se detuvo y rebobinó la cinta. Al escucharla, se imaginó la indignación, la controversia que estallaría cuando publicara el artículo. En un abrir y cerrar de ojos la tomarían por un demonio o la divinizarían.

Sin embargo, ni lo uno ni lo otro le supondrían una satisfacción personal; ya no.

Lo único que le importaba era Newman. Las verdades, las respuestas que había en él representaban el santo grial de todo aquello en lo que ella creía. Sentía una sed insaciable de saber, más allá de toda duda o conjetura, hacia dónde iba el ser humano, quién y cómo sería en el próximo milenio.

¡Y Newman era la piedra de Rosetta que le permitiría descifrar ese enigma!

Pero se había marchado.

Dejó escapar un largo suspiro y decidió pasar por la habitación de Jack Clemente antes de irse a casa. Se sentía obligada a apoyarlo ahora, como él lo había hecho antes con ella.

Odiaba ir a las habitaciones de enfermos; siempre la deprimían. Pero se lo debía a Jack.

Aun moribundo, aunque se estuviese consumiendo por dentro, había obligado a Tabbart a conservarla en nómina para darle otra oportunidad de desentrañar el problema de Newman.

Llamó a la puerta y se forzó a sonreír.

Jenny se hallaba sentada junto a la cama, tejía en silencio; al fondo, la televisión murmuraba. Clemente parecía dormir, inquieto, pero al menos dormía.

Jenny alzó los ojos cuando Patricia entró y le sonrió.

—¿Cómo estás, cariño? —inquirió con un susurro animado y le dio un caluroso abrazo.

Patricia se preguntó si se daba realmente cuenta de lo enfermo que se encontraba su marido. Sí, claro que lo sabía; después de tantos años de devoción no iba a fallarle ahora adoptando aires de viuda desolada cuando él pudiera verla.

Le dio un beso en la mejilla.

—¿Cómo estás tú?

Jenny se encogió de hombros.

—Ha tenido una tarde dura pero creo que está mucho mejor ahora. —Miró al único hombre que había amado y todavía amaba—. Me parece que tiene mejor aspecto, ¿no crees?

Patricia no lo creía.

—Claro que sí —declaró con lo que esperaba que fuese un tono sincero. Se estaba muriendo de ganas de correr hacia la puerta y huir, pero su sentido del deber superó a la angustia—. No quiero despertarlo. —Dio medio paso hacia la cama y se volvió hacia Jenny—. ¿Hay algo que pueda hacer por ti?

—¿Y qué hay de mí? —inquirió Clemente.

Jenny esbozó una amplia sonrisa, se acercó y lo besó en la mejilla.

—¡Vaya! —exclamó alegremente—, ¡mira quién está despierto!

—Doctora Nellwyn —resolló Jack con fingido profesionalismo—, ¿sería tan amable de ordenar a mi mujer que se vaya a casa, que coma y descanse?

Patricia se acercó también y lo besó en la otra mejilla.

—¿Ves? —Clemente sonrió a su esposa—. Estás preocupada por mi aspecto, pero las jóvenes sexis no pueden apartar los labios de mí. ¡Vete!

Jenny asintió, cogió su bolso y volvió a la cama a dar otro beso a su marido.

—Un bocadillo en la cafetería, cariño.

Patricia la abrazó.

—Me quedaré hasta que regreses.

Jenny movió afirmativamente la cabeza, giró sobre los talones y se dirigió hacia la puerta; la abrió, se detuvo y miró por encima del hombro.

—Te quiero —declaró con voz quebrada.

—¡Vete! —exigió Jack.

Jenny se volvió y salió a toda prisa antes de que él pudiese ver sus lágrimas.

Patricia acercó una silla a la cama.

—Y bien, abuelo, ¿cómo te tratan? —Su expresión daba a entender que no ocurría nada malo, que eran dos amigos matando el tiempo.

Clemente consiguió encogerse de hombros.

—Me estoy muriendo —declaró sin más—. Uno de los procesos más naturales de la vida. —Tosió y se tuvo que poner la máscara de oxígeno un par de minutos. Se la quitó—. ¡Quisiera que no se alargara tanto!

Patricia no supo qué decir ni qué hacer.

Él lo percibió y le sonrió.

—Y bien, ¿cómo van las cosas en el exilio interior?

—Tranquilas.

—Me lo imagino. —Hizo una pausa y le cogió una mano—. ¿Cómo va el artículo?

—¿De veras quieres saberlo? Quiero decir… —Echó una ojeada a todos los aparatos que se esforzaban por mantenerlo vivo.

—Tus modales con los enfermos son, como siempre, impecables. —Patricia se avergonzó—. Podemos hablar de mi carcinoma si prefieres —sugirió Clemente con desenfado—. Me sacaron unas fotos bastante buenas durante la operación de la semana pasada.

Ella se rió y levantó las manos en señal de rendición.

—Paso. —Se produjo una pausa incómoda—. El artículo… bueno… avanza, poco a poco, pero avanza.

—¿Cuál es el problema?

—No dejo de toparme con obstáculos.

—Sigue.

Patricia se levantó y echó a andar por la habitación.

—La dicotomía de Kapf. Si Newman sufre una enfermedad mental, sólo lo sabremos con el tiempo. Y si no está enfermo, si de veras es la siguiente etapa de la evolución del ser humano, igualmente sólo lo sabremos con el tiempo.

—¿Y qué?

—Sin Newman, sin poder hacerle más pruebas ni realizar estudios más complejos que los que hemos realizado hasta ahora, no podemos probar la validez de ninguna de las dos teorías.

Él guardó silencio un minuto.

—¿Y eso cómo te hace sentir?

Patricia giró sobre los talones.

—No trates de analizarme, Jack Clemente. Estés en cama o no, te daré un sopapo.

Clemente ladeó la cabeza pensando.

—¿Qué pasa?, ¿acabo de pinchar un nervio de Patty *la Clínica*?

—No te estás muriendo. —Patricia se sentó—. ¡Sólo lo estás utilizando como pretexto para ser un plasta!

—Es cierto. —La voz de Jack se había debilitado—. Pero nunca contestas a mis preguntas. ¿Cómo te sientes al no tener a Newman para probar tu teoría? —Pese a la debilidad de su voz, sus ojos exigían una respuesta.

—¿La verdad?

—Por supuesto.

Ella se inclinó y le susurró:

—Aliviada.

—¡Ah!

—¿Qué se supone que significa eso? —quiso saber Patricia, sorprendida.

—Me preguntaba si algún día reconocerías que te preocupa equivocarte.

Patricia negó con la cabeza.

—No es eso —explicó mientras la puerta se abría a sus espaldas—. Lo que me causa pavor es la posibilidad de que tenga razón.

Se volvió para ver quién había entrado, pero no había nadie y la puerta se cerraba silenciosamente.

Se encogió de hombros y cambió de tema, contándole chismes del instituto hasta el regreso de Jenny.

Cinco pisos por debajo de la habitación de Clemente, a un lado de la planta baja, la capilla del instituto —un lugar para que cualquiera rezara sin importar su religión— permanecía abierta día y noche, los siete días de la semana, siempre tenuemente iluminada.

Pero en realidad casi nadie la usaba, a excepción de algún que otro visitante diurno.

Esa noche, sin embargo, un hombre se hallaba arrodillado detrás del primer banco, con la cabeza apoyada en las manos entrelazadas.

Konrad Edel se había detenido para rezar antes de salir del edificio; había adquirido esa costumbre en las últimas semanas.

—Nos humillamos ante ti, Señor —murmuró—. Tuyos son la grandeza y el bien. Tuyos son el poder y la gloria. Tuyas son la esperanza, la redención y la inspiración. —Cerró los ojos con fuerza mientras sentía que el espíritu se elevaba en su interior—. Dios mío, cuida a tu humilde servidor como has hecho siempre. Mi camino es el tuyo. Son tus pasos los que intento seguir. Concédeme la sabiduría y la fuerza para llevar mi carga en silencio, la humildad para anteponer las necesidades de los demás a las mías, la fe verdadera y segura en la perfección de la misión que tienes para nosotros en el universo.

La puerta de la capilla se abrió, pero Edel no dejó que disminuyera la sensación de gracia que se estaba apoderando de él al final de sus oraciones.

—Señor, concédele el descanso y el consuelo a Jack Clemente, que sufre los terribles dolores del cáncer. Concédele paz espiritual a Alexander Beck, que se halla al borde del abismo más terrible que has puesto dentro de todos nosotros.

»Y, Señor, concede a tu cordero descarriado, Brian Newman, tu bondad y piedad. Dale la calma, la serenidad y la paz que busca tan desesperadamente. Concédele el autocontrol y la sabiduría que le permitan hacer lo correcto en éste, su momento de mayor prueba.

»En nombre de tu hijo te lo suplico. Amén.

Edel calló y se puso en pie. Al volverse y echar a andar por el pasillo vio a un hombre arrodillado y rezando en un rincón oscuro de la capilla. Apartó la mirada, pues no deseaba entrometerse.

—Amén —dijo Newman al levantar la cabeza y mirar a la puerta, que se cerraba lentamente detrás del jefe de seguridad.

CAPÍTULO DIEZ

Ghislain subió lentamente por la escalera desvencijada hacia el ático. El temor y los malos presentimientos aumentaban a cada paso que lo acercaba a la habitación reservada para los «clientes especiales» de su club privado.

La habitación tenía una historia siniestra y sus ocupantes se veían a menudo obligados a pagar muy caro para que limpiaran sus «porquerías» cuando se marchaban. Sacaban las manchas delatoras de la alfombra o la reemplazaban. Al origen de las manchas le pagaban generosamente o bien la arrojaban desde una oscura orilla a las heladas y verdes aguas del río Isar.

Verde, se decía a menudo Ghislain, por el color del dinero que se pagaba cada vez que una visita nocturna acababa con el chapoteo de una alfombra lastrada por los restos de una desafortunada a quien nadie echaría en falta.

Pero el hombre que pronto entraría en la habitación era diferente de todos los que lo habían precedido.

Los clientes habituales del club eran hombres poderosos, acaudalados directores de empresas multinacionales o altos funcionarios del gobierno; hombres que disponían del control sobre otros hombres, que necesitaban perder su propio control, aunque sólo fuese por una noche, una hora, un momento.

Y por el precio adecuado se les proporcionaban hombres, mujeres, niños, niñas, animales, según lo que pidiesen, sin leyes ni juicios morales o legales que les impidieran disfrutar de la experiencia.

Pero el hombre que pronto entraría en la habitación no necesitaba perder el control, guardaba el equilibrio en el estrechísimo borde que separaba el control del caos. Nunca, jamás perdía ese equilibrio.

Todo había empezado hacía poco más de dos semanas.

Era casi mediodía, el equivalente a medianoche para el propietario del club porno. Ghislain dormía en la alcoba principal de su lujosa y muy bien protegida casa en las afueras de Munich. Sus hijos se encontraban en la escuela y su mujer se ocupaba de los quehaceres de la casa en el piso de abajo.

De pronto, y ni siquiera ahora sabía por qué, se había despertado con la sensación de que algo iba mal.

Se incorporó de golpe y miró alrededor. Su esposa, Freida, se hallaba al pie de la cama con expresión extraña.

—¿Freidie, *was is loss*?

La mujer no se movió, no habló; simplemente permaneció de pie, inmóvil, mientras sus ojos, abiertos de par en par, se desviaban hacia su izquierda.

Ghislain se volvió despacio hacia la derecha.

Allí había un hombre de expresión afable y rostro pálido que apuntaba a la cabeza de Freida con una pistola de cañón recortado.

—Si se mueve —le dijo, relajado—, sus hijos llegarán a casa y descubrirán pedazos de ambos pegados a la pared. —Hablaba alemán de escolar con acento norteamericano.

Ghislain permaneció quieto.

—Tengo dinero —empezó a decir— en la caja de seguridad. Unos veinte mil marcos y las joyas de mi esposa. Lléveselo. No nos resistiremos. —Se esforzó en mantener la voz firme.

—Gracias, lo haré —contestó el hombre—, si es que lo necesito. Pero, en realidad, prefiero aumentar al contenido de su caja fuerte en lugar de disminuirlo... Tengo una propuesta de negocios para usted.

—No hablo de negocios con una pistola apuntando a la cabeza de mi mujer. —Ghislain se sorprendió a sí mismo al escucharse.

—Hoy lo hará —fue la respuesta tranquila.

—¿Por qué?

El hombre se encogió de hombros.

—Porque yo tengo la pistola.

La facilidad, el desenfado con que habló puso de punta los pelos de la nuca de Ghislain.

Durante los siguientes quince minutos, el hombre explicó con detalle lo que quería y lo que estaba dispuesto a hacer para conseguirlo. En un momento, al ver que la perplejidad reemplazaba el temor de Ghislain, bajó la pistola.

Al cabo de veinticinco minutos, éste ordenó a su esposa que les preparara café y no dijera nada a nadie.

Transcurridos cuarenta y cinco minutos habían llegado a un acuerdo.

El hombre deseaba documentos de identidad de la mejor calidad, de los que soportaran el escrutinio más meticuloso. Quería que localizase a tres hombres; no deseaba que los detuvieran o mataran (lo que habría resultado más barato), sino sólo que los encontrasen. Más que nada, quería un lugar desde el cual «llevar a cabo sus negocios», especificó, con los hombres que buscaba.

Y, a cambio, ¡ofrecía algo extraordinario! Un pago cuya mismísima audacia lo hacía casi irresistible.

Ghislain se apresuró a cerrar el trato. De hecho, ¡no le quedaba otro remedio!, porque sabía que si se negaba, el hombre de expresión afable podía matarlos a él y a su esposa sin pensárselo siquiera.

Además, se dijo Ghislain en ese momento, en cuanto el hombre saliera de la casa, podría entregarlo a la policía.

O a unos conocidos.

Pero, en el fondo, sabía que no era un chiflado ni un delincuente fanfarrón que intentaba impresionarlo. Y sabía, sin necesidad de oírlo, cuál sería el precio si alguna vez se atrevía a disgustar al agradable y sonriente caballero.

En cuanto a su modo de presentarse..., bueno, el simple hecho de que hubiese logrado pasar frente a tres guardas de seguridad armados, superar un sistema de alarma sumamente complejo, todo eso, en una comunidad fuertemente vigilada y vallada, y de día, constituía una carta de presentación más elocuente que ninguna otra.

Eso había ocurrido diecisiete días antes y las cosas habían ido mejor de lo que había prometido el hombre sonriente.

Cada uno de los cinco clubes de la zona que más competían con el de Ghislain se había visto obligado a cerrar debido a graves «accidentes».

El Erótica había sido destruido por un incendio.

El Pleasure Spa había sufrido una explosión de gas natural.

El Bacchus Playground había padecido una oleada de inexplicables fallos mecánicos que había herido a doce personas.

Alguien había retratado a unos clientes de otros dos establecimientos cuando entraban en ellos después de bajar de una limusina y enviado las fotos a los periódicos. Como resultado, los clientes habían abandonado los clubes antes de que lo hicieran sus propietarios.

Y la mayoría de los que frecuentaban esos cinco locales, sobre todo los que acudían en limusina ya avanzada la noche y evitaban la más remota posibilidad de notoriedad, fue a parar al club de Ghislain.

La clientela se quintuplicó. Ghislain tuvo que contratar a más chicas, más camareros e incluso pensaba en la conveniencia de extenderse al edificio de al lado a fin de dar servicio al creciente personal.

Pero, ahora, el diablo quería cobrarse lo suyo.

Ghislain se detuvo en el descansillo del ático, se arregló la corbata, se alisó el cabello y abrió la puerta.

El mobiliario era el de una suite cara y elegante: en el centro, una cama victoriana de cuatro postes sobre una confortable alfombra, rodeada de muebles antiguos de caoba y paredes lujosamente empapeladas. La luz de las lámparas de diseño se reflejaba en los espejos de marco dorado, los mejores que se podían conseguir en Alemania. A un lado había un tocador y un espacioso cuarto de baño.

Ghislain lo vio todo en un segundo, comprobó el perfecto orden y cruzó en silencio la mullida alfombra. Descorrió las pesadas cortinas de terciopelo y subió la persiana, que dejó al descubierto las ventanas protegidas con barrotes.

Rebuscó en un bolsillo y sacó una larga llave anticuada con la que abrió la ventana y luego los barrotes.

Echó un vistazo fugaz al callejón, pero no vio nada.

Eso no le tranquilizó.

Cerró de prisa la ventana, bajó la persiana y corrió las pesadas cortinas. Dejó encendida la luz y, sin echar la llave, bajó apresuradamente los tres tramos de escalera hasta llegar a la calle. Salió por una puerta lateral.

Rodeando el edificio por detrás, llegó al callejón y se paró justo debajo de la habitación del ático. Echó un vistazo alrededor pero sólo vio cubos de basura, puertas cerradas y alguna que otra rata que se alejaba corriendo.

Miró su reloj. Era la una menos cinco de la mañana.

—Soy Ghislain —susurró—, estoy aquí.

No hubo respuesta.

—Apolión, soy Ghislain. Tengo noticias.

De nuevo no hubo respuesta.

Al cabo de un momento, un movimiento en una entrada le llamó la atención. Observó, asombrado, cómo el hombre sonriente al que conocía como Apolión salía lentamente de las sombras.

—Me alegro de oírlo. —Fue la única respuesta de Newman, que hizo un gesto al propietario del club y éste se acercó a él con renuencia.

A la mortecina luz del callejón, Ghislain se fijó en que Newman había engordado unos cuatro o cinco kilos en las tres semanas que hacía que lo conocía. Un saludable bronceado había sustituido a la palidez de su piel y se estaba dejando barba y bigote.

—El tercer hombre... —Ghislain le dio el dibujo a lápiz de Tabbart—. Una chica del distrito Reisch lo ha visto.

Él asintió con la cabeza y observó el esbozo.

—Bien.

—Hice que lo investigaran —declaró Ghislain con demasiada presteza mientras la oscuridad, el callejón y la presencia de aquel hombre que rezumaba una sensación letal se combinaban para reforzar todos los temores del propietario del burdel, reales e imaginarios—. Una vez cada semana o diez días se cita con otro en un café de maricones. Se quedan, hablan más o menos una hora y se van por caminos separados. No tengo información sobre el otro hombre, salvo que se supone que es importador de iconos rusos. He pedido que lo investiguen más a fondo. —Se secó las sudorosas manos en el pantalón.

Newman volvió a asentir con la cabeza.

—Por supuesto.

De repente cambió a lo que Ghislain reconoció con cierto alivio como su actitud amistosa.

—¿Qué tal el negocio?

El hombre mayor sonrió.

—Mejor que nunca. Tan bien que... como dirían ustedes los norteamericanos... no quedan asientos. Nuestro proyecto de relaciones públicas ha tenido mayor éxito del que usted predijo. —Soltó una risita.

Newman sonrió.

—Pretendemos complacer —dijo con desenfado—. Vengo de una antigua empresa muy bien establecida y nos gustan los clientes satisfechos. Además —añadió con una voz que empezaba a distanciarse, como ocurría en ocasiones—, me gusta trabajar de nuevo.

Miró a lo lejos, diríase que inmerso en algún recuerdo, pero de pronto advirtió que Ghislain lo estudiaba.

—Su esposa y sus hijos —preguntó con una media sonrisa—, ¿cómo están?

La expresión en el rostro sonriente y la pregunta, sencilla y cortés, en lugar de tranquilizar a Ghislain, le provocaron escalofríos.

—Muy bien —contestó precipitadamente y volvió al tema anterior—. También tengo buenas noticias sobre sus documentos.

—Me alegra oírlo. —Newman percibió el nerviosismo del hombre—. Si no hay problemas, no tiene por qué preocuparse. Relájese.

Ghislain sacó un papel del bolsillo.

—Como me pidió, se llamará Caronte Apolión, ciudadano griego-norteamericano afincado en Nueva York... ¿Está seguro de que quiere usar un nombre tan raro? Podría provocar una atención indeseada.

—Al contrario. —Newman leía por encima del hombro de Ghislain—. Cuanto más raro el nombre, menos atención prestan los funcionarios de inmigración. Si quiere que lo detengan, hágase llamar Joe Smith.

Ghislain se encogió de hombros.

—Lo que usted diga. —Sacó un sobre cerrado del bolsillo de su americana y se lo dio—. Éstas son las tarjetas de crédito, carnets de clubes y los otros documentos civiles y del estado de Nueva York que me pidió.

—¿Y los otros? —preguntó Newman después de abrir el sobre y ojear su contenido.

—El carnet de conducir y la tarjeta del seguro social estarán listos en dos días, el pasaporte puede que ese mismo día o al siguiente.

Ambos alzaron los ojos cuando el teléfono móvil de Ghislain sonó.

El propietario contestó.

—*Ja.* —Larga pausa—. *Ein moment.* —Se volvió hacia Newman—. El primer hombre ha llegado.

Él asintió con la cabeza y se dirigió hacia el club.

—Entreténgalo.

Ghislain habló por el teléfono y lo apagó.

—Todo está como me pidió —dijo con incomodidad en dirección a Newman.

—Bien.

Un largo silencio se abatió sobre el callejón. Seguidamente, Newman volvió sobre sus pasos y sonrió a Ghislain.

—Necesitaré los otros documentos en dos días. No más.

—Por supuesto.

—Le llamaré por la tarde para decirle el lugar y la hora.

Algo estaba cambiando en él; parecía alterado, tenso, casi como un atleta justo antes de disputar un campeonato.

—¿Hago que lo suban?

Newman revisó el callejón, el muro exterior del club, la escalera de incendios de metal y, finalmente, asintió.

—Bien.

Ghislain encendió el teléfono móvil.

—Qué coincidencia, ¿verdad? —comentó mientras marcaba—, que el primer hombre que buscaba fuese miembro de este club.

Newman fue hacia la escalera de incendios y movió un cubo de basura. Calculó la distancia desde la tapa del cubo hasta la base de la escalera suspendida y movió la cabeza afirmativamente.

De pronto se acordó de que Ghislain seguía allí.

—Gracias a esas coincidencias —contestó sonriendo para sí mismo—, las cenizas del Erótica se volatilizan y el club de usted prospera.

Newman contempló al propietario del club alejarse muy de prisa, mirando con preocupación por encima del hombro. Cuando el hombre se hubo ido, recorrió la escalera con la mirada hasta llegar a la ventana de la habitación del ático.

Hizo un cálculo mental.

Dos minutos para que Beck hiciera su selección para la velada.

Cinco más para que lo acompañaran por los tres tramos de escalera.

Tres minutos para que la chica acudiera.

Ghislain había explicado a Newman las preferencias de Beck y el propio Newman había hablado con dos de las chicas que lo habían atendido en el pasado.

Cuatro minutos más para que la charada se desarrollara hasta el punto que Newman deseaba.

Catorce minutos en total.

Miró su reloj: la una y tres minutos. Se ocultó de nuevo en la entrada para seguir esperando y pensando.

Sabía que era increíblemente estúpido dar prioridad a su plan particular; le suponía un riesgo enorme, reducía sus fondos, que después de los «accidentes» en los clubes ascendían a unos 30.400 marcos (unos 23.000 dólares, de los que necesitaría la mayoría para su eventual fuga), y le exponía innecesariamente a la posibilidad de ser detenido o que lo mataran.

A largo plazo no le servía de nada, ni tan sólo para satisfacer un deseo de venganza que ni siquiera sentía.

Pero casi desde el primer momento de libertad supo que debía hacerlo.

Sentado, quieto y silencioso, en las ramas superiores de un tupido árbol había observado cómo se extendía la búsqueda. Primero, los hombres de seguridad de Edel y luego, más o menos una hora más tarde, los equipos militares mejor entrenados y sumamente disciplinados.

Dos veces en las tres primeras horas los escuchó detenerse justo debajo de su árbol. El follaje era demasiado espeso para que ellos lo vieran o él a ellos, pero los oía, aunque no hizo mucho caso de su presencia, pues se sentía seguro en su rama oculta.

Había dejado que su mente vagara, analizase y meditara sobre los diferentes caminos que su vida podía tomar a partir de entonces.

Sabía que los que lo buscaban acabarían por marcharse y que se encontraría libre, pero libre ¿para qué?

Al principio pensó ir al sur, a Austria, y de allí tal vez a Yugoslavia, a un pequeño y caótico puerto, donde se embarcaría en un buque lento que lo llevara a casa, a Estados Unidos; allí podía desaparecer en una de sus gigantescas ciudades y moverse cómodamente.

Pensó en marcharse más al sur, a España, a perderse entre los olivares y la pacífica calma de Cataluña.

De hecho, cuando bajó del árbol no había decidido adónde ir.
El hombre de Beck lo cambió todo.

Las implicaciones de ese acto fútil, ese mensaje sin sentido enviado por Beck, planteó tantas preguntas en la mente de Newman que alteró, al instante, todos sus planes y pensamientos.

Y el mensaje era incuestionablemente claro.

Si no podían controlar a Newman, debían matarlo.

Pero no tenía sentido.

Había habido otros agentes que se habían fugado, muchos de ellos más importantes que él. La muerte era el último recurso, sólo después de agotar todas las demás opciones e intentos de recuperar al hombre o la mujer desaparecidos.

Pero Beck había optado primero por eso.

¿Por qué?

Newman no representaba ninguna amenaza para las operaciones en curso del servicio de inteligencia. Beck y el gobierno sabían que nunca podrían obligarlo a comprometer las redes actualmente en función y él no sentía un rencor grave hacia ellos.

En todo caso, no suficiente para que lo mataran.

¿Por qué?

Recordó haber mirado hacia atrás, hacia el cuerpo de la víctima que Beck había puesto en su camino y haberse sentido perplejo. ¿Qué había en él, qué poseía que lo convertía en una amenaza? Ésa era la razón principal de su extraño encarcelamiento y, ahora, de la caza para asesinarlo.

La idea había seguido dando vueltas en su mente mientras salía del perímetro del instituto.

Se había alejado tranquilamente. Un amistoso camionero lo había llevado a Freising, a unos cuarenta kilómetros al norte de Munich y hasta le había prestado cuarenta marcos, o sea, unos treinta dólares norteamericanos.

Pasó los tres primeros días escondido en una alcantarilla a las afueras de la ciudad.

De noche, se paseaba o hacía autostop hasta la pequeña ciudad agrícola con el fin de estudiar el terreno. Pero su mente no se alejaba mucho de la pregunta que lo atormentaba durante las horas diurnas de duermevela en la fría humedad de la alcantarilla.

¿Por qué?

El tercer día ya había decidido, aun sabiendo que sería un error, que tenía que conocer la respuesta antes de alejarse.

Se había gastado ya los cuarenta marcos en comida y ropa, de modo que dejó de preguntarse y se concentró en lo más apremiante.

Si iba a quedarse, necesitaba más dinero y un lugar seguro y permanente en el que alojarse.

En la cuarta, quinta y sexta noche hubo varios allanamientos nocturnos en el distrito comercial de Freising. La tendencia del pequeño empresario germano a guardar grandes sumas de dinero en cajas fuertes le vino bien a sus planes y, después del quinto robo, cogió sus 1 815 marcos (poco menos de mil cuatrocientos dólares) y se dirigió a la ciudad más próxima al instituto.

Alquiló una pequeña y ruinosa tienda de comestibles en un barrio deteriorado y pobre por 900 marcos. El propietario, ausente, no hizo preguntas; poseía las tiendas de toda la manzana, que se encontraban casi todas desocupadas desde la recesión causada por la caída del Muro. La transacción se llevó a cabo por correo y por teléfono.

El emplazamiento, en un barrio tranquilo y casi vacío, era perfecto. Los pocos comercios abiertos constituían una tapadera para los traficantes de droga turcos y los anarquistas que los tenían alquilados.

Eso le gustaba. Esas personas no harían preguntas y probablemente no colaborarían cuando, inevitablemente, llegaran sus perseguidores.

No se hacía ilusiones sobre sus rastreadores. Ahora se encontraba a sus espaldas, pero antes de abandonar la caza volverían a revisar cada pista; empezarían por comprobar, una y otra vez, todos los hoteles, paradores, hostales, etc., y acabarían por hacerlo con las tiendas.

El truco estaba en el cálculo del tiempo.

La tienda se convirtió pronto en su base de operaciones. Hizo provisión de alimentos secos para dos semanas, un botiquín de primeros auxilios, ropa y armas básicas, tanto compradas como robadas, y tapizó las paredes de mapas meticulosamente marcados y de gráficos complejos.

De noche estudiaba el instituto; a menudo corría el extraordinario riesgo de entrar por la puerta principal y allanar los despachos para leer los expedientes.

De día, dibujaba los gráficos, los pegaba en la pared y los examinaba durante horas, en un intento de hallar una pauta, el mensaje secreto que lo llevara a donde quería ir.

No obstante, no había encontrado la respuesta.

Pero poco le faltaba para hacerlo.

De los memorándums que fotocopiaba a toda prisa en el instituto y leía tranquilamente en su tienda había deducido la existencia de una «teoría de extraña definición» acerca de él. Y al parecer esa teoría, si bien obviamente controvertida, era la que orientaba las acciones del gobierno.

Observaba a Patricia en su despacho, mientras llevaba a cabo sus guardias o conducía su coche del trabajo a casa y de casa al trabajo. Había pensado en su hipótesis, que había provocado su sustitución provisional, y se preguntaba si era la misma que figuraba en los memorándums.

En una ocasión, incluso entró en su dormitorio y la contempló mientras dormía, jugueteando con la idea de obligarla a darle la respuesta.

Sabía que le resultaría fácil, pero ese paso irrevocable estimularía a sus perseguidores y eso era algo que no deseaba hacer.

Todavía no.

De modo que se contentó con una breve lectura del contenido de su maletín. Un esbozo para un artículo sobre algo que llamaba *Homo crudelis*, hombre de corazón de piedra. Lo apartó sin más; el concepto suponía una interesante masturbación mental pero no tenía nada que ver con su problema.

Entonces, se le ocurrió algo y esbozó una sonrisa pícara.

Al despertar, Patricia encontró una flor en la almohada, junto a su cabeza. La exaltación no tardó en reemplazar al temor.

En tres de las cinco noches siguientes, un intruso silencioso e invisible la visitó y en cada ocasión le dejó una flor.

Y en cada ocasión hojeó el contenido de su maletín.

Por primera vez, Patricia sentía que controlaba una situación de la que no había hablado con nadie. Y empezó a registrar sus pensamientos en un diario secreto, que guardaba en un archivador cerrado con llave en su despacho del instituto.

«Newman tiene miedo —escribió—, se siente solo y se vuelve hacia la única persona en el mundo con quien se siente vinculado. Una relación, probablemente sexual, se ha establecido entre el sujeto y la terapeuta; es algo frágil, pero si se alimenta con cuidado (teniendo en cuenta el bienestar de la terapeuta), puede llevar a un retrato del sujeto más claro que los que tenemos hasta la fecha.»

Y empezó a alimentar la relación.

Metía en el maletín documentos más detallados en aras de la educación de su visitante nocturno. Su sueño era más ligero y cuando se acostaba se ponía su ropa más femenina, más sensual, más sugerente, la que Newman prefería, estaba segura. Muchas veces, al oírlo merodear por la casa pensó en abordarlo o en abrir los ojos cuando percibía su presencia junto a la cama.

Sin embargo, creía que el siguiente movimiento debía venir de Newman. Y esperaba.

No obstante, las visitas se espaciaron y ella empezó a echar de menos las flores y a deplorar el fin de otra relación de Patty *la Clínica.*

Newman observaba, leía, se ocultaba de día y buscaba respuestas después de esconderse el sol.

Hasta la noche, dos semanas después de su fuga, en que, por casualidad, vio a Beck andar por el Campo del diablo.

Newman, cuyos fondos empezaban a menguar, había ido al distrito rojo en busca de víctimas que llevaran dinero y que probablemente no informarían del robo.

Mientras valoraba a una posible víctima se quedó boquiabierto al vislumbrar al general pasar de largo con el cuello del abrigo levantado para ocultar su identidad. Se olvidó del dinero y se convirtió en su sombra.

Lo vio entrar en el club de Ghislain.

Esperó dos horas a que saliera, pálido y agotado.

Gastó lo que le quedaba de dinero en sobornos para obtener información acerca del club y de Ghislain y para el billete de autobús que lo llevó a la casa de éste en las afueras de Munich.

Y, ahora, iba a llevar a cabo su plan.

Estudió el callejón, vacío aún; miró su reloj: faltaban cinco minutos. Se acercó al cubo de basura debajo de la escalera.

Ghislain había sido un enigma para él hasta que se dio cuenta de que carecía del todo de escrúpulos o sentido moral, justo la clase de persona que precisaba.

Sabía que acabaría por traicionarlo; se le veía en los ojos, con grandes y verdes signos de dólares, pero lo aceptaba, al menos sería una traición honesta, motivada no por la conveniencia política, sino por la codicia.

Además, esa traición contribuiría en cierto modo a sus planes.

Se subió al cubo, sonriente.

Era la una y cuarto.

Hora de empezar.

A Beck le gustó la habitación del ático pero se sentía incómodo.

Como nunca había estado en ella la recorrió palmo a palmo para asegurarse de que no hubiese cámaras o micrófonos ocultos. Por fin, satisfecho, se sentó en una mecedora antigua y esperó a la chica.

Estaba cansado. ¡Dios, qué cansancio! Lo sentía en cada músculo del cuerpo, en cada fibra del cerebro. No dormía, casi no comía, se estaba desmoronando en casi todos los sentidos. Y, sin embargo, por pura fuerza de voluntad había conseguido conservar la apariencia de cordura.

No le había resultado fácil.

Desde la fuga de su antiguo agente lo torturaban pesadillas de un demoniaco Newman acechando a un mundo confiado. Beck iría siempre a la zaga, al azar; encontraría los cuerpos desmembrados, justo cuando exhalaban su último aliento o en avanzado estado de descomposición.

Y todos le mirarían al alma con sus ojos muertos; lo acusarían en silencio y lo enviarían al infierno para toda la eternidad.

De modo que había vuelto al club de Ghislain.

La suave llamada a la puerta lo hizo encogerse. Se controló, se estiró la americana y respiró profundamente.

—Adelante.

Era joven, no tendría más de veinte años. Su dulce rostro de expresión vulnerable, su brillante cabello rubio, su cuerpo voluptuoso debajo de la ropa clásica era exactamente lo que había pedido y más.

—Siento haberle hecho esperar —le dijo con dulzura, acercándose, y le tendió la mano—. ¿Qué puedo hacer por usted esta noche?

Beck alargó lentamente el brazo y le estrechó con fuerza la mano.

—No estoy seguro de que pueda —Su voz se enronqueció por la lujuria y el dolor que, aunados, formaban una emoción única, sin nombre y siniestra.

—Por favor, señor —repuso la joven con remilgo—, puede contarme lo que quiera.

Beck tiró de ella y la cogió por las nalgas, apretándola contra su rostro.

Ella se removió, incómoda.

—¡Por favor, señor, esto no está bien!

Beck la cogió de nuevo; la chica pugnó por soltarse, perdió el equilibrio y cayó al suelo. Él se le echó encima y ella luchó.

—¡Zorra! —Empezó a arrancarle la ropa—. ¡Pequeña calientabraguetas! ¡Crees que puedes analizarme!, ¡que puedes meterte en mi cabeza! —Le arrancó la blusa y le subió la falda—. ¡No te hagas ilusiones! —Le arañó los pechos desnudos.

En ese momento, encendido por la excitación, la rabia, con la piel roja como una remolacha, mientras alcanzaba el clímax del asalto a la supuestamente indefensa víctima, sintió el roce de una suave y fresca brisa nocturna en la mejilla, una caricia tan inesperada que lo distrajo un momento, aunque lo pasó por alto y se centró de nuevo en la chica.

—Llámame… Newman —gruñó—, Brian Newman.

—Eso podría dar lugar a confusiones —manifestó una voz conocida desde un rincón.

Beck se quedó petrificado.

Sus ojos escudriñaron la habitación hasta vislumbrar a Newman, de pie junto a las cortinas de terciopelo y con expresión de tristeza.

La chica recogió su ropa sin hablar, salió y cerró la puerta.

Los dos hombres se miraron fijamente durante un minuto entero y entonces, poco a poco, Beck se sentó en el suelo.

Newman se adentró en la estancia y se paró entre aquél y la puerta; lo vio echar una ojeada furtiva hacia su abrigo, que se hallaba al pie de la cama. Sonrió al reconocer simultáneamente el bulto en la prenda y la expresión de Beck.

—Sabes que no llegarías —declaró con desenfado—. Me conoces, ya sabes lo que quiero decir.

El general se mordió el labio inferior, al parecer cediendo ante lo inevitable y, de pronto, ¡se abalanzó sobre la cama!

El talón de Newman, en la región lumbar, lo hizo caerse dolorosamente a pocos centímetros de la pistola de su abrigo. Desesperado, intentó alcanzarla de nuevo pero Brian, a su espalda, le cogió los dedos y se los dobló hacia atrás, lo obligó a arrodillarse y le dio un rodillazo en la cara.

Quebrantado, en un charco de sangre y de pecados irredimibles, Beck se desmoronó a los pies de Newman. Se volvió hacia su enemigo/amigo, su alumno/creación y lo miró con una expresión mezcla de profundo dolor, terror y alivio en los ojos legañosos.

—¿Has acabado? —Newman sonaba calmado, triste, casi condescendiente.

Beck guardó silencio largo rato.

—¿Vas a matarme?

Se encogió de hombros y lo estudió.

—Interesante la escena que acabo de presenciar.

Beck quería desviar la vista, desaparecer en la mullida alfombra y nunca más ser visto; sin embargo, se limitó a seguir observando a su discípulo.

Éste sacó la 45 del abrigo de Beck y se sentó con toda tranquilidad en la mecedora antigua, junto a la puerta.

—Tendrás que perdonarme pero mis habilidades freudianas ya no son lo que eran... ¿Se trata de un deseo que quieres convertir en realidad o de que te castiguen por tus pecados? —No obtuvo respuesta—. ¡Oh, vamos! —lo regañó—, no seas mal perdedor. ¿Qué es? —Esbozó una sonrisa de auténtica diversión.

—¿Qué quieres? —logró preguntar el general.

—Muchísimas cosas, te lo aseguro. ¿Puedes ser más concreto?

Al cabo de un largo silencio que Newman no iba a romper, obviamente, Beck negó con la cabeza.

—Nunca te saldrás con la tuya.

—Ya lo he hecho. ¿O no te habías fijado? —Se paró—. Por cierto, sólo por curiosidad, ¿cómo se llamaba?

—¿Quién? —La confusión de Beck dio paso al entendimiento—. Oh... Leonard Pelikan. Tenía esposa y tres hijos, por si te interesa —espetó.

Eso no pareció impresionar a Newman.

—Espero que tuviera un seguro de vida. —Agitó la cabeza con parsimonia y contempló sin pestañear a su antiguo superior—. ¿Qué diablos te ha pasado en los últimos seis años y medio? —Su voz adquirió un deje de auténtica preocupación con una pizca de compasión.

Beck bajó la vista hacia la alfombra.

—Envejecí.

—¡Una mierda!

—Me cansé.

—¡Y una mierda!

El hombre mayor alzó los ojos, que empezaban a humedecerse.

—Me desgasté.

Newman asintió.

—Eso sí que me lo creo.

—¿Puedo levantarme?

Afirmó con la cabeza y señaló la silla que había delante de él. Sonrió mientras Beck se arreglaba la ropa, se ponía en pie y se sentaba.

—¿Cómo ocurrió? —preguntó con sinceridad.

El otro se encogió de hombros.

—Demasiados años luchando en las guerras de otros, supongo. Demasiados amigos enterrados en tumbas sin nombre en lugares inalcanzables. Demasiados recuerdos compartidos de su dolor. Demasiada sangre. Demasiados cuerpos. Demasiado, punto.

—Conmovedor. —Newman contuvo la risa—. Me lo imagino: El sensible coronel, ay perdón, general, llorando la muerte de sus hombres, sintiendo su dolor, sus horrores. —Su rostro adquirió una expresión sombría—. Qué raro, no recuerdo haberte visto en ninguna de mis celdas.

—Traté de sacarte —murmuró.

Newman no le hizo caso.

—Te busqué, ¿sabes? Cuando empezaron con sus... ¿cómo lo llamaban?... ¡Ah sí! Sesiones de intervención. ¡Eso es! —Se inclinó—. Empezaban con sus sesiones y te buscaba. Me ponían electrodos en los huevos y te buscaba. Me metían agujas con Dios sabe qué que me picaba en las venas y te buscaba. Los elementos de calor atados en las plantas de los pies y te buscaba. —Hizo una pausa como sumido en sus recuerdos—. La araña y te buscaba. ¡Cómo no! —Su voz bajó, se tornó peligrosa—. ¡Dios, cómo quería compartirlo contigo!

Beck temblaba ligeramente.

—No lo entiendo. ¿La araña?

El rostro de Newman se alegró.

—¿Quieres decir que no lo sabes? ¿No figuraba en los informes o en las carpetas que te dieron nuestros queridos nuevos amigos, los rusos? —Sonrió y se puso en pie frente a Beck—. Pues deja que te dé un informe completo.

—No tienes por qué hacerlo —repuso el general y un músculo de su mejilla empezó a moverse involuntariamente.

—¡Pues sí! ¡Claro que sí! ¿Qué clase de soldadito de juguete sería si no lo hiciera?

Newman paseó la vista por la habitación y encontró lo que buscaba. Fue hacia la cortina y le arrancó el cordón. Mientras caminaba de vuelta hacia Beck le hizo sendos nudos corredizos en ambos extremos.

—Es un juego interesante, al que a mis inquisidores les gustaba practicar conmigo cuando creían que dejaba de prestarles atención. —Sostuvo las dos puntas delante de Beck—. Levántate —le ordenó amablemente.

—Por favor, no lo hagas —pidió con tono miedoso, casi infantil.

—Levántate.

Beck lo obedeció poco a poco.

Él le echó un brazo por los hombros y lo guió hasta el centro de la habitación.

—Lo primero que hacían era pasar la mitad de la cuerda por un gancho de lámpara. —Newman echó el cordón por un gancho que había instalado en el techo unos días antes—. Entonces me pasaban la muñeca derecha por un nudo. —Hizo lo que describía—. Y mi tobillo izquierdo por el otro. —Se metió la pistola en el cinturón y sostuvo el cordón delante de Beck—. Por favor, general. —Dobló la pierna izquierda hacia atrás, alzándola unos seis centímetros por encima del suelo.

Beck no se movió; mantenía un equilibrio precario sobre unas piernas que apenas lo sostenían.

—¡Vamos, general! Ésta es tu oportunidad. ¡Estaré a tu merced! —Sonrió, con una sonrisa nada tranquilizadora—. ¡Hazlo! —le ordenó.

Éste cogió el cordón y, con manos temblorosas, lo pasó por la pierna doblada de Newman.

—Bien. Ahora tira fuerte de los nudos. —El agente parecía muy relajado—. Tarda en funcionar, pero creo que entiendes el principio. Pasado un rato, mi pierna derecha ya no aguanta y dejo caer el pie izquierdo. Eso levanta de golpe mi brazo y éste corre el peligro de salirse de cuajo. —Sus ojos pugnaban contra los de Beck—. Estoy a tu merced, general. —Éste no se movió—. Como lo estaba de nuestros nuevos amigos los rusos —añadió con frialdad—. No puedo hacer nada. Soy todo tuyo. Puedes permanecer ahí, esperando a que mi pierna ya no me sostenga y luego puedes observar un rato cómo cuelgo, o puedes llamar a los rastreadores, hacer que vengan, me metan en una camisa de fuerza y me lleven.

Los temblores recorrían todo el cuerpo de Beck. Dio un paso hacia la puerta y se paró. Dio un paso hacia Newman y se detuvo. El sudor le chorreaba, le manchaba la camisa, goteaba sobre la alfombra, le escocía en los ojos.

—¡Vamos, Alex! ¡Ésta es tu gran oportunidad! ¡Tú decides! —Hizo una pausa—. O tal vez prefieras coger tu pistola y matarme personalmente.

Beck había estado mirando el suelo pero levantó la cabeza de golpe al escuchar eso.

—¿Qué?

—Venga —lo provocó Newman en un susurro seductor—, hazlo. Vuélame la tapa de los sesos, que se desparramen por esta bonita alfombra azul. Haz bonitos dibujos con mis entrañas en la pared. Vamos, juega limpio, sé mi amigo… ¡Sé un héroe!

De pronto, Beck dejó de temblar. Se enderezó, respiró profundamente varias veces, con dificultad y dio un paso hacia Newman.

—Eso es —lo tentó—, sólo faltan unos metros.

Beck empezó a alargar el brazo, trató de bajarlo hacia la pistola; extendió el otro brazo e intentó desesperadamente cogerla con ambas manos.

El sudor le corría por los dedos. Abrió y cerró la boca sin control. Respiraba con dificultad, entrecortadamente y sus ojos se habían vuelto vidriosos.

Newman agitó la cabeza sin dejar de observarlo.

—Está bien, Alex —dijo, tranquilizador—, está bien, viejo.

Beck dejó caer los hombros y un momento después le había quitado el cordón del tobillo.

Newman no apartó los ojos del hombre destrozado. Despacio, muy despacio, se quitó el nudo de la muñeca.

—¿Sabes, Alex? Después de esta noche, no volveremos a vernos.

—Lo sé.

—Hay algo que quiero que sepas antes de que sigamos.

—¿Sí? —Diríase que Beck llevaba un siglo despierto.

Newman pasó un brazo por sus hombros.

—Sí... No soy tu error.

Ambos guardaron silencio largo rato hasta que Beck lo rompió.

—Gracias —murmuró.

Newman esbozó una sonrisa amistosa.

Después alzó el cordón.

—¿Empezamos?

Beck lo miró, lo cogió y pasó la muñeca por el nudo.

CAPÍTULO ONCE

Era casi de día.

El profundo azul del cielo nocturno empezaba a dar paso a los grises igualmente profundos.

Sin importar cuánto lo deseara Beck.

Sentado en una de las mecedoras se frotaba la dolorida pierna con el ego herido. No había sufrido un daño verdadero, no en un sentido físico, no se le había roto ningún hueso ni tenía magulladuras evidentes. Pero sí que tenía una herida, una herida profunda que alcanzaba ese lugar secreto donde más protegemos nuestro ser.

¡Y el dolor era indecible!

Había durado casi cinco horas, despiadadas, implacables. Técnicas cuidadosamente ideadas para obtener los mejores resultados, para asegurar que no mintiese, para anticipar y burlar las defensas del entrenamiento y los trucos improvisados.

Newman había aprendido bien de sus maestros rusos.

El general le contó lo poco que sabía. ¿Por qué no? Tenía derecho a saberlo y, de todos modos, acabaría por enterarse.

¿Cómo no iba a enterarse?

Beck ya empezaba a ver abiertamente a Newman como siempre lo había visto en secreto, como una fuerza de la naturaleza, un Leviatán humano capaz de cualquier cosa, en cualquier lugar, en cualquier momento, lo que Kapf llamaba el *Uber Mensch.*

El imparable superhombre de los sueños de Nietzsche y de las pesadillas de los filósofos.

No tardó mucho en hablarle de la teoría de Patricia, al menos lo que entendía. Le habló de la hipótesis de Clemente.

¡Diablos!, incluso le contó la teoría de Mont sobre la neurosis antisistema.

Pero no mencionó a Kapf.

¿Por qué? Ni siquiera ahora lo sabía con certeza.

No obstante, se aferró a eso con la persistencia de una ostra a su perla, una perla que no quería que Newman viera.

Éste se mostró considerado, tan considerado como puede serlo un torturador con su víctima. Podría haberlo presionado más, haberle hecho más daño físico, más intensamente, pero se había contenido.

Diríase que aún ahora, una vez derribadas todas las barreras entre ellos y arrojado al húmedo desagüe del pasado toda la miseria que había habido entre ellos, aún así, Newman no se decidía a torturarlo de veras.

Habían pasado demasiado juntos.

Pero podía hacer preguntas.

Y podía exigir respuestas.

Preguntó por los rastreadores. ¿Quién estaba al mando? ¿Cómo era? ¿Dónde tenía su cuartel? ¿Cuántos, dónde, cuándo...? Pero siempre regresaba al tema central.

¿Por qué?

Y Beck contestaba lo mismo siempre, en todo momento.

«Órdenes de una autoridad superior.»

Había supuesto que eso lo encolerizaría, que un frenesí de furia emocional y física lo impulsaría a poner fin a la sesión en ese mismo instante y, con suerte, para siempre.

Pero la reacción fue la misma siempre.

—¿De quién? ¿Con permiso de quién? ¿Qué saben? ¿Por qué?

Y empezaban de nuevo. Las respuestas salían, como sangre espesa que mana de una herida abierta, lentamente, cada vez más lentamente, pero constantemente y sin fin a la vista.

—Patricia... evolución; Clemente... enfermedad; Mont... neurosis.

Y la mente de Beck daba vueltas.

«¡No menciones a Kapf! ¡Kapf, no! ¡No le hables de Kapf! ¡Guárdatelo! ¡Guárdate algo! ¡Gánale en algo! Tengo que ganar en algo, sólo una victoria. He de tener algo, lo que sea... ¡Ay Dios! ¡Dios mío! ¿Dónde estás? ¡Aquí! ¡Por favor! No. No. ¡No debo llamar a Dios! Podría darse cuenta. ¡No puedo dejar que lo vea! No puedo dejar que se entere... ¡Oh diablos! ¡Sálvame!»

Y entonces se acabó.

Newman lo ayudó a acostarse, le curó la muñeca y el tobillo raspados por el cordón; le trajo una toalla húmeda y fría del cuarto de baño y agua también fría para aliviar la garganta seca.

—Haré que te manden hielo para el hombro —le dijo, tranquilo—. Puede que tengan linimento o algo parecido. —Se dirigió hacia la puerta y se volvió hacia él—. Si sales de esta habitación en menos de tres horas, serás hombre muerto. Después, no me importa lo que hagas. —Estudió a su antiguo mentor un momento—. Eres un hombre interesante, general. Un hombre interesante. Es una pena que no tengas la menor idea de lo que pasa.

—Lo sé —murmuró Beck.

—¿Qué has dicho?

—Que lo sé.

—¿En serio?

Newman regresó a la cama y lo estudió con mirada de cirujano.

Mandíbula apretada, expresión resuelta, ojos enrojecidos de agotamiento y dolor. Miró a Newman, no con miedo a morir o a sufrir más, sino con algo completamente distinto, con un miedo profundo, un miedo que le desgarraba el alma, como un adivino que en su bola de cristal ve, más que su propia muerte, la de mucha gente, centenares, millares, millones.

Todo el mundo.

Los dos se miraron fijamente más de dos minutos, después Newman asintió con la cabeza lentamente.

—Bien. —Se encaminó de nuevo hacia la puerta—. Pero hagas lo que hagas —sugirió entre risas—, hazlo con tu propio nombre, ¿de acuerdo? Me da demasiada vergüenza que uses el otro. —Se volvió y salió de la habitación, risueño.

Ahora, en la mecedora, Beck se enderezó. Se desabrochó la camisa poco a poco y se quitó con cuidado los zapatos y los calcetines. Cinco minutos después se hallaba desnudo y su ropa, cuidadosamente doblada al estilo militar, a los pies de la cama.

—He vivido un día de más —murmuró al entrar en el cuarto de baño. Al cabo de un momento se oía correr el agua de la ducha—. Un día de más.

En el otro extremo de Munich, en la base aérea de Furstenfeldbruck, alguien se hacía eco de una variación de ese pensamiento.

—Demasiado tiempo —se decía Ruinov, a la espera de que su Airbus Ilushyin dejara de rodar por la pista—, lleva demasiado tiempo suelto.

El vuelo desde San Petersburgo, sin escalas y entre tormentas, había puesto de un humor de perros al antiguo comandante del centro de detención. O acaso fuese por los despachos que había recibido. En todo caso, había decidido que alguien lo iba a pagar muy caro.

Siguiendo la mejor tradición de los comandos Spetzna, con los que había servido con orgullo antes de su exilio como «guarda de prisión», Ruinov mantuvo una expresión impenetrable en la interminable cola de la aduana. Resultaba fácil, teniendo en cuenta que su mente vagaba por otros derroteros.

La noticia de la fuga de Newman había conmocionado a la pequeña parte de la comunidad de los servicios secretos rusos que conocía su caso.

Quienes habían intentado detenerlo siete años antes brindaron por el éxito de los que tendrían que tratar de atraparlo ahora.

Los que habían intentado interrogarlo lo veían como un castigo divino para los norteamericanos que lo habían creado.

Quienes lo habían encarcelado, gentes como el coronel Ruinov y los guardias supervivientes del centro disciplinario 6210, rezaban en privado o se arrodillaban en oscuras iglesias para que lo atraparan antes de que... O bien volaban hacia Munich a través de las tormentas.

Después de cuarenta minutos, Ruinov pasó sin problemas por la aduana. Buscó a su contacto en la sala de recepción, reconoció el procedimiento de identificación y se unió al hombre alto que se había encontrado con Tabbart.

—¿Está todo dispuesto? —susurró mientras caminaban.

—Todo lo que he podido con la información que poseo —contestó el hombre alto.

Subieron a una furgoneta Volkswagen, estacionada en doble fila como era costumbre en Munich.

—¿Lo ha visto alguien?

—No.

—¿Alguna pista?

—Ninguna.

Ruinov repasó mentalmente todas las posibilidades.

—¿Es seguro que los norteamericanos creen que se encuentra todavía en el país?

El hombre alto enfiló la autopista y aceleró a 110 km por hora.

—Al parecer hay opiniones contrapuestas en el equipo de búsqueda. El comandante ha pedido permiso para redoblar la vigilancia en un radio de setenta y cinco kilómetros en torno al instituto, aconsejado por uno de los médicos destinados al equipo. Los altos mandos creen que ha salido del país.

Ruinov reflexionó.

—¿Qué dice nuestro experto?

El conductor sonrió.

—Lo sabremos en el desayuno, coronel, se lo prometo. —Percibió la creciente incomodidad de Ruinov—. No se preocupe, señor, si sigue aquí, se lo encontraremos.

Él asintió y clavó la vista en el paisaje.

El hombre alto siguió conduciendo, echando una ojeada al coronel de vez en cuando.

—Bueno —preguntó al cabo de un rato—, ¿qué ha hecho ese cabrón para que un coronel del mando de seguridad septentrional venga a por él?

Ruinov continuó mirando por la ventana.

—Nada todavía… —murmuró—. Eso espero.

Una hora después del amanecer, ese pensamiento encontraba eco en el cuartel general casi vacío.

Las pocas personas presentes se preparaban poco a poco, todavía somnolientas, para las actividades de la jornada.

Llevaban treinta y cinco días trabajando sin cesar. Seguían todas las pistas, todas las posibilidades por muy improbables que fuesen, pero no encontraban el menor rastro de su presa; una situación sin precedentes para ese equipo de élite de búsqueda urbana. Y en todo ese tiempo, la inmensa faz de Newman los había contemplado con lo que parecía una franca diversión.

Tabbart entró en el granero adaptado para cuartel general, saludó con una inclinación de cabeza a algunos miembros del personal del turno de mañana, sonrió y aceptó una taza de café imbebible y charló acerca del tiempo. Finalmente, se encaminó hacia el «despacho nocturno», el centro de comunicaciones desde el que se canalizaban todos los informes y las pistas recibidas por la noche.

—Buenos días, sargento —dijo con su mejor tono de profesional simpático—. ¿Cómo se encuentra esta bonita mañana?

El cansado hombre se frotó los ojos.

—No lo sé. Usted es el matasanos.

Tabbart se rió, aunque le repelía esa palabra.

—No lo veo peor que a los demás —comentó amablemente.

El sargento sonrió.

—¿Tan mal?

Tabbart se encogió de hombros.

—Nuestro problemático chico los ha mantenido muy ocupados a todos, ¿verdad?

—Es como si hubiese desaparecido de la faz de la tierra —respondió, agotado, el sargento—. Nunca había visto antes algo parecido... ¡Es condenadamente frustrante!

El médico señaló una silla a su lado; el sargento la sacó y Tabbart se sentó.

—¿Sabe? Tal vez le convenga hablar de esto con alguien. He mencionado al capitán Kilgore que mi personal está dispuesto a asesorar a quien lo necesite.

El sargento sonrió.

—¿Quién tiene tiempo para eso? De momento trabajamos turnos de dieciséis horas, lo que nos deja ocho horas, apenas suficientes para comer y dormir... Eso si no interrumpen nuestro sueño para que vayamos corriendo tras otra pista falsa.

—Parece que eso debe causarles mucho estrés —lo incitó.

—Y que lo diga.

Tabbart miró alrededor y se acercó más a él.

—Si desea hablar...

—Creo que no —respondió a toda prisa el sargento—. No se ofenda, pero aquí lo primero es la seguridad.

Tabbart esbozó una sonrisa de padre paciente.

—Claro, así debe ser —dijo con amabilidad alentadora—. Pero ¿sabe?, tengo acreditación para asuntos de máxima seguridad, como muchos de mis directivos; es una consecuencia necesaria del importante trabajo que realiza el instituto para su gobierno.

Sacó su tarjeta plastificada y se la enseñó.

El sargento la examinó minuciosamente.

—No lo sabía —declaró obviamente impresionado.

—Bien —lo exhortó Tabbart—, si desahogarse le hace sentirse mejor… —dijo con una sonrisa paternal—, me encantará escucharlo.

El joven miró al creciente número de militares que entraban en la sala.

—No lo sé… Si los otros se enteraran…

El director del instituto se puso en pie y le dio una palmadita en la espalda.

—Lo entiendo, de veras. ¿Cuándo acaba su turno?, ¿dentro de quince minutos?

El sargento asintió.

Tabbart se puso serio.

—Y si cuando termine su turno decidiese usted salir a pasear y mientras pasea, digamos que por ese campo, nos encontráramos y camináramos juntos, sería algo del todo inocente, ¿no cree?

El hombre sonrió.

—Sí, lo sería.

—Dos compañeros que pasean al frescor de la mañana… —Tabbart le guiñó el ojo—, resultaría de lo más terapéutico, ¿no?

Un breve asentimiento de cabeza fue la respuesta del sargento, que se dedicó en seguida a ordenar unos papeles.

—Esto empieza a llenarse, doctor, y tengo que acabar con esto antes de que termine mi turno.

Tabbart le hizo una media reverencia.

—Por supuesto, disculpe mi interrupción, por favor. —Se volvió hacia la puerta—. Creo que daré un corto paseo por el campo. —Se alejó a paso lento, sin dejar de saludar y charlar con los militares que se presentaban para el cambio de turno.

El sargento lo miró y se concentró en su trabajo.

—El tipo no es tan cabrón después de todo —murmuró para sí antes de contestar al teléfono.

Dos horas después, en la cafetería del distrito Reisch, Tabbart se sentó en un reservado enfrente del hombre alto y de Ruinov.

—Maddalena —susurró el hombre alto—, quiero presentarte a mi compañero de Moscú, Sergei Jov. —Se volvió hacia Ruinov—. Sergei, tengo el enorme placer de presentarle a nuestro más fiel y atareado colaborador, Maddalena.

El coronel Ruinov estrechó la mano de Tabbart.

—Doctor, es un gran honor conocer a un hombre de su valor, fortaleza, inteligencia y fidelidad —manifestó Ruinov en voz baja pero respetuosa. Tabbart sonrió, radiante de satisfacción—. ¿Sabe? —continuó Ruinov—, admiro su trabajo desde hace muchos años y me halaga que haya aceptado recibirme con tan poco tiempo de antelación.

Él le restó importancia al cumplido con un gesto de la mano.

—Por favor, Herr Jov, cualquier cosa que pueda hacer para ayudar a su noble… hum, empresa es un honor para mí.

El coronel asintió con la cabeza.

El médico era exactamente cómo lo describían su expediente y el hombre alto: egocéntrico, servil y propenso a darse aires.

—No quisiera ser maleducado —insistió Ruinov y se inclinó por encima de la mesa—, pero tengo entendido que puede ponernos al día sobre… ¿digamos que sobre la situación?

Tabbart asintió.

—Por supuesto. Siendo como usted un funcionario importante, entiendo las exigencias a que se ve sometido. —Se estiró e hinchó hasta alcanzar toda su pequeña estatura.

Ruinov le sonrió y contuvo el impulso de darle un bofetón.

—Gracias por su comprensión.

—No es nada. Bien, vayamos al grano. —Revisó con la mirada la cafetería medio vacía antes de hablar—. He obtenido las últimas informaciones del equipo de búsqueda, efectivas hasta las siete de esta mañana.

Ruinov se volvió hacia el hombre alto.

—Ese hombre es exactamente como las descripciones que he leído, y más. —Para su propio asombro, el comentario no le hizo vomitar.

—Sigue, por favor, Maddalena —lo alentó el hombre alto.

El doctor Tabbart sacó una pequeña libreta y consultó sus notas mientras hablaba.

El coronel se encogió. Llevar notas por escrito era una de las cosas más prohibidas para los agentes, pero en ese instante la información le era más necesaria que la disciplina.

De momento.

—Han ocurrido tres cosas desde mi último informe. —Tabbart hizo una pausa—. ¿Lo ha recibido o prefiere que recapitule?

—Continúe, por favor, doctor. Sus informes han sido sumamente minuciosos e informativos.

Éste se pavoneó.

—Como quiera. —Revisó sus notas—. Primero: Si el equipo de búsqueda no obtiene resultados concretos en setenta y dos horas, regresará a su cuartel.

—Vaya.

—Sí. Están de lo más frustrados. Tengo entendido que es la primera vez que no han podido cazar a su presa y se lo están tomando muy a pecho.

—Discúlpeme si lo interrumpo, doctor...

—No se preocupe. Tómese la libertad de pedirme que aclare cualquier detalle que le cause perplejidad, Herr Jov. Después de todo, soy un experto.

Ruinov sonrió.

—Ya me doy cuenta, doctor... ¿Por qué cree usted que no han podido capturarlo?

Tabbart pareció reflexionar a fondo.

—Es tal la rigidez de su estructura de mando que, en mi experta opinión, son incapaces de adaptarse a las condiciones siempre cambiantes de la búsqueda y eso los coloca en una posición ineficaz al perseguir a un sicópata, que actúa sin razón ni método.

El coronel asintió, al parecer impresionado, y decidió que no ganaría nada pidiéndole su parecer. No obstante le sonrió.

—Continúe, por favor.

—Lo segundo es aún más extraño. Uno de los miembros más importantes de mi personal, el doctor Kapf, ha cometido la tontería de convencer al comandante del equipo de búsqueda de que retire a sus hombres de los puntos más alejados y se concentre en los pueblos y las ciudades que rodean el instituto. Se engaña creyendo que Newman... perdón, el hombre... ha adquirido un vínculo con el lugar, como si fuese un salmón, y que lo encontrarán relativamente cerca de él.

La cara de Tabbart expresaba un desdén absoluto.

Ruinov se lo pensó. Lo que había leído sobre Kapf lo había impresionado; era reputado por su ponderación, su minuciosidad y su perspicacia intuitiva. Cualquier teoría suya merecía una atención detenida, pese a lo que postulaba ese tonto.

—Y... Espero no estar adelantándome, doctor, ¿lo tercero?

—Ah sí. Lo tercero. —Tabbart sonrió—. Parece que ha desaparecido el hombre que posee el mando nominal.

—¿El general Beck?

—El mismo.

—Siga, doctor. Cuenta usted con toda mi atención.

Ruinov se hizo una imagen del hombre cuyo expediente había estudiado con tanta diligencia durante el vuelo desde Rusia. Un hombre muy parecido a él, un combatiente de los que ya no permitían participar en la batalla. Asesinos con experiencia, cuyo único propósito, deseo, ruego era poner fin a una peste humana, un fin a Brian Newman.

Trató de concentrarse en lo que decía Tabbart.

—Se suponía que el general iba a informar a Washington esta mañana, a las cuatro, por el canal de seguridad. Como no llegó a tiempo mandaron llamar al capitán Kilgore, el comandante del equipo. Éste ordenó que trajeran a Beck al cuartel pero se encontraron con que no había nadie en su alojamiento y que no había dormido en su cama.

—Vaya —exclamó el hombre alto, impresionado por primera vez por la información.

—Sí. Todavía no han informado a Washington, pero han empezado a buscarlo.

—¿Tienen alguna hipótesis? —insistió Ruinov, aunque su propia mente le presentaba varias posibilidades.

Tabbart se encogió de hombros.

—Si las tienen, se las guardan de momento. Sin embargo, seguiré investigando... Por supuesto, tengo mi propia teoría al respecto —añadió esperando a que se la preguntaran.

—Por favor, doctor, le agradecería cualquier ayuda que pueda darme. —Ruinov lo complació, aunque no le prestó atención.

231

—Llevo muchos meses observando al general de cerca y he llegado a ciertas conclusiones. Posee una personalidad inferior, carece de disciplina personal y a menudo reacciona negativamente a la más mínima crítica... En mi opinión, ha sucumbido a la presión de la situación y se ha ido a emborracharse. Probablemente lo encuentren inconsciente en algún arroyo.

Ruinov guardó un largo silencio. El hombre alto seguía sonsacando a Tabbart, pero como el coronel sabía que ya no diría nada interesante, dejó que su mente vagara.

Sobre Kapf, sobre Beck y, como siempre, sobre Newman.

A media hora de distancia de la cafetería, a salvo en su tienda, Newman sacó sus compras de la mañana.

Café, una bolsa de salchichas con bollo, dos periódicos, cinta adhesiva y treinta rotuladores de diferentes colores. Destapó el café, dio un mordisco a una salchicha y se puso manos a la obra.

Poco a poco, con cuidado, separó cada página del periódico y las pegó, en capas dobles, a los cristales de las ventanas. Varias veces, durante los veinte minutos que tardó, salió a comprobar que no se veía el interior. Una vez satisfecho, colocó los rotuladores sobre una mesita de juego que había comprado y se volvió hacia las paredes.

El trabajo, basado sobre todo en lo que había memorizado y en libros que había comprado para la ocasión, resultó arduo. Al cabo de media hora se ató un pañuelo en la frente para evitar que el sudor le cayera por los ojos.

Empezó con un lápiz; dibujaba los contornos, borraba, ajustaba la altura, borraba, cambiaba el eje espacial. Poco a poco, el dibujo tomó forma en la pared que servía de lienzo. A continuación lo repasó con los rotuladores.

Seleccionaba meticulosamente un color para cada lugar; los rellenaba, cuidaba la perspectiva y el contorno, alteraba el bosquejo para que encajara con su visión a medida que avanzaba; experimentaba oscureciendo, aclarando, mezclando los colores, todo con el resultado final en mente.

A media mañana se dio cuenta de que tardaría muchas horas en hacerlo bien. Casi todo el día, quizá parte de la noche. Se veía obligado a ir al menos una vez más a la papelería a por más rotuladores cuando hubiese gastado los que tenía. Pero no podía detenerse hasta acabar.

Se trataba de una parte demasiado importante de su recién ideado «gran plan».

Al otro lado de la ciudad, rompiendo con su larga tradición de no dejarse ver en el Campo del diablo antes de las tres, Ghislain detuvo su Mercedes en el aparcamiento de su club. Activó la alarma, cerró con llave el aparcamiento, salió al callejón... y se quedó petrificado.

No supo por qué. No había razón, pero encontrarse en el lugar donde había visto a Apolión por última vez le puso los pelos de punta. Echó un vistazo alrededor, comprobó que el callejón estuviese vacío, evitó mirar la escalera de incendios y entró en el club por una puerta lateral.

Primera parada: su despacho.

Abrió el aparador, rebobinó el vídeo de las cámaras ocultas de las escaleras y se acomodó en su asiento. Vio las imágenes —todas cronometradas— de sus chicas y sus clientes, corriendo y bajando a toda velocidad por la escalera.

Destapó la taza de plástico llena de café y tomó un sorbo. De repente, una imagen fugaz captó su atención. Detuvo la cinta, la corrió hacia atrás y volvió a pasarla a cámara lenta.

Hora: 5.23. Apolión bajaba tranquilamente sin percatarse de que lo estaban grabando.

Ghislain agitó la cabeza. ¡Llevaba más de cuatro horas con el otro hombre! Se negó a pensar en lo que le esperaba en el ático y se repantigó, dispuesto a acabar el café antes de empezar con la limpieza.

De repente, dio un respingo y se manchó de café el pantalón y la camisa.

Hora: 5.25. Salido de la nada, Apolión se acerca a la lente de la cámara oculta, la estudia con atención, sonríe y saluda con la mano. La palma de una mano grande cubre la cámara durante treinta segundos, se levanta y la imagen se aclara de nuevo.

Desesperado, Ghislain maldijo su propia torpeza, trató de recuperar la compostura, de calmar los latidos de su corazón y se puso el chándal que guardaba en el despacho. Y, a pesar del sordo dolor que le apretaba las sienes, salió y subió por la escalera.

A medio camino del primer tramo se detuvo para mirar el gran círculo dibujado en torno a uno de los paneles de espejo laterales, exactamente en el lugar donde se ocultaba tan hábilmente la cámara. Arriba, abajo y a cada lado, unas largas flechas señalaban el centro.

Encima de las flechas, en alemán, francés e inglés se leía: ¡CÁMARA!

Se frotó la frente, tragó unos tranquilizantes y siguió subiendo.

Frente a la puerta del ático respiró profundamente, movió el pomo y abrió.

Había visto muchas cosas desde el día que salió de aquella habitación: cadáveres, trozos de cuerpo, sangre, animales muertos, casi formaban parte de lo cotidiano. Pero algo en la escena que se presentaba ante sus ojos lo hizo pararse en seco y elevar una oración silenciosa.

Colgado del gancho que Apolión había instalado, balanceándose en un extremo de un cordón de cortina doblado, se hallaba el primer hombre que buscaba Apolión, aquel al que el propio Ghislain había conducido a esa misma habitación la noche anterior.

Estaba vestido, impecablemente vestido, con el cabello peinado hacia un lado, fijado con gomina; recién afeitado y, a juzgar por su olor, recién bañado y parecía que sus zapatos acababan de ser lustrados.

Sus ojos abiertos miraban, no al frente, sino hacia arriba, como si hubiese contemplado la cuerda hasta el momento de morir. La cabeza le caía ladeada sobre el hombro izquierdo y sus brazos pendían laxos a los lados.

Debajo de la correa de su reloj había una nota.

Ghislain la extrajo con cuidado, la desdobló y leyó las tres palabras garabateadas.

«Deber, honor, patria.»

Agitó la cabeza y se guardó la nota en un bolsillo.

Normalmente, el siguiente paso era rutinario; sin embargo, Apolión le había dado instrucciones sobre qué hacer si, cuando llegaba por la mañana, descubría el cuerpo sin vida del primer hombre.

Con cuidado enderezó el taburete que el suicida había obviamente empujado con los pies, sostuvo el peso del cadáver con un hombro y cortó el cordón.

234

Tumbó el cuerpo en el suelo.

Le desató el nudo, buscó otras notas en sus bolsillos y lo desvistió.

Nada de eso le gustaba, le repelía la tarea, pero Apolión había insistido en que lo hiciera así.

Y no estaba dispuesto a desobedecerlo... todavía no, al menos.

Fue al armario empotrado, sacó el paquete que sabía que encontraría y le puso al muerto la ropa que Apolión le había suministrado. Siguiendo las órdenes, le cambió la ropa interior, manchada por el muerto al ahorcarse.

Acabó en media hora.

Comprobó que todavía tenía el sobre sellado que Apolión le había dado en caso de que ocurriese algo así, sacó su teléfono móvil y marcó un número. Contestaron a la tercera llamada.

—Ghislain... Sí. Cierra el pico y escucha. Tengo un especial, ¿vale?... Sí. El ático. No... ¡He dicho que no! ¡Éste no va al río!... Lo sé, pero estoy dispuesto a pagar más, ¿de acuerdo?... Bien. Ahora, lo que quiero que hagas es...

Dos horas más tarde, poco después de la una, un coche del gobierno norteamericano se detuvo delante de una casita propiedad del instituto. Kilgore, el conductor, salió seguido de Kapf. Miraron alrededor y echaron a andar hacia la puerta.

—No me convence, doctor. —Kilgore proseguía con la conversación que habían sostenido en el coche—. Por como lo describe, por las cosas que dice... habla de él como si fuese un superhombre. —Se rió mientras llamaba a la puerta—. Lo creeré cuando vea la S roja en su pecho.

Kapf se encogió de hombros.

—Nunca dije que fuese un superhombre. Utilicé el término de Nietzsche, *uber mensch*.

—Que quiere decir lo mismo, ¿no?

—No exactamente. *Uber mensch* significa hombre superior; un refinamiento, un avance una mejoría del hombre. Pero hombre al fin y al cabo. Un hombre capaz de casi cualquier cosa gracias al constante progreso de la evolución.

Kilgore volvió a llamar a la puerta.

—Ahora se enrolla con la semántica.

Como nadie contestaba, éste sacó una llave y abrió la puerta.

—¡Hola! ¿General Beck? ¿Señor? ¡Soy Kilgore! ¿Hola? —Miró a Kapf.

—Todavía no ha regresado.

Pasaron adentro y cerraron la puerta.

Atravesaron el pasillo y entraron en la sala. La casa parecía ordenada, limpia y deshabitada.

—Oiga —continuó Kilgore mientras se adentraban en el estudio—, no niego que el tipo es bueno. ¡Diablos! Hasta ahora nadie había logrado esconderse tanto tiempo de mis hombres. A juzgar por su expediente, es inteligente, tiene talento, está bien entrenado y posee experiencia. —Repasó los papeles que había sobre una mesita—. Pero nada más.

Kapf negó con la cabeza y entró en la cocina.

—Es más que eso, capitán, mucho más. Su coeficiente intelectual está muy por encima del de un genio. No le cuesta nada pensar en términos abstractos, de hecho su proceso mental es primordialmente abstracto, algo que usted y yo hacemos con esfuerzo consciente y que nos cuesta. Eso significa que ha analizado todas las posibles opciones antes de actuar, que sigue evaluándolas mientras actúa, que improvisa y adapta sus planes en todo momento, a medida que avanza.

Kilgore comprobó que la nevera estaba bien provista.

—Acepto lo de su inteligencia, acepto también que es el hijo de puta con más suerte que haya perseguido nunca. Pero no tiene rayos X por ojos, no puede volar y, que yo sepa, moriría como cualquier otro si recibiera un disparo en la cabeza.

Siguieron andando por el pasillo y entraron en el primer dormitorio: estaba limpio, nadie había movido nada en él.

—Brian Newman es un hombre —admitió Kapf avanzando—, de eso no cabe duda. Pero... —dijo colocando una mano sobre el hombro del joven— no es como usted o como yo. —Buscó el modo de hacerse entender por el oficial de carrera—. ¿Ha oído hablar de un compatriota suyo llamado Theodore Bundy?

—Claro.

Kapf asintió.

—Mató a unas sesenta y tres mujeres en ocho años sin que la policía pudiese acercarse a él. Cometió sus crímenes en el

236

anonimato total; no dejaba pistas respecto a su identidad y eludió con facilidad una búsqueda a escala nacional llevada a cabo por el FBI, todo eso mientras llevaba una vida completamente normal.

Kilgore abrió la puerta del dormitorio principal.

—Pero lo atraparon. Creo que murió en la silla eléctrica.

Revisaron lentamente el tocador sin dejar de discutir.

—Lo atraparon —contestó Kapf—. Lo ejecutaron. Pero sólo después de ocho años y sesenta y tres muertes.

Kilgore se paró en seco y se volvió hacia el siquiatra.

—¿Me está diciendo que Newman es como Bundy? —preguntó en tono mortalmente serio.

El doctor asintió con la cabeza mientras descorrían las cortinas que separaban el tocador del dormitorio.

—En muchos aspectos sí, con una notable excepción.

—¿Y cuál es?

Kapf entró en el dormitorio.

—Bundy estaba loco. Newman no.

Se paró en seco y clavó la vista en la gran cama.

—¡Capitán Kilgore!

Éste, que estaba registrando un armario, lo miró.

—Sí, doctor… —Se enderezó y se quedó de piedra.

Acostado en la cama, con uniforme de gala, con cada cabello en su lugar, cada botón pulido y las manos cruzadas sobre el pecho, se hallaba el general Beck.

Ambos permanecieron inmóviles; la escena los había dejado sin habla, pasmados. Finalmente el oficial reaccionó.

Sacó su pistola del 45 y se movió, rápido y silencioso, por el resto del dormitorio. Una vez convencido de que se hallaban a solas, fue a registrar el resto de la casa.

—Quédese aquí —ordenó a Kapf en un susurro.

Éste negó con la cabeza.

—No está aquí —murmuró en cuanto Kilgore no pudo oírlo.

Con expresión de profunda tristeza se acercó a la cama, le tomó el pulso para confirmar lo evidente e inició un examen visual del hombre. Se fijó en la falta de color en el cuello, comprobó la facilidad con que se movía la cabeza y se formó una opinión.

El capitán regresó al cabo de cinco minutos y lo encontró sentado en una silla, leyendo un papel.

—La casa está vacía y cerrada con llave —declaró al guardar su pistola.

Como Kapf no le hacía caso miró a Beck.

—¿Sabe cómo ha sido?

Kapf no dejó de leer.

—Ahorcado. No sé si fue voluntariamente o no —explicó y siguió con su lectura.

Kilgore agitó la cabeza y se aproximó al médico.

—¿Qué es eso? —Señaló el papel.

—Estaba bajo sus manos.

Iba dirigido sencillamente «A todos mis amigos en tierra».

—¿Qué dice? —El joven quiso coger el papel.

Kapf levantó los ojos, sorprendido por la mano tendida.

—Se la leeré. «Caballeros, y damas si hay alguna presente: Les dejo los restos mortales del general Alexander Chamberlin Beck, del ejército de Estados Unidos. Confío en que serán lo bastante humanos para proporcionarle un entierro militar con honores. Les aseguro que se lo merece, no sólo por su ejemplar historial (hasta hace unos años, claro), sino también porque cayó en el cumplimiento de su deber. El fin más noble de un soldado.

»Los detalles de su muerte no importan. Supongo, por supuesto, que me considerarán responsable. Eso es verdad, pero no del todo; no obstante, lo acepto. Una cosa que deben saber, pues evidencia el hombre que fue antaño, es que de todos sus expertos, de sus confundidos siquiatras, de sus brillantes soldaditos de plomo, de sus plastas de la junta de revisión es el primero que me encontró.

»Ahora, a lo que iba.

»No siento animosidad especial contra ninguna de las personas encargadas de mi detención y tratamiento (hasta donde llegó). Acepto sus flojas explicaciones de que "se limitaban a vigilarme por mi propio bien". Eso ya no es necesario. Sólo deseo acabar con un asunto inconcluso e irme. Si me permiten el privilegio a que me da derecho el haber nacido norteamericano, no habrá problemas. Seguiré con mi vida y dejaré que ustedes sigan con la suya.

»Si no me permiten eso que es tan sencillo...

»Sinceramente, Brian Newman.»

Kilgore cogió la carta que Kapf le ofrecía y la ojeó a toda prisa.

—Parece que le debo una disculpa, doctor. Todavía está por aquí.

El anciano se puso en pie, fue hacia la ventana y miró la calle sin pronunciar palabra. Por su parte, Kilgore cogió el teléfono.

Eran casi las nueve de la noche.

Pasaban unos minutos de las nueve cuando Newman dio un paso atrás, se secó el sudor de los ojos y sonrió.

El dibujo resultaba más primitivo de lo que pretendía, más burdo, menos acabado, aunque eso no era necesariamente negativo. Los colores vibrantes, las imágenes definidas y las líneas gráficas creaban exactamente el efecto que esperaba.

Tocó varios puntos del dibujo a fin de asegurarse de que estuviese seco y cubrió todo el mural con una sábana sujeta con tres clavos. Entonces se sentó y fijó la vista en la sábana color marfil, si bien lo que realmente observaba eran las reacciones que experimentarían, según pretendía, los que lo encontrasen.

«¿Ejercería el efecto deseado?», se preguntó. «¿Va lo bastante lejos o demasiado? Dentro de unos años, cuando los estudiantes y profesores discutan sobre su significado, ¿habrá alguno que adivine su secreto?»

Se puso en pie, se aseó, se puso un oscuro chándal y salió de la tienda.

La exposición estaba a punto.

Había llegado el momento de entregar las invitaciones.

CUARTA PARTE

El gran plan

CAPÍTULO DOCE

La humedad de finales de otoño envolvió los edificios del Instituto Volker, sumiéndolos en una neblina gris y blanca.

La vigilancia se redobló en todas las verjas, los pases se comprobaban escrupulosamente, se iluminaba con linterna el interior de todos los coches que llegaban y se patrullaba cada veinte minutos. Por pantallas de televisión, unos guardias intentaban penetrar la blanca sábana de niebla; otros, vestidos de auxiliares, inspeccionaban el interior del edificio principal y de las pocas dependencias abiertas.

Hacía diez horas que habían descubierto el cuerpo de Beck, diez horas de apresuradas reuniones, de llamadas telefónicas frenéticas y expresiones febriles. La conmoción inicial, seguida de una agitada consternación, dio paso a miradas nerviosas. La gente dejó de caminar por la propiedad a solas y empezó a hacerlo en grupos.

La última reunión acababa de terminar sin verdadero acuerdo, salvo en un punto: efectivamente, Brian Newman se encontraba todavía en la zona.

Konrad Edel andaba de un lado a otro del tejado, maldecía la niebla y no dejaba de cambiar el despliegue de sus hombres mientras trataba de entender lo ocurrido.

Había presenciado la autopsia de Beck, impulsado por una necesidad, casi una obligación, de hacerlo.

Los resultados no lo sorprendieron. Murió por fractura de cuello, probablemente ahorcado con una estrecha cuerda doblada. También había señales de traumatismo en sus piernas, brazos y parte superior del torso. El patólogo no sabía «con certeza» si las magulladuras se debían a un accidente o a un acto deliberado.

Pero Edel sí que lo sabía.

El médico tampoco podía decir con seguridad si alguien lo había ahorcado o se había suicidado.

Pero Edel sí que lo sabía; lo sabía y se maldijo por dejar que llegara a ocurrir.

Newman lo había traicionado, pensó en ese frío, húmedo y aislado tejado. Había traicionado su confianza, se había burlado de su fe y de sus creencias y las había utilizado con el fin de crear el clima que precisaba para fugarse.

Y el general había muerto por eso.

Ahora, después de ir a su parroquia a pedir oraciones por el alma de Alex Beck, aguardaba en el tejado.

Los analistas del equipo de búsqueda estaban convencidos de que, muerto Beck, Newman se marcharía.

Patricia creía que Brian había descubierto el cadáver y lo había amortajado para que conservara la dignidad; el acto final de un amigo íntimo.

Kapf, misterioso, no se pronunciaba.

Pero nada de eso importaba en realidad.

Edel sabía que Newman vendría, aunque no sabía por qué, ni cuándo ni cómo.

Pero vendría, de eso estaba seguro.

Y él estaría preparado cuando volvieran a encontrarse.

—Tres Siete a Cero Uno.

Edel sacó la radio de la funda que tenía en la cadera opuesta a la de la pistola.

—Aquí Cero Uno.

—Aquí Tres Siete. La neblina nos ciega totalmente. La visibilidad es nula. Cambio y corto.

—Aquí Cero Uno. Es igual en todas partes y sigue llegando del norte. Cambio y corto.

—Aquí Tres Siete. Solicito permiso para retirarnos al puesto de mando. Cambio y corto.

—Aquí Cero Uno. Denegado. —Edel hizo una pausa con la vista clavada en el paisaje que rodeaba el instituto, envuelto en la niebla—. A todas las unidades del exterior, aquí Cero Uno. Mantengan sus posiciones. Repito. Mantengan sus posiciones. Conviértanse en escuchas.

En su puesto improvisado en la valla del este, los cuatro hombres que componían la unidad de seguridad Tres Siete agitaron la cabeza al oír las instrucciones del jefe.

244

—El viejo está perdiendo la chaveta —comentó uno, sombrío.

—Se nos van a congelar los huevos —declaró otro mientras guardaba el equipo de visión nocturna para protegerlo de la humedad.

El mayor de los cuatro no dejó de mirar la bruma.

—¡Silencio! Ahora somos un puesto de escucha.

El cuarto hombre sonrió y sacó un termo.

—Va a ser una larga noche —afirmó y sirvió una taza de humeante café para cada uno. Cuando se volvió hacia el mayor, se calló, perplejo por su pose.

Éste se había alejado unos pasos y, sin moverse, con los ojos cerrados, mantenía la cabeza ladeada.

—¿Albert? —susurró.

—Ssh. —Fue la breve respuesta.

Los otros repararon en la situación y dejaron sus tazas, desenfundaron sus armas, las amartillaron y rodearon al más viejo para apoyarlo.

—¿Qué ocurre, Albert? —El hombre del café dejó el termo y cogió un rifle de asalto MP-5K.

Albert negó con la cabeza.

—Creí… No sé. —Guardó silencio varios segundos y, de pronto, volvió a ladear la cabeza—. A unos cincuenta metros, a las doce —advirtió con la vista fija en la bruma que se cernía sobre ellos y no dejaba de moverse. Entonces negó con la cabeza de nuevo—. Quizá me he equivocado. —Echó a andar hacia el puesto, se paró y se volvió hacia los hombres—. Pero estén alerta de todos modos.

En la habitación de Clemente, en el último piso, también se respiraba una fuerte tensión.

En unas sillas a un lado de la cama, Patricia y Kapf bebían café. Clemente estaba sentado en la cama con goteros en ambos brazos, sus palabras resultaban casi incomprensibles debido a la máscara de oxígeno que llevaba puesta. También sentada un poco alejada, Jenny no participaba en la conversación, pero no estaba dispuesta a salir de la habitación en esa etapa de la enfermedad de su marido.

La piel de éste había adquirido un pálido tono amarillento, sus ojos tenían legañas y le temblaban las manos cuando conseguía hacer acopio de energía para moverlas. Su respiración consistía en un resuello siseante y apenas intervenía en la discusión, aunque se notaba que escuchaba con atención.

Patricia agitó lentamente la cabeza.

—No estoy de acuerdo —dijo, agotada—. No hay pruebas que lo sugieran.

—Está la nota —manifestó Kapf y tomó otro sorbo de café.

Por primera vez en una hora, ella asintió.

—La nota. En eso, al menos, estamos de acuerdo. Es la clave de todo. —Sacó la copia de su maletín—. Usted la ha leído. Creo que habla por sí misma.

—Estoy de acuerdo —contestó Kapf, más calmado.

—Pero no está dispuesto a aceptar que Newman no es responsable de la muerte de Beck.

Kapf miró a Clemente; éste se encogió de hombros y esbozó una débil sonrisa.

—Acepta la responsabilidad —alegó Kapf y, tras un corto silencio, añadió—: ¿Para qué contradecirlo?

—¡Lea las palabras! —La voz de Patricia empezaba a endurecerse—. Dice: «Supongo, por supuesto, que me considerarán responsable.» —Y miró a los dos hombres—. ¿Puede estar más claro?

Ambos le dirigieron una mirada inexpresiva.

Patricia agitó la cabeza.

—Está solo, es único; lo persiguen porque es único. Se topa con Beck poco después de que éste se suicide y sabe que vamos a culparlo. ¿Por qué no? Los rusos lo culpaban de todo lo malo que ocurría a su alrededor. Para él no somos distintos.

Clemente se quitó la máscara de oxígeno.

—No hay nada que lo pruebe —resolló.

—Todo lo prueba —espetó Patricia sin tener en cuenta el estado del enfermo—. Lean la carta. —La alzó—. Newman habla de su «detención», de nuestras «flojas explicaciones» para justificar el modo en que lo tratábamos. —Miró a Kapf directamente a los ojos—. Palabras, doctor, muy parecidas a las que usted mismo usó hace unos meses cuando hablaba de los rusos.

—Entonces —contraatacó Kapf—, ¿por qué no dejar la escena intacta? Sin duda nos costaría menos determinar la causa de la muerte del general si lo hubiésemos descubierto colgado de la cuerda. El señor Newman es lo bastante inteligente, y más, para ver eso, ¿no?

—¿Y por qué correr el riesgo de transportar el cuerpo del general a su casa y amortajarlo? —quiso saber Clemente.

Patricia se encogió de hombros.

—Debió de sentirse un poco culpable por su muerte. Quizá tuviera que ver con los años que pasaron juntos antes de que lo encarcelaran. Un respeto mutuo, si quieren, que hizo que deseara que el recuerdo del general fuese lo más digno posible.

—Creía que su *Homo crudelis* no experimentaba emociones. —Kapf sonrió—. ¿Cómo encaja con él una reacción de tan profunda pena?

Ella dejó la carta y se sirvió café.

—Cuando lo encontremos, denme unas cuantas sesiones con él y lo averiguaré.

El doctor Kapf agitó la cabeza y se volvió hacia Clemente.

—El optimismo de la juventud.

Clemente asintió.

—¿Qué quiere decir con eso? —Patricia miró de uno a otro—. Los equipos de búsqueda tienen órdenes de no matar cuando lo encuentren... ¿no?

Los ojos de Jack adquirieron una expresión de profunda tristeza.

—Patty *la Clínica* —murmuró—. Nunca lo entendiste del todo.

—¿Entender qué? —inquirió la siquiatra en voz baja y cautelosa.

—Que el paciente no existe en un vacío para su personal contemplación. —Kapf miró a Clemente, que asintió con la cabeza, y se volvió de nuevo hacia Patricia—. Un general de las fuerzas armadas norteamericanas muere en circunstancias, cuanto menos, sospechosas —continuó el neurólogo—. Un agente norteamericano de tendencias violentas, conocidas y probadas, un agente que estuvo bajo el mando de ese general, ha desaparecido y ha aceptado tácitamente que tuvo algo que ver con su muerte. —Hizo una pausa y clavó una mirada penetrante en los ojos de la joven—. ¿Cómo cree que reaccionarán los norteamericanos?

—¡Dios mío!

Kapf asintió.

—Si el capitán Kilgore no ha recibido todavía órdenes de disparar en cuanto lo vea, es sólo por los inevitables retrasos de una complicada estructura de mando. Tenemos unas doce horas, probablemente menos, antes de que reciba la orden.

—No pueden. ¿No se dan cuenta de lo que es? ¿No comprenden cuánto ayudaría seguir estudiándolo?

—Lo saben —aseguró Kapf— y su razonamiento se basará en parte en ese conocimiento.

Durante cinco largos minutos nadie habló. Finalmente, Patricia alzó la vista.

—Antes ya había dicho eso. —Escudriñó a Kapf, interrogante—. A la junta de revisión. Dijo… ¿Cómo fue…? —Rememoró los acontecimientos de un mes antes—. Dijo que siempre supieron lo que él era o algo así.

—Así es. —El doctor asintió.

—¿Qué quiso decir?

Kapf empezó a guardar los papeles en su maletín.

—¿Servirá de algo removerlo?

—¿Qué quiso decir? —insistió Patricia.

Clemente se quitó la máscara.

—Dígaselo, Otto. De todos modos no dejará de incordiar hasta que se lo diga.

Sonrió a Patricia y se puso la máscara. Algo en esa sonrisita divertida le llegó al alma.

—Quizá deberíamos seguir con esto en otro lugar —susurró a Kapf.

Clemente levantó una mano.

—Todavía no estoy muerto, doctora Nellwyn —resolló a través de la máscara—. ¡Y todavía soy el jefe de tu departamento y el supervisor del proyecto!

Ella le sonrió.

—Y todavía un coñazo —recalcó con los ojos humedos.

Clemente arqueó las cejas y se quitó la máscara de nuevo.

—Gracias por fijarte. Siga, doctor.

Kapf suspiró.

—Muy bien. —Se puso en pie y se acercó a la ventana. No dejó de contemplar el manto de niebla que cubría la finca mientras hablaba—. No es nueva la idea de utilizar a los marginados en misiones peligrosas y secretas. En el siglo pasado los prisioneros eran utilizados con frecuencia para construir vías de ferrocarril en las tierras hostiles de Asia. En este siglo han ofrecido clemencia a asesinos violentos a condición de que llevaran a cabo asesinatos políticos. Ha sido una práctica aceptada.

—Concedido.

Patricia nunca había visto a Kapf tan… tan concentrado en sí mismo.

—Esas misiones se volvieron cada vez más peligrosas y más complejas —continuó Kapf—. La lógica extensión de la idea es que unos meros condenados no podrían alcanzar los objetivos pretendidos.

—Y por eso sugirieron a los sociópatas —añadió Patricia.

Kapf asintió.

—Sociópatas, sí. —El doctor se volvió hacia ella.

Clemente se quitó la máscara de oxígeno y la puso en su pecho, que subía y bajaba con irregularidad.

—Eso no podría funcionar nunca —aseguró en tono firme—. Los sociópatas están demasiado orientados hacia el yo; no habría garantías de que no vendieran sus secretos al enemigo a cambio de un trato mejor o incluso para desquitarse.

Respiró un poco de oxígeno mientras Kapf retomaba la idea.

—Son demasiado inestables, demasiado impredecibles, sólo son leales a sí mismos; no se puede depender de ellos.

Patricia agitó la cabeza.

—¿Qué es lo que quiere decir, exactamente?

Clemente la cogió de la mano.

—Aunque esto te escandalice, has de saber que no eres la única que ha ideado teorías acerca de las próximas generaciones en la evolución del ser humano.

Kapf sonrió.

—Escribí mi primer artículo sobre el tema antes de que usted naciera, doctora. Me basé en una veintena de obras anteriores.

Clemente asintió.

—Y Nietzsche nos tomó la delantera hace más de cien años.

—Piense en los teóricos del Instituto Horizon, sentados en su torre de marfil, leyendo la lista de requisitos que les pedían. —Kapf miró por la ventana de nuevo—. Ninguno de los tipos de personalidad existentes cumpliría todas las condiciones, pero…

Clemente tomó más oxígeno y continuó por él.

—En teoría, una persona que, como un sociópata, careciera de límites morales, capaz de una violencia igual a la de alguien con tendencias atávicas y con un elevado coeficiente intelectual sería la adecuada.

Kapf se acercó a la cama.

—Sin duda para el Instituto Horizon suponía un interesante ejercicio. Un hombre abstracto si quiere, un hombre nuevo o un hombre de hoy que estuviese sufriendo una mutación, daba igual. La probabilidad de que existiera era de un veinte por ciento. —Se interrumpió y su rostro adquirió una expresión angustiada—. Pero para un gobierno que puede escoger entre doscientos sesenta y cinco millones de ciudadanos era un desafío. —Se sacó una calculadora del bolsillo y la echó sobre la bandeja, delante de Patricia—. Haga los cálculos si quiere. En una población de doscientos sesenta y cinco millones habría más de ciento treinta mil candidatos. —Soltó una risa amarga—. Sólo entre los militares habría más de ciento trece mil posibles Newman.

Clemente cerró los ojos.

—Saben lo que es Brian Newman —aseveró en voz baja—. Lo saben porque lo buscaron y como saben lo que es, como ya no pueden controlarlo porque está empezando a... a...

Jenny se acercó y le puso la máscara con suavidad. Después de comprobar su pulso y de asegurarse de que respiraba como una persona dormida, regresó a su silla y siguió leyendo.

Kapf le dio un beso en la mejilla, esperó a que Patricia la abrazara y acompañó a su joven colega hasta el pasillo.

—¿Qué trataba de decir Jack? —preguntó Patricia.

Kapf pulsó el botón del ascensor y respiró profundamente.

—Como saben lo que es o puede ser Newman, como ya no pueden controlarlo y está empezando a darse cuenta de lo que puede ser... —La puerta se abrió. Hizo un gesto a Patricia para que lo precediera pero ella le señaló que iba a regresar a la habitación de Clemente. El doctor esbozó una sonrisa triste y entró en el ascensor—. Por eso tienen que destruirlo.

Las puertas empezaron a cerrarse pero Patricia las detuvo de repente.

—¡Tenemos que evitar que lo maten! —exclamó. Miró alrededor y metió la cabeza en el ascensor—. Usted cree que es una especie de inteligencia que ha sufrido una mutación. Yo creo que es la siguiente etapa de la evolución. Bien, sea lo que sea necesitamos estudiarlo, ¡tenemos que averiguarlo! ¿Está de acuerdo?

—Mi querida doctora Nellwyn, éste es un mundo muy grande, poblado por más de dos mil quinientos millones de personas. Haga sus cálculos. Puede haber un millón doscientos cincuenta mil Newman. —Con suavidad, le apartó las manos de las puertas—. Y sospecho que no tardaremos en tener noticias de todos y cada uno de ellos.

Bajó a la planta donde tenía su despacho, muy preocupado por la salud de Jack Clemente, por la ingenuidad de Patricia Nellwyn y por su propia visión de la vida, cada vez más amargada. Pasó por alto los saludos de las enfermeras y los auxiliares con los que se cruzaba por el camino, hizo un gesto de desaprobación a los hombres del equipo de seguridad, que tan torpemente fingían ser auxiliares. Abrió la puerta, encendió la luz y entró.

—Cierre la puerta, por favor, doctor.

Kapf se quedó de piedra al oír la voz de Newman que le llegaba desde la izquierda.

—La puerta —insistió éste con monotonía.

El doctor la cerró poco a poco.

—Con llave, por favor.

Sin volverse, el anciano estiró el brazo a sus espaldas... y el cerrojo hizo clic.

—Ahora, si fuera a la ventana y corriera las cortinas como si nada, le estaría muy agradecido. —La voz parecía venir de abajo.

Kapf se encaminó hacia la ventana a paso lento y corrió las cortinas, haciendo lo que se le pedía; ni más, ni menos.

—Ahora puede volverse, doctor.

Kapf se giró hacia la voz.

Newman se hallaba sentado en el suelo en un rincón cerca de la puerta. Sonrió al levantarse con toda calma y desperezarse. Señaló el escritorio.

—Por favor, doctor Kapf, siéntese, póngase cómodo —dijo mientras se estiraba—. Me estoy haciendo mayor para esconderme en los rincones. —Sonrió de nuevo—. ¿Cómo está?

El médico se sentó y lo observó detenidamente.

Newman, que parecía haber ganado peso, estaba limpio, bronceado, saludable y sonriente. Se comportaba como si hubiese venido a visitarlo, acaso a cotillear. Y Kapf esperaba que su presencia se debiera a eso precisamente.

La otra alternativa era demasiado horrible.

Newman pareció leerle la mente.

—Relájese. No tengo nada contra usted. —Hizo una pausa y soltó una risita alegre—. Si lo tuviese, no me habría visto.

—¿Y el general Beck? —Se atrevió a preguntar el médico.

Newman tomó asiento en un sillón frente al escritorio.

—El general Beck, ¿qué?

—¿Lo vio antes de... morir?

Brian Newman se concentró en acomodarse.

—¿Está muerto?

Kapf asintió con la cabeza, muy serio.

—Lo está.

—Qué pena.

El anciano lo estudió cuidadosamente.

—Las autoridades creen que usted lo mató.

Newman se limitó a sonreír y arquear las cejas.

—¿*Moi*?

—*Vous*.

Diríase que toda la atención del fugitivo se centraba en el sillón.

—¿Qué cree usted? —preguntó como si nada.

Kapf se recordó a sí mismo quién era exactamente la persona que tenía enfrente y se pensó la respuesta. Newman daba la impresión de sentirse relajado, despreocupado y hasta indiferente. Sin embargo, podría tratarse de otra máscara que ocultara una siniestra verdad.

O bien, un puro no es más que un puro.

—No —contestó por fin—, no creo que usted haya matado al general.

Newman se volvió a medias hacia él.

—¿En serio?

Había algo distinto en él, pero Kapf no lograba descubrir qué era.

—He leído su nota.

Newman sonrió como un niño en Navidad y su cumpleaños combinados.

—¿Le gustó? —Se giró del todo hacia Kapf con expresión entusiasmada—, ¿de veras le gustó?

Kapf hizo caso omiso del tono.

—¿Qué significa eso de «a todos mis amigos en tierra»? —preguntó en tono clínico.

—Me esforcé mucho en redactar esa carta. Traté de que fuese clara, fácil de entender, pero entretenida. ¿Lo conseguí?

—¿Se siente perdido en el mundo, que ha soltado de repente todas sus anclas?

—El formato también era importante. Cuatro centímetros de margen arriba, abajo y a los lados. —Hizo una pausa—. La pulcritud es muy importante en la correspondencia de negocios.

El doctor sacó poco a poco su pipa y la llenó con el tabaco del bote que había sobre el escritorio.

—A todos mis amigos en tierra —repuso, meditabundo—. Sugiere una persona que está de viaje, tal vez en un crucero.

—Hablábamos de la carta, no del sobre. —Newman cogió el bote de tabaco y examinó el intrincado grabado.

—No —lo corrigió Kapf—, usted hablaba de la carta. —Se interrumpió para encender la pipa con mucha calma—. A todos mis amigos en tierra. Es una frase interesante. —Lo miró—. ¿Piensa hacer un largo viaje por mar? —preguntó sonriente.

Newman hizo un sonido parecido a un zumbido.

—Va una, quedan nueve.

Kapf se encogió de hombros.

—Me gusta eliminar lo obvio.

—Buena política.

Guardaron silencio durante diez minutos increíblemente largos.

—Tiene usted el don de la quietud, doctor. Lo admiro —comentó por fin Newman.

—¿Cómo se encuentra?

Newman se repantigó.

—Ocupado.

—Me lo imagino —contestó Kapf, serio—. Parece estar en buena forma.

Brian se puso en pie y se volvió lentamente como un niño al que inspecciona su padre.

—Es asombroso lo que un poco de libertad de acción hace por la salud mental y física.

—¿Come bien?

—Con un presupuesto limitado, pero bien.

—¿Hace suficiente ejercicio?

Newman asintió con la cabeza.

—Camino mucho.

—¿Duerme bien?

—Cinco o seis horas al día, a veces más.

—¿Le basta con eso?

—Parece que sí, me despierto descansado.

—Se despierta descansado. —Kapf hizo una pausa—. Y se acuerda del dolor.

En los ojos de Newman ardía un fuego interior.

—Lo he echado de menos.

—Hábleme del dolor.

—No llegamos a acabar esa sesión, ¿verdad?

—Hábleme del dolor. —Los ojos de Kapf también ardían.

Newman se sentó de nuevo.

—¿Qué dolor?

El doctor se apoyó en el respaldo y dio unas caladas a la pipa.

—Usted era más inteligente, veía más cosas que sus compañeros de clase.

—Sí.

—Era patoso, torpe con las chicas.

—Sí.

—Ideó planes complejos para hacer novillos, para pasar días, semanas, meses en la biblioteca.

—Sí.

—Hábleme del dolor.

Newman hizo un gesto apenas perceptible con la cabeza.

—¿Habla japonés?

—No.

—¿Sabe algo de la sociedad y las costumbres del Japón del siglo VIII?

—No.

—Imagínese que despierta una mañana, cómodo y a gusto en su cama. Se levanta, va al váter, se ducha, se lava los dientes, se viste, se afeita, se peina y sale para iniciar el día... ¿Lo capta?

—Sí.

—Sale y, de repente, se encuentra en el Japón del siglo VIII. Pasea por calles que no le son familiares, sabe que tiene que ir a algún lugar ¡pero no recuerda adónde y no encuentra el camino! ¿Lo capta?

—Sí.

Newman hablaba sin inflexiones, con cara inexpresiva, pero rezumaba ira como si fuese algo físico, como el sudor de un boxeador al que un puñetazo descomunal ha lanzado sobre el público.

—¡Se ve rodeado de multitudes! Parlotean en un idioma gutural del todo incomprensible. ¡Todos hablan y chillan a la vez! Los coge de los hombros, uno a uno, los zarandea y les grita a pleno pulmón: «¿DÓNDE ESTOY? ¿ADÓNDE SE SUPONE QUE DEBO IR? ¿QUÉ SE SUPONE QUE DEBO HACER?» ¿Lo capta?

Kapf asintió.

—Sí.

Newman se apoyó de pronto en el respaldo, su cuerpo se distendió y su ira remitió.

—Ahora, imagine —pidió con voz apagada— que tiene trece años. —Guardó silencio un momento—. Eso, doctor, es dolor.

Kapf dejó que se apagara la pipa. Con lentitud llevó a cabo el ritual de encenderla, dándose tiempo para entender la confusión, el dolor del Newman adolescente. Atrapado en un mundo que sólo él percibía, desesperado por relacionarse con alguien, cualquiera, que le dijera cómo manejar ese don o esa maldición que apenas empezaba a advertir en sí mismo.

—Siga —dijo al cabo de un rato.

—No queda mucho más.

—Siga.

—Es usted un hombre ocupado. Otro día quizá. —Newman sonrió y se levantó.

Pero Kapf se dio cuenta de que no se volvía hacia la puerta.

—El dolor se acabó, ¿verdad?

Él afirmó con la cabeza.

—Sí.

—¿Usted hizo que terminase?

—Sí.

—¿Cómo?

La sonrisa se convirtió en algo muy semejante a una mueca.

—Creo que lo sabe.

—¿Cómo consiguió que se acabara el dolor?

Brian se inclinó despacio y descansó las manos en el borde del escritorio.

—Dándome cuenta de que el problema no era mío.

—Siga.

—Dándome cuenta de que era a los demás a quienes correspondía buscar contacto conmigo y no al revés.

—A todos mis amigos en tierra —pronunció Kapf, calmado.

Newman no le hizo caso.

—Dándome cuenta de que gracias a una casualidad de nacimiento, una broma de la evolución o el capricho de Dios, no había nada que yo no pudiera hacer. Dándome cuenta de que, a fin de cuentas —dijo tan bajo que Kapf tuvo que esforzarse por oírlo—, mi diferencia... mis talentos me hacían fuerte, más fuerte que nadie y que nada.

—A todos mis amigos en tierra.

—A su debido tiempo, doctor. —Newman se encaminó hacia la puerta—. A su debido tiempo.

Dio vuelta al cerrojo, abrió un poco, se asomó y, una vez satisfecho, abrió del todo.

—¿Por qué ha regresado?

Se detuvo y se volvió a medias hacia él.

—Había algo que tenía que averiguar.

—¿Y qué era?

Agitó la cabeza.

—Da igual. Ya sé lo que necesito saber.

Traspasó el umbral.

—A todos mis amigos en tierra —insistió Kapf de nuevo.

Pero hablaba con un umbral vacío.

A medianoche la niebla aún no había desaparecido; de hecho, parecía haber empeorado notablemente. Las carreteras estaban cerradas y resultaba imposible salir de la ciudad.

Anticipándose a eso, habían acordado reunirse en el bar del hotel Nine Muses and Spa, en el centro de Munich, pese a lo cual, uno de los hombres llevaba una hora de retraso.

—¿Cuánto tiempo tenemos que esperar, señor? —El sargento, bastante joven, agitó la cabeza—. Tenemos cosas mejores que hacer.

Kilgore sonrió.

—Pero no vamos a poder hacerlas con este tiempo —repuso con desenfado—. Esperaremos otra hora.

En ese momento, una camarera se acercó a la mesa, le sonrió seductoramente y le dio una nota.

El capitán le dio una propina y antes de abrir la nota observó, contento, cómo atravesaba el local para regresar al bar.

—Quizá hasta tengamos que pasar la noche aquí —murmuró, encantado, mientras abría el sobre con el pulgar.

Ojeó a toda prisa la breve nota.

—Ya está. —Dejó dinero en la mesa para pagar las copas—. Arriba, en la mil cuatrocientos cincuenta y ocho.

Al cabo de cinco minutos, los dos soldados se hallaban delante de la suite 1 458 y llamaban a la puerta. Abrió el hombre alto.

—¿Capitán Kilgore?

—¿Y usted es...? —Kilgore pasó a su lado para entrar.

—Superfluo para el asunto que le ocupa. —El hombre detuvo al sargento poniéndole una mano en el pecho—. Y él también lo es.

El sargento miró a Kilgore, esperando la señal silenciosa que le diera libertad de acción, pero el capitán aguardó e hizo un gesto con la cabeza.

—Está bien. Espere afuera.

El sargento asintió y salió, precedido del hombre alto.

Kilgore entró en el salón de la lujosa suite y admiró las copas de cristal dispuestas en la mesita antigua. La estancia era acogedora, cómoda, cara en todos los sentidos... y parecía vacía.

Se acercó a la mesita y cogió la botella de vino.

—¡Qué bueno! —exclamó con auténtica admiración al leer la etiqueta.

—No he conseguido desarrollar un gusto —comentó una voz brusca a sus espaldas.

Kilgore no se volvió.

—Seguro que le pagan mejor que a mí, coronel. Cada botella de este vino cuesta unos ochocientos cincuenta marcos.

Ruinov se adentró del todo en la sala.

—Pertenece a mi compañero. —Fue lo único que dijo el oficial ruso, tieso como un palo.

Se estrecharon las manos.

—Usted pidió este encuentro. —Kilgore se sirvió una copa.

Ruinov habló con energía, pero también con la incomodidad característica de alguien que ha dedicado la vida a luchar contra hombres como el joven norteamericano que tenía delante.

—Le está costando localizar a Brian Newman.

—¿Ah sí?

—Sí. —El coronel asintió con la cabeza.

—¿Y eso le importa a usted?

—Sí.

—¿Por qué? ¿Por qué le preocupa a Moscú un hombre del que ya no es responsable?

Ruinov se acercó al capitán y se sentó a su lado.

—*Responsable* es la palabra clave, capitán Kilgore. Hay quienes creen que nunca debimos liberar al señor Newman, no por razones de justo castigo político ni de riesgo internacional, sino por pura responsabilidad humana.

Kilgore dejó su copa en la mesita.

—De todos modos, lo liberaron y ahora nosotros somos los responsables, no ustedes.

Ruinov miró al militar norteamericano y agitó la cabeza. ¿Qué hacer para que entendiera, reconociera el problema? Decidió intentar otro enfoque.

—Dejemos lo de la responsabilidad de momento. ¿Puede afirmar, con toda sinceridad, que no necesita ninguna ayuda?

—Sí.

Los dos se enzarzaron en una larga batalla de miradas.

—¿Qué puedo hacer para probarle que no tengo motivos ulteriores? —El coronel estudió la joven y severa cara, ese espejo de tantos aspectos de su propio pasado—. Mi único objetivo es cerciorarme de que a Newman... digamos que lo neutralicen y para eso estoy dispuesto a compartir recursos con usted.

—¿Compartir?

Ruinov asintió.

—Pondré mi red a su disposición, con las precauciones pertinentes, claro, y usted me contará lo que ha hecho y lo que planea hacer en el futuro.

Kilgore soltó una carcajada. Le habían ordenado que se reuniera con el ruso, había leído su historial, pero la situación se le antojaba ridícula. Era absurda la idea de que un oficial ruso casi jubilado, un hombre sin vínculos directos con los servicios de inteligencia, pudiese ayudar al equipo de búsqueda urbana, la flor y nata de la élite del ejército norteamericano.

—No se enoje si le parezco maleducado, coronel Ruinov, pero estamos perdiendo el tiempo. Usted no tiene recursos que yo no tenga. —Dejó escapar una risita—. La guerra fría ha terminado, coronel. Ustedes perdieron y han ido reduciéndolos desde entonces. ¡Diablos!, si ésa es una de las razones por las que puede venir, ¿no? Han cerrado la mayoría de los centros de detención y hace dos meses que usted no tiene puesto.

—Su información es sumamente minuciosa, capitán. —Ruinov asintió con la cabeza—. Aunque se haya equivocado al sacar sus conclusiones. —La arrogancia del norteamericano lo había enojado y lo demostró.

Kilgore dejó su copa en la mesa y se puso en pie.

—Me han ordenado que me reuniera con usted y lo he hecho. Si tiene algo más que aportar en el futuro, sabe cómo ponerse en contacto conmigo, pero no veo por qué tendríamos que llegar más allá. —Se volvió—. Buenas noches, señor.

Ruinov lo observó irse hacia la puerta.

—No lo encontrará sin ayuda, capitán.

Kilgore se paró y se volvió hacia él.

—¿No?

Ruinov se levantó con lentitud.

—No. —Se aproximó al joven capitán—. No lo hará. Y no estoy menospreciándolo, ni a usted ni a sus hombres. Pero es un hecho.

Kilgore empezaba a irritarse.

—¿En serio?

—En serio.

El ruso parecía tan seguro, tan arrogante que Kilgore sintió ganas de golpearlo, pero la disciplina se impuso al deseo.

—Sin embargo, con la ayuda de nuestros nobles aliados, con sus técnicas superiores y sus redes podridas, usted llegará y salvará la situación, ¿no? —Hizo una pausa para calmarse—. Siempre supe que ustedes los rusos eran belicosos, pero usted, coronel, es especial.

Ruinov hizo caso omiso de su tono. Probablemente habría reaccionado igual si Kilgore lo hubiese abordado en una situación similar, pero tenía que hacerle entender de algún modo, hacerle ver los peligros. Se decidió por un último intento de hablar de soldado a soldado.

—Capitán Kilgore, no me considero superior a usted y tiene razón, nuestras redes se están deteriorando. Reconozco que usted y sus hombres son los mejores en su campo, pero Newman es todavía mejor. —Trató desesperadamente de encontrar las palabras adecuadas—. Lo que creo, y se lo digo con todo respeto, señor, es que juntos tal vez podamos detenerlo antes de que ocurra una gran tragedia.

El joven lo estudió atentamente. Lo veía espantado, pero no era miedo por sí mismo lo que percibía, sino miedo a lo desconocido, a una siniestra devastación ignota que no conseguía expresar con palabras.

—Coronel —dijo e hizo una pausa, porque no estaba seguro de lo que iba a decir—, tiene mi número. —Inquieto, giró sobre los talones, dispuesto a salir.

—¿Lo conoce, capitán? —le gritó Ruinov.

—No. —Kilgore había puesto la mano en el pomo de la puerta de la suite.

—Yo sí. —Se acercó al norteamericano—. Pasé casi siete años mirando al monstruo a los ojos y viendo la negrura de su alma. —Respiró profundamente, se enderezó y regresó del hondo abismo en el que se había hundido—. Y he visto a sus víctimas.

Los ojos de Ruinov ardían con una intensidad que Kilgore sólo había visto en otro hombre, en otro hombre dedicado a la misma causa, destrozado por el mismo demonio.

—¿Adónde quiere ir a parar, coronel? —preguntó, nervioso.

Éste vaciló, al parecer incapaz de expresar sus pensamientos en palabras.

—Capitán, debo advertirle que comete un terrible error. Le ruego que se lo piense bien.

Kilgore lo estudió.

Debajo del traje de mala calidad y del comportamiento brusco, casi agresivo, observó, por primera vez, un terrible agotamiento, físico y espiritual, un agotamiento a flor de piel que amenazaba con consumirlo.

—Le daré cinco minutos más —aceptó finalmente.

Ruinov asintió y lo condujo de vuelta al sofá.

—Quiero hablarle del sargento Dnebronski.

Casi amanecía cuando la niebla empezó a levantarse.

Tras una larga y tensa noche, Edel bajó lentamente del tejado del instituto para recibir la información del turno de noche. Camino de la sala de conferencias lo alcanzó Albert, de la unidad de seguridad Tres Siete.

Edel sacudió la cabeza al verlo tan exhausto.

—Tiene un aspecto horrible —le dijo, sonriente.

—Mire quién habla —replicó Albert—. Parece tener más de cien años.

—Así me siento.

Entraron juntos en el edificio de seguridad, situado a un lado del bloque principal.

—¿Cómo fue anoche?

Albert se encogió de hombros.

—¡Esa maldita niebla!

Edel asintió y sirvió sendas tazas de café. Albert tomó un largo trago.

—No se ve una mierda. Cada sonido hace que uno se sobresalte. —Agitó la cabeza con parsimonia—. Si ocurre de nuevo esta noche tendremos que hacer algo.

Edel afirmó con un gesto.

—Se supone que Kilgore nos traerá los detectores de movimiento antes de la una. Trataremos de instalarlos antes de que se ponga el sol. —Vio que Kapf se dirigía hacia él y se disculpó—. Siento no haber ido a verlo antes, doctor, pero ha sido una larga y dura noche.

Kapf asintió.

—¿Alguna baja?

Edel esbozó una sonrisita.

—Sólo algunos resfriados. Nuestro visitante no se presentó anoche. —La expresión ausente del médico lo sorprendió—. ¿Qué ocurre, doctor Kapf?

—Perdón, ¿qué ha dicho? —dijo mirando el rostro preocupado de Edel.

—¿Ocurre algo malo? ¿Ha sucedido algo?

La mente de Kapf daba vueltas. Temiendo una confrontación entre Newman y los equipos de seguridad que, según él, sólo podía acabar con varias muertes, había retrasado el momento de llamar a seguridad después de que Newman se marchara.

Tardó veinte minutos en registrar sus impresiones del encuentro con Newman y después trató de ponerse en contacto con el jefe de seguridad. Le dijeron que Edel estaba fuera, revisando los sistemas de seguridad pero que podían llamarlo por radio en caso de urgencia.

Por razones que no quería afrontar, no insistió.

Entonces, esa mañana, cuando volvió a llamar y le dijeron que lo encontraría en la sesión de información, hizo una copia de las notas y bajó a toda prisa, sólo para quedarse paralizado.

—¿Doctor Kapf?

El anciano siquiatra se volvió hacia Edel con una sonrisa vergonzosa.

—Lo siento.

—¿Hay algo que pueda hacer por usted?

Kapf respiró profundamente.

—¿Puedo asistir a su sesión de información?

Edel se encogió de hombros; ya estaba habituado a las extrañas peticiones que no dejaban de hacerle los loqueros para los que trabajaba.

—Claro que sí, doctor. Siéntese donde quiera. Discúlpeme —le dijo y se fue al frente de la sala, agitando la cabeza.

Subió al estrado, colocó en el atril la carpeta que le dio su secretaria y la hojeó mientras esperaba a que los hombres se acomodaran.

Eran copias de los informes de cambio de turno, solicitudes de mejores equipos y peticiones de estufas y comida caliente de nueve de los once equipos de seguridad.

Y un sobre sellado que rezaba, sencillamente, «Konrad».

—¿Qué es esto? —preguntó, alzándolo para que lo viera la secretaria.

Ésta se encogió de hombros.

—Estaba en su escritorio esta mañana cuando llegué.

Edel asintió y lo dejó a un lado para leerlo más tarde. Miró a sus hombres.

—¿Han acabado con la fiesta, caballeros?

Los guardas se acomodaron y Albert levantó una mano.

—Los de Siete Cuatro no han llegado.

—¿Dónde están? —inquirió Edel, molesto.

Albert se rió.

—Tienen que venir desde el extremo del bosque. Puede que se hayan perdido en la niebla.

Todos, salvo Edel, se rieron.

—Les daremos cinco minutos. —Empezó a revisar los papeles de la carpeta, se fijó en el sobre, lo cogió y lo abrió justo en el momento en que entraban los de la unidad Siete Cuatro. Agitó la cabeza y echó una ojeada exagerada hacia el reloj.

—La niebla —explicó el jefe de la unidad sin gran convicción.

Edel les dirigió una mirada fulminante.

—Sírvanse café y siéntense. Quiero empezar con esto. —Sacó el papel y lo leyó. Al cabo de un momento, con mano temblorosa, lo metió de nuevo en el sobre—. La sesión se retrasará diez minutos —declaró al mar de rostros que lo miraban perplejos, hizo una señal a Kapf y salió presuroso de la sala.

—Estuvo aquí —le susurró y le dio la nota. El doctor la abrió de inmediato y la leyó con atención.

«Querido Konrad, discúlpeme por no escribirle antes, pero ya sabe que los traslados pueden resultar caóticos. Estoy bien y espero que usted también lo esté. Por lo poco que he podido ver, parece que sí.

»Probablemente no me crea, pero mis actos no iban contra usted. Hice lo que creía que tenía que hacer, para protegerme y proteger mi futuro. Creo que, cuando haya superado la indignación y la sensación de deslealtad, estará de acuerdo en que hice lo que usted habría hecho en la misma situación.

»Echo de menos nuestras charlas, nuestras conversaciones sobre las Sagradas Escrituras, el compartir nuestros contratiempos y desgracias pasadas. Echo de menos sus sabios consejos. Los necesito más que nunca.

»Si estuviese dispuesto, si encontrara en su corazón la capacidad de perdonar por última vez a este gran pecador, me encantaría que nos encontráramos una última vez. Para explicarme, para explicar lo de Beck, para buscar un último momento de alegría antes de iniciar lo que probablemente será un largo viaje de exilio personal con un único fin posible.

»Si está de acuerdo, y rezo a lo que sea que usted llama Ser Supremo para que lo esté, espere junto al teléfono de su despacho hoy a las cinco y media. Le llamaré y le diré cómo hacerlo.

»Si no puede perdonarme, sepa que lo entiendo y de todos modos agradezco de corazón todo lo que trató de hacer para calmar el estruendo de mi mente, para poner fin a la rabia que amenazaba con consumir mi alma.

»Confiando en que el Ser Supremo, sea lo que sea, haga que su decisión, fuere cual fuere, sea la correcta, lo saluda su camarada de armas… Brian Newman C.A.»

Kapf miró a Edel.

—¿Qué va a hacer?

Edel parecía estar sumido en sus reflexiones.

—Lo que él no haya anticipado, espero.

El doctor miró la nota.

—«C.A.» ¿Sabe lo que significa?

Edel negó con la cabeza y regresó con presteza a la sala de conferencias.

—Probablemente nada —contestó y, subiendo al estrado, ordenó a sus hombres que guardaran silencio.

—Eso —se dijo Kapf— no lo creo.

Entró a paso lento en la sala sin dejar de murmurar.

CAPÍTULO TRECE

El restaurante no era para paladares exquisitos ni de comida rápida, sino para clientes de clase media. Un cantante pianista tocaba —mal— melodías populares norteamericanas, camareros con esmoquin y camareras con vestido de noche se movían entre demasiadas mesas.

Edel agitó la cabeza al traspasar la puerta. No le gustaba el sitio. Prefería un restaurante tranquilo o una agradable y silenciosa cafetería. Ese lugar, demasiado empalagoso, se esforzaba demasiado en ser entrañable para los parroquianos de la cercana base aérea norteamericana.

Pero él no lo había escogido.

Todo había empezado unas horas antes, cuando esperaba a que sonara el teléfono, sentado detrás de su escritorio.

Todos estaban presentes: Kilgore, Kapf, Patricia, incluso Tabbart se había unido a ellos. Guardaban silencio. Lo habían hablado todo en las diversas reuniones maratonianas celebradas ese día. Habían hecho los planes, comprobado los preparativos, traído y repartido los equipos y apostado al personal.

Ahora, sólo quedaba aguardar.

Las cinco y cuarto… cinco y veinte… cinco y veinticinco… ¡Las cinco y media!

Nada.

Las cinco y treinta y uno… cinco y treinta y dos… cinco y treinta y tres… Largos minutos que parecieron horas y, entonces, una llamada a la puerta les hizo dar un respingo.

—¿Qué hay? —casi gritó Edel.

El asombrado auxiliar dio un paso atrás.

—¡Hey!, lo siento. Pero hay un tipo al teléfono público del vestíbulo y dice que quiere hablar con usted.

Los ocupantes del pequeño despacho se abalanzaron hacia la puerta y casi lo pisotearon. Salieron corriendo del cuartel general del departamento de seguridad y entraron en el edificio principal por una puerta lateral. Edel vislumbró el auricular del teléfono. Una enfermera estaba a punto de colgarlo.

—¡Alto! —le gritó éste.

La sobresaltada enfermera lo dejó caer y Edel la apartó bruscamente. Tabbart se la llevó a un lado y le susurró algo mientras Edel se llevaba el auricular a la oreja.

—Konrad Edel.

—¿Pensó en pinchar los teléfonos públicos, Konrad? —inquirió Newman, al parecer divertido.

—No. —Edel se hizo a un lado. Kilgore apuntó el número y corrió hacia otro teléfono.

—Pues eso le va a complicar un poco más la vida, ¿verdad? —insinuó Newman con tono consolador.

—Me estoy acostumbrando.

—¿Ah sí? —Newman soltó una risita—. Me disculpo también por eso.

—He recibido su carta.

—¿Y? —Brian parecía expectante.

Kilgore se acercó al jefe de seguridad, separó las manos y formó con los labios las palabras «necesito tiempo».

—Quisiera hablar de su carta.

—No lo dudo, pero, por desgracia, no tengo tiempo.

Los ojos del capitán Kilgore suplicaban más tiempo y Patricia escribía algo en una libreta.

—Necesito saber —manifestó Edel, habiendo retrasado su respuesta todo el tiempo que se atrevía a hacerlo— que garantizará mi seguridad.

—¿Garantizará usted la mía?

—¿Tiene miedo de mí de repente?

En esta ocasión fue Newman el que guardó silencio.

—No tiene nada de repentino.

Patricia alzó la libreta delante de los ojos del sudoroso jefe de seguridad.

Edel asintió con la cabeza y leyó en voz alta.

—En realidad, no creo que tengamos nada de que hablar.

—¿En serio?

Edel dijo a su manera la siguiente nota de Patricia.

—Quizá nos convendría a los dos poner fin a nuestra relación aquí y ahora.

Otro breve silencio.

—Muy bien —aceptó por fin—. Dígale a la doctora Nellwyn que el paciente se niega a dejarse provocar para prolongar la discusión y deme su respuesta. Voy a colgar en treinta segundos.

Konrad Edel paseó la vista por el grupo y, como no le sugerían nuevas opciones, se volvió hacia el teléfono.

—Estoy de acuerdo en reunirme con usted.

—Eso me parecía. —Newman sonaba satisfecho—. La cabina telefónica en la esquina nordeste de Jalischbourg y Kleemstrasse, en treinta minutos.

La línea se cortó.

Y así siguió toda la noche.

Edel conducía de una cabina a otra; en cada una recibía cortantes instrucciones sobre la siguiente llamada y un plazo para llegar.

Pero de eso hacía cinco horas y ahora se encontraba en ese irritante restaurante, después de recibir instrucciones en la cabina telefónica de afuera del mismo.

Se acercó al maître, que vestía traje de etiqueta.

—Señor, ¿puedo ayudarlo?

—Konrad Edel.

El hombre esbozó una sonrisa radiante, resultado de la propina de 150 marcos que había recibido un momento antes.

—¡Ah, sí señor! ¡Su compañero lo espera! Sígame, por favor.

Guió a Edel por el comedor principal hasta un reservado oculto por una cortina, en el fondo.

—¿Puedo coger su abrigo, señor?

Edel negó con la cabeza sin dejar de mirar la cortina corrida.

—Muy bien, señor. Que disfrute de su comida. —El hombre se alejó a toda prisa.

Edel respiró profundamente, trató de tranquilizar los alocados latidos de su corazón y apartando la cortina, entró.

La mesa estaba repleta de comida variada, desde bocadillos hasta platos elaborados. Sentado a la cabecera, un extraño lo miraba.

—¿Quién es usted? —quiso saber Edel.

Ghislain se secó la mano con una suave servilleta y se la tendió.

—No necesita saber mi nombre, ¿verdad? Represento al hombre que usted busca.

Edel examinó el aislado reservado sin moverse.

—¿Qué significa esto?

Ghislain bajó la mano.

—Señor —dijo con voz tensa—, usted tiene sus instrucciones... y yo, las mías. Ni usted ni yo vamos a ir a ninguna parte de momento; al menos, no si queremos evitar una catástrofe.

—¿Dónde está? —preguntó Edel con tono acerado.

Su compañero negó con la cabeza.

—Por favor, le agradecería que se sentara. Le aseguro que se sentirá más a gusto porque va a permanecer aquí más o menos una hora.

Se miraron fijamente, en tensión, un minuto entero y, entonces, de mala gana y con lentitud, Edel tomó asiento.

Ghislain esbozó una sonrisa forzada.

—Le recomiendo el buey con salsa de ostras. —Como Edel no se movía, Ghislain agitó la cabeza—. Si se va antes de que yo se lo diga, su encuentro no tendrá lugar. —Hizo una pausa—. Eso sería malo para usted, pero mil veces peor para mí, de eso estoy seguro. Por el bien de los dos, le ruego que siga mis instrucciones.

Konrad pareció relajarse... un poco.

Ghislain asintió.

—Sin duda, ésta ha sido una noche muy larga para usted. Coma algo, por favor. Ya está todo pagado.

Durante la siguiente hora, Edel permaneció sentado sin hablar. Comió algo de ensalada, bebió un poco de cerveza, pero nunca apartó la vista de Ghislain.

Finalmente, oyó el zumbido de un teléfono móvil.

—¿Diga? —Ghislain esperó y se lo dio.

—Hola.

—¿Ha disfrutado de la cena?

—¿Cuánto va a durar esta charada?

—Parece cansado. Si quiere, podemos olvidarlo. —Edel guardó silencio—. De acuerdo. El paso siguiente: se quitará toda la ropa, incluyendo la ropa interior, los zapatos y los calcetines, así como todas las joyas, el reloj, lo que sea. Mi socio le dará ropa y zapatos más adecuados.

Vio cómo Ghislain subía una pequeña mochila a la mesa y sacaba la ropa que contenía.

—Sus pertenencias le serán devueltas mañana en el correo de la tarde. Le doy mi palabra. —Algo en la voz de Newman había cambiado; por primera vez en esa noche adquiría un deje de tensión—. Cuando se haya cambiado —continuó—, salga por la puerta trasera del restaurante, doble a la derecha y camine por el callejón. Llegará a Brenstrasse. Allí, doble a la izquierda y recibirá una llamada en la primera cabina telefónica.

La línea se cortó.

Pasados diez minutos, en mono y botas de trabajo y gorra de lana, Edel se acercó a la cabina telefónica; el teléfono sonó diez segundos después.

—¿Diga?

—Dese la vuelta, por favor —susurró Ghislain y colgó.

Confuso, sin saber lo que sucedía, se volvió poco a poco.

—Hola, Konrad. —Newman salió de la entrada de un edificio cercano—. ¿Quiere pasear conmigo? —señaló las calles a la derecha de Edel—. Tres metros delante de mí, por favor.

Echaron a andar. Newman seguía a Edel a la distancia indicada.

—¿De veras hacía falta tanto teatro? —inquirió Edel sin mirar atrás.

—Por favor, aguántese las preguntas hasta el final del recorrido —fue la respuesta.

Caminaron unos veinte minutos. Siguiendo las instrucciones de Newman, recorrieron callejones, cruzaron oscuras calles mal iluminadas y desanduvieron el camino varias veces.

Entraron en un barrio turco. Gracias al olor combinado de café turco, hachís y marihuana, que impregnaba el aire nocturno, y los edificios tapiados, Edel supo exactamente dónde se encontraban.

Por fin se detuvieron frente a una pequeña tienda de comestibles. Newman le arrojó unas llaves y Edel abrió la puerta. Brian la cerró en cuanto entraron.

Nada más iluminarse la tienda, casi vacía y carente de decorado, sonrió, abrió los brazos y señaló las paredes.

—Bien venido —dijo alegremente— a *chez l'ennemi*.

—¿Es usted mi enemigo?

Newman se encogió de hombros.

—Pues seguro que lo soy de alguien, sólo tiene que ver todos los esfuerzos que han desplegado.

Edel miró la tienda vacía y por primera vez se fijó en la sábana que cubría la pared que había a sus espaldas.

Se volvió hacia Newman.

—¿Qué es este lugar?

—Algo sencillo, pero mío.

—Así que vamos a jugar al juego de las palabras, ¿eh? —Edel consiguió esbozar una sonrisa—. De antemano me disculpo por mi falta de vocabulario.

Newman señaló un par de sillas de tijera. Ambos se sentaron.

—Nada de juegos —dijo en voz queda—. Vamos a hablar con franqueza.

—Eso sería estimulante.

Newman parecía distraído.

—Y bien, ¿cómo se encuentra, Konrad?

—Cansado. ¿Y usted?

Newman asintió.

—También. —Recogió el tapón de un rotulador que había en el suelo y jugó con él mientras hablaba—. He estado reflexionando sobre nuestras conversaciones.

—¿Sí?

Afirmó con un gesto.

—Eran muy importantes para mí. Han influido mucho en lo que he pensado en este último mes.

Edel hizo un triste asentimiento de cabeza.

—Me di cuenta por su modo de irse la última vez que nos vimos.

Newman alzó los ojos y sonrió.

—¿Está resentido por mi fuga? —Se le veía realmente interesado en la respuesta.

—No —contestó Edel con firmeza—. Estoy seguro de que sintió que estaba justificada.

—Gracias —manifestó con fingida seriedad.

—Lo que sí me ofende... no, lo que lamento es que me haya mentido. Creía que juntos habíamos llegado a un punto en que ya no era necesario mentir.

Newman parecía escandalizado.

—¿Cuándo le mentí?

—Me prometió que no intentaría fugarse.

—¡Nunca le prometí eso! —Una expresión de dolor cruzó por su rostro—. ¡Nunca miento sobre las cosas importantes!

Edel negó con la cabeza.

—Tiene usted una memoria muy selectiva, amigo mío.

—Dígame cuándo prometí no fugarme y regresaré con usted ahora mismo, pacíficamente, sin causar problemas.

Él asintió.

—Muy bien. Fue justo después de ese tonto incidente con el doctor Mont. ¿Se acuerda?

—Ese tipo es un gilipollas —espetó Newman.

—Hablamos de la junta de revisión. Usted no creía que lo recibirían después del incidente.

—Me acuerdo de eso. —Brian trataba de veras de recordar el momento.

—Le aseguré que la reunión tendría lugar. —Hizo una pausa—. Fue entonces cuando me lo prometió.

Newman reflexionó largo rato y luego sonrió.

—Empezaba a preocuparme —declaró tranquilamente—, empezaba a creer que estaba en apuros.

—¿Qué quiere decir? —preguntó Edel, realmente interesado.

—Sí que le hice una promesa. —Se inclinó acercándose a Edel—. Pero no la que usted recuerda.

—¿Ah no?

Newman agitó la cabeza.

—Acuérdese, le prometí que no causaría problemas durante el traslado. —Sonrió—. No dije nada de la reunión en sí.

Edel reflexionó un momento.

—Le pido disculpas. —Echó una ojeada a su reloj—. Tiene usted razón.

Eso pareció complacer a Newman.

—Entonces, ¿qué le parece si empezamos?

«Diez minutos más», pensó Edel. «Retrasa, acepta, haz una pausa, espera.» Sonrió y asintió con la cabeza.

—Tal vez.

—Perdone por lo de la ropa, pero tenía que tomar medidas de precaución.

—Lo entiendo. —Edel hizo un gesto comprensivo y vio las dos Biblias sobre la mesa—. ¿Ha continuado estudiando?

—La versión rey Jaime y la estándar revisada. También busco una en el griego y el hebreo originales.

Por un breve momento, Edel olvidó la razón por la que se hallaba allí y lo que iba a ocurrir.

En apenas ocho minutos.

—¿Algún pasaje en especial?

Newman asintió y le dio una de las dos Biblias. Edel la abrió en la página marcada con el punto y leyó el pasaje subrayado.

—«Y cuando los hubieron traído, dijeron: "Huid, por vuestra vida, no miréis atrás ni os detangáis en el valle; huid a los montes, para que no os consumáis."»

Solemne, Brian hizo un gesto con la cabeza.

—Es un sabio consejo.

—Pero no lo ha seguido.

—No.

—¿Por qué no?

Newman cogió la Biblia y la abrió en otra página marcada. Con expresión sombría se la dio.

El jefe de seguridad leyó para sí mientras él recitaba el pasaje.

—«No me senté con los juerguistas, ni me alegré. Me senté solo porque tenía tu mano encima, porque me has llenado de indignación.»

Edel miró a Newman, que continuó, con expresión herida, abriendo y cerrando los puños.

—«¿Por qué es incesante mi dolor, incurable mi herida, por qué se niega a cerrarse? ¿Quieres ser para mí como un arroyo engañoso, como aguas que no mojan?»

Edel se puso en pie y se acercó a él. Cuando habló, lo hizo con voz suave, afectuosa, pastoral. En ese momento olvidó quién era el hombre que tenía delante, lo que había hecho, así como lo que podía hacer.

Y faltaban menos de tres minutos.

—¿Culpa a Dios de sus problemas?

Newman le dio la espalda.

Edel insistió.

—En una ocasión me dijo que se responsabilizaba de sus actos, como ha de hacer un soldado… Dios es su salvación, no su torturador.

De espaldas a él, Brian sonrió, aunque habló con una voz llena de dolor.

—¿Qué cree usted, que soy un monstruo de la naturaleza o un precursor en la evolución?

Edel puso una mano en su hombro.

—Creo que es un angustiado hijo de Dios... que lo han tratado mal y lo han abandonado. Creo que está confundido y necesita ayuda y que no empezará a curarse hasta que deje al Señor entrar en su corazón.

Newman se volvió.

—Nunca dije que culpaba a Dios —declaró fríamente.

—¿No?

Negó con la cabeza.

—No, al contrario, le doy gracias por esos dones.

Edel parecía del todo confuso.

—No... no... no lo entiendo. ¿Qué dones? —preguntó. Había perdido el control.

El fugitivo se adentró más en la tienda.

—Más que una maldición, mi aislamiento, mi indignación, mi dolor, mis heridas, hasta mi eterno abandono han sido un don.

—¿Qué dice?

Newman sonrió, se dirigió hacia la sábana, miró a Edel y la arrancó.

Éste se giró, miró y se puso lívido.

—¡Jesucristo! —fue lo único que pudo exclamar.

Newman arqueó las cejas.

—No exactamente.

Y faltaba un minuto.

Fuera de la tienda, el equipo de búsqueda casi había acabado de desplegarse.

Habían seguido, a varios kilómetros de distancia, la señal que emitía el diminuto dispositivo que Edel se había tragado antes de salir del instituto, hasta que dejó de moverse.

En el restaurante, una avanzadilla había comprobado, gracias a un micrófono oculto, que no estaba con Newman y habían aguardado. Dos hombres habían seguido a Ghislain, que salió cinco minutos después de Edel.

Pero cuando los perseguidores se dieron cuenta de que Edel doblaba varias veces en distintas esquinas y desandaba el camino, Kilgore supo que estaba con Newman. Empezaron a aproximarse en cuanto Edel se detuvo.

El jefe de seguridad había dado su plena aprobación al plan. Después de reunirse con Newman esperarían quince minutos y entrarían, rápidamente, con dureza.

Como había formado parte de un grupo antiterrorista, Edel entendía las necesidades de lo que sería un asalto arrollador. S.R.V., lo llamaban entre comandos: sorpresa, rapidez, violencia.

Y necesitarían todo eso para atrapar a esa presa.

Kilgore miró su reloj. Faltaba un minuto.

—Perro grande cinco de Perro grande uno. Informe.

—Perro grande cinco. Estamos en el establecimiento al norte de la presa. Las cargas han sido colocadas en la pared medianera y estamos listos para irrumpir en cuanto lo ordene.

—Perro grande nueve de Perro grande uno. Informe.

—Perro grande nueve. Estamos en la panadería al sur de la presa. Las cargas han sido colocadas en la pared medianera. Estamos listos.

—Perro grande siete de Perro grande uno. Informe.

—Perro grande siete. Es un muro sólido de ladrillos. No hay ventanas ni puntos de salida visibles. Pero nos mantendremos alerta.

—Perro alto uno y dos de Perro grande uno. Informe.

—Perro alto dos a uno. Estamos apostados y en ángulos descendentes de treinta grados de todas las ventanas y la puerta. Se ven siluetas a través del papel, pero no podemos identificarlas.

—Perro grande uno, copia.

Kilgore echó una ojeada a su reloj. Había llegado el momento, pero vaciló. Se volvió hacia el grupo de gente que estaba de pie junto a la furgoneta de mando.

—Ésta es nuestra mejor oportunidad. Si tienen alternativas, es el momento de darlas.

Uno por uno, negaron con la cabeza. Patricia, Kapf, Tabbart, ninguno dijo nada. Pero sus rostros revelaban sus temores.

Ruinov, que permanecía detrás a solicitud de Kilgore, negó con la cabeza y se escondió en las sombras.

El capitán asintió y cogió el micrófono.

—Perro alto uno de Perro grande uno. Un *flight right* cada uno, en las ventanas norte y sur. En cuanto lo ordene.

—Perro alto uno. Copia. Un *flight right*, norte y sur.

Patricia se inclinó hacia Kapf.

—¿Qué es un *flight right*?

Kapf no apartó la mirada de la tienda.

—Un proyectil explosivo de gas lacrimógeno.

—Perro grande cinco. Perro grande nueve. De Perro grande uno. Cuenten tres después del *flight right* y avancen con *flash bangs*.

—Perro grande cinco. Copia.

—Perro grande nueve. Copia.

Kapf murmuró la respuesta a la pregunta que le iba a hacer Patricia, que ya se había inclinado hacia él.

—Granadas de conmoción que emiten una luz cegadora.

Kilgore miró su reloj.

—No puedo arriesgarme a perder más tiempo. Perro alto uno de Perro grande uno.

—Perro alto dos a uno.

—Espere diez y luz verde para disparar.

—Perro alto dos a uno. Copia.

Diez segundos después, la discreta tienda de comestibles se convirtió en un dragón que soltaba llamas.

Ocho o nueve explosiones hicieron eco en la calle mientras destellos de luz naranja y azul ascendían en el interior de la tienda. El humo que salía de las ventanas rotas, aunado a los cristales que caían de los edificios circundantes, creó una infernal escena surrealista.

Los equipos de búsqueda, fuertemente armados y protegidos por máscaras antigás, irrumpieron sin dilación, echando abajo la puerta y lo que quedaba de las ventanas como hormigas sobre el cadáver de un animal. Kilgore entró en la segunda tanda.

Al cabo de diez minutos, el capitán, cubierto de hollín, se acercó a los siquiatras que se habían agrupado en la calle delante de la tienda.

—Nada.

—¿Cómo? —La voz de Tabbart subió dos octavas.

Kilgore agitó lentamente la cabeza.

—Nada. El lugar está vacío. —Tomó una larga bocanada de oxígeno y continuó; sus ojos se llenaron de lágrimas, sobre todo por el humo—. Estuvieron allí, pero hay un maldito agujero cerca del fondo. —Tomó más oxígeno—. El hijo de puta cavó un túnel a través de los cimientos hasta una vieja red de alcantarillas, que deben de ser de la época de la guerra. Mis hombres están allí ahora, pero son un maldito laberinto.

—¿Cuánto tardarán en atraparlo? —preguntó Tabbart, esperanzado.

Kilgore lo miró, furioso.

—La última vez tardamos treinta y cinco días.

Los siquiatras iniciaron una conversación entre ellos; el capitán aspiró más oxígeno y se secó los ojos con un pañuelo húmedo.

—Hay otra cosa.

Todos lo miraron.

—Algo que tienen que ver.

A un kilómetro de allí, en pleno parque Wittelsbach, la tapa de una alcantarilla rechinó ante la presión constante de cuatro manos. Finalmente, cedió con un ruidoso chasquido.

Dos ojos se asomaron con cautela. Casi imperceptibles, llevaron a cabo una inspección de 360 grados al verde parque y, como si de un ser subterráneo se tratase, volvieron a bajar. Un minuto después, Edel salió, seguido a toda prisa por Newman.

—Eh —dijo éste mientras se enderezaba—, no tenía por qué venir.

A Edel le sangraba un poco la nariz.

—No me quedó más remedio.

El joven ex combatiente sonrió al viejo ex combatiente.

—Lo único que hice fue empujarlo hacia abajo. Si no lo hubiese hecho, en estos momentos le estarían preparando un funeral de honor. —Miró alrededor—. Tengo que irme. —Avanzó unos pasos y se volvió hacia el magullado jefe de seguridad—. No me siga, ¿de acuerdo? No quisiera haberle salvado la vida para que muera en menos de una hora.

Edel miró a su... compañero.

—No huya. Déjeme que lo entregue. Le prometo que no le harán daño.

Newman se paró en seco y se volvió.

—¿Como en esta pequeña exhibición? No, gracias.

Edel se acercó a él.

—Escúcheme, Brian...

Se oyó un disparo.

Newman se echó al suelo y rodó sobre sí mismo, casi al

mismo tiempo sacó la pistola Tokarev TT-33 que Ghislain le había conseguido. Disparó cuatro veces hacia el lugar donde había visto el brillo de la boca del arma.

No hubo respuesta y volvió a girar sobre sí mismo, se arrodilló y disparó cuatro veces más en la oscuridad. Dejó caer el cargador y puso otro a toda prisa; mientras tanto, una figura saltó de detrás de una roca y se alejó corriendo.

Newman le disparó otras cuatro veces y se levantó poco a poco.

—Lo conozco —susurró con la vista clavada en el lugar por donde había huido el hombre. Después se volvió hacia Edel.

—¿Cómo diablos supo dónde...?

Se calló.

El jefe de seguridad se hallaba a cuatro patas, cerca de donde había permanecido con la cabeza gacha y respirando con dificultad.

Newman se acercó a él y se arrodilló.

—¿Dónde? —preguntó en voz baja.

—En... un... lugar... no... demasiado... bueno —resolló Edel.

—Mierda.

Habían llevado grandes ventiladores para despejar el humo de la tienda, pero aún ahora, después de veinte minutos, el olor a gas lo impregnaba todo. Los tres médicos se cubrieron la cara con pañuelos y se abrieron paso entre las ruinas del local.

Unos especialistas revolvían con cuidado los escombros; en cada taza de plástico, cada bolsa de papel y cada trozo de tela buscaban pistas que les permitieran seguir de nuevo el rastro de Newman.

Unos técnicos colocaban luces de vapor de sodio para iluminar la oscura franja cerca del fondo, donde los explosivos y los proyectiles habían destrozado las bombillas.

Junto a los agujeros de las paredes sur y norte, los tres equipos que habían irrumpido en la tienda contestaban a las respuestas de sus superiores, repasaban cuidadosamente cada paso y evaluaban sus éxitos y fracasos como aprendizaje para la próxima vez.

Pero todos se preguntaban lo mismo.

¿Habrá una próxima vez?

Kilgore guió a los médicos a través de los cascotes hacia el fondo de la tienda.

—Está aquí, en la pared del fondo.

Patricia miró alrededor mientras caminaba.

—¿Pueden darnos una copia de todo lo que encuentren, capitán? Podría ayudarnos a descubrir lo que hará después.

—Me encargaré de ello. —El oficial se paró en seco—. Aquí está —dijo e iluminó la pared con una linterna.

Los siquiatras trataron de ver a través de la penumbra.

—Es una especie de mural —declaró Patricia al fijarse en el tamaño.

Tabbart asintió con la cabeza.

—A tinta, creo.

Kilgore señaló el suelo con la linterna: ocho o nueve rotuladores descansaban contra la pared.

—Encontramos unos cincuenta de éstos esparcidos por todo el lugar —informó.

Kapf se acercó a unos centímetros del dibujo.

—Capitán —pidió, entrecerrando los ojos para distinguir los detalles—, ¿podemos tener más luz?

Kilgore se volvió hacia un cabo que pasaba a su lado.

—¿Cuánto falta, Tony?

—Unos segundos, jefe.

Treinta segundos después, las lámparas de vapor de sodio se encendieron con un chisporroteo e iluminaron toda la zona, proporcionando una luz de un brillo lacerante.

—¡Asombroso! —exclamó Patricia, eufórica.

—Extraordinario —susurró Tabbart.

El doctor Kapf dio unos pasos atrás para tener una visión del mural entero. Permaneció quieto un minuto sin pronunciar una palabra; una lágrima se deslizaba lentamente por su rostro de expresión sombría.

—¿Es posible que sea anterior a la estancia de Newman? —preguntó Patricia.

Kapf negó con la cabeza.

—Mire las caras.

El mural representaba un campo.

Un cielo púrpura pálido y nubes anaranjadas dominaban serenamente un campo verde, salpicado de colinas cubiertas de arbustos verdes. Lo que parecían senderos de tierra muy trillados se entrecruzaban, se hundían en la hierba de las colinas.

En medio de ese paisaje bucólico había seis personas. Eran cinco hombres y una mujer que corrían desnudos, hacia las colinas, con rostros atormentados y terribles verdugones por todo su cuerpo, de los que manaba sangre.

Y se parecían extraña, pero no exactamente, a Alexander Beck, Manfred Tabbart, Jack Clemente, Otto Kapf, Konrad Edel y Patricia Nellwyn.

Diríase que corrían por encima de cuerpos torturados, desmembrados, en avanzado estado de descomposición, que les llegaban casi hasta las rodillas. Detrás de ellos, a medio camino entre el cielo y la tierra, volaba un enjambre de... cosas.

Algo como insectos, más o menos de la mitad del tamaño de los corredores a los que perseguían por el campo. Sus alas translúcidas parecían batir pesadamente en el aire, sus cuerpos semejaban recubiertos de siete u ocho placas curvas de acero articuladas, sujetas con pernos de metal.

Sus largas colas articuladas, curvadas hacia arriba, poseían afilados aguijones rojos y de algunos de éstos chorreaba sangre. Un brazo humano pendía de un aguijón y un corazón, que todavía latía, estaba clavado en otro.

Una corona de cinco puntas adornaba el largo cabello rubio, al parecer sedoso, de las grandes y desproporcionadas cabezas de los insectos. Sus rostros, algunos de perfil, otros parcialmente ocultos y otros de cara al espectador, eran humanos y resultaban demasiado familiares para las personas que se hallaban en la tienda.

La cara de cada insecto era la de Brian Newman, que los miraba a ellos, a los cadáveres y a los corredores. Pese a los ojos de un amarillo anaranjado, los dientes exageradamente largos y afilados y la expresión feroz, sin duda era Newman.

En el rincón más alejado del mural, junto a lo que podía ser la boca de un volcán, del que salían los insectos, había otra figura.

Después de haberse quedado mudos por el sobrecogimiento y de pasar diez minutos intentando digerir la monstruosidad de la imagen, los tres médicos se apiñaron en ese rincón. Por turnos, con una lupa que Kilgore encontró en el suelo, examinaron lo que resultó la silueta de un hombre.

Arriba de éste, los huecos en el humo del volcán parecían formar una serie de números: 2 – 27 – 9 – 1 – 11.

—Esto tiene que conservarse con mucho cuidado —susurró Patricia.

Tabbart asintió.

—Estoy de acuerdo. —Se le había contagiado la necesidad de hablar en voz baja.

Kapf se alejó de la pintura, se mordió el labio inferior y agitó la cabeza; diríase que libraba un combate interior. Caminó sobre los escombros sin prestar atención al mural del que los demás no podían despegarse.

Finalmente se detuvo, se arrodilló y le quitó el polvo al libro que había sacado de debajo de un trozo de pared. Se sentó y lo hojeó con calma.

—Dirige su resentimiento contra los que percibe como sus torturadores —declaró Tabbart con su tono más clínico—. Lo entiendo. Pero lo que más me interesa es que se ve a sí mismo como una especie de insecto. Quizá en su subconsciente posee un complejo de inferioridad latente. Se representa como un mosquito que ataca a un ser humano.

Patricia negó con la cabeza.

—Es más una metamorfosis. De gusano a crisálida y de ésta a forma más desarrollada. —Señalaba el mural al hablar—. Es el intento de Newman de explicar su avance en la evolución. De un débil e indefenso *Homo sapiens* a *Homo crudelis*. De corazón de piedra, implacable, forjado en las entrañas del volcán, surge para desafiar a una forma más débil de la evolución con el fin de dominar el planeta.

Antes de que Tabbart pudiera interrumpirla, la voz de Kapf los obligó a volverse hacia él.

—«Y el quinto ángel tocó su trompeta —leyó el anciano en voz alta y clara—. Y vi una estrella que caía del cielo sobre la tierra y le fue dada la llave del pozo del abismo; y abrió el pozo del abismo, y ascendió del pozo humo, como el humo de un gran horno, y se oscureció el sol y el aire a causa del humo del pozo.»

Patricia y Tabbart se volvieron despacio hacia el mural y pasaron la vista de la erupción de humo al cielo purpúreo.

—«Del humo salieron langostas sobre la tierra, y les fue dado poder, como el poder que tienen los escorpiones de la tierra. Les fue dicho que no dañaran la hierba de la tierra, ni ninguna verdura, ni ningún árbol, sino sólo a los hombres que no tienen el sello de Dios en la frente.»

Kapf se puso en pie y se acercó a la imagen.

—Empieza a resultar claro —murmuró—. La extraña inscripción en el sobre, la afirmación de que los otros tienen que encajar con él y no al revés, las iniciales después de su firma. —Hizo una pausa—. Este dibujo.

Y siguió leyendo en voz alta.

—«Las langostas semejaban caballos preparados para la batalla, y lucían sobre sus cabezas una especie de corona de oro, y sus rostros eran como rostros humanos; y sus cabellos eran como los cabellos de mujer, y sus dientes como los del león, y sus escamas eran como corazas de hierro... Y sus colas eran como la de los escorpiones, con aguijones.»

Cerró el libro y continuó recitando el pasaje de memoria.

—«Por rey tienen sobre ellas un ángel del abismo, cuyo nombre en hebreo es Abaddón, y en griego tiene el nombre Apolyon.»

Tabbart temblaba mientras miraba a Kapf y luego al mural, pero Patricia parecía confusa.

—Explíquemelo —pidió, vacilante.

Kapf soltó una risa cínica.

—Es demasiado obvio... Brian Newman está absolutamente loco.

—¿Cómo?

Kilgore, que llevaba unos minutos hablando por el teléfono móvil, se aproximó y se unió a la conversación.

—Tenemos al hombre que se encontró con Edel. Es el dueño de un club porno al este de la ciudad. —Observó la expresión petrificada de Patricia y Kapf—. ¿Me he perdido algo?

El doctor Kapf se volvió hacia él.

—Siga, por favor, capitán.

—Está colaborando —continuó Kilgore, nervioso—. Nos ha dado el sobrenombre de Newman y la policía local cree que le sonsacaremos mucho más.

—¿Cuál es, capitán? El apellido es ¿Abadón o Apolión?

Kilgore se quedó pasmado.

—Apolión —susurró—, ¿cómo lo...?

—Así que ahora es Caronte Apolión —musitó Kapf, meditabundo.

El oficial miró el papel que llevaba en la mano.

—¿Cómo diablos lo sabe?

Kapf le contestó, pero sin apartar la vista de Patricia.

—Me criaron en un mundo más rígido que éste —explicó con parsimonia—. Mi educación tuvo lugar en la escuela y en la iglesia. Y, como ocurre con la mayoría de mis compatriotas, incluyendo al jefe de seguridad... —dijo mirando al tembloroso Tabbart—, conozco bien lo que representa el pavoroso dibujo del señor Newman. Me temo que lo usaron en muchas ocasiones para «meterme el temor de Dios en el cuerpo», como dirían ustedes los norteamericanos. Lo reconocí casi de inmediato y sospecho que también lo reconoció el jefe Edel... ¿Lo han encontrado?

—No. —Kilgore contemplaba el mural.

Kapf suspiró.

—No. —Hizo una pausa—. Los números encima de la figura oscura no hicieron más que confirmar mis sospechas. Son del arcaico evangelio luterano. —Entregó la Biblia a Kilgore—. El dos indica el segundo o Nuevo Testamento; el veintisiete, Apocalipsis; el nueve, el noveno capítulo; el uno, el primer versículo con el que empieza la cita, y el once, el undécimo versículo con el que acaba.

Kilgore buscó la cita, la leyó y volvió a mirar el mural.

—Muy parecido —dijo—. Pero ¿y el nombre de pila que usa?

—A todos mis amigos en tierra. —Kapf sonrió—. No olvide la inscripción en el sobre. Caronte es la figura de la mitología griega que transportaba las almas condenadas al otro lado de la laguna Estigia. Cuando confirmó usted que usaba el nombre griego del ángel del abismo, el resto resultó obvio. —Fue hacia el mural—. ¿Recuerda que firmó la nota dirigida a Edel con las iniciales C.A. detrás de su propio nombre? Caronte Apolión. Muy claro.

—Para mí no —exclamó Patricia, enojada—. ¡Nada claro! —Avanzó unos pasos antes de girar sobre los talones y enfrentarse a Kapf—. ¿Y quién dice que se ha vuelto loco?

El doctor agitó la cabeza, se alejó del horripilante mural y lo señaló con un gesto.

—Newman. —Fue su triste respuesta.

En el límite del parque Wittelsbach, en una parada de autobuses iluminada por una sola bombilla, Newman estaba ayudando a Edel a tumbarse en el ancho banco de piedra. Se quitó la camisa, hizo una bola con ella y la colocó con ternura bajo la cabeza del hombre mayor. Edel gruñó cuando un espasmo de dolor le recorrió el cuerpo.

—Creo —dijo con voz apenas audible— que todo ha terminado para mí.

Newman asintió con la cabeza.

—Creo que ha perdido parte de uno de los principales vasos abdominales. Hemorragia interna masiva, probablemente graves daños en varios órganos.

La expresión de Edel se tornó divertida.

—Después de tantos años... —Escupió sangre y Newman se apresuró a limpiar la cara del hombre moribundo—. Después de todos estos años, que me dispare uno de los míos... —Esbozó una sonrisita—. ¡Qué suprema ironía!

Brian lo miró.

—No sé si hará que se sienta mejor, pero no era uno de los nuestros.

—¿No?

—Era un ruso. —Los ojos de Newman se volvieron fríos y todo su cuerpo rezumó violencia como si de un olor se tratase—. Un coronel ruso llamado Ruinov.

Esto, extrañamente, pareció agradar a Edel.

—Hay cierto paralelismo en eso —comentó el antiguo soldado de la guerra fría. Miró a Newman—. ¿Va a matar a ese coronel ruso?

—No le quepa duda —dijo con una voz tan fría como el metal de una pistola.

Edel asintió, con lo cual otro espasmo de dolor le recorrió el cuerpo.

—No es muy cristiano por mi parte —manifestó, dolorido—, pero eso me hace sentir... —dijo buscando la palabra adecuada— limpio. ¿Lo entiende?

—Sí.

Newman le apartó el cabello de los ojos.

—¿Hay algo que pueda hacer por usted? ¿Algo que quiera que se haga? —preguntó con voz suave, pero no consoladora.

Edel negó con la cabeza.

—Salvo mi parroquia, estoy solo… Pero me gustaría que me enterraran en el camposanto de la iglesia, junto al enebro, creo.

Brian asintió.

—Me aseguraré de que lo sepan. Y si no lo hacen, yo mismo lo cambiaré de sitio. Tiene mi palabra.

Edel sonrió y escupió más sangre.

—Ésta es una de las cosas importantes, ¿verdad?

—Sí —contestó Newman.

—Hay otra cosa.

—Usted dirá.

—Todo el mundo ha dicho muchas cosas sobre usted. —Edel trató de sonreír, pero los continuos ataques de dolor se lo impidieron—. Los habladores, los dubitativos, los doctores. Y he visto el dibujo, su dibujo. —Se interrumpió hasta que se le pasó un espasmo—. Quisiera saber, por favor.

Newman sonrió y asintió, entonces se inclinó y le susurró algo en la oreja. Poco a poco, una sonrisa se dibujó en el rostro del moribundo. Brian se enderezó.

—Ah —dijo Edel—, así debe ser. —Lo miró con profundo anhelo—. Yo no creo que se deba dejar que los hombres sufran innecesariamente, ¿y usted?

Newman negó con la cabeza, se puso firme e hizo un saludo militar.

Edel se enderezó, cerró los ojos y empezó a rezar.

—Padre nuestro que estás en los cielos, santificado sea tu nombre, venga a nosotros tu reino, hágase tu voluntad…

La mano derecha de Newman cayó con fuerza sobre el puente de la nariz de Edel, fragmentos de hueso se clavaron en el cerebro del jefe de seguridad, que tembló un momento antes de quedarse inmóvil.

—… aquí en la tierra como en el cielo —acabó por él Brian mientras se volvía y desaparecía en la oscuridad.

Llevaba treinta horas sin descansar. Pese al frío de la noche, unas horas antes el sudor había empapado su blusa y su chaqueta. Le latían las sienes por falta de sueño, por hambre, confusión y rabia.

Patricia arrojó el bolso sobre la cama y se quitó la ropa. Teorías, desacuerdos, preocupaciones aparte; su prioridad ahora consistía en una ducha, comida y un par de horas de sueño. El resto, lo haría después.

Cogió la bata y entró en el cuarto de baño.

Nada más traspasar el vano de la puerta, una poderosa mano la cogió de la garganta, la levantó y la empujó brutalmente contra la pared.

Apenas podía respirar o pensar. Newman acercó la cara a escasos centímetros de la suya.

Sus ojos, abiertos de par en par, no parpadeaban; respiraba profundamente y con regularidad por las aletas dilatadas de la nariz; su expresión iba más allá de la furia. Más tarde, Patricia recordaría haber pensado que si la muerte tuviese rostro, sería ése.

—Tengo un mensaje para usted y sus socios —le susurró él, con voz gutural—. Usted será la responsable de dárselo. Mueva la cabeza si acepta; si no, morirá.

Sintió el aliento de Newman en el rostro y afirmó con la cabeza.

—Konrad Edel está muerto. Por mi mano, pero no porque yo quisiera. Han de enterrarlo en el camposanto de su parroquia, junto al enebro. Encárguese usted. Mueva la cabeza si acepta; si no, morirá.

Patricia asintió.

—Pronto me iré. Cualquier intento de evitarlo provocará el mayor desastre que pueda imaginarse. —Newman hizo una pausa—. Hay reactores aparte del de Abkhaz. Usted y sus socios no interferirán cuando salga del país. Encárguese. Mueva la cabeza si acepta; si no, morirá.

De nuevo hizo un aterrorizado gesto con la cabeza.

Newman la apartó de la pared y la arrastró hasta el dormitorio. La tumbó sobre la cama y ella trató de deslizarse hacia la pistola que guardaba en la mesita de noche.

Sin el menor esfuerzo, Newman la cogió de una pierna y la arrastró de nuevo hacia él. Dos minutos después, la joven se encontraba firmemente atada.

Pese al abrumador pavor que surgía en su interior, Patty *la Clínica* sintió algo más, cierta excitación causada por ese contacto nada clínico, primario y peligroso con el demonio/héroe de sus artículos y sus sueños.

Él pasó una mano por encima de ella para coger un pañuelo de la mesita de noche del lado opuesto; su cara pasó a pocos centímetros de la de ella y su mano derecha le rozó accidentalmente el pecho desnudo.

Ella se estremeció de antemano y, como sorprendiéndose, jadeó:

—¡No! ¡Por favor, no lo haga!

Newman la observó con expresión rara. Entonces dejó escapar una risita, miró alrededor, cogió la bata y se la echó encima.

—Nunca lo entendió del todo, ¿verdad? —preguntó con una expresión divertida, que cambió de inmediato por la máscara mortal.

—Una última cosa —dijo inclinándose muy cerca de ella—. Cuando todo haya terminado, cuando me haya ido del país y todos ustedes hayan olvidado lo que de veras ocurrió... cuando sólo estén pensando en sus preciosas teorías y sus preguntas sin respuesta. —Hizo una pausa y acercó los labios a la oreja de la temblorosa siquiatra—. No me persigan. Nunca —susurró—. Déjenme en paz. Si alguien me persigue... usted será la responsable.

La amordazó, se bajó de la cama y se dirigió hacia el teléfono. Marcó un número y esperó a que contestaran.

—Hola —dijo con voz firme—, ¿puedo hablar con John Kilgore? Habitación mil doscientos noventa y seis. Muchas gracias.

Se volvió hacia Patricia y le aflojó las cuerdas de los tobillos mientras aguardaba. De pronto volvió a centrar la atención en el teléfono.

—¿Capitán Kilgore?

—¿Quién habla?

—Caronte Apolión.

Un largo silencio.

—¿Sí?

—Lamento que no hayamos tenido ocasión de conocernos personalmente —declaró Newman desenfadadamente—. Creo que podríamos haber sido amigos.

—Todavía podemos serlo. ¿Por qué no nos vemos y lo hablamos?

—De acuerdo.

—¿Cómo? Oh, sí. ¿Dónde quiere que...?

Newman arqueó las cejas y sonrió a Patricia.

—Estoy en casa de Patricia Nellwyn. ¿Qué tal si nos reunimos aquí? —Guardó silencio unos segundos—. Tiene cuarenta minutos. —Colgó.

Sonrió de nuevo a Patricia, que lo miraba aterrorizada.

—Relájese, doctora. Me voy, pero alguien va a venir a desatarla.

Se volvió y se encaminó hacia la puerta. De pronto, se paró en seco, como si se hubiese acordado de algo, y regresó al dormitorio.

La miró, le quitó la bata y la echó en el cuarto de baño.

Sonrió ante el cuerpo desnudo y asintió en señal de aprobación.

—Cuando un montón de tipos irrumpan aquí en unos veinte minutos habrá una escena humillante.

Se encaminó hacia la puerta del apartamento.

—La humildad le vendrá bien.

CAPÍTULO CATORCE

Viena, a menudo llamada La Reina del Danubio, está situada a orillas de ese río, en un punto en que se cruzan casi todas las rutas comerciales europeas. Es un puerto, un centro comercial importante, una ciudad manufacturera, una ciudad de una inmensa historia y drama.

Pero también es otra cosa... hay quienes la consideran la capital mundial del espionaje.

En un reciente estudio del Consejo Asesor del Servicio de Inteligencia norteamericano se estima que uno de cada seis espías del mundo trabajan en Viena o tienen su base allí.

Como es la única ciudad del mundo que cuenta con embajadas de todos los países de las Naciones Unidas, además de treinta representaciones de movimientos de liberación, casi no transcurre un día sin ninguna intriga.

Al centro de Viena lo llaman la Ciudad Secreta. Gracias a sus anchos bulevares, construidos donde antes se alzaban las murallas de la ciudad antigua, y a su Ringstrasse, cuyos numerosos parques rodean los incontables edificios internacionales y gubernamentales, todos los visitantes van a verla al menos una vez, incluyendo los que forman parte del espionaje internacional o periférico.

En el centro de la ciudad, justo al sudoeste del más famoso edificio, la catedral de San Esteban, de 140 metros de altura, se encuentra el Rathaus, el ayuntamiento, un edificio gótico en medio de un pequeño parque. La torre de su reloj se alza a 100 metros del suelo y sus muros contienen la Biblioteca Municipal, el Museo de Historia y, a un lado, la colección histórica de armas más famosa del mundo.

Y en medio de esa colección, cada lunes y jueves de nueve

a doce, se sentaba Abd al Qadir Yaman Ibn Musa Abu Khayyat, traficante de documentos falsificados del mundo entero.

Vestía trajes italianos de 2 000 dólares, calzaba zapatos de 500 dólares, se peinaba a la última moda y se acomodaba delante de las armas de fuego del siglo XVI, leyendo tranquilamente el *Times* de Londres.

Al sonar la última de las doce campanadas del reloj de la torre se ponía en pie, doblaba meticulosamente el periódico, lo guardaba en su maletín de piel de becerro y se marchaba, seguido de quienquiera que hubiese sido enviado a vigilarlo ese día por cualquiera de los servicios de inteligencia.

En realidad no le molestaba la vigilancia, pues sus clientes, muchos de ellos pertenecientes a los mismos servicios de inteligencia que lo espiaban, sabían que no debían ir personalmente. De hecho, se decía que Abd al Qadir, como lo llamaban los íntimos, prácticamente llevaba él solo el peso del próspero negocio de intermediario que se realizaba en Viena.

No se sorprendió cuando un hombre se sentó tranquilamente a su lado ese lunes por la mañana.

Siguió leyendo el periódico.

—¿Tenemos algún amigo común?

El hombre asintió.

—Armairco.

—Siga. —Abd al Qadir dio vuelta a la página.

—Navinco.

El traficante de documentos hizo un gesto casi imperceptible con la cabeza.

—¿Y?

—Florida Meridian Air.

Abd al Qadir frunció el entrecejo sin dejar de leer. Los nombres, bien escogidos, eran de organismos del servicio de inteligencia de Estados Unidos con los que ya había mantenido tratos, aunque no en los últimos cinco años.

—Los echo de menos —comentó y se giró a mirarlo.

Tendría unos cuarenta años, llevaba el cabello relativamente largo, barba espesa, grandes gafas de sol y un sombrero estropeado.

No era uno de los habituales.

El hombre guardó silencio.

—Muy bien —dijo por fin Abd al Qadir—. Puede hacer su

pedido, pero voy a necesitar un anticipo mayor que el de costumbre.

El hombre asintió.

—De acuerdo.

Colocó un papel sobre el banco, entre ellos. Abd al Qadir lo cogió como si nada, lo desdobló con una mano y lo puso detrás del periódico.

—Los documentos de viaje son cosa rutinaria. Mil novecientos sesenta y cinco marcos cada uno. Las partidas de nacimiento y de bautismo digamos que novecientos ochenta y dos marcos cada una... Los otros dos van a suponer un problema.

El hombre no reaccionó.

Lo que le produjo una sensación muy extraña, pues siempre se negociaba el precio de los documentos difíciles.

—Aunque tengo mis recursos —continuó Abd al Qadir—. Sin embargo, tendré que cobrarle extra.

—Bien.

—Seis mil quinientos cincuenta marcos cada uno.

El hombre movió la cabeza afirmativamente.

—¿Y podrán pasar por una investigación informática?

Abd al Qadir asintió.

—Por supuesto. —Hizo unos cálculos mentales—. Tres documentos de viaje, la partida de nacimiento y lo demás... Serán veinte mil novecientos cincuenta y nueve marcos, o sea, quince mil dólares.

El hombre sonrió por primera vez.

—No sabía que hacía descuentos. —Colocó un pequeño sobre en el banco—. Fotografías, el nombre, los datos, instrucciones sobre la entrega y diez mil marcos. El resto, los siete mil trescientos sesenta y seis dólares con cuarenta y un centavos pagaderos a la entrega.

Abd al Qadir cogió el sobre.

—Trato hecho.

—¿Cuánto tiempo?

—Diez días, ni uno menos; los pedidos especiales van a requerir tiempo.

El hombre reflexionó un momento y se levantó.

—Diez días.

Se marchó y miró con tranquilidad los antiguos sables, las armaduras y los escudos.

Dos jóvenes amantes, obviamente incapaces de ver nada que no fuera ellos mismos, salieron detrás de él. En la escalinata del Rathaus se detuvieron; la joven se apoyó en una de las recargadas columnas y su marido o novio le sacó una foto.

Con un primer plano dominante del hombre que se había reunido con Abd al Qadir.

—¡Está en Viena!

El sargento entró corriendo en el despacho de Kilgore.

—¿Cómo?

El joven le enseñó la foto tomada en el Rathaus.

—Los de inteligencia griega lo vieron hacer un trato con un traficante de documentos en Viena.

Kilgore examinó la foto con lupa.

—Podría ser él —manifestó, cauteloso.

—Hay más —añadió el sargento, eufórico—. Sus agentes lo siguieron un rato y recuperaron un vaso de papel que había usado. ¡Las huellas dactilares son concluyentes! —Le entregó el informe.

Habían transcurrido tres semanas desde el desastre en la tienda de comestibles, desde la bochornosa redada en casa de la doctora Nellwyn.

Desde el descubrimiento del cuerpo de Konrad Edel.

El equipo de búsqueda y las autoridades alemanas interrogaron al dueño del club porno, pero, aparte del nombre Caronte Apolión, no reveló nada importante.

Examinaron minuciosamente todo lo que había en la tienda. Especialistas en interpretación de arte analizaron el mural antes de que lo cortaran y llevaran al instituto para seguir estudiándolo.

Patricia se dejó hipnotizar y cada aspecto de su confrontación con Newman se discutió y analizó. Registraron tres veces su casa en busca de la más mínima pista de Newman.

Pero no hallaron ninguna.

Además, quedaba otro aspecto sin resolver.

¿Sería capaz Newman de cumplir su amenaza de desastre nuclear si descubría que seguían persiguiéndolo?

Habían hecho todo lo posible para evitar una respuesta a esa pregunta.

Patricia supervisó el entierro de Edel en el camposanto de su parroquia, junto a un grupo de enebros. Todos asistieron. El primer ministro de la República Federal de Alemania pronunció un discurso acerca de «hombres de los muros», el sacerdote mencionó «las recompensas últimas» y Tabbart habló de «eficacia y dignidad».

Y Kilgore no dejó de observar los tejados, las ventanas del otro lado de la calle, al grupo de periodistas y fotógrafos de los medios de comunicación y a los mirones con la esperanza de encontrar el rostro que él creía que estaba ahí, en algún lugar.

Desmantelaron el centro de operaciones del granero y sacaron a los hombres y los equipos del instituto, todo con gran ostentación.

Todos se volvieron sumamente discretos, lo que no significaba que hubiesen renunciado a la búsqueda.

Continuaron procesando todas las pistas que podían conseguir, ahora funcionando de modo encubierto, en un hangar de la base aérea de Rheinsgarth, rodeados de toda clase de medidas de seguridad. Se reunían en secreto con el personal del instituto para intentar trazar un perfil sicológico de Newman/Caronte Apolión.

E hicieron circular un comunicado a todas las redes de los servicios de inteligencia norteamericana en todo el mundo.

De todas las prioridades, Newman se había convertido en la principal.

«Se busca vivo o muerto.»

Pero de eso hacía tres semanas y no tenían nada todavía. Al menos, no hasta que el joven sargento irrumpió con las fotografías vienesas.

Kilgore entró en la sala de análisis, donde cinco personas examinaban las copias de la fotografía y las huellas dactilares.

—¿Y bien?

Un teniente levantó los ojos.

—Es él. No cabe duda.

Pero Kilgore vaciló.

En los cincuenta y seis días transcurridos desde su fuga, Newman no había cometido el más mínimo error, ni siquiera cuando le siguieron la pista hasta la tienda de comestibles. El doctor Kapf estaba convencido de que Newman quería que vieran su mural, de que los habría guiado a la tienda si ellos no la hubiesen encontrado.

Ni un error.

Pero Kapf se mostró precavido cuando el capitán lo mencionó.

—Si la personalidad de Newman se ha sumido en la sicosis de Apolión —contestó el anciano profesor—, entonces es posible que empiece a mostrarse un tanto errático y un hombre errático comete errores.

Un hombre errático comete errores.

Un error. En cincuenta y seis días.

Permite que lo vean reunirse con un conocido traficante de documentos falsos en el ambiente menos seguro posible, en la ciudad más peligrosa de Europa.

A Kilgore se le antojó demasiado conveniente.

Y, sin embargo, también parecía factible.

Se volvió hacia el oficial de enlace.

—¿Podemos presionar al falsificador?

—Negativo. Está en la lista de protegidos.

Miró a su segundo.

—¿Y bien?

El hombre se encogió de hombros.

—Ya nos tocaba un poco de suerte… pero es mucha suerte.

Kilgore asintió y se apartó un poco para reflexionar; finalmente, al cabo de un minuto, giró sobre los talones con determinación.

—Bob, llévate un equipo de logística avanzada y dos unidades de reconocimiento a Viena. Instala un puesto de mando y pon en marcha la búsqueda inicial. Quiero una evaluación completa de los riesgos en treinta y seis horas.

El segundo asintió y salió del despacho a toda prisa.

El capitán se volvió hacia el oficial de enlace.

—Prepare un plan para trasladar todo el equipo con dos horas de antelación. Haga todos los contactos preliminares necesarios en Austria. —Siguió andando hacia la puerta de la habitación—. Y que alguien me ponga con el doctor Kapf.

A sesenta y cuatro kilómetros de allí, a poco menos de una hora en coche, Tabbart había dado marcha atrás en el sendero de entrada del instituto, dispuesto a regresar a su casa.

Por primera vez en varios días, Brian Newman no ocupaba su mente; ni siquiera lo había oído nombrar en la larga y difícil jornada, lo cual, en su opinión, hacía que fuese un buen día después de todo.

No obstante, había habido varias crisis.

Jack Clemente había entrado en la última fase de su batalla contra el cáncer. A Tabbart le daba pena, pero lo que más le preocupaba era quién lo sustituiría.

La junta de administración quería ascender a alguien de dentro y eso, sospechaba Tabbart, significaba que sería Patricia Nellwyn, algo que él nunca permitiría. Tenía pensado contratar a alguien del extranjero, pero se estaba topando con una fuerte resistencia.

Además, la junta quería añadir edificios, lo que suponía despejar casi la mitad del bosque y esos vociferantes e insoportables «verdes» empezaban a presentarse, a encadenarse a los árboles y a dar sermones ante las cámaras de los medios de comunicación.

En un instituto orgulloso de su discreción e intimidad eso podía resultar desastroso.

Para colmo, estaba el problema de las mutuas.

De hecho, tres de las principales mutuas habían decidido no incluir el Instituto Volker en su lista de centros médicos, debido a sus precios «exorbitantes». Tabbart había pasado tres horas en reuniones sólo para resolver ese problema.

No era que el instituto necesitara a los pacientes de esas mutuas, pues representaban menos del siete por ciento de los ingresos brutos. No, era una cuestión de principios.

El Instituto Volker, el instituto «del pueblo», se enorgullecía del número de pacientes de la zona que aceptaba cada año; mejoraba la imagen que Tabbart se había esforzado tanto en crear en los últimos nueve años. De modo que se opondría a cualquier intento de obligarlo a recortar gastos en ese aspecto.

Un día repleto de crisis, pero ninguna que tuviera que ver con Brian Newman... Sonrió.

Redujo la velocidad para enfilar el puente de una sola vía cercano a su casa, que cruzaba un afluente del Isar. Había un coche delante del suyo y esperó, como mandaba la ley, a que pasara primero cuando el semáforo se puso en verde.

Pero el coche no se movió.

El doctor agitó la cabeza por la estupidez de la mayoría de conductores y tocó el claxon.

El auto seguía sin moverse.

Volvió a tocar el claxon y luego se giró al oír que alguien llamaba a su ventanilla.

El hombre se hallaba tan cerca que sólo pudo verle el torso. Parecía mirar por encima del techo del Mercedes.

—*Was is loss?* —preguntó Tabbart.

Obtuvo una respuesta incomprensible.

—Idiota —murmuró Tabbart mientras bajaba la ventanilla.

El hombre empezó a agacharse.

—*Was is...?* —No acabó la pregunta. Una tela empapada en cloropromazina le cubrió la cara y le hizo perder el conocimiento.

Treinta y cinco minutos después volvió en sí.

—Buenas noches —dijo una voz masculina cerca.

La visión de Tabbart no se había aclarado todavía, le dolía la cabeza y sentía náuseas.

—¿Qué pasa aquí? —preguntó en alemán—. ¡Soy una persona importante! ¡Más le vale soltarme de inmediato!

Oyó unos pasos que se aproximaban y se encogió cuando le limpiaron la cara con una tela fresca y húmeda. La voz habló de nuevo.

—Sosténgala sobre los ojos cerrados. Le hará sentirse mejor.

Tabbart obedeció y abrió los ojos poco a poco al sentir que apartaban la tela.

—¡Dios mío!

Newman agitó la cabeza.

—Quisiera que dejaran de decir eso.

—¿Qué... usted... cómo? —tartamudeó el médico.

—Tengo unas preguntas que hacerle —lo cortó Newman.

Ahora que la conmoción inicial desaparecía, Tabbart empezó a recuperar la compostura.

—¡No le diré nada! ¡Suélteme inmediatamente!

—¿Quién es el ruso alto con quien se reúne en el Hofkeller, en el distrito Reisch?

El miedo de Tabbart se intensificó, como también se intensificó su decisión de no decir nada. Apretó la mandíbula.

Newman acercó su silla al hombre atado.

—Vamos, Manfred —dijo con tono desenfadado, amistoso—, los dos sabemos que va a decirme todo lo que quiero saber. ¿Por qué no hacerlo más fácil para usted? —Sacó con parsimonia un cuchillo de una funda que tenía en la bota—. El Hofkeller, en el distrito Reisch. Un ruso alto que comercia con iconos y antigüedades. ¿Se acuerda?

Tabbart no podía apartar la vista del filo del cuchillo que reflejaba la luz de una bombilla desnuda.

—Por favor. —Su momentáneo valor se debilitaba a cada destello de la hoja bruñida—. ¡Por favor! ¡No sé nada!

Newman agitó la cabeza.

—Conoce la anatomía. —Su tono desenfadado comenzaba a volverse monótono y sin vida, como una cinta en un aparato al que se le empiezan a acabar las pilas.

Le desabrochó los pantalones y le abrió la bragueta. Le bajó los pantalones y los calzoncillos hasta los tobillos.

Tabbart se retorció, tratando de deshacerse de las ataduras. Quería chillar, pedir ayuda.

Lo único que salió de sus labios fue un débil quejido.

—¡Por favor!

—Funciona así... —prosiguió Newman—. Ninguno de los cortes será mortal. De cada uno podrá recobrarse de inmediato, sólo para repetir el procedimiento. —Hizo una pausa y acercó la cara a escasos centímetros de la de Tabbart—. Usted es médico. Sabe cuántas cosas puedo rebanar. —Bajó la hoja del cuchillo y tocó el pene expuesto—. O cuántas cosas puedo cortarle... sin provocarle la muerte.

Tabbart trató de apartarse, de hacer caer la silla hacia atrás, pero Newman le agarró el flácido órgano y apretó.

—¡No! —chilló.

Hizo una ligerísima incisión en el miembro estirado.

—El Hofkeller, en el distrito Reisch. Un ruso alto que comercia con iconos y antigüedades. ¿Se acuerda?

En la segura sala de conferencias del instituto, Kapf agitó la cabeza y colgó el auricular.

—El jefe debe de haberse parado en alguna parte camino de casa. Sugiero que procedamos sin él.

—De acuerdo. —Kilgore se acomodó y miró a Patricia. Ella, a su vez, clavó la vista en la carpeta. El capitán sonrió—. Doctora Nellwyn, ¿quiere empezar?

Ella hizo un escueto asentimiento de cabeza.

—De acuerdo. —Echó un vistazo a algunas hojas de la carpeta y levantó los ojos—. Se nos presentan dos cuestiones. Primero, ¿por qué está en Austria? Segundo, ¿qué pretende?: ¿adónde va y cómo tratará de llegar?

—Entonces, ¿está convencida de que es verdad, de que no es un truco?

Patricia afirmó con la cabeza sin mirarlo.

—Claro. ¿Por qué no? Está huyendo. Estamos a un par de horas de la frontera con Austria. Es el primer movimiento lógico y la lógica es la fuerza dominante del hombre.

—No estoy de acuerdo.

Todas las miradas se volvieron hacia Kapf.

—¿Doctor Kapf? —pidió Kilgore.

El médico negó con la cabeza.

—La lógica no es lo que lo impulsa. Es la pasión.

—No seas absurdo, Otto. —Patricia soltó una risita.

Kilgore levantó una mano.

—Siga, doctor.

—No me malinterpreten. No hablo de pasión en el sentido que nosotros conocemos. —Kapf esbozó una sonrisa cínica—. Nada en Newman, o Apolión, si prefieren, es lo que la ciencia convencional llamaría normal. No obstante, es un hombre impulsado por la pasión.

—¿Qué significa eso? —preguntó el capitán.

—Significa que Newman/Apolión no se irá, al menos no de modo permanente, hasta haber acabado con la tarea que su pasión le exige.

—Entonces no cree en los informes —manifestó Kilgore, sombrío.

Kapf se encogió de hombros.

—Da igual que haya estado en Viena o que se encuentre allí todavía… Regresará. Se sentirá obligado a acabar lo que otros han iniciado.

Patricia levantó la vista por fin y sonrió con condescendencia.

—¿O sea? —preguntó con un deje de sarcasmo bien intencionado.

—Vengar a su amigo —contestó secamente Kapf, como si fuese un hecho conocido.

—Increíble. —Patricia contuvo otra sonrisa.

Kilgore lo advirtió.

—¿Doctora Nellwyn?

En esta ocasión ella le sostuvo la mirada.

—Lo último, primero. Newman... no Newman/Apolión, sino Newman... —dijo mirándolo. Él asintió— es incapaz de forjar amistades, ya no digamos una lo bastante íntima para que su desaparición le provoque una rabia homicida y, menos aún, por el hombre al que ha de ver por fuerza como su principal carcelero.

»De hecho, es del todo incapaz de esa clase de rabia. Carece prácticamente de emociones; es frío, distante, retraído; capaz de imitar una verdadera emoción cuando le conviene, pero incapaz de sentirla.

Guardó silencio un momento mientras consultaba sus notas.

—¿Pasión? Nunca. En ese hombre, no. Nunca. —Respiró profundamente antes de proseguir—. Podría haberme matado o, como mínimo, violado cuando se le presentó la oportunidad. Un hombre apasionado lo habría hecho.

Kilgore apartó la mirada al recordar el tacto de su piel desnuda cuando le desató las piernas aquel día.

—El hecho de que todavía me encuentre aquí, sin heridas, es una prueba de que ese hombre carece de pasión.

Kapf negó con la cabeza.

—No la violó, por lo tanto es desapasionado. Si la hubiese violado, lo habría tildado de sicópata sexual. —Hizo una pausa y la miró con seriedad—. Lo que todavía no ve, niña, es que en ambos casos sería el mismo hombre. Al visitarla tenía por objetivo entregar un mensaje, nada más. Cualquier otra cosa habría sido lo que a ustedes, los norteamericanos, les gusta llamar decoración de escaparates, o sea, fachada.

Kilgore solía sentirse incómodo cuando los loqueros se salían por sus extrañas tangentes.

—¿Podemos volver al problema que nos ocupa?

Patricia le echó un vistazo y clavó de nuevo la mirada en Kapf.

—Mire —le dijo en tono conciliador—, en algún momento tendremos que aceptar todos que Brian Newman es la siguiente fase, la siguiente generación del ser humano. Lane Fenton escribió sobre eso hace treinta años. El hombre cambia de manera especial y lo más importante es la realidad de que razas enteras envejecen, al igual que los individuos.

Kapf volvió a negar con la cabeza.

—Las teorías del profesor Lane Fenton no han sido del todo aceptadas por la comunidad científica.

—Yo sí las he aceptado. —Patricia se encogió de hombros y se volvió hacia Kilgore—. Hemos tenido trescientos mil años y es hora de que aceptemos lo inevitable e intentemos convivir con ello el tiempo que podamos. —Se levantó y echó a andar de arriba abajo—. El doctor Kapf, y créame cuando le digo que lo admiro muchísimo, no es capaz de entender a ese hombre.

Eso pareció divertir a Kapf.

—¿Ah no? ¿Puedo preguntarle por qué?

Patricia asintió.

—Creo que debería. —Se giró de nuevo hacia el capitán—. En la tienda de comestibles él mismo lo dijo. El doctor Kapf se crió en la Alemania de la guerra y de la posguerra. Es el fruto de una de las sociedades más disciplinadas y conservadoras de la historia del mundo. Su edad, la sociedad en la que se crió, sus nexos culturales lo llevan a respuestas convencionales para preguntas nada convencionales.

—Fascinante —comentó el neurólogo con voz queda y un deje de tristeza.

—El doctor Kapf se ha referido al *Homo crudelis*, el hombre de corazón de piedra. Que quede claro antes de que sigamos. —Se volvió hacia él—. Casi ha dado en el clavo.

»Las mezquinas moralidades, las convenciones y las costumbres no limitan a Newman como nos pasa a nosotros. Es libre de hacer lo que quiera, cuando quiera y como quiera. Si alguien intentara detenerlo —dijo encogiéndose de hombros—, le importaría tanto como le importaron la paloma y el gato. —Guardó silencio un momento—. Eso somos para él —continuó eufórica— ¡o deberíamos serlo! —Las palabras empezaban a salir a borbotones—. El *Homo erectus* no pudo enfrentarse mucho tiempo al *Homo sapiens* porque le faltaba inteligencia. Nosotros no podremos enfrentarnos a los Newman porque nos paralizan esas estúpidas, superfluas e inherentes desventajas que tan altivamente llamamos emociones y moralidad.

Kapf la miró sin parpadear.

—¿De modo que el *crudelis* se convierte en la figura dominante y el *Homo sapiens* muere lenta pero inexorablemente?

Patricia se acercó a él y apoyó las manos en la mesa. Todo en su pose, en sus músculos, le suplicaba que la entendiera.

—Crudelis no, el hombre de corazón de piedra, no... El *Homo superbus*.

—¿El hombre superior? —Kapf arqueó las cejas.

—*Homo superbus*. Stapleton lo vio venir hace casi setenta años. ¡Imagíneselo! —Durante un momento pareció distraída y cuando habló lo hizo con tono de ensoñación—. Todo lo que hemos jodido, todo lo que no pudimos hacer porque lo considerábamos «malo» o «inmoral»... El control de la población que permitiría alimentar a los hambrientos, avances científicos a la velocidad del rayo, el fin de las guerras, del odio, de la discriminación...

El doctor asintió con tristeza.

—Todo eso ya lo he oído antes —dijo mirándola directamente a los ojos—, como ha señalado. —Ella lo miró sin entender—. Está en compañía ilustre, doctora Nellwyn. —Kapf se levantó y guardó los papeles en su maletín—. Stapleton, Nietzsche, Kierkegaard. —Abrió la puerta y se volvió hacia ella, en sus ojos se leía decepción y algo semejante a la ira—. Eichman —añadió—, Mengele, Speer, Himmler y, por supuesto, Hitler... Una compañía muy ilustre.

Patricia se quedó de piedra, aturdida.

Kapf se volvió hacia Kilgore.

—Ya tiene mi opinión, capitán. Discúlpeme, por favor. —Cerró la puerta a sus espaldas.

Patricia permaneció inmóvil con la vista clavada en la puerta.

—No lo entiende —susurró tan bajo que Kilgore apenas la oyó—. No lo entiende.

La mente de él estaba sumida en la confusión. Había venido a pedir que lo ayudaran a decidir el mejor modo de perseguir a un fugitivo y se había encontrado metido hasta el cuello en un debate filosófico. Soltó un profundo suspiro.

—¿Doctora Nellwyn?

Patricia se volvió poco a poco hacia él.

—Doctora Nellwyn, si podemos pasar de la clase de filosofía de tercero...

Ella regresó a su sitio y empezó a ordenar sus cosas.

—¿Dónde? —inquirió, exasperado—, ¿dónde encontraré a Newman?

Patricia recogió sus cosas y se dirigió hacia la puerta.

—Me voy a Viena —exclamó al salir al pasillo—. No lo entiende —rezongó.

Kilgore se puso en pie, respiró en profundidad y cogió sus papeles.

Era un hombre fuerte, honesto, trabajador, ético y no por eso se consideraba débil.

Pero sí que se sentía solo.

Casi en el mismo momento en que Kilgore se sentaba con los siquiatras para hablar de qué hacer respecto a Newman, Ruinov iniciaba una reunión sobre el mismo tema en su suite.

El hombre alto le había entregado copias interceptadas al servicio de inteligencia griego y las estaban revisando juntos.

—Conozco a Abd al Qadir —dijo el hombre alto—. No hablará. Aunque nos dejaran interrogarlo.

Ruinov asintió.

—¿Su trabajo es bueno?

El hombre alto movió la cabeza afirmativamente.

—Si Newman recibe los documentos que ha pedido, desaparecerá completamente.

Ruinov suspiró.

—¿Qué tenemos en Viena?

—Redes negras, marrones y moradas, así como un reducido comando de Spetznas en nuestra delegación de la ONU. Me he tomado la libertad de alertarlos.

El coronel asintió.

—Bien. —Hizo una pausa—. El capitán Kilgore no se ha mostrado muy abierto desde el fiasco en la tienda de comestibles. ¿Qué sabemos de sus intenciones?

El hombre alto se encogió de hombros.

—He intentado contactar con Maddalena pero no lo he conseguido.

—Quiero hablar con él antes de irme.

—Sí, señor. —El hombre alto se sirvió otra copa de vino.

Alguien llamó a la puerta.

Ruinov lo miró.

—No sería lo bastante estúpido para venir aquí, ¿verdad?

El hombre alto asintió con renuencia. Se levantó y se encaminó hacia la puerta.

—¿Quién es? —preguntó a la puerta cerrada.

—Maddalena —dijo una voz aguda.

El hombre alto agitó la cabeza, furioso.

—Al parecer, sí que es lo bastante estúpido. —Dio vuelta a la llave y abrió.

Ruinov oyó un ruido apagado y se volvió a tiempo de ver al hombre alto caer al suelo y cerrarse la puerta.

—Coronel.

Newman le apuntó a los ojos con la Tokarev y se adentró con toda calma en la habitación.

El militar no se movió, no respiró, no hizo ningún ruido. Se limitó a mirar al hombre con la pistola y pensó en todo lo que ya nunca podría hacer.

—Ha pasado mucho tiempo. —Newman se sentó delante de él y dejó con toda tranquilidad el arma sobre el regazo.

—No suficiente, creo.

No hubo humor en la risa que soltó Newman.

—Ha desarrollado el sentido de la ironía con la edad. —Examinó la botella de vino e hizo una mueca de asco—. Vinagre.

Ruinov hizo lo posible por no temblar.

—¿Quiere que le suplique por mi vida?

Newman se encogió de hombros.

—No serviría de nada.

Ruinov asintió.

—Muy bien.

Newman olió la copa del hombre alto, la dejó sobre la mesa y agitó la cabeza.

—Pero le dejaré elegir. —Miró a Ruinov directamente a los ojos—. Puede morir sin dolor o con dolor.

El coronel respiró profundamente.

—¿Qué quiere?

—¿Cómo me encontró?

Nervioso, Ruinov se lamió un labio.

—Sabía que no se quedaría sin una salida. —Señaló al hombre alto que yacía muerto en el suelo—. Él conocía el viejo sistema fascista de túneles; saber esas cosas formaba parte de su misión. Ordené a mis hombres que se apostaran en todas las salidas más aisladas… Fue pura suerte que yo estuviese en aquella por la que salió.

—Mala suerte.

302

Ruinov estuvo de acuerdo.

—Eso parece.

Newman entrecerró los ojos y habló con voz baja y fría.

—¿Por qué mató a Konrad Edel?

—¿El hombre de seguridad?

Newman no reaccionó, sino que levantó la Tokarev hasta el nivel de los ojos del ruso.

—¿Por qué?

—Un accidente desafortunado. Le apuntaba a usted.

Lo estudió atentamente largo rato.

—De acuerdo —susurró.

Apretó el gatillo una vez y observó cómo Ruinov caía de la silla debido al impacto en su cerebro de la bala de la Tokarev. Murió antes de tocar el suelo.

Sin dolor.

Diez minutos después de la medianoche, cuando el instituto funcionaba con su habitual ritmo nocturno, Kapf, ayudado por un auxiliar, llevó varias cajas de cartón a su despacho. Las amontonó en un rincón mientras el ayudante se sacaba varios rollos de cinta adhesiva y cuerda de los bolsillos.

—Llámeme si necesita algo más, doctor.

Kapf lo despidió con un gesto de la mano y empezó a revisar sus archivos; algunos los metió en una caja y otros los dejó en los cajones. Al cabo de unos minutos, levantó la cabeza y vio entrar a Patricia.

—¿Puedo ayudarla, doctora Nellwyn? —preguntó con calma, relajado y decidido.

—Jack Clemente ha muerto.

Kapf inclinó la cabeza sin pronunciar una palabra.

—Parece que dejó de respirar cuando no había nadie —comentó Patricia de manera práctica.

El doctor Kapf se apoyó en el escritorio.

—Hay una fuerza misericordiosa en el universo.

—¡Dios! Qué frío hace aquí esta noche —dijo Patricia temblando.

Él estuvo de acuerdo.

—La calefacción no funciona otra vez.

Patricia miró las cajas.

—¿Qué ocurre?

Kapf continuó llenando las cajas.

—Me voy de aquí.

Ella vaciló y dio un paso adelante.

—¿Por qué? ¿Fue por mi...?

El doctor esbozó una sonrisa amarga.

—Jack Clemente tenía razón: su arrogancia es realmente una maravilla. —Hizo una pausa y se obligó a sonreír—. No me voy, ni me iría por un desacuerdo en un diagnóstico.

La joven parecía querer decir algo sin saber cómo.

—La situación se descontroló un poco en la reunión. Todos dijimos cosas que no queríamos decir.

Kapf empezó a meter sus artículos de escritorio en otra caja.

—¿De veras? Todo lo que yo dije, lo dije en serio. —La miró directamente a los ojos—. Y creo que usted también.

Patricia lo miró y se sentó en el sofá.

—Entonces, cree que soy una nazi.

—Creo que es arrogante e ingenua, una combinación de lo más peligrosa.

Los envolvió el silencio. Ella levantó los ojos y trató de sonreír.

—Entonces, ¿por qué se va?

Kapf se volvió hacia los libros apilados en el alféizar de la ventana.

—Aquí ya no hay sitio para mí. Como usted misma señaló, soy viejo. A veces creo que soy el ser humano más viejo del planeta. Creo que ha llegado el momento de... ¿cómo lo llamó?... la siguiente fase. Acaso sea hora de que la siguiente fase se siente a la mesa. —Por la ventana contempló la nieve que caía—. Sólo estoy dejando un asiento libre.

—Mire —dijo Patricia poniéndose en pie. Dio un paso hacia él—, no tengo tacto. Soy brusca, mal educada y a veces carezco hasta del sentido común que Dios ha dado a los nabos, pero eso no significa que usted tenga que irse... Venga conmigo a Viena. ¡Cuando volvamos a capturar a Newman podremos averiguar juntos qué es y hacia dónde va! —Su mirada vibraba por la excitación de la caza.

Kapf negó con la cabeza.

—El capitán Kilgore ha recibido órdenes de asesinarlo cuando lo encuentre —dijo con rotundidad.

—Lo sé. Ayúdeme a luchar contra ellos.

—No.

—¿Por qué no? —preguntó, angustiada.

Tardó mucho en contestar, parecía que examinaba algo en el césped situado debajo de las ventanas.

—¿Por qué no? —insistió Patricia.

El anciano giró de repente sobre los talones y salió del despacho.

—Porque estoy de acuerdo con ellos.

Corrió escaleras abajo y salió del edificio principal por una puerta trasera. Sin hacer caso de la nieve y del creciente frío atravesó el césped hacia la unidad A-249.

Donde todo había empezado.

Se detuvo bajo el árbol en el que Newman había matado al hombre de Beck.

—Es peligroso para usted estar aquí —comentó con voz queda a la figura oculta en las sombras.

Newman se encogió de hombros.

—El mundo es un lugar peligroso. —Se acercó con paso lento hacia él. Sólo quería despedirme. No volveremos a vernos.

—Lo sé.

Brian advirtió que el anciano, que había salido en mangas de camisa, temblaba. Se quitó la chaqueta y se la puso sobre los hombros.

—Debería cuidarse mejor. Ya no es un niño.

Kapf miró directamente a los ojos del hombre más joven.

—Eso me han dicho... ¿Adónde irá?

Newman se encogió de hombros.

—A casa, supongo.

—¿Dónde está?

—Eso tengo que averiguarlo.

—¿Qué hará?

Newman sonrió, sus ojos adquirieron un brillo pícaro.

—¿No lo sabe?

Kapf guardó silencio.

—Pensar, especular, estudiar —contestó por fin.

El anciano asintió.

—Buscándose a sí mismo.

—No —susurró—. Buscando a otros como yo... como usted.

Kapf se enderezó.

—¿Yo?

—Mienta a otros si quiere, pero a mí no... hermano.

El doctor Kapf estudió la firmeza de la mandíbula, el brillo confiado de los ojos y asintió lentamente.

—Lo sabe. —Más que una pregunta era una declaración.

Newman asintió.

—No lo sabía, pero luego lo comprendí.

—¿Cómo?

Brian se encogió de hombros.

—Tan sólo lo supe.

Kapf le dio la espalda.

—Muy bien. —La emoción le quebró la voz—. Les dije que está usted loco —anunció por fin.

El hombre joven asintió.

—Entonces entendió mi retrato.

Kapf movió la cabeza afirmativamente.

—Lo entendí.

Newman lo rodeó y se paró delante de él.

—No pienso pasar el resto de mi vida como una exhibición para charlatanes y necios como la doctora Nellwyn.

—Ella tiene buenas intenciones.

Newman no le hizo caso.

—Y no pienso pasar el resto de mi vida escondiéndome. Tuve que asegurarme de que no iban a tratar de atraparme vivo.

—Kilgore tiene órdenes de matarlo en cuanto lo vea.

Él asintió.

—Claro. Brian Newman ha perdido la chaveta; se ha convencido de que es un ángel vengador, venido desde el fondo del infierno para destruir a la humanidad. —Su voz contenía un deje de diversión—. El Ministerio de Defensa no puede permitir esa conducta en uno de sus miembros. —Soltó una risita.

Kapf lo miró con tristeza.

—Examiné ese retrato, y después a mí mismo. Entonces lo supe. Tan sólo habrían dejado de buscar si ellos mismos le hubieran matado... Es lo que yo hubiese hecho.

Newman sonrió.

—Obligaciones familiares.

Kapf lo observó. Desde algún lugar muy recóndito de su ser surgía un profundo dolor.

—¿Qué somos? —quiso saber.

—¿No lo sabe? —preguntó Newman con amabilidad.

El anciano agitó la cabeza casi imperceptiblemente.

—Durante la mayor parte de mis setenta y ocho años me lo he preguntado. He luchado contra las tentaciones, los deseos, el odio, la frustración. Me impuse una disciplina personal y luego acepté las de mi país y mi profesión. He vivido como un asceta, siempre alerta para evitar que algún desliz, algún momento ocioso dejara escapar lo que hay en mí. —Hizo una pausa—. Pero no he encontrado respuestas.

—¿Qué fue lo que dijo Nellwyn?, ¿que éramos la siguiente etapa en la evolución del ser humano? —Newman soltó una carcajada—. Creo que usted lo llamó *Homo crudelis*, ¿no?

Kapf asintió con tristeza.

—Muy poético. —El hombre joven sonrió calurosamente y le pasó un brazo por los hombros—. No somos el siguiente paso, ni mucho menos.

—¿No?

—No. —Newman le hizo darse la vuelta y mirarlo—. Medio paso, tal vez menos, pero estoy bastante seguro de que todavía somos *Homo sapiens*. —Soltó otra carcajada—. No hace mucho, un amigo me preguntó qué era yo. —Su expresión se tornó ausente.

—¿Qué le respondió?

Brian lo miró de nuevo.

—*Homo sapiens saevus*.

Kapf sonrió por primera vez.

—El hombre sabio salvaje. Medio paso, efectivamente.

Newman echó un vistazo alrededor y advirtió que había gente, en grupos de dos o tres, que paseaba, aparentemente sin destino fijo, quizá dando un paseo nocturno; pero que avanzaba hacia ellos.

Los estaban rodeando poco a poco.

—La pregunta es... —Estiró las piernas y los brazos con calma—. ¿En qué dirección? ¿Evolución o involución? ¿Hacia delante o hacia atrás?

El doctor se fijó por primera vez en la gente.

—¿Ha pensado en ello?

Newman asintió.

—A medida que el hombre evoluciona va perdiendo poco a poco el meñique y el dedo pequeño del pie —explicó en tono distraído mientras contemplaba, por encima del hombro de Kapf, a las personas, todavía difíciles de distinguir, que se aproximaban cada vez más—. Si involuciona, crecerán... Supongo que así sabremos hacia dónde vamos.

Una lágrima se deslizó por la mejilla del anciano.

—Y usted ¿qué cree? —preguntó tratando de ignorar lo que estaba a punto de suceder.

—Ya le avisaré, hermano. —Newman dio un paso, apartándose de Kapf, y oteó a las quince o veinte personas que formaban un semicírculo alrededor de ellos—. Adiós.

Echó a correr hacia la izquierda.

Al instante, unos focos se encendieron e iluminaron cada centímetro del césped trasero con un brillo implacable.

—¡Contrólenlo! ¡Contrólenlo!

—¡Va hacia el bosque! ¡Ciérrenle el paso! ¡Ciérrenselo!

—¡Vigílenlo! ¡No se expongan! ¡Tómenselo con calma!

Newman corría por el césped en zigzag, cambiaba de dirección al azar aunque conservaba el mismo rumbo. Corría a toda velocidad con el cuerpo doblado y la cabeza gacha.

—¡Caray! ¡Miren cómo corre!

—¡Vigilen la cerca! ¡Maldita sea, va hacia la cerca!

Entre él y la valla del este cinco hombres de uniforme negro se dejaron caer al suelo y lo apuntaron.

Newman cambió de rumbo de nuevo, sin esfuerzo.

—¿Adónde va? ¡Maldita sea! ¡Cortadle el paso!

Su mente, despejada, funcionaba con precisión; analizaba, lo veía todo y revisaba cada posible cambio.

«¡Cien metros! —pensó—. ¡Noventa metros!»

Los primeros disparos le llegaron por detrás.

Se dejó caer de rodillas, rodó sobre sí mismo, se puso en pie y siguió corriendo.

Un Hum-V rodaba hacia él por la derecha. ¡Por encima del ruido que hacían los soldados que lo perseguían, oyó el chasquido del amartillar de la ametralladora de balas del 50.

«¡Cincuenta metros!»

El ruido sordo de las mortales balas disparadas por la pesada arma automática se alzó por encima del clamor, al dar en el césped y levantarlo.

«Supongo que no quieren que vaya allí. —Tuvo tiempo de pensar—. ¡Treinta metros más!»

Otra descarga le dio en la pantorrilla derecha y lo derrumbó.

Se detuvo.

«Pararán —pensó—. Pararán y buscarán.»

Los disparos se interrumpieron.

«Espera —se dijo Newman—. Un poquito más... ¡Ahora!»

Se levantó de un brinco y, con una carrera final, traspasó la puerta abierta de la sala de calefacción, evitando por los pelos una nueva descarga del 50.

—¡Alto el fuego!

Newman oyó la voz de Kilgore que venía desde el Hum-V.

—¡Segundo escuadrón! ¡Rodeen y vayan por detrás! ¡Que nadie dispare! ¿Me oyen? ¡Que nadie dispare! ¡Hay tuberías de gas natural y gasolina ahí dentro! ¡No disparen, maldita sea!

Newman se obligó a ponerse en pie, sin hacer caso de la pierna que le sangraba mucho. Tenía la mente despejada, el dolor era soportable, se encontraba tranquilo, con control y exactamente donde quería estar.

Avanzó hacia el centro de la sala de calefacción, hacia la gran tubería que llevaba el aire intensamente calentado desde las calderas de gas natural, que había debajo de él, hasta el edificio principal.

—¡Brian Newman! —gritó Kilgore por un megáfono—. ¡Brian Newman! Salga con las manos sobre la cabeza y no le haremos daño.

Newman encontró la caja que había dejado junto a la tubería unas horas antes. La destapó y empezó a pulsar interruptores.

—¡Caronte Apolión! Soy el capitán Kilgore del ejército de Estados Unidos. Salga con las manos sobre la cabeza y no le haremos daño.

Kilgore se volvió hacia un sargento que se hallaba de pie a su lado, detrás del Hum-V.

—Equipos de entrada, a los puntos de acceso.

El sargento asintió y habló por el micrófono de sus auriculares.

—¡Caronte Apolión! —gritó de nuevo por el megáfono—. Si sale ahora, podemos discutir...

Dos enormes rugidos seguidos de un retumbar lo interrumpieron. Entonces, como si la tierra vomitara el fuego y el azufre del infierno, una bola de fuego se elevó de la pequeña edificación. La acompañó una explosión que rompió todos los cristales del edificio principal del instituto e hizo perder el conocimiento a la mayoría de los comandos.

Se alzó, describiendo una esfera casi perfecta de fuego y furia, que se expandía y subía sin cesar. La bola rojizoanaranjada, cuyo calor hizo estallar los tanques de gasolina de los coches aparcados a doscientos metros de allí, se elevó sin piedad hacia el cielo de medianoche y esparció su humo tóxico por gran parte del norte de Munich.

El retrato de Newman había cobrado vida.

CAPÍTULO QUINCE

Doce muertos.

Sesenta y cinco heridos.

Cuatro desaparecidos.

Un cráter de casi diez metros de diámetro era lo único que quedaba de la planta de calefacción.

A la población de Munich se le dijo que había estallado una bomba de la guerra cerca de una tubería de gas subterránea. La OTAN fue felicitada por responder tan pronto a esa emergencia en tiempos de paz.

Al cabo de unas horas de interés inconexo, hasta los reporteros de la prensa sensacionalista se marcharon.

Los bomberos militares y los equipos de rescate pasaron tres días revisando los escombros, apagando los constantes estallidos de las tuberías de gas y limpiando de cascotes la parte trasera del edificio principal, cuya pared había sido arrancada de cuajo en gran parte, lo que lo hacía parecer una casa de muñecas.

Cinco de los hombres de Kilgore murieron en la explosión y muchos más sufrieron fracturas, pérdida del oído o quemaduras. El propio Kilgore, parcialmente protegido por el Hum-V, tenía la pierna derecha destrozada y un hombro dislocado, debido a que una explosión secundaria hizo que el vehículo aplastara a él y a su sargento.

A pesar de eso, se había presentado a trabajar cada mañana para supervisar los últimos pasos en su búsqueda de Brian Newman.

El instituto se hallaba prácticamente vacío, un monumento abandonado, destrozado. Sus importantes pacientes habían huido, los locales no acudían y los inspectores de Munich habían dictaminado que el ala oeste resultaba inhabitable y peligrosa.

Pero a Tabbart se le veía merodear por los pasillos, asomarse a las habitaciones vacías, enderezar cuadros. Un ser desolado, que, cuando hablaba, sólo pronunciaba monosílabos.

Sin embargo, cada día al amanecer, un equipo especial de la OTAN, compuesto de expertos militares de rescate y de forenses, registraba el cráter y los escombros que lo rodeaban.

La cuarta mañana, Patricia y Kapf se hallaban junto al cráter. El *shock* los había afectado intensamente.

—¿Por qué? —Era lo único que Patricia había podido decir en tres días—. ¿Por qué?

Kapf no recordaba cuándo había dormido por última vez.

Después de que la explosión lo tumbó, corrió hacia la escena y ayudó cuanto pudo a mantener a los heridos con vida hasta la llegada de los servicios de urgencias de Munich.

Por primera vez en treinta y cinco años llevó a cabo operaciones y salvó muchas vidas, lo que no impedía que se sintiera agotado, vacío, como si en ese momento de llamas, frenesí y destrucción le hubiesen arrancado algo que acabaran de darle.

Se recreó en ese sentimiento, pues la alternativa, la repetición de la idea que no dejaba de reclamar su atención desde la explosión, era demasiado peligrosa.

Patricia le dio un golpecito en el hombro y señaló la tienda que habían instalado para los del equipo forense. Fueron hacia allí a paso lento.

Ella vio que Kilgore, sentado en una silla de ruedas, asentía con expresión sombría mientras apuntaba algo en una libreta. Se acercaron a él sin hacer ruido.

—Capitán, qué ocurre —preguntó Patricia cuando hubo acabado de escribir.

Los miró con expresión de pocos amigos.

—Se acabó.

—¿Cómo?

—Se acabó. Encontraron a Newman. O lo que queda de él.

—¿Están seguros? —Parecía que la doctora se debatía entre el alivio y la incredulidad.

Kilgore asintió.

—Están seguros. Tenemos las huellas, el tipo sanguíneo y los resultados preliminares del test del ADN. —Señaló una mesa delante de él.

Kapf se colocó detrás de los técnicos y los patólogos, inclinados sobre la mesa.

—¡Caray! —se burló uno—, ¡eso sí que debió dolerle!

—¡Ay! —exclamó otro.

—¡Cierren el pico y pónganlos en formol! —ordenó el patólogo jefe mientras levantaba con unas pinzas un meñique arrancado. A su lado había un dedo pequeño del pie.

El doctor Kapf se dio la vuelta y se alejó.

Su coche había resultado muy dañado por la explosión, de modo que fue hacia la fachada del edificio principal, donde unos soldados de la OTAN hacían de taxistas para las personas importantes que quedaban. Entró en el asiento trasero de uno de los coches color verde oliva.

—Al veinticinco de la Rambertstrasse.

El conductor se dio por enterado y arrancó.

Por primera vez desde esa fatídica noche, Kapf se dio cuenta de que todavía llevaba la chaqueta de Newman. Sin saber por qué, buscó en los bolsillos. Lo único que encontró fue un sobre.

Lo alzó frente a sus ojos, que lo veían todo borroso.

«*Mon frère*», rezaba.

Lo abrió y leyó la única hoja que contenía. Reconoció el texto como parte de un poema de un autor norteamericano, del que no recordaba el nombre.

> *Tu alma sola se encontrará*
> *entre oscuros pensamientos de la lápida gris.*
> *Nadie, de toda la multitud, irrumpirá*
> *en tu hora de secreto.*
> *Sé silencioso en esa soledad*
> *que no es soledad,*
> *pues los espíritus de los muertos que*
> *en vida contigo estuvieron,*
> *de nuevo te rodean en la muerte y su voluntad*
> *eclipsará la tuya:*
> *permanece sin embargo.*

Kapf sonrió, dobló la nota, la guardó en el bolsillo y se quedó tranquilamente dormido en el asiento trasero del vehículo.

AGRADECIMIENTOS

Este libro no habría sido posible sin la generosa ayuda, el apoyo y la confianza de muchas personas, demasiadas para darles individualmente las gracias. De modo que aprovecharé la ocasión para agradecérselo a unas cuantas que son especiales y, a través de ellas, a las demás.

Entre las muchas están: el doctor Carroll Lane Fenton; los profesores James C. Coleman y Jared Diamond, de la Universidad de California en Los Ángeles; el doctor Roy F. Baumeister, de la Universidad Case Western Reserve, y el profesor Daniel C. Dennett, por su trabajo como director del Centro de Estudios Cognitivos en la Universidad Tufts.

También: el doctor Karl A. Menninger, el doctor C. S. Bluemel; el agente especial, jubilado del FBI, John Douglas; la doctora Phyllis Greenacre y, sobre todo, el doctor Walter Bromberg.

Desde un punto de vista menos técnico y más personal, este libro no habría sido posible sin la bondad, el apoyo, la amistad y la fe inquebrantable de unas pocas personas selectas.

En especial: todo el personal de Carraz, Glendale; el «Reverendo» Bill Johnson; Tom Couch; Mary Lattig y Juris Jurjevics. Además: la familia Aguila al completo (Alex, Suzanne, Adrian, Ama, Antoinette y sus panes de plátano y nueces). Norm Allen, compañero artista de fe inamovible. Los miembros de los Kiwanis de Glendale Galleria, por su confianza entusiástica desde el primer momento, y mi constante compañero musical en este viaje: ¡Meat Loaf!

Gracias especiales a Brandon Saltz, uno de los primeros defensores de *El Hombre Géminis*, cuyo entusiasmo no decayó; así como a las otras buenas personas y grandes profesionales de la editorial Doubleday.

Y un agradecimiento de corazón y muy especial a Shawn Coyne —¡editora de los sueños de cualquier autor!— por echar abajo todo lo que obstaculizaba la vista, por entender y conservar mi visión original a la vez que me impulsaba a «preocuparme sólo por la escritura». Ha sido divertido. ¡Repitámoslo!

Finalmente el último y más importante agradecimiento.

A mi agente, gurú, amigo... Robert Thixton, y a los demás tremendamente dedicados y alentadores miembros del personal de Pinder Lane Productions/Garon-Brooke Associates, sobre todo a Roger Hayes, sin el cual sólo mi ordenador hubiese podido leer este libro: mi más profunda gratitud. Con personas como vosotros que me apoyen, pase lo que pase, ¡ya he ganado!

¡Éxito!

Índice

Primera parte
PRISIONES 7

Segunda parte
LOS LEBRELES 93

Tercera parte
DESVELOS 181

Cuarta parte
EL GRAN PLAN 241